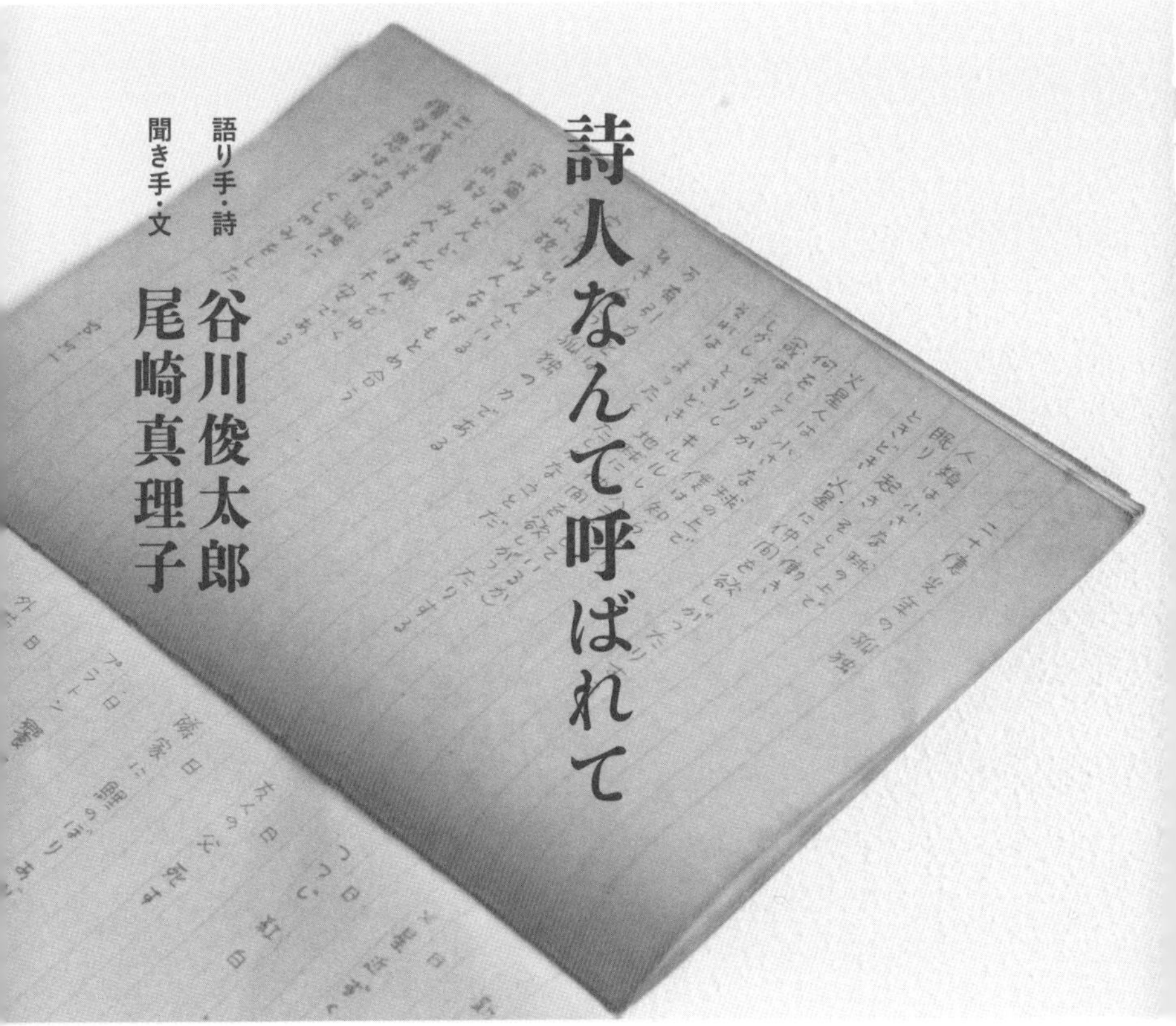

詩人なんて呼ばれて

語り手・詩　谷川俊太郎
聞き手・文　尾崎真理子

新潮社

東京・南阿佐谷の自宅で。2014年

詩人なんて呼ばれて

本当は呼ばれたくないのです
空と呼ばれなくても空が空であるように
百合という名を知る前に子どもが花を喜ぶように
私は私ですらない何かでありたい

初雪の朝の無心の白の輝きを
言葉で上書きしてしまうのをためらうのです
人声と文字が静謐を乱しはしまいかと

それなのに言葉を連ねずにいられない
誰かが私を待っていてくれるから
いや私が誰かを待っているから

虚空から名は生まれない
名づけ切れない世界の豊かさ！
その chaos を受胎して
私はコトバの安産を願うだけ

谷川俊太郎（二〇一七年九月五日、書き下ろし）

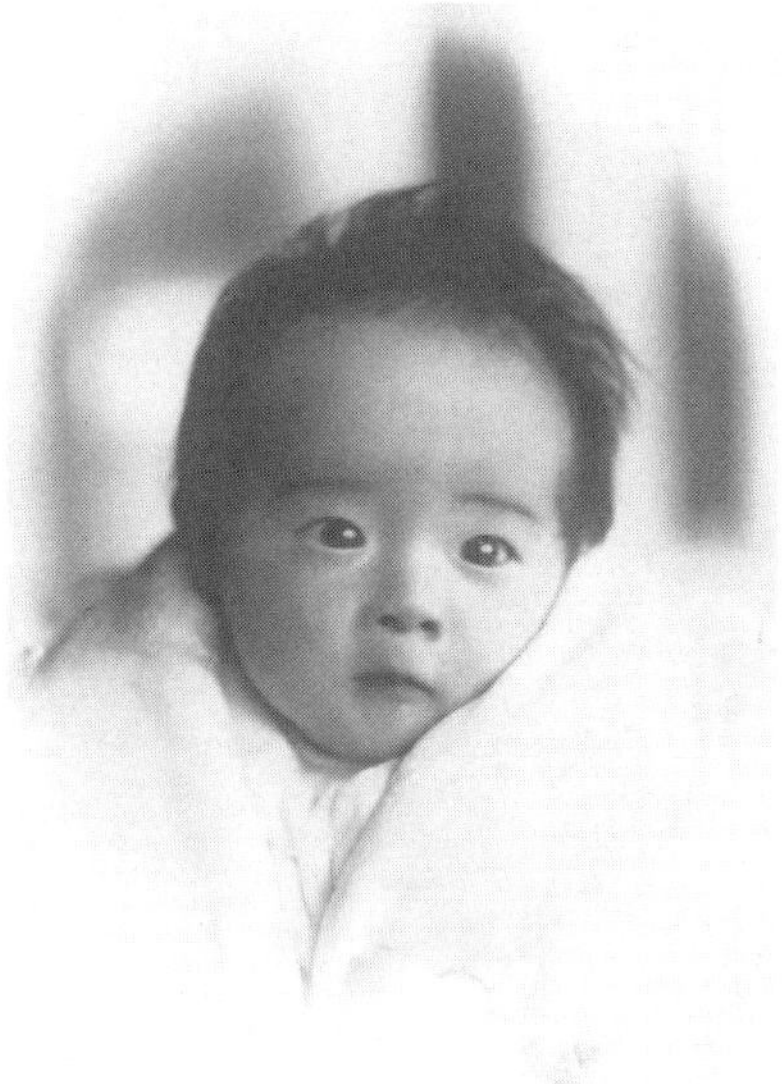

上　北軽井沢にて、1937年８月／下　1932年２月27日、生後75日／次頁上左　1942年６月、10歳／上右　父の書斎で読書、1941年６月、９歳／下　第１詩集『二十億光年の孤独』出版記念写真を母とともに。1952年６月、20歳

二十億光年の孤

上　北軽井沢で、右端が谷川、しゃがんでいるのが岸田衿子。1952年夏／下　櫂同人会、左から吉野弘、茨木のり子、岸田衿子、大岡信、水尾比呂志、川崎洋、谷川、友竹辰、中江俊夫。京都にて、1978年1月28日（撮影・宮内勝）

北軽井沢で知子夫人、息子・賢作、娘・志野と。1965年、34歳（撮影・柿沼和夫）

【凡　例】

①年号は西暦を基本とし、適宜、元号を併記している。

②著者によるインタビューは「　」、引用文は〈　〉で示し、引用の典拠は本文中に記載した。ただし詩作品は多くの場合、前後の行空き、字下げで記載している。

③引用文は読みやすさを考慮し、基本的に旧字・歴史的かな遣いは新字・新かな遣いに統一した。明らかな誤字、誤植は訂正し、漢字のルビは読み方の難しいものにとどめた。

④引用文中の省略についてのみ（中略）と表記し、前略および後略は省いた。また、引用文中の改行は原則として省き、／などで示した。

はじめに

地下鉄を降りたら新宿方向へ少し戻って右に折れ、なだらかに住宅地を下っていく。谷川俊太郎はここ、東京都杉並区成田東の住宅街の一角に、生まれた時から暮らしている。最寄りの地下鉄の駅から家へ向かう、愛着あるその道を、詩人はかつてこんな散文詩に書いている。

南阿佐ヶ谷で地上に出ると、青梅街道沿いの歩道に立つのを避ける訳にはいかない。そこから仮に東へ歩き始めるとすると、街道の南側には杉並郵便局、つづいて杉並警察署、北側には杉並区役所が現実に立っていて、その先に一軒の運動用品店が、この場合、目に入るだろうと思う。その角を単に右折して青梅街道と別れるのが正しい。さしたる曲折もなく杉並水道局を過ぎ、僅かな下り坂だけで住宅公団阿佐ヶ谷団地に突き当る事のできるのも、その道ならではの話だ。おまけにあろう事か、最後の数十米はテニスコートに沿ってすらいる。だから、突き当って左折し、更に公衆電話ボックスを再び左折すると言っても、結果はテニスコートを半廻りするにひとしい。

（「私の家への道順の推敲」部分、『定義』一九七五年、思潮社）

「やあ、いらっしゃい」。玄関で呼び鈴を押すと、たいてい本人がドアを開け、迎え入れる。通されるのは細長い廊下をかなり進んだ南側の、ゆうに二十畳はあるカーペット敷きの洋間だ。壁面には作りつけのすっきりした飾り戸棚があり、音響装置も備えられたその棚の中央に場所を得ているのが、父、谷川徹三と母、多喜子が肩を寄せ合い笑みをたたえた、かなり大きな肖像写真である。一九七五年、詩集『定義』が思潮社から刊行されると、徹三にまで取材が及び、何かの拍子で夫妻の写真も撮影されたという。八十歳と七十八歳。この直後から多喜子の心身に異変が兆し始めたのだったから、じつに貴重な一枚となった。

一番よい場所を与えられた徹三夫妻の遺影が放つ、このほのかな気配は何だろう? 訪れるたび不思議な気分になった。飾り棚に並ぶ置物は、季節や気分に応じて何度か模様替えされたけれど、夫妻の遺影だけは不動の位置にある。谷川自身の写真はもちろん、長男の賢作家族や、アメリカに暮らす長女の志野や孫たちの写真もほとんど見当たらない。その代わり、徹三と俊太郎が集めた小さな動物や古代中国の人形、アフリカなどの素朴な骨董の類が、あちこちでそっと息をしている。南西には、徹三が晩年を過ごした部屋が連なる。この家に流れているのは、夫妻、つまり谷川の両親の生きた気配、親子三人が共に在った時間ではないだろうか。ある時、そう気づいた。谷川俊太郎は今なお徹三と多喜子のひとり子として、ここに一人、暮らし続けている……。

詩人、谷川俊太郎は、あらためて紹介するまでもなく日本でもっとも有名な、ただ一人の職業詩人である。しかし人はその名から、どんな作品を連想するだろう。火星人が〈ネリリし　キル

ルし　ハララしている〉、デビュー作の「二十億光年の孤独」だろうか。子どもの頃に覚えてしまった〈かっぱかっぱらった〉が反射的に出てくるのか。元妻の作家、佐野洋子に捧げた愛の詩集『女に』を女性たちが思い出すのもうなずける。東日本大震災後、被災地の人々の間に次々とインターネットを通じて広がり、一人ひとりの気持ちを支えたのは、「生きる」という、四十年以上も前に生まれた一篇の詩だった。中学の国語の教科書に載ったりネスカフェのCMになった、軽やかな「朝のリレー」を思い浮かべる人も多いだろう。

カムチャッカの若者が
きりんの夢を見ているとき
メキシコの娘は
朝もやの中でバスを待っている
ニューヨークの少女が
ほほえみながら寝がえりをうつとき
ローマの少年は
柱頭を染める朝陽にウインクする
この地球では
いつもどこかで朝がはじまっている

（部分、『谷川俊太郎詩集』一九六八年、河出書房）

しかし、岩波文庫の『自選 谷川俊太郎詩集』(二〇一三年)に、「朝のリレー」は入っていない。同じ「朝」の詩でも、『六十二のソネット』には収録されなかった最初期の「19 挨拶の必要」という十四行詩が採られている。

私の物差は大きい
二十億光年よりもっと遠く
私の問が反響する
うつろな百年の夜毎に

私は果して人間か
星雲と真空の中にぶらりと
仕方なく意味を遊びながら
私は朝飯を食うのである

大きな不幸の中に
小さな幸福が棲む
もはや心をもて余して

されば街に出《い》で挨拶しよう

私は果して人間かと
地を踏み　陽の心をたしかめるために

谷川がこれまでに創作した詩作品は、発表されたものだけでも二千五百篇を超える。「ポップスのような」と本人が呼ぶ口あたりのよい、わかりやすい詩は、さまざまな出版社のアンソロジーに繰り返し収録され、絵本作家や写真家らと共作の新刊も毎年のように出続けている。よって詩集の数は特定しづらいが、岩波書店が二〇一六年、一斉に電子版を出版した詩集は一九五二年から二〇一三年に至る主要五十四作。

これらの詩集を年代順に読んでいけば、谷川俊太郎がいかに現代の日本語をやわらかく解きほぐしながら、詩と文学の最良の部分を独力で拓いてきたか、理解されることだろう。「タラマイカ偽書残闕《ぎしょざんけつ》」のように、架空の民族史を叙事詩に仕立て、長大な註をほどこした難解な作品も含まれはするにしろ。文体が多様に変化し続ける日本の小説も、時折、現代詩と見まごう高度なフレーズを放つポップスの歌詞や広告のコピーも、それらを発生させたポエジー（詩情）の元をたどれば、かなりのものが谷川の詩に行き着くだろう。

日本語の特性を生かしきった、わかりやすく口ずさみやすい谷川作品は、学校教育とも意外なほど相性が良かった。一九八〇年代以降、多くの日本人は『あな』や『こっぷ』などの創作絵本にものごころがつかない頃から親しみ、幼稚園や小学校ではひらがな詩やことばあそびうたを朗唱し、これらが広範な知名度の土台となった。ほとんどの子どもは谷川作品に強い印象を受け、「かなしみ」や「みみをすます」にある根源的な真理を衝いた、あるいは繊細な感情の底に触れるその子にとっての一行を、ずっと覚えているはずだ。

入り口で終わらず、文学に興味を持ち始める子どもも必ずいる。そのようにして毎年加わる新しい読者を得て、何十年も版を重ねる単行本の詩集、文庫化された詩集がこれほど豊富な近現代の詩人はいない。いま生きているということも、恋をすることも、どうしようもない日常の、手に負えない夕方も、親の老いも自分の老いも友の死も、旅も音楽も、海の向こうの戦争も、谷川俊太郎はこの世界のほぼすべてを詩に書き続けてきた。今や、現代日本人の生活と感情のほぼすべてを谷川の膨大な作品群はカバーし尽くそうとしていて、今日もどこかで暮らすだれかの胸に、一篇の詩が染み渡りつつある。嘘だと思うなら、ネットで検索してみたらいい。谷川の詩のタイトルを入れるだけで、たいてい詩篇の引用と共に、誰かのブログがたちどころにいくつもヒットする。その浸透力は驚くほかない。


谷川俊太郎への評価は、同時代の詩人、小説家、批評家、研究者、海外の翻訳者といったさまざまな立場によって分裂し、詩壇では「大衆的」と片づけられることも多かった。谷川自身、評価に恬淡としてきたが、「詩とは何か」「詩人とは何か」について、これほど自作で問うてきた詩人もいない。それでいて、実験的な詩も、口語やライトヴァース、漢字を排してひらがなだけで書かれた詩も、決して戦略でなく、ごく自然に、意識下から湧いてくる発語の欲求に従った結果のようでもある。

どんなふうに時代と向き合えば、人々の共感を集める新鮮なことばをそんなにすばやく、自作に取り入れることができるのか。それでいて時代につかまらず、流されなかったのはなぜ？　できれば作品を再読して、本人に問うてみたいと願うようになった。私自身、五十を過ぎ、なぜか切実に詩を読みたいと思うようにもなっていた。もっとも身近なところにあり続けた谷川俊太郎の詩を通して、詩とは何か、現代において文学とは何か。それは今もこの先も、人間が生きるためにどれほど必要なものか。考えてみたくなった。

二〇一五年春、谷川に連続インタビューを申し込むと、抽象的な文学論ではなくて具体的に、個々の詩作品と付随する出来事についてなら話をしてもいいと、要望付きで諾を得た。とはいえ、氏は今も壮年期の生活のリズムを維持しつつ、毎日、かなり忙しい。詩のイベント、海外での翻訳出版、アンソロジー編集の打ち合わせ、取材などの申し込みがひっきりなしに舞い込む。気持ちが動けば夏はTシャツ一枚、冬はセーターにダウンをはおって、遠方の小さな朗読会にも、老人福祉施設へも幼稚園へも一人で出かけていく。時には自分で車を運転して。もちろん、日々の基盤にあるのは詩の創作で、「最近、詩を書くのがたのしくなった」と、薄いＭａｃを日に何度も開いて推敲を重ねている。

そこでインタビューは、谷川のスケジュールの間隙を縫って、一五年三月から一七年八月にかけて計十七回、多くは谷川家の一室で夜間に行うことになった。刊行された詩集と人生の出来事に沿って毎回、年代を区切りながら質問を用意し、幼少期から現在まで通しで二回、角度を変えて話を聞いた。こちらも率直な問いを心がけたが、どんな問いにも穏やかにきっぱり、答えが返ってきた。

妻となった女性たちとの出会いや別れにも話は及んだ。一九五〇年のデビューから今日まで、順風に乗ってきたような創作生活にも、一九九〇年代、長い空白期間が生じていた。谷川の個人的苦境と重なるように、近現代の文学の流れも澱み、現代詩と呼ばれてきた自由詩も、純文学と呼ばれてきた小説も、深刻な状況に陥ったことにも思い当たった。そうした点については、同時代の文学や社会を見渡して考えるよう努めた。この本では、谷川氏のここまで八十五年の人生と六十七年にわたる作品を年代順に五章に分け、それぞれの年代で成された仕事に対する解説、批評と、本人へのインタビューを併せて各章に配した。多くの詩作品を文中に引用し、別丁に本書の内容と谷川の核心に触れる二十篇の詩を選んで掲載した。


一九五六年、二十四歳の谷川はマニフェストとして掲げた詩論「世界へ！ *an agitation*」の中で、次のように書いて同時代の詩人らの顰蹙を買った。

〈人生は日々のものである。そして人生が日々のものである限り、詩もまた、日々のものである。日々使い捨てられることによってのみ、詩は自らを完成し得る〉

〈私はあえて詩人の怠惰を責めたい。実際に、一九五六年の日本で、詩を書いて食っている詩人はいない。しかし、だからといって、それが詩を孤立させていい理由にはならない。我々は詩が売れるように努力すべきである〉


それから六十年。現代の日本で〈詩を書いて食っている詩人〉は結局、谷川俊太郎しかいない。詩を書くために、実生活のあらゆる瞬間を傾けて谷川は詩人であり続けてきた。他の詩人がやってみようとしない行動を、道化となることも怖れず、蛮勇をもって独力で試し、現実に抗ってきた。その姿勢はこれからも変わらないだろう。

〈私の物差は大きい／二十億光年よりもっと遠く〉

本人が予言した通り、谷川俊太郎の詩がどれだけ長期間にわたってはるかに広がってきたか。全貌の、まずは輪郭だけでもお伝えできればと願う。

谷川徹三・多喜子夫妻の肖像。父のコレクションとともに

『二十億光年の孤独』をふくむ最初の詩作ノート

詩人なんて呼ばれて　目次

写真　新潮社写真部
装幀　新潮社装幀室

第1章　哲学者と詩人と

〈詩の高さは一瞬の閃光として来る。それはあまりに速かに消え去る。しかし永遠は常に閃光の中にある。言葉がその閃光をとらへる。とらへた時その閃光はすでに消えてゐる。しかしその言葉にぶつかる心に閃光は再び発する。自然の中に潜在するものを言葉がとらへるやうに、言葉の中に潜在するものをまたとらへるのである。自然の中に潜在するものを多くの人が捉へえないやうに、言葉の中に潜在するものを多くの人が捉へえない。存在するものはどこに存在するか。二つのもののぶつかるところに、その火花の中に。〉

谷川俊太郎の詩の読者ならば、次の一節をすぐに思い出すはずだ。

詩はなんというか夜の稲光りにでもたとえるしかなくて
そのほんの一瞬ぼくは見て聞いて嗅ぐ
意識のほころびを通してその向こうにひろがる世界を

「理想的な詩の初歩的な説明」と題された、『世間知ラズ』（一九九三年、思潮社）所収の一篇で、谷川の代表作の一つとされる作品である。この詩集の主題は父、徹三の死。詩はこう終わる。

詩の稲光りに照らされた世界ではすべてがその所を得ているから
ぼくはすっかりくつろいでしまう（おそらく千分の一秒ほどの間）
自分がもの言わぬ一輪の野花にでもなったかのよう……

だがこう書いた時
もちろんぼくは詩とははるかに距《へだ》たった所にいる

詩人なんて呼ばれて

冒頭の〈詩の高さは一瞬の閃光として来る〉は、では、誰による文章か。
谷川徹三が一九三四（昭和九）年、三十九歳の時に書いた「詩」という文章の一部分だ。〈私は詩が文学に於いて今も尚ほ最も本質的なものと最も純粋なものとを保つてゐることを感ずる。そして詩人に於いてあらゆる文学者の中の最も純粋な芸術家を見出す。／純潔な形姿なるものがある。ヘルダーリンとかノヴーリスとかリルケとか――。過ぎ去つた歴史の幽暗な後景の中に時をふるに従つてはつきり浮び上るのはかういふ形姿である。散文家はどんなに偉大であつてもかういふ明確な形姿としてはあらはれない〉

〈百巻の小説より一巻の詩集である。詩は常に結晶体の緊密をもつてゐる。山頂を渉る巨大な足をもつてゐる。詩は常に集中であり頂点である。詩の小ささは星の小ささである。星はしかし地球より大きい。散文は地上の事物のあらゆるうつろひ易さをうつしてゐる。散文の大きさは地上の雑多をつつむ量である。光として発すればそれは消えてしまふ〉

一六〇〇字ほどの短い文章は、最後、冒頭に挙げた詩の定義に及ぶ。一九四一（昭和十六）年に出版された『哲学的文学』に収録された父親の文章を示すと、俊太郎は、「ちゃんと読んでないと思います」と答えた。それでも、「詩論として、今も通用するんじゃないかな」と認め、しばし無言で、感慨深げに古書の頁に見入った――。

父、谷川徹三は京都帝国大学哲学科で西田幾多郎（一八七〇～一九四五年）、田辺元《はじめ》（一八八五～一九六二年）に学び、後年、法政大学総長に就いた哲学者である。『東洋と西洋』『戦争と平和』『ヒューマニズム』など、時代が定義、定見を求める難題について多くの著作を残している。戦後文化の始まりにおいては、岩波書店、中央公論社の論調に影響力を持つ識者としても名が残る。しかし徹三は、石川啄木や斎藤茂吉から歌にめざめ、土井晩翠、島崎藤村の詩を暗誦していた大正期の青年だった。萩原朔太郎に熱中し、上田敏や永井荷風の翻訳詩も愛読したと語っている。宮沢賢治の没後、最初期からの作品の発見、評価に尽力している。最晩年、書斎で、北軽井沢の山荘で黙読し続けていたのは、若き日に傾倒したゲーテだった。詩への志向は、徹三の最深部に根ざすものだったのだろう。

父と息子の関係は、個々の家庭でそれぞれ複雑であり、解き明かすことなどできない。ましてをしていた。

谷川徹三と俊太郎は六十年近く、同じ敷地で暮らし、四十年にわたって各々もの書きとして仕事

「父はそんなに息子の将来に関心はなかった。自分に夢中だったんじゃないかな」

しかし、俊太郎が意識している以上に、親子はさまざまな局面で似通っている。長い晩年だったから、謹厳、枯淡の文化的権威といった印象の強い谷川徹三だが、その行動と作品を若い日まで遡るほどに、情熱の強さも、受難を厭わぬ純粋さも、まさしく詩人のものであるのがわかる。そのパッションの背景には、大正期の生命肯定の思潮が力強く脈打っている。俊太郎が徹三から受け取った情緒的、知的影響ははかり知れぬほど大きい。徹三が全身で浴びた自由な芸術学術至上主義の時代のエネルギーが、二つ年下の感受性も楽才も豊かな京都の子女、長田多喜子と出会って閃光を放ち、それまでの時代には考えられないほど自由で対等な関係で恋愛を育てて結婚し、八年後に結晶のような男児が誕生した。そのひとり子が特別な詩の才能を備えていたのは、必然的な運命だと感じられてならない。

宇宙の果てから地球に舞い降りてきた孤独な青年——。詩人、谷川俊太郎はそんなイメージをまとって一九五〇年代の始まりと共に登場した。「二十億光年の孤独」で十八歳の詩人が書いた〈人類は小さな球の上で／眠り起きそして働き／ときどき火星に仲間を欲しがつたりする〉という言葉は一躍、文学青年の間に知れわたった。徹三の友人だった三好達治*が、五二年に刊行された第一詩集『二十億光年の孤独』の「はるかな国から——序にかへて」で、〈この若者は／意外に遠くからやつてきた／してその遠いどこやらから／彼は昨日発つてきた〉と書いた影響は大きかった。しかし、俊太郎の才能の起源については、かなりの程度まで特定することが可能だと思

われるのだ。

谷川徹三は一八九五年に愛知県知多郡、伊勢湾に面した常滑町（現・常滑市）に生まれた。生家は問屋と小売店を取り次いで酒や醤油、煙草などを扱うかなり豊かな商家で、兄と二人の妹に囲まれて健やかに育った。県立第五中学校時代からは寄宿舎で過ごし、東京の第一高等学校に入学。その直後から、帝劇の歌劇、歌舞伎や落語に親しみ、いつしか学校に出ず放蕩、漂泊の願望へ足を取られる。時代は第一次世界大戦下。強い自己否定の観念にとらわれ、自殺を思い詰めるなどして、二年生を三回、繰り返している。親鸞の言葉を集めた『歎異抄』に救いを求めるが、たまたま求めたエブリマンズ・ライブラリーの一冊、ホイットマンの詩集『草の葉』によって、〈善も悪も美も醜も、人間世界の否宇宙の一切の事象を肯定するその大きな肯定の精神に私は打たれた〉。ニーチェの『ツアラツストラ』もドイツ語の原書で読み、〈生命のいぶきを吹き込まれ

三好達治　（一九〇〇〜六四年）　大阪出身。旧制三高時代の同級生、丸山薫と共に詩作を始め、東京帝大仏文科在学中、梶井基次郎を通じて萩原朔太郎と知り合う。朔太郎の『月に吠える』を出版したアルス社に就職するが同社が倒産。ボードレール『巴里の憂鬱』の全翻訳に着手した後、三〇年には第一詩集『測量船』を出版する。三四年から堀辰雄、丸山薫と共に詩誌、第二次「四季」の共同編集者となる。五二年『駱駝の瘤にまたがつて』（芸術院賞）から六二年『定本三好達治全詩集』（読売文学賞）まで約十五冊の詩集を刊行。四季派を代表する詩人であり、多くの人々に愛唱された。戦中には時局に応じた詩も発表している。私生活では朔太郎の末妹のアイと波乱の末に四十一歳で再婚するが、一年ともたず破綻。この顛末を朔太郎の娘、萩原葉子が三好の没後、小説『天上の花』（一九六六年）に書いた。戦後は世田谷区代田に暮らし、高槻市本澄寺に墓と記念館がある。

る思いをした〉（『自伝抄』）と振り返っている。「草の葉会」と呼ばれていた有島武郎を囲む読書会に参加するようになると、徹三は西田幾多郎の『思索と体験』などに導かれ、哲学への志を固める。

一九一八年、徹三は二十二歳で京都帝国大学文学部哲学科に入学する。当初は一年先輩の三木清の下宿に入り、やがて林達夫*らとも近しくなり、ゲーテやカントに傾倒していく。なおも〈否定の精神との格闘〉は続いたようだが、西田幾多郎と田辺元教授の特殊講義には精勤する。卒論には「ゲーテにおけるスピノチスムス」を書いて、卒業と同時に同志社大学予科講師となり、ドイツ語、論理学を教え始めた。

京都選出の政友会の代議士、長田桃蔵の次女、多喜子と知り合ったのは卒業前年、二十六歳の時。一九二一（大正十）年六月、ある音楽会の夜だった。同志社女子専門学校で多喜子と妹が友人同士だった、林達夫の紹介による。多喜子は東京音楽学校（現・東京芸術大学音楽学部）へピアノを学びに上京していたが、結核を患った姉、花子の看病のため、学校を辞めて戻ってきたのだった。姉の入院する京大病院の一室はいつしか京大生も集うサロンのように華やいで、活発で家族に尽くすチャーミングな多喜子へ、好意を寄せる青年は何人もいたようだ。三木清が真剣な好意を募らせていたことは知られている。その中で、多喜子はまっすぐ徹三にひかれていった。きわだった容貌にも動かされたのだろうか。徹三がしばしば長田家を訪ねる形で交際が始まる。

そのプロセスを伝える手紙五百三十七通を、俊太郎は両親の死後、納戸の奥に発見した。まず、分量に驚いたというが、その中から四分の一を選んでみずから編集し、『母の恋文　谷川徹三・多喜子の手紙　大正十年八月〜大正十二年七月』（新潮社）と題して、父の亡くなった五年後の一九九四年に出版した。すると、たちまちかなりの反響を呼んだ。たしかに二人の手紙は公刊する意味が大きい。恋愛の結晶作用というスタンダールの言葉はよく知られるが、二人の手紙ほどその端的な例も稀だろう。俊太郎は〈父に対する母の愛情は、父の母に対するそれよりもはるかに苦しみ多く、深いものだったのではないか〉と考え、『母の恋文』と題した。が、徹三の手紙の率直さ、相手への配慮にあふれる知性と筆力には、やはり強い印象を受ける。

〈私は昨夜もどうしてあなたのお家の方達はお祖母さんもお母さんも、あんなに若々しく（どこか子供らしい）のだらうかと思ってゐました。（中略）あなた達御姉妹に対するさういふ気持と愛とあの方々の若々しさとの間にたしかに関係がある様に思はれます。つまり親として気持があまりに若々しいのです。（中略）あなたの家庭の方達は日本の家庭で見出しうるもっとももこころよい generous な方達でせう〉（大正十一年一月）

〈私の家は田舎の貧しい商人です。あなたのお家に比べるとお話にならない位低い程度の生活をしてゐます。（中略）或人達は恐らく私があなたに申込むことを厚顔だとさへ思ふでせう。しかも私は学校を出ると多分自立しなければなりません〉（同年二月）

多喜子も率直に思いを伝えている。

〈今まで一般的に男に対して、私が持ってゐました悪感――男が持ってゐる私の最もいやに思ふ

林達夫　（一八九六～一九八四年）　東京出身。京都帝大では美学及び美術史を専攻。岩波書店で「思想」の編集に関わりながら、「百科全書派」の学者として日本工房、東方社などで活動した後、平凡社『世界大百科事典』の編集責任者となる。ベルクソン、ファーブルなどを翻訳した。

欲求に対する――も、あなたと云ふ一人の絶対的な男性の現れによって、なくなってしまひました。あなたと云ふ一人の男を絶対に愛してゐます。あなたの持って入来《いらっしゃ》るエゴイズムまで愛する事が出来るでせう。私はほんとにあなたによって人間になる事も出来ます〉（同年一月）

この頃相次いで紹介された欧米の思潮を先を争って取り入れ、やがて京都学派を成していく精鋭たちが集った京都帝大哲学科で、徹三がどんな本を読み、どんなふうに自身の哲学を着想したか。その断片も手紙から窺える。センセーションを起こしたばかりだったシュペングラーの『西洋の没落』をドイツ語の原典で読み、〈厳密に学問的に批評したら勿論際物的でせうが、ともかくその霊感《ベガイステルング》と独創にちょっとうたれます〉（同年三月）と、感動した箇所の原文を多喜子に書き送っている。そうした知識を配偶者となる女性と共有したいという思いは、当時としては相当、進歩的だったろうし、それを受け止め得る女性もめずらしかっただろう。時にはイエーツの英詩を文語調で訳してみせている。

〈貧しければ、わがもてるは夢をのみ、／君が御足のふむ下に、その夢をこそわれは敷け、／そとふみたまへ、わが夢なれば。

日本語といふ言葉はなんといふやくざな言葉でせう。これぢゃ、ちっとも「言霊幸国《ことだまのさきはふくに》」ではありません。英語なんてのは、ドイツ語やフランス語に比べると、ずっと趣きのない言葉だと思ひますが、それでも、日本語とは比べものになりません――、Tread softly because you tread on my dream. この一句を私はたまらなくすきです〉（同年二月）

ゲーテに傾倒していた徹三のこと、西田が『善の研究』で引用したゲーテの詩「菫」の話なども交したかもしれない。哲学と詩は、この時代、今よりはるかに密に隣接していたのである。

語学が得意だった徹三は、英語、ドイツ語はもちろん、仏語の哲学、文学の本も読んでいた。自作の詩も書き送っている。〈いかなるえにしならん。／君とわれ、この世にかくも恋ふるは――。／しめやかなる雨に／その不思議を、今宵もわが思ひつゝ、／いつしかはや、まなこは涙を宿してをり〉

多喜子はこう応じている。

〈私は今もあなたの詩集を出してよんでゐました。あなたの詩は私にとってはどれもこれも同じです。第一あなたの詩に限っては一寸でも批評する様な眼付になるのがいやなのです。でもお作りになった時の気持なんかはどれもこれも自分が作ったのではないかと思はれる程よくわかります〉（同月）

議員活動のため東京住まいの両親がこの次京都に戻ってきたら、〈あなたから申し出て下さい。それさへすませば、私達はほんとに自由です〉と多喜子に促され、六月になって徹三は長田桃蔵宛ての書簡を用意している。

〈私の心持として申上げて置かなければ気のすまないことを大体申上げます。第一に私は立身出世といふ様なことの出来る男ではありません。勿論私とて自分の一生の仕事――この世に生れて来た意味、に対する熱情は持ってゐるつもりですが、その仕事は出世と栄達には極めて縁の遠いものです。（中略）私の一生は常に乏しさのうちにあるでせう。私はそのうちに自ら安んじたいと思ひます。しかもこの様な願ひをもってゐる私が、過去に於てその願ひにふさはしい清浄な生活をして来たかと申しますれば、その点に於ても私は自分を恥ぢねばなりません。高等学校以来私の生活は漂泊のうちにあり、ある時期に於ては遊蕩をさへしてゐます。そして私はもはや純潔ではないのです。――私は私の生活の、すくなくとも外形については、過去に於て汚辱と慚愧とを見るのみです。実に私はこの様な者です〉(同年六月)

多喜子に預けたこの手紙の出番を待つまでもなく、桃蔵をはじめ家族に祝福され、一九二三(大正十二)年九月、出会って二年余りで二人は夫婦となり、京都市外の深草(現在は同市伏見区深草)に新居を構える。

それにしても、放蕩青年、徹三を勤勉で良識を備えた社会人に変え、内面豊かに成長させたこの時期の京都帝大哲学科には、どれほどの泰斗、俊英が集っていたのだろうか。

核となった西田幾多郎が学習院大学教授から転じて京都帝国大学文科大学助教授に就いたのは、一九一〇(明治四十三)年。『善の研究』を翌年に刊行し、二年後に教授に昇格している。日本近代において初めて、独自の哲学体系をまとめた『善の研究』は、「人生いかに生きるか」という普遍的な問いを根本から解き明かそうと挑んだ著作であり、追って岩波書店版が出ると、難解な内容にもかかわらず、インテリ層の若者に支持されていった。西田は『善の研究』(岩波文庫)第五章「知と愛」の中で、〈我々が物を愛するというのは、自己をすてて他に一致するの謂《いい》である。自他合一、その間一点の間隙なくして始めて真の愛情が起るのである。我々が花を愛するのは自分が花と一致するのである。(中略)我々が自己の私を棄てて純客観的即ち無私となればなるほど愛は大きくなり深くなる。親子夫妻の愛より朋友の愛に進み、朋友の愛より人類の愛にすすむ。仏陀の愛は禽獣《きんじゅう》草木にまでも及んだのである。/斯《かく》の如く知と愛とは同一の精神作用である。〉と書いている。ここで西田とのつながりが思い浮かぶのが、谷川俊太郎が青年期に書いた寄稿文に残る、「愛」についての定義である。

〈愛とは究極において、全体へのひとつの力である。愛する対象は何でもいい、私たちが何かを愛することの出来る時、私たちとその何かとは分ち難くむすばれて、ひとつの全体を形づくる。愛している時に私たちの感ずるあの何かが完成しているような感じ、すべてがひとつになってしまったような感じは、愛のその力によってなのだ。／人間には、いろいろな対象への愛がある。そしてそれらの愛はそれぞれに、多様な姿をとって現われる。しかし、愛はその最も深い本質においてひとつなのだと私は考える。《空への愛》も、《地への愛》も、《ひとへの愛》も《ひとびとへの愛》も、その現われ方こそ違うが、全体への同じひとつの力に他ならない〉（「愛＊私の渇き」初出誌不明、『愛のパンセ』一九五七年、実業之日本社）。

ごく平易な語り口で書かれたエッセーだが、西田哲学の片鱗を見ることはできないだろうか。

青年たちに知識と実践の一致を説く『善の研究』から二年後、今度は東京帝大哲学科出身で、法政大学教授を務めていた気鋭、和辻哲郎（一八八九〜一九六〇年）による『ニイチェ研究』が出版された。二十世紀の始まりと共に日本でも紹介され始めたニーチェの「超人」の思想が、和辻の著作によって学生層まで浸透していく。和辻は一九二五（大正十四）年春、京都帝大助教授として赴任し、かねて氏の『古寺巡礼』などから日本文化への関心を与えられていた徹三は、さっそく和辻の元を訪ねている。和辻は小山内薫に一時期、戯曲創作について教えを請い、小説に手を染め、恋愛結婚を果たすなどの一面も知られる。人柄や気質からみれば、徹三は西田幾多郎より和辻哲郎に親近感を寄せていたようにも推察される。

近代文学及び思想史を研究する鈴木貞美は、大著『生命観の探究』（二〇〇七年、作品社）で、和辻のニーチェ理解を次のように要約する。〈概念の体系を築くことが「真の哲学」ではない。一切は「宇宙の生命」の産出物であり、自己の「内部生命」、すなわち「直接な内的経験」（心の動きそのもの）を表現することこそ「真の哲学者」の仕事である。なぜなら、それこそが、世界の根源を開示する努力だから。だが、「宇宙生命」は直接表現しえないものだから、その表現は「暗示的象徴的」になると説く。この世界観と芸術観は大正生命主義*の典型である〉

大正期には、「生命」という言葉が急速に時代を象徴するキーワードになっていく。講談社の「日本現代文学全集」別巻、『日本現代文学史（二）』（一九七九年）の年表には、明治元（一八六八）年から昭和三十五（一九六〇）年に至る文学作品と併せて主要雑誌に発表されて注目を集めた評論、随筆を網羅しているが、明治四十年代に目立っていた「自然主義」をめぐる評論は、元号が代わるとほぼ同時に姿を消し、代わりに「生の要求と芸術」（片上伸、「太陽」）、「生の拡充」（大杉栄、「近代思想」）、『生長』（武者小路実篤）、『近代思想と実生活』（岩野泡鳴）といった、「生」と「生活」というテーマが浮上する。

大正十年代に入ると『三太郎の日記』で一躍注目された阿部次郎による「人生批評の原理としての人格主義的見地」（「中央公論」）、『愛と認識との出発』（倉田百三）、「近代の恋愛観」（厨川白村、「大阪朝日新聞」）など、近代的恋愛を肯定する思想が、志賀直哉、武者小路実篤、里見弴をはじめとする白樺派の作家の著作と共に読者に影響を与える。文学や哲学者の著作を読むことで自分の生き方を内省し、目的を探すという西欧流の内面形成が、この頃日本でも知識層の青年に根づいていく。そうした時代の潮流をつくる選ばれし者として、徹三らは自身の公私両面の生き方、すなわち学究生活と恋愛とを重要な実践活動と自覚しながら、青春の日々を送っていたのだろう。

〈立身出世といふ様なことの出来る男ではありません〉と義父に宛てて書いた徹三だが、人当たりが穏やかで、多くの人に好感を持たれた形跡がある。信頼を得た和辻から「思潮」や「思想」などへの寄稿を依頼され、有島武郎の紹介で志賀直哉と出会い、続いて柳宗悦、岸田劉生とも知り合う。ジンメルの『カントとゲエテ――近代世界観の歴史への一寄与として』の邦訳に続いて、ミュンスターベルク『映画劇　その心理学と美学』の邦訳をペンネーム（久世昂太郎）で出版。岩波書店の月刊誌「講座」には、自身が「詩的哲学的エッセー」と名付けた「憂鬱の浄化」「雨の霊魂」「孤独」「山」「夜」を、「思想」には「古典的と浪漫的」を次々に発表している。すると、岩波書店社長の岩波茂雄がわざわざ徹三のもとまで訪ね、「夜」に大いに共鳴したと伝え、岩波書店から最初の著作を出版することが決まる。その単行本、一九二五年三月、三十歳となる目前

大正生命主義　鈴木は、西田幾多郎『善の研究』は大正生命主義の骨格を体系的にまとめた代表的な書物であるが、「生命主義」という語を最初に用いたのは同じ京都帝大教授、田辺元であるという。田辺が一九二二年、新カント派のリッケルト「生の哲学」の主旨を紹介する際に、ショーペンハウエル、ニーチェらの「生の哲学」の流れと、フランスのベルクソン、アメリカのプラグマティズムのW・ジェイムズ、デューイらの哲学をまとめ、生物としての生命を根本におく思想、すなわち「Biologismus（生物学主義）」について述べていた。その際、田辺はこの言葉を「生命主義」と翻訳。自然の一成員としての人間が、生活内容を豊かにし、心身の欲求を自由に発揮できるようにすることこそが文化であると、「生命主義」に立つ「文化主義」を田辺はここで説く。西田が『善の研究』で使っていた「生命」という語も、〈人間の本性を示す重大な言葉として当時の読者によく響いたと想われる〉と鈴木は指摘している。さらに鈴木は、徹三が私淑した白樺派の兄貴格である作家、有島武郎の小説『生まれ出づる悩み』（一九一八年）の一節を、この時代の世界観、生命観を凝縮したものとして挙げている。〈ほんたうに地球は生きてゐる。生きて呼吸してゐる。この地球の胸の中に隠れて生れ出ようとするものの悩み――それを僕はしみじみと君によつて感じる事ができる。それは湧き出て跳《おど》り上がる強い力の感じを以て僕を涙ぐませる〉

に刊行された『感傷と反省』は、十五年のうちに十四回も刷り増された初期の代表作となった。そして同書の中で、谷川俊太郎の詩想の根源にある世界観ともっとも直結しているとみられるのが「雨の霊魂」――徹三が自身を放蕩生活から救った体験を元に思索を広げた、かなり長い随想である。

〈私が気随な生活に身を任せてゐたころのある夜であつた、その真夜中に、半ば眠りの中で私は雨の音を聞いた。それは（翌朝になつて気づいたのであるが）恐らく雨の先駆が窓の外の桐の木の葉にあたる音ででもあつたであらう、ある間隔を置いてかすかに小さくしかし引き込む様に聞えて来た。と、稍しばらくして私は実に奇妙な考へに捉へられた、その雨の音を天上から下界へ見えざる不思議な手が霊魂を落してゆくのだと思ひだしたのである、といふよりも一層直接な感じ――いま霊魂が雨として秘密に人知れず下界へ降つてゐる、雨が霊魂をそつと落してゆく、といふひたすらな思ひに心を捉へられたのである〉

この「霊魂」は当時の感覚では「生命」に近い語であっただろう。そしてこの体験こそ、西田幾多郎が重要視した「純粋経験」だと思われる。純粋経験の説明は難しいが、あれは何だろうと気をとられている時、または何かに集中している間、「私」が消えている状態と言い換えることもできるかもしれない。あるいは谷川俊太郎がインタビューの中で、自身の創作に際しての境地としてたとえたイギリスの詩人ジョン・キーツの言葉である「ネガティブ・ケイパビリティ」にも通じているように思われる。ほんの一瞬、自分が無になる感覚と、そこから詩的言語が発生するという境地のことで、「容易に答の出ない事態に耐える力＝負の力」という解釈もある。多面的な意味を持つこの語については、本書で何度か取り上げることになるだろう。西田幾多郎はこの純粋経験から、「神との合一」に至る「生命」の営みの論理を貫く、自身の哲学を作り上げた。徹三はそうした西田の思想を念頭に置きつつ、美的であるか、倫理的であるか、宗教的であるか、そのような分類は問題ではないとしながら、この雨夜の体験を短い詩にまず表現している。

萬物はいま闇のうち
いちやうにねむる夜に、
雨。

音もなく下界にしのびきて
霊魂を落してゆく
雨、雨。

続いて、放蕩と漂泊の時代を、自問自答の日記のような自身の記録を引いて振り返った上で、徹三の筆は「現実主義」と「理想主義」の間で揺れ動く現在の心境へと進む。

〈頭は科学の認識の上に宗教を否定する。胸は宗教の要求の上に科学を否定する。しかし理性は科学の認識と宗教の要求とを各々の立場に於て肯定する。そしてその各々の立場を可能ならしむるは私の先に解したるが如き現在の立場である。理性は現在の立場に立つて「すでに成りしもの」の上に科学的認識を肯定すると共に「未だ成らざるもの」の上に宗教的要求を肯定する、しかも理性はその現在の立場に於て「すでに成りしもの」の上に宗教的要求を否定すると共に「未

だ成らざるもの」の上に科学の認識を否定する〉

自身の哲学的思考のスタイルを切り拓こうと、二十代の徹三は格闘している。そして「雨の霊魂」は次のように結末に近づいていく。

〈私の思索はしばしば風によつて乱される、しかし私自身の思索が風のやうではないことを私は信じたい。あの虚無主義の漂泊者、そしてそのくせ時々馬鹿なペダントになる風のやうにではないことを。彼は全世界をへめぐり全世界を知つてゐるやうな顔をする、しかし彼は全世界の表面を吹き過ぎ、かすめ触れたに過ぎないのだ。私は風であつてはならないと思ふ。私の思索は晴れた空のやうに明朗でなくとも、雨となつて地へ落ち、地の中へしみ込む雲でなければならない。その雨のしみ通る地域は狭いかも知れぬ、しかし狭くとも深く大地の心迄しみ通らねばならぬ〉

「詩的」であることが「哲学的」であることより先に立つエッセーだという印象を受ける。一連の「詩的哲学的エッセー」を書いた動機を徹三は、〈私は体系的思考を少しずつ身につけていた。しかし私には体系の論理の中にある空疎――生からの遊離がいとわしかった。私は頭脳の論理とともに心情の論理を欲した〉(「私の履歴書」)と後年述べている。徹三はこの時期に、自身の資質が哲学研究より、むしろ文学を含む啓蒙的な文章の執筆に適していると見極めたのではないか。ここからさらに十年近い年月を経て冒頭の〈詩の高さは一瞬の閃光として来る〉という断言が書かれることになる。

さて、「雨の霊魂」が書かれて三十数年後、俊太郎が書いた戯曲「大きな栗の木」のヒロイン由利に書いた長い台詞の中に、次のような部分がある。

〈あたしは耳をその幹にくっつけてみたりした。ほんとうはその栗の木は、いつまでも終らないやさしい物語を呟き続けているように思えたわ。木はその物語をきっと青空からきくのよ、そしてそれは沢山の葉たちのおしゃべりに乗って、ずうっと下の根にまでとどく。そうすると根はそれを話相手のないままに、地中に捨ててしまう、すると地下水がいつの間にかそれをこっそりきいていて、あるいいお天気の日、水蒸気になって天にのぼってゆく時に、雲に話してやる。それまでにはその物語もいろいろに話が変っているから、青空も自分の物語だと気づかない。そしてまた、青空は雲からきいたその話を栗の木にしてしまう……／物語は変りながら、いつまでたっても限りない。あたしはそんなことを考えたりしてた。でもあたしはほんとうは風の音しか聞けなかった〉

徹三がその時代、全身で受け取った生命主義の思想が、それこそ雨、または家庭という根から発した蒸気を受け取った雲のように、自然に俊太郎の中に注がれ、この文章に投影されていないだろうか。

あるいは『二十億光年の孤独』の拾遺をほぼすべて収めた『十八歳』の中から次の二つの詩を引くと、父子の個性がいっそう際立つかも知れない。

傲慢ナル略歴

トモカクモ満零歳カラ十八歳マデ
オモシロオカシクヤッテキタ

ナントイッテモ健康ダシ
心モ少シハ美シイ
実際ヤタラメッポウ幸セナノデ
マダ人生ノ悩ミモナイ
トモカクモ満十八歳カラコノ後モ
オモシロオカシクヤッテユク気ダ

よる

霧と街灯
そして私の感傷だった

ピアノと少ない星
そして私は思っていた

冬のよる
この幸福は何だろう?

徹三の青春期に立ちはだかった、性愛の禁忌に根ざすところも大きかった自己否定の懊悩、恋愛と結婚、職業……生活と人生の哲学をめぐるさまざまに錯綜した手続き、階級意識。それがわずか一代、第二次大戦を挟んで三十余年のうちに俊太郎の中からは消えている。俊太郎はめぐまれた自身の環境を十分意識した上で、おだやかに「生命」とこの世界のすべてを肯定している。感傷の湿り気、暗さも初めからなかったように払拭されている。だが、着眼の対象、物事の感じ取り方のやわらかさ、また多くの人に伝わる文章をめざす姿勢など、何と相似形の父子だろう。それともこれこそが青年期の普遍的な情動、情緒で、谷川父子はその典型を取り出すことにそろって長けていたとみるべきだろうか。

一九二八（昭和三）年春、三十二歳の谷川徹三は、かつて安倍能成、和辻哲郎を教授とした法政大学法文学部哲学科の教授として東京へ赴く。この時も三木清が一年先に同大教授に就いていた。ところが三〇年、三木は日本共産党に資金供与したとして逮捕される。一時は谷川徹三らと共に研究の自由を守ろうとする立場から「学芸自由同盟」で活動しているが、その後、三木は近衛文麿らが中心になって結成した「昭和研究会」に加わり、同会の哲学的監修者と目される。だが四五年、治安維持法の違反者をかくまったとの容疑から東京拘置所などに勾留され、敗戦の翌月に獄中死するという悲運をたどった。三木清と谷川徹三、陰と陽のような関係だったが、年月が経ってみると三木は時代に殺されたことで、今に生き続ける哲人となっている。

学生時代を通じて、政治や社会問題にはまったく興味を持たなかったと述べている徹三も、三木が河上肇の個人雑誌や羽仁五郎と組んで編集した雑誌に発表したマルクス主義に関する論文に大いに刺激を受けていた。だが、納得できない思いがかえって募り、一九二九年、「思想」四月号に発表した「マルクス主義文学理論の一批判――政治的価値と芸術的価値との対立を中心として――」を発表する。プロレタリア文学の熱風が吹き荒れるさなか、冷静な論理展開でマルクス主義における芸術論の限界を指摘していく論考は、左派の作家から猛反発を招いたものの、文壇への派手なデビューを飾ることになる。同年、かつて出版したジンメルの訳書は『カントとゲーテ』と改題して岩波文庫に収録され、三〇年には『生活・哲学・芸術』『享受と批評』、二冊の散文集を出版する。以降、徹三は文芸時評から芸術論まで一般の読書人のための啓蒙書を、生涯におよそ六十冊も著すことになる。同年、当時の法政大学長、松室致《いたす》が群馬県吾妻郡長野原町大字北軽井沢に拓いた避暑地、北軽井沢の通称「大学村」に夏の家を建て、大学の先輩、野上豊一郎と夫人の野上彌生子とも徹三は親しく行き来し始める。

東京では杉並町田端、すなわち現在の杉並区成田東に自宅を定めた。一九三一（昭和六）年、夫妻が結婚して八年目の、俊太郎が生まれた年のことである。以降、谷川家は山の手の中産階級として、何不自由ない暮らしが保たれる。徹三亡き後も今日まで八十五年余、俊太郎の長男で音楽家の賢作の家族まで、一家の活動拠点は阿佐谷と北軽井沢、その二か所から動いていない。

谷川徹三は生涯、肩書は「哲学者」で通したが、もっとも専門的な探究を長く続け、その仕事が現在もしばしば引用されるのは、宮沢賢治（一八九六〜一九三三年）についての著作である。徹三よりひとつ年下の宮沢賢治作品との出会いは、賢治が三十七歳で亡くなった翌年の一九三四（昭和九）年のことだった。大正期における哲学潮流としての「生命主義」を考えれば、徹三の賢治への関心もそう唐突なものでないことが理解されよう。

徹三の研究成果は、一九五〇年に刊行後、今も増刷され続ける岩波文庫の谷川徹三編『宮沢賢治詩集』と、同じく岩波文庫の徹三編童話集二冊、『銀河鉄道の夜』と『風の又三郎』の解説に凝縮されているが、ここでは俊太郎の感受性を考える上で、一本の補助線となりそうな賢治論を紹介したい。徹三の講演集『宮沢賢治の世界』（一九七〇年、法政大学出版局）に収録されている四八（昭和二十三）年十二月、岩手県長坂村に建立された賢治の記念碑完成を祝って行われた講演で、演題は徹三が選んで碑に刻まれることになった「もろともにかがやく宇宙の微塵となりて」。賢治の遺稿を掲載した「歴程」同人の草野心平が編んだ「農民芸術概論綱要」にある言葉である。

この「綱要」の中には、よく知られる〈世界がぜんたい幸福にならないうちは個人の幸福はあり得ない〉が序論にあり、〈自我の意識は個人から集団　社会　宇宙と次第に進化する〉〈正しく強く生きるとは銀河系を自らの中に意識してこれに応じて行くことである〉など、賢治の思想の中心を成す言葉も含まれる。徹三は、賢治のこうした思いを科学者アインシュタインが名付けた「宇宙的宗教感情」に重なるものだと講演の中で述べている。賢治がめざしたのは、〈生活と芸術との一致が、宗教と科学との合一の上に立っている〉新しい世界であり、それを賢治は「四次元の世界」と称した。徹三は「綱要」の結論を、〈われらに要るものは銀河を包む透明な意志　巨きな力と熱である〉と見定め、次のように自身の言葉で説明している。

〈われわれは宇宙の一微塵に過ぎない。しかし宇宙塵はやがて凝集して星を生むものとなる。そこにはかがやく星を生む可能性が内在するのだ。われわれはその大いなる可能性である。われわれは仏となるべき種子である。それは無方の空にちらばって行方がわからないようになっても、やがてあちらこちらにその芽を吹き、その実を結ぶであろう。――これが「まづもろともにかがやく宇宙の微塵となりて無方の空にちらばらう」という決意と祈願との意味する内容である、とわたしは信じます〉。「宇宙の微塵」という言葉は、天文学における宇宙塵と仏典の微塵、双方にかかる言葉であるとも解いている。科学者、社会活動家、法華教の行者、詩や童話の創作者、音楽愛好家という多方面に才能を発揮した賢治は、〈東洋のヒューマニズムの伝統を受けながら、それを超えた一個の新しい存在〉だと強調して、講演は終わっている。この時、徹三は五十三歳。

この「宇宙の微塵となりて」という言葉、感覚は、谷川俊太郎の詩作全体を考えていく上で、どこかで常に忘れてならないように思われる。たとえば、「ありがとう」という詩がある。

空　ありがとう
今日も私の上にいてくれて
曇っていても分かるよ
宇宙へと青くひろがっているのが

花　ありがとう
今日も咲いていてくれて
明日は散ってしまうかもしれない
でも匂いも色ももう私の一部

お母さん　ありがとう
私を生んでくれて
口に出すのは照れくさいから
一度っきりしか言わないけれど

でも誰だろう　何だろう
私に私をくれたのは？
限りない世界に向かって私は呟く
私　ありがとう

二〇〇九年、七十七歳で出した詩集『子どもたちの遺言』（佼成出版社）収録の一篇である。〈お母さん　ありがとう／私を生んでくれて〉。この言葉は、俊太郎が個人的に幸福な人生をおくってきたしるしであるのは無論、〈自我の意識は個人から集団　社会　宇宙と次第に進化する〉〈正しく強く生きるとは銀河系を自らの中に意識してこれに応じて行くこと〉、そして〈われらに要るものは銀河を包む透明な意志　巨きな力と熱である〉……そうした宮沢賢治の言葉と、澄んだ音色で遠く、しかしはっきりと響き合っている。

俊太郎は、「父は真、善、美の中で美をもっとも尊んでいたし、美しいということが、よくわかる人だったんじゃないかな」と口にする。徹三が最晩年、自室で揮毫した「まづもろともにかがやく宇宙の微塵となりて無方の空にちらばらう」の文字をふと、徹三が不在の時に居室で見つけて、「不意に、涙があふれて止まらなかった」というエピソードも、インタビューの中で聞いた。「その詩のことばになぜかとても感動して」と俊太郎は語った。

母、多喜子は長く植物状態で過ごした後、一九八四年二月八日、八十六歳で死去。徹三は平成が始まった一九八九年九月二十七日、九十四歳で死去。その前日まで対外的な活動を続けた。作家の阿川弘之（一九二〇〜二〇一五年）は、旧制広島高等学校に在学中から最期まで交友を重ねた徹三の年少の知己だったが、阿川は八九年十月十六日、谷川徹三の葬儀において、〈先生の御生涯の最高傑作　教育者谷川徹三の最大の成果は　令息俊太郎さんの詩であり詩人谷川俊太郎其の人ではありませんでせうか〉と弔辞を読んでいる。大正期のインテリ青年たちの気風や谷川家の雰囲気を知る阿川には、谷川俊太郎という詩人の天才の成り立ちがよく分かっていたに違いない。また、鶴見俊輔（一九二二〜二〇一五年）は俊太郎の詩風を〈日常の体験そのものの中にある神秘性〉だと『続谷川俊太郎詩集』（一九九三年、現代詩文庫）の解説で指摘していた。〈谷川俊太郎を、その父にひきよせて論じることは、彼自身の好むところではないかもしれないが、彼の家庭に、『草の葉』があったことはたしかであり、そこには、彼の父が一高生のころに有島武郎からホイットマンの『草の葉』を読んでもらったという、「草の葉会」の流れがつづいているように私は思える。〉

両親の没後、先に編んだ『母の恋文』の主役は母だったが、二〇〇一年にやはり自ら編集して出版した『愛ある眼——父・谷川徹三が遺した美のかたち』（淡交社）で、俊太郎は初めて正面から父を追悼している。二十歳過ぎの俊太郎がベートーヴェンに傾倒して書いた文章を読んだ徹三が、自身の若き日のゲーテ体験に重ねて息子の音楽への理解の深さ、豊かさを素直に認めたエッセーも収録される。俊太郎は父が集めた古美術品の人形を写真で紹介し、その美を感謝を込めて見つめ返している。

徹三の蔵書が書棚に溢れる阿佐谷の同じ屋根の下で、黙々と執筆に励む徹三の気配を感じながら、ラジオの組み立てやレコード鑑賞に熱中していた一人息子は、マルクスを読まず、大学に行かず、政治運動にもほとんど関わらぬまま、意識せずとも西田幾多郎、宮沢賢治をはじめとする、大正期に根を持つ近代思想と文学を、いつしか自身の精神に取り込んでいた。いやギリシャから脈々と続く人間の知と愛を浴び、自分の言葉とした。生身の谷川俊太郎、その詩作品の中に谷川徹三の精神は今も、これからも生き続ける。

インタビュー1

「詩人になろうなんて、まるで考えていなかった」

――「谷川俊太郎」という詩人を考える時、どうしても谷川徹三という哲学者を知ることが必要だと考えるようになりました。剛と柔、対照的な印象もありますが、何しろ一緒に過ごされた年月が長い。ご両親がここ、杉並区成田東に自宅を構えられたのは一九三一（昭和六）年、すなわち俊太郎さん誕生の年でした。

一つの場所に八十年以上暮らしてる人間はめずらしいみたいですね。このあたりは新宿から青梅街道で一直線につながっていて、地下鉄の駅からも近いけど、都心とはいえないし、戦前は郊外の始まりのような、田んぼや畑に囲まれた田舎でした。父はお寺が持ってる二百坪ほどの借地に建ってた家を買って、土ぼこりもひどかったから、「黄塵居《こうじんきょ》」と呼んでいた。その敷地に僕が結婚して小さな家を建てたり、両親の家を新しくしたり増改築したり、長男の賢作夫婦が越してきたり。いまさらほかへ引っ越すのもめんどくさいってだけでね。

ここに住み始めた時、父には縁者のいない東京で夫婦二人、独力で新しい生活を始めてやろう、という決意はあったと思う。愛知の常滑という小さな町に生まれて、そこから逃れたくて、父は東京に進学した。京都の大学に入って、そこで京都育ちの母と結婚したけど、また東京に戻って大学の教師になった。それは、意識的に家族の束縛とか地方の因習から断ち切れた生活を選んだのだと、僕は見ています。核家族といえば、うちの両親はその先駆だったでしょう。

——ご家庭の方針も、革新的だったのでしょうか。

ええ。商売をしていた父の家は浄土宗だったけど、この家には仏壇も神棚もなかったし、母の実家がある京都の淀の家にもお盆に里帰りするだけで、先祖のお墓参りには連れて行かれたことがなかった。四季の行事もクリスマスも、うちでは何も祝ったことがありません。近くの神社の氏子ということにはなっていて、お正月には獅子舞もまわって来たけど、盆踊りや縁日に行ったことがないし、むしろお神輿が練り歩いているのを見ると怖かったな。父はお歳暮やお中元の付け届けをしないことを誇りとしていたし、年賀状を出すよう教えられたおぼえもない。だけど、日常の食卓で使う皿小鉢とか、着る物などにはこだわりもあって、「趣味がいい」とか「悪趣味だ」とか、時々、批評的な言葉を母と交わしてるわけですよ。

僕に歴史意識が欠落しているというか、歴史や社会から切断されているって感じがあるのは、もちろんひとりっ子だからというのもあるけれど、こんなふうな核家族の、地域に根を下ろさない育ち方に理由があるんだと思います。「媒介者としての他者」が欠けてたんだね。一種の離群癖というか、友人と肩を組むこともできない、集団行動をけっこう頑なに拒む性格が、おのずと出来上がったんでしょう。

――谷川さんが誕生されたのは信濃町の慶應病院でした。谷川徹三さんは三十六歳、お母様の多喜子さんは三十四歳。ご結婚八年目に授かった一粒種として、どんなに歓迎されたことでしょう。その様子が数多いスナップから伝わります。

いいえ、さして子どもは欲しくなかったみたいですよ、夫婦ふたりだけで十分、幸せだったから。とくに母は。僕が出来た時も産むのを迷ったらしい。でも、京都の祖父（長田桃蔵）から「どうしても孫がほしい」と望まれたおかげで、僕が生まれてきました。うちの母はお産の格好が厭《いや》だと言って、帝王切開にしてもらったといいます。僕は苦しい思いをして産道をくぐり抜けないでこの世に生まれてきている。でも、生まれてきた僕を見た瞬間、母は「一目惚れした」って。

小さい頃の写真が多いのは、おそらく、京都に住んでいた伯母に送ってあげるためだった。母は仲のいい二人姉妹で、姉夫婦には子どもがいなかったから、実家も大騒ぎだったらしいんだ。撮影したのはうちの母とお手伝いさんか周囲の誰か。父はそういうことは何もできない。母はコダックの蛇腹式のカメラを持ってました。父と知り合う前、機械にすごく詳しい男性の友人がいて、「こうやって撮りなさい」って母に宛てた手書きの説明書が残ってるの（笑）。当時は写真館で記念写真を撮るだけでしょうから、たしかに小学校まで、日常のスナップが充実してる。伯母は送られてきた写真をアルバムに貼って、きちんとキャプションも付けて、大事に保管してくれてた。こんなに撮影された昭和初期の子どもはあまりいないかもね。

――阿佐谷のお家の中も、モダンな感じでしたか。

ええ、昭和初期の、けっこう大きい平屋建ての文化住宅の典型で、六部屋ぐらいありました。茶の間には掘りごたつがあって、台所は一段低くて暗かった。一間だけ洋間があって、そこを父が書斎兼応接間にして、壁は全部本棚。茶の間の奥に女中さんの部屋や納戸、僕の部屋だったサンルームや、じゅうたんを敷いたピアノの部屋があって、音大中退の母はそこで嫁入り道具のピアノを毎日のように弾いていました。中でもモーツァルトのピアノ曲は子ども時代のテーマソングみたいな感じで今もすごく好き。そのうち「二重奏しよう」なんて言い出して、母にピアノのレッスンも受けさせられるわけです。ソナチネ止まりだったけど。レコードを聴くのもその部屋。須田国太郎の油絵があったな。僕は音楽がないとちょっと生きていけない、そう感じるくらいクラシックなんかを聴くのが好きなのは、明らかに母の影響ですね。

父は不在がちだったし、一家団欒というもののない家でしたから、ともかく母がいなくなってしまうこと、死んでしまって一人になることを小さい頃の僕は何より怖れていました。少しでも外出した母の帰りが遅いと、不安でどうしようもなくなって泣き出してた。いつか夜中に目が覚めると両親ともいなくなってて、ものすごく怖い思いをしたことがあった。二人でダンスホールに出かけてたらしい。そういえば、カトリック系の幼稚園に通うようになって、電気が消されて眠る前、毎晩、寝床の中でお祈りをしていました。火事になりませんように、地震が起こりませんように、泥棒が来ませんように、お母さんが死にませんように、淀のおじちゃんおばちゃん、常滑のおじちゃんおばちゃんも死んだり病気になりませんように、って。

奥に建て増しした和室の仕事部屋で、父親はいつも遅くまで仕事をしてました。僕が泣いてたりすると、時々、書斎から「ウォー！」って声が聞こえてきたりしてね。父の膝に抱かれた記憶も、一緒に遊んでくれた記憶もほとんどありません。小学生になると、お能には連れて行かれました。これが退屈でさあ。狂言になるとすごく面白い。狂言は子どもでもわかるんだ。

――その頃のことを書かれた詩があります。

ふたつのロンド

六十年生きてきた間にずいぶんピアノを聴いた
古風な折り畳み式の燭台のついた母のピアノが最初だった
浴衣を着て夏の夜　母はモーツァルトを弾いた
ケッヘル四八五番のロンド二長調
子どもが笑いながら自分の影法師を追っかけているような旋律
ぼくの幸せの原型

だが幼いぼくは知らなかった
その束の間が永遠に近づけば近づくほど
かえって不死からは遠ざかるということを

音楽がもたらす幸せにはいつもある寂しさがひそんでいる
帰ることのできぬ過去と
行き着くことのできぬ未来によって作り出された現在の幻が
まるでブラック・ホールのように
人の欲望や悔恨そして愛する苦しみまでも吸い込んでしまう
それは確かにひとつの慰めだが
誰もそこにとどまることはできない

半世紀以上昔のあの夏の夜
父がもう母に不実だったことを幼いぼくは知らなかった

（部分、『モーツァルトを聴く人』一九九五年）

――作文は当然、得意でしたか。

とくに褒められたことはありません。絵を描くのは好きでした。小学校一、二年生のある日の日記に〈けさ、生まれてはじめて朝をうつくしいと思った〉と書いている。向かいの家のニセアカシアの木の向こうから、太陽が昇ってくるのを見て、きれいだと感じた、その瞬間のことを文章に書いておきたくなったんでしょう。それは、その時まで味わったことのない、喜怒哀楽の感情を離れた突然の出来事で、僕のポエジー誕生の瞬間だったと、ずっと思っています。

――光の美しさを直観した体験から始まったのですね。本との出会いはいつ頃でしたか。

それはあまり印象的な記憶がありません。何しろ家中に本があったから。僕が子ども向きの講談本とか漫画をねだると、母は渋々買ってくれてましたね。児童文学の名作を読めとか、あまり言われなかったけれど、小学校三年か四年の誕生日に、『アルス児童文庫』をひと揃いプレゼントされたのはよく覚えてます。北原白秋編集で七十巻以上もある本格的な全集。古本屋さんで買ったやつで、フィクションもドキュメンタリーも、理系の読み物も全部入ってた。好きな巻しか読まなかったけどね。高学年になると父親の本棚から抜き出して読んでいたのは冨山房の百科事典。これは「交接」とか「受胎」とか、性に関する知識を得る手段として、必要に応じて。同様の目的で、世界美術全集の類も愛読しました。

運動は短距離なら得意だった。でも心臓弁膜症と診断されていて、水泳やマラソンはあまりできなかったし、得意じゃなかった。両親は、僕が子どもの頃は、技術者に向いてると思ってたようです。模型飛行機を組み立てることにはかなり熱中して、「A―1型」という作文が残っています。

〈胸がわく〳〵する。一重全こぶ位まいて少し上向きにして飛ばした。ぐん〳〵上しゃうして上空でぐるりとまはって滑走した。次は地上発航でやった〉。最後は〈これからは僕等小国民がりっぱな発明や発見をしなければならない。僕もこれからは自分で設計して作らうと思ってゐる。

僕の模型よ、お前もほんとの飛行機と一緒にニューヨーク爆撃に行け！〉（昭和十七年三月二日）

――もう、少国民教育が行き渡っていた時代だったのですね。

そのようですね。太平洋戦争が始まった時は、四年生。学童疎開には行かずに済んだし、学徒動員されるほど大きくはなかった。いずれは兵隊に取られるという不安もあまりないまま、旧制の都立豊多摩中学校――通称都立十三中に入学したのが昭和十九年で、もう戦況はかなり悪くなってました。入学試験の成績が良かったらしくて級長に指名されて、毎日、カーキ色の制服にゲートルを巻いて、「気をつけ！」の号令をかけなきゃならなかった。一番背が低いのに。もともと学校は嫌いだった上に号令が苦痛で、だんだん体調まで悪くなって、結局、一学期間、休学することになりました。その頃、何を考えて何をしていたか、ほとんど思い出せない。機械好きだったから、三極電動機を作ったり、工作なんかしてたのか……。

はっきり優等生でなくなったのは中学二年の頃です。数学のテストで答案を白紙で出したり、勝手に教室から出てったり、問題児になった。その頃の「隣組」っていうのもとても嫌でした。うちは近所づきあいもあまりなかったのに、母がある時、防空演習の班長を引き受けることになって、べそかいてたのがショックでね。父は胃潰瘍で寝込んでいたし。そこに田中耕太郎さんが訪ねてきたり。

――徹三さんの『自伝抄』（一九八九年、中央公論社）によると、お父様は当時、岸田國士、安倍能成さんたちと共に海軍の「思想懇談会」のメンバーでもありました。重光葵外務大臣の秘書官だった加瀬俊一さんが山本有三さんに相談したのがきっかけになって、安倍能成、志賀直哉、武者小路実篤、富塚清、和辻哲郎さんたちと戦争が終わった後の方策を検討する「三年会」にも入るよう声がかかった。それで後に最高裁長官になった田中耕太郎さんと共に、年少者として連絡役などを務められたようです。

まだ、東條（英機）さんが総理大臣で、少し人気が落ちてきた頃だったかな、子どもの頭を撫でてる写真が新聞に載ってるのを見た父が、すごく苦々しそうに「こんなことやるようになったらおしまいだな」と、口にしたのを覚えています。子どもなりに、父が戦争に賛成しているのではない、ということはわかっていました。

――昭和二十年五月の山の手大空襲の記憶を書かれていますね。

はい、五月二十五日。杉並の家の前を、都心から避難民がぞろぞろ、ぞろぞろ歩いて行くんです。三月十日の下町の大空襲の時も、赤々と燃えている火を見ていて、五月の時はもう、うちも危ないと覚悟していた。だけど焼夷弾が風で流れていって、こちらの方までは飛んでこなかった。僕は口をあけて空を眺めてました。あくる朝、焼け跡を友達と自転車で見に行くと、かつおぶしみたいに鈍く表面が光った焼死体がまだ、そのままあって。僕たちは不発の焼夷弾を拾ってきて分解して、マグネシウムの粉に火を付けたら、きれいな火花が出たのを覚えています。

その夏の七月から翌年の春まで、八か月ほど京都の母の実家に疎開しました。伏見にある地元の中学校に通ったんですが、京都という土地柄には東京以上になじめなかった。母の実家は旅館として貸されている部屋も多かったたし、行くところもなくて、学校さぼって淀川べりをぼんやり歩いたりするしかなかったな。

八月十五日、天皇のラジオ放送を聞いた時も、あまり何も感じられなくて。戦争が終わってよかった、と思うだけで。しばらくすると、父がアメリカのチョコレートをお土産に京都に訪ねてきました。父のゲーテ全集が防空壕の中で水浸しになったくらいで、ともかく、阿佐谷の家は戦災を免れることができました。

——十四歳。中学三年生の夏。自由で多感な時期と戦後の始まりが重なっています。その頃、お父様をどんな人だと感じていらしたのでしょうか。

本当に遠い、遠い人。遅く帰ってきて、朝は学校に行く僕と顔を合わせることもなかった。書斎にこもりっきりだったし。

——叱られたことは。

ありませんね。おそらく一度も。怖い人だとは感じてたけど。小言も直接、僕に言わないんだ。全部、母を通して。母は全面的に僕を愛してくれたし、僕が虚弱児だったから過保護ではあったけど、よその人への態度が生意気だったり失礼な時は、容赦なく叱られました。

――お父様が直接叱らなかったというのは、なぜでしょうね。それが教育方針だったのでしょうか。「雨ニモマケズ」を「精神の高さにおいては最高の詩」だと評価された方でしたが、そうした教育方針はご家庭にはなかったのでしょうか。それとも、我が子の資質を最初から見定めて、すべて本人の意のままにさせてみよう、と思われたのか……。

そんな理屈はないんじゃない？（笑）簡単に言えば、父はそんなに息子の将来に関心はなかった。自分に夢中だったんじゃないかな。あの人、すごく自己中心的なところがあって、母はそれで苦しんだ。息子はもう、母親に任せっぱなしです。普通の父親は、これからどう育っていくんだろう、偉くなって欲しい、なんて思うだろうけど、父にはそれだけの熱意が息子になかったの。そう思うのは、僕自身がそうだから。年長者として若い者にこうしなきゃいけないとか、こうしろ、とか言えない人間なんです。僕は自分を教育者ではないと思っているけど、父もそうだったんじゃないかな。

別に感情がなかったわけじゃないんですよ。だけど、口に出せないってことが、関係としては冷たい。それに、父は自分を顧みて、とうてい息子に何か言えた義理じゃないと思ってたんじゃないかしら。学生時代から東京や京都の色町で遊んで、親に何度か支払って貰ってます。現実生活と、彼の形而上的な理想はまるで違うものだった。自分のそういう行いを後年明かして反省してるわけだから、世間の道徳や倫理からも自由ではなかった。金子光晴*なんかとは全然違うんだ。父には、僕が生まれてからつきあってた女性が外に何人かいたことも、高校生の頃、母から聞きましたけど。

――ずいぶん批判的ですね。

私的な側面においては。大人になってからの僕は、父に対して、けっこう批評眼を発揮しはじめました。要するに反面教師だった、家庭内においては。母が認知症になった時の対処の仕方なんて、人間としてなってないと僕は思っていて……。

父は甘い物がとても好きで、戦争中、食べ物が払底してくると、デパートで売ってる慰問袋の中には羊羹が入ってるということをどこかから聞きつけて、いくつか買い占めてきて羊羹だけ食べてたこともあったんだ。

――痛烈な、「アンパン」という詩があります。

ぼくの父はアンパンを軽蔑していたが
フォワグラは尊敬していた

金子光晴（一八九五～一九七五年）愛知出身。暁星中在学時から目的のない旅を繰り返し、ボードレールやホイットマンの影響を受ける。妻で詩人の森三千代とアジア、ヨーロッパを放浪する。詩集に戦前の『こがね蟲』『鮫』、戦後は『人間の悲劇』（読売文学賞）など。自伝的散文として『マレー蘭印紀行』『どくろ杯』など多数ある。

そして生涯ニンニクを愛した
母のことも愛していたと思うが

母は父を意地がきたないと言っていた
戦争中息子のぼくにも内緒で
ひとりで乾燥イモを食べたという理由で
離婚を決意したこともあったそうだ

父は「雨ニモマケズ」に感動していた
一日玄米四合ト／味噌ト少シノ野菜ヲタベ
という食生活は自分には出来ないと
知っていたからではあるまいか

（部分、『真っ白でいるよりも』一九九五年）

——一九八九年にお父様が亡くなられて、その十三回忌に合わせるように『愛ある眼——父・徹三が遺した美のかたち』を自ら編集、出版されました。徹三氏による美術批評的な文章の選りすぐりが並んでいますが、俊太郎さんによるあとがきの、さらにその後に「アンパン」がどかんと置かれていて。

ちなみに「雨ニモマケズ」を宮沢賢治の精神における最高の詩だという、父の説には賛成しません。ほかにも沢山、いい詩があるという中村稔*さんの意見に僕は同感です。でも、父が収集したものに関して、とくに古い物についてはまったく、僕も好きなものが多いんです。現代絵画については僕のあまり好きでないものも買ってましたけど。二人してニセモノをつかまされたこともあったな。日本刀の鍔や、中国の俑のもっと小さいものやテーブルの上に置く素朴な土偶のようなものも随分、父は収集しています。あの人は真・善・美でいうと、間違いなく「美」の人。

——古美術の手ほどきを受けた先達として、徹三さんは有島武郎、ついで和辻哲郎、志賀直哉、そして柳宗悦さんを挙げて、〈この人たちを除外して私の人生は考えられないほどである〉。ご自分のコレクションについては、〈分相応の私の生の証しがここにはある〉と晩年に書かれています（『黄塵居清賞　私の眼とこころ』一九八六年、小学館）。宗教哲学者から出発した柳宗悦さんへの追悼文など、格調が高いのに開かれていて、読者が入って行きやすい。

〈美を求める者が美を実現し得ず、美を求めない者がかえって美を実現しうるという、美の秘義の解明を、柳さんは古くから他力浄土門の教えと結びつけて説いていた。（中略）民芸の美を柳さんは、無事の美、無我の美、単純の美、健康の美、親しさの美などと呼び、そういう美がわれわれ庶民の日常生活の中に自然に生きていた日をなつかしんでいるが、同時にそういう美が再びわれわれの日常生活全般の中

中村稔（一九二七年〜）　埼玉出身。旧制第一高等学校時代に詩作をはじめ、「世代」に参加。東大法学部卒業後、知財法が専門の弁護士として表現の自由にかかわる多くの裁判に携わる傍ら、詩集『鵜原抄』（高村光太郎賞）『羽虫の飛ぶ風景』（読売文学賞）『浮泛漂蕩』など多数を刊行。宮沢賢治、中原中也らの詩人研究でも知られる。日本近代文学館名誉館長。

に生きる日を夢みていた〉（『無有好醜の願』柳宗悦追悼」）

子どもの頃から駒場の日本民藝館は何となく気に入っていました。父は同時代の芸術家の個性が表れた作品も好きだったと思うけど、作者も分からない民芸的な、あるいは埴輪のように古いものも無性に好きで、そういう彼の意識を僕は受け継いでいます。父はやはり古窯の町、常滑に生まれ育っているから、買い取った高麗青磁の茶碗に箱をあつらえて「黄塵居主人」と自分で墨書したり、志賀直哉さんが「巴里」と銘をつけた萩の茶碗など、それはまめまめしく手入れして、愛でていました。

囲碁も将棋もささない、花札や麻雀もしない。競馬などの賭け事にも一切関心がない。これは父も私も同じ。旅行に行くと、骨董品や民芸品の店をのぞいて海外からは何かお土産を見つけて買ってくるのも。

――やはり追悼文で、〈柳田先生の書かれたものには、学問の文の中に不思議に美しい詩があります〉と始まる「柳田国男先生追憶」（『こころと形』一九七五年、岩波書店）の文章もすばらしいですね。柳田の「木綿以前の事」について、〈人間の感性や情緒の変化が移り行く文明の基盤となっていることをいうものであると共に、その感性や情緒の変化不変化が遠い由来をもっていて捉えにくいことをも言っているのであります。その捉えにくいものを捉えることこそ民俗学の任務なのであります〉と書かれています。

さらに柳田の『蝸牛考』も引いて、一つ一つの言葉が生老病死を持ち、結局、時代時代の人の心にもっとも興あるものが力強く生きる……と。谷川さんの詩、一九八二年に出された詩集『日々の地図』（集英社）に収録されている「木綿私記」、この中にある柳田へのオマージュも、そのようなお父上の仕事を経由したものではなかったでしょうか。

そのブルーは日本の藍に似ていて
明治生まれのぼくの父は
めくらじまのもんぺを愛用している
およそ三百年の昔この国に綿栽培が始まり
麻に代って木綿を着るようになった人々が
その肌ざわりや染めのおかげで
〈昔より一段と美しくなった〉と一九二四年
柳田国男は「木綿以前の事」で述べたが
木綿はいまだに贅沢なのだろうか
夏には蟬の羽みたいに薄い手染め
冬には軽くてあたたかい綿入れ
ぼくはインド木綿を愛用するけれど
それはおしゃれであり実用である前に
のっぴきならないひとつの生きかただと思う
素朴とか野性とか手造りとか

そんな形容詞に到達するためにぼくらは
どんなに曲りくねった面倒な道を
そうとも知らずにたどって来たことだろう

（「木綿私記」部分）

そうですよ。この詩はまさにそう。僕の作品を父にさかのぼって考える人はいなかったな。父の著作の中では一番売れた最初の本、『感傷と反省』は僕の記憶にずっと残っています。とくに「雨の霊魂」というエッセーは印象に残っていて、父の「雨の霊魂」じゃない、僕の雨のイマジネーションを勝手に自分の中で作りあげていったようなところはありますね。「雨の霊魂」という言葉が、すごく示唆的だったから。

――『哲学的文学』、これは一九四一年四月、三笠書房から初版が三千五百部出ている本ですが、ひと月後に二千部、半年後に二千部、その四か月後に二千部、増刷しています。雑誌「展望」に発表されたものが多い。この中の〈詩の高さは一瞬の閃光として来る〉と書かれた「詩」という短い文章は記憶にありますか？

いやあ、この本も文章も、ちゃんと読んでないと思います。でも、〈詩の高さは一瞬の閃光として来る〉、そこ、まったく同じですね。

――そうなんです。〈詩はなんというか夜の稲光りにでもたとえるしかなくて／そのほんの一瞬ぼくは見て聞いて嗅ぐ／意識のほころびを通してその向こうにひろがる世界を〉という、谷川さんの「理想的な詩の初歩的な説明」と。徹三さんの文章は、〈それはあまりに速かに消え去る。しかし永遠は常に閃光の中にある。言葉がその閃光をとらへる。とらへた時、その閃光はすでに消えてゐる〉。あざやかな文章です。

ね、うまいね。詩論として、今も通用するんじゃないかな……。そこを指摘してもらえれば、父も喜ぶと思います。

――お二人の著作を読んでいくうちに、つながったり、あるいは相似形で重なる点をいろいろ発見することになりました。一つの仮説として、谷川徹三さんの本棚に並んでいた書物が、そして徹三さんの生きた時代の美学や哲学が、そのまま谷川俊太郎という息子、青年の詩魂にいつしか流れこんでいる……。僭越ながら、そんなふうに私は感じました。〈マルクスもエンゲルスも、そしてドストエフスキーも読まずに、ぼくは青春と呼ばれる時代を生きた。十分すぎるくらい幸せに、自由に。なんと恵まれていたことか〉と、『ワンス』（一九八二年、出帆新社）に書かれていますが、そのような態度は、そもそも徹三さんがそうした思想や文学の潮流を選びとられていないから。それは谷川家の趣味ではなかった。大学に行く必要はなかったんですね、谷川家がそのまま大学であり、図書館だったのですから。

さあ、どうかな……。ちょっと違うんじゃないかなあ。父がいろいろしゃべって教えてくれたことはほとんどない、といっていいくらい、なかった。本は無限にあって、いくらでも自由に読めるわけだけど、これを読みなさいといわれたのはほんの数冊だけですよ。父は「大学に行けば、語学だけは身につくんだから」と言って、J・B・S・ホールデンというイギリスの生物学者の本を訳すよう、僕に命じたんです。「え、学校行かないで済んでるのに何で？」と思ったけど、父の言うことを聞いて、何点か、訳した記憶がありますけどね。でも、うちで詩を書いてぶらぶらしていた頃、たしかに折に触れて父の著作も読んでました。その頃に一番読んだかもしれない。『茶の美学』や『東洋と西洋』とか。

――いろんな概念について偏りのない、正統な知識を一般読者へ移植しようとされた啓蒙家だったと思います。戦後の五年間に出された著作のタイトルが、言論人としての立場を証言しているようでもあります。『文化と教養』『文化論』『詩と哲学』『生の哲学』『知識人の立場』『生活と文学』『ヒューマニズム』『戦争と平和』……。

父の書いた文章は好きなんです。しちめんどうくさいことを言わないで、ほんとにわかりやすく書いている。それには僕も影響を受けていると思いますね。物事についての説明や経緯もちゃんと調べて、几帳面に、正確に書いている。哲学者としての視点はもちろん持っていたし、僕にみえているのは父の知識の、ごく一部だと思う。無学な僕とは全然違う。でも、彼を学者だとは思ってません。哲学者としての学問的業績、残っている著作って何かありますか？　批評家であり、ディレッタント、エッセイストでしょう？　それが悪いとも思っていませんけどね。

戦争に関連した父の行動についても、よく中庸を保ったと思っています。中国にも講演に行ったけど、政府や軍部の中枢には入っていないし、マルキシズムの方へ行くこともなかった。それでも戦後になって、特高の暗殺者リストに載ってたって話を聞いたことはあります。

――「戦後民主主義」の基本的な体制を決定したり、敗戦後の日本を立て直した人々というのは、結局、お父様の世代――明治後半から大正にかけて生まれ育った方々だったわけですね。「三年会」のメンバーもそうですが、リベラルな進歩派であり、西欧流の思想や生活スタイルを率先して取り入れるけれど、天皇を敬愛している教養の深い人々。

ええ。大正文化人といわれた人たちの存在は大きいですよね。振り返れば、父が熱心に参加してた戦後の世界連邦運動なんて、リアルなやり方ではありませんでしたが。永瀬清子*さんはじめ、僕の好きな詩人も一緒に活動していたし、そうした活動を否定するつもりは全然ありません。永瀬さんもそうだけど、昭和天皇にお呼ばれすると、ものすごく嬉しいわけですね。食事のお相伴にあずかったりすると。

永瀬清子　（一九〇六〜九五年）　岡山出身。愛知県立第一高等女学校在学中から詩作を始め、戦後は岡山で農業に従事しながら創作を続けた。詩誌「黄薔薇」を創刊。八七年詩集『あけがたにくる人よ』（現代詩女流賞）で注目される。『短章集　蝶のめいてい』『私は地球　永瀬清子詩集』など、生涯におよそ三十冊の詩文集を残した。美智子皇后が作品の英訳を手がけた。

――その際のことが「私の履歴書」にあります。克明な記述です。
〈陛下の右に安倍能成が、陛下の左に私が、そして陛下の前には時の侍従長大金益次郎がいた。（中略）その時の食膳のものも私の記憶に長く残った。それがあまりにも貧しいものだったからである。黒塗りの膳に五品。主食はスイトンで、その主食を左手前として、その右にサバの薄片と大根、にんじんのセンロッポンを入れた澄まし汁、向こうの煮つけは一つがマグロの切り身三、四片、一つが大根だけ、そして中の一皿も里芋とにんじんというものであった〉（『自伝抄』）。

かえって、何でもない細部や何気ない言葉の意味がけっこう大きかったりする。食べ物に絡んだような、何でもない場面を思い出して、今でもその意味を考えたりすることがあります。父と母と僕が熱海の志賀直哉さんの家に行った時、志賀さんが奥さんに「今夜、金目鯛、あるだろう？」って聞いていたのが印象に強く残っている。志賀さんは、そういう日々の生活の細部にもすごく気を使う人だったから。文章もそういう正確さが、だからあるわけですね。
散文で細部というのはすごく大事だし、詩の場合も、僕は細部はすごく大事だと思っています。父とは晩年まで、やりとりというほど深刻な話は、ほとんどしたことはなかった。何でもない場面を思い出すんですよね。

――徹三さんが一番敬愛されていたのは志賀さんですか。お顔の感じも、とてもよく似てらっしゃる。

そうね、父は志賀さんに心酔していたから、似ていると言われて嬉しかったんじゃないの。ヒゲの生やし方なんてね。僕も父と頭の形や骨格は似てるんだけど、比べられるのは嫌だな。父は美男でしたから。志賀さんとのつながりで、阿川弘之さんのことも大事にしていました。戦争中、阿川さんが真っ白な海軍の予備学生の制服を着て、短剣を吊って訪ねてきてたのを覚えてる。かっこよかったねえ。阿川さんはお祖母ちゃんっ子だから、すごくうちの母に甘えてた。戦後も、阿川さんがやってくると母が喜んでね。一緒にお酒が飲めるものだから。

――白樺派の作家で、ほかに親しくされていたのはどなたですか。

武者小路さんの話はずいぶんしてました。天衣無縫な感じが父は好きだったんじゃないかな。梅原龍三郎さんとも懇意で、アトリエに一緒に行ったことがあります。広津和郎さんとはつきあってなかった。安倍能成さんに誘われて、安倍さんが総長だった帝室博物館の次長にしばらく就いて、国立に移行する時の手続きとか、几帳面にやってました。公平ということを、父は大事にしていたようです。

――戦争が終わって、新制の都立豊多摩高校に通っていた俊太郎さんは、岩波文庫の『自選　谷川俊太郎詩集』の年譜によると、一九四八（昭和二十三）年、高校二年の春、校友会誌『豊多摩』に詩を発表されています。「青蛙」「つばめ」「教室にて」「あるもの」の四編。「青蛙」には草野心平さんの影響がみえます。

どうしてお前はそんなに青いのか
やつでの中から生まれたのか
それとも緑青と化合でもしたのかい
　くるる　けれれ　けりり　くるる
お前の目はいつも何かを疑つてゐるやうだ
金色のビーズのやうな二つの眼
そんなにぐるぐる廻さなくつてもいいよ
　くるる　けりり　くれれ　けりり……

（「青蛙」部分）

それはね、家が近くて毎日のように会っていた友人の北川幸比古君におつきあいして書いたんです。彼は正統の文学青年でのちに出版社を興すのですけど、当時は中原中也や立原道造を熱心に読んでいた。秋にはガリ版刷りの雑誌を創るから何か書くように言ってきて。「金平糖」という手書きの詩誌のために、「かぎ」と「白から黒へ」という詩を二つ、書きました。

古びたるくろき扉に
　黄金のかぎ一つ、　ただひとつあり。
よき静寂《しずまり》に
　古き扉の相似中心となり、　ありぬ。

かしの木理《もくめ》のみえざるに
　その流れをわけて、ただ一つありぬ。
きらときらめくもの
　　小さく、扉にかかりてあり。
（「かぎ」）

——美文というか、古めかしい文語調ですね。この頃は、口語で詩を書くという発想はなかったのでしょうか。

そんなに真剣に書いた覚えはないんですね。僕は学校嫌いが昂じて教師とぶつかって、結局、卒業するためには定時制に移ることになりました。日中はラジオを組み立てたり絵を描いたり、ベートーヴェン聴いたりしながら、大学受験に備えるようなポーズはとってたんだけど、理数系はもう無理な状態でね。「蛍雪時代」の後ろの投稿欄に出てる詩くらいなら書けると思って、狙い通り、一等の万年筆をもらったこともあったな。他の雑誌にも投稿したし、ペンネームも使った。「棚川新太郎」(笑)。

その頃読んだ詩では、岩佐東一郎*(73頁に注)の抑制されたセンスが一番好みで、ほかにも近藤東*とか、城左門*、安西冬衛*など、昭和初期の詩人で好きな詩人がいました。中也も立原も三好達治も宮沢賢治も、父の本棚から探したり、北川君に勧められたりして読んでいた。二人で自分の詩をはがきに書いて送って、感想をピンポンのように交換したり。この時期にさまざまな言葉のリズム、日本語の調べを体感していると思います。
とはいっても、詩人になろうなんて、まるで考えていなかった。高校三年の十月からは、自分で詩を書くためのノートを用意して、書き溜めるようにはなってるんだけど、それは受験からの逃避のようなもので。あの頃は、詩を書くってことは何かコトバという部品を使って、世界のひな型でも作るような面白さを感じて、みたいなことでね。当時の日記にそんなことを書いています。

――それにしても、大学へ行かないという選択を、ご両親はよく、了解されましたね。

東大を一応、受験しました。もちろん駄目だったし、高校卒業したあとも勉強するでもなくて。当然、「何をする気なんだ？」と問われますよね。しょうがないから、薄っぺらな大学ノート二冊に書き溜めた詩を母に見せて、それを父も読んだわけです。親をとりあえず安心させるための、急場凌ぎのようなことだったけど、何しろ父も若い頃、詩人になりたかった人だし、新聞で「文芸時評」を書いてた時期もあったくらいだから、何かを感じたんでしょう。詩人や批評家の知り合いはたくさんいたものだから……。

――それで三好達治さんのところへ、持って行かれたのですね。それが一九五〇年の後半。ちなみに二冊のノートのタイトルは「傲慢ナル略歴Ⅰ」と「電車での素朴な演説Ⅱ」。後年、「息子俊太郎を語る」という徹三さんのインタビューが「現代詩手帖」に出ています。

〈読んでみると、わたしの若い頃の詩なんかと比べられないほどいいんです。「これはどうやら本物だ」と思って、三好達治さんが以前からちょいちょいわたしの家へやってきていたので（中略）一つ判定してもらおうと、原稿をもっていった。たくさんのなかからわたしがいいと思うものを、それでも何十か選んで、分量から言うと全体の半分くらいになるかしら、それを持って行った。三好さんは丁度留守でしたが、翌朝早く、わたしのところへやってきて、「非常にいい、詩ってこういうもんですよ」と言う。わたしも少し安心して「それだったら、自分の好きなことをしろ」ということになった。わたし自身も煩悶青年として、それどころか一時はちょっとした放蕩者として、高利貸しからの借金をその頃の金で何千円か払わせたり、親にずいぶん苦労させましたからね〉（一九七五年、「現代詩手帖」十月臨時増刊）

もし、ここで親子関係が決裂していたら、あるいは「いったんは世間の苦労をさせて……」などと考える親だったら、回り道されていたかもしれませんね。

岩佐東一郎（一九〇五～七四年）東京出身。暁星中学時代、堀口大学に入門。十八歳で詩集『ぷろむなあど』を発表。作品に『三十歳　詩集』『昼花火』『二十四時　詩集』『青年のための詩と詩論』などがある。戦前に城左門、戦後は北園克衛と詩誌を創刊。「アマリリス」「よろこびの歌」の作詞者。

近藤東《あずま》（一九〇四～八八年）東京出身。窪田空穂に十五歳で短歌の才能を認められる。二八年『詩と詩論』創刊に参加。国鉄に勤めながらモダニズムの詩人として詩集『万国旗』『紙の薔薇』などを出版。「新領土」などの編集にも携わった。

城左門（一九〇四～七六年）東京出身。詩集に『二なき生命』『終の栖』『恩寵』など。小説家の城昌幸として多数の探偵小説、ショートショートを書いた。

安西冬衛（一八九八～一九六五年）奈良出身。二四年、北川冬彦らと詩誌「亞」を大連で創刊。詩集に『軍艦茉莉』『渇ける神　詩集』など。

父は自分の眼に自信がありましたね。僕の作品がまずかったら、やはり息子を許しはしなかっただろうし、三好さんにも持って行かなかったと思う。それははっきりしてます。僕がノートを見せると、タイトルをメモして一作ずつマルとかバツ、Aマイナスとかプラスとかいろいろ書き込んで、その当時は腹が立ったけど、後で考えてみると非常に評価は的確なんです。二重マルのついたのは全部『二十億光年の孤独』に入れたし、マルも入れたし、三角のは自分の判断で落としたり、入れたりした気がします。
五〇年の末に三好さんの紹介で「文学界」十二月号に「『ネロ』他五篇」が載りました。でも、『二十億光年の孤独』という詩集になるまで、そこから一年半かかっている。途中、詩集を出してくれるはずの雲井書店の経営が傾いて、父がそこから紙型を買い取って、創元社へ移してようやく出版できたんです。

二十億光年の孤独

人類は小さな球の上で
眠り起きそして働き
ときどき火星に仲間を欲しがったりする

火星人は小さな球の上で

何をしてるか　僕は知らない
（或はネリリし　キルルし　ハララしているか）
しかしときどき地球に仲間を欲しがったりする
それはまったくたしかなことだ

万有引力とは
ひき合う孤独の力である

宇宙はひずんでいる
それ故みんなはもとめ合う

宇宙はどんどん膨んでゆく
それ故みんなは不安である

二十億光年の孤独に
僕は思わずくしゃみをした

——「文学界」に発表された時は、まだ十八歳。『二十億光年の孤独』が出た時は二十歳と半年。この第一詩集に三好達治さんが寄せた序——〈この若者は／意外に遠くからやつてきた／してその遠いどこやらから／彼は昨日発つてきた／十年よりもさらにながい／一日を彼は旅してきた〉が、谷川俊太郎という詩人のイメージを決めたところはありますね。『星の王子さま』の邦訳が出たのは翌年の一九五三年ですが、それを先取りしているような、異星人のイメージがこの文章から始まりました。ご本人はこの讃辞をどう受け取りましたか。

大変なことのはずなのに、全然、そういう意識がなくて、値打ちがわからなかったというのが一番正確。つまり、僕自身は詩を書くことにそんなに重きを置いてなかった、ということ。もちろん活字になったのは嬉しかったし、三好さんの詩、好きだったけど、自分にとってプラスになるなんて意識はまったくなかった。いろんな詩人や作家が献本のお礼の葉書で褒めてくれているのも、父と交遊があったおかげなんだろうなあ、と。

——「二十億光年の孤独」は、二十余年後には中学の国語の教科書に収録されていて、〈私には社会の中の人間というものがほとんど念頭になかった。そのくせ一方で私は当時の日本、ひいては世界の動きに、大きな影響を受けていたと思う。孤独も、不安も、もとめ合うことも、いま思うと宇宙的な感覚であると同時に、社会的な感情でもあった。とすると火星人というのは、何だったのだろう。まさか実在を信じていたわけでもないから、《ネリリし　キルルし　ハララして》という火星語（?）を見てもわかるように、これはユーモアといってもいい〉。と、『中学校　現代の国語』指導書にご自身で解説を書かれています。学校嫌いの少年が書いた詩が、教科書に。

どうしてだろうね、僕の作品が教科書にわりとよく載るのは。時代には当然、影響されてたんだけど、自動車とかラジオとか進駐軍放送とか、それが直接、テーマになった詩はない。現代社会に即して書こうとも思わないで、自分の生活の中から自然に出てきただけで、ギリシャ神話なんかが出てくるのも、その頃、そうした本を読んでいたというだけの話。でも、純粋に詩を楽しんで書いていたように読んだ人が感じるのならば、それは、経済的な苦労がないし、大学に行かなかったから教養に惑わされることもなかったし、マルクス主義にも行かなかった、そういうのがプラスに働いて、社会内の自分と宇宙内存在の自分が二重になった、独特な詩の世界になったんだと思います。

——一九五二（昭和二十七）年という年は朝鮮戦争下であり、まだ占領下でもあり、国内では破壊活動防止法案が国会の争点となっていた。「血のメーデー事件」も五月に起きています。公表された当時の日記の記述には、〈「僕は不幸だ」という言葉は僕が生きている限り決して僕の口からもれないだろう。何故なら生きているということそれ自身が僕にとっては最上の幸福なのだから〉とありますが、この幸福感は常人離れしているような……。

それはもう、完全に身体のおかげですね。身体がそういうふうに目覚めた思春期だったからだと思う。理由のある幸福じゃない。赤ん坊が生まれて、おぎゃーと泣いてよちよち歩きをして、よほどのことがなければ楽しそうに世界を探検して、ケタケタ笑ってるでしょ。それと同じ事ですよ。よく、雲を見上げているのも、全然メタファーではなくて、美しさや懐かしさがまさに迫ってきたからです。僕の究極の故郷は宇宙だという感覚を持った。雲を見ると、自分があそこへ帰れるという意識。今、ここに存在しているという意識。今日の自分はどうしたものか、自分でもよくわからないけれども幸せでしょうがない……そういう詩を十代の頃の僕は書いていた。絶望なんて、意地でも言うまい、って。

――そんなふうに、何にもとらわれない心境にあったということ自体、たぐいまれな幸福だったように思えます。

そうね、最近、亡くなったまど・みちおさん*を「存在の詩人」と呼ぶ人がいて印象に残ったんだけど、存在というのは言語以前、意味以前の、一種の実体を指しているから、その存在に触れるような言葉で詩を書きたいと、ずっと思ってきました。あの当時も、実存主義が流行していたし、僕も影響を受けてたかもしれないけれど、人間がまったく先入観とか知識とか、もしかしたら言語もなしに一人で地球上に立った時の感情と言えばいいのかな、そんな心の状態がどういうものか、一番最初からずっと意識していて、それを詩に書こうとしてきました。ふつうはそれを書こうなんて思わないんだろうな。

身体的な欲望とかも、抑え込んだり、汚らわしいとか苦しいとか思わなかった。父親の時代はそうじゃなかったんだね。現実の女性を求めていなくはなかったけれど、そういう人間的な関係に入らなきゃいけないということには、僕は臆病だったのかもしれない。欲望が本能的であるほど、思い描く女性は抽象的になっていったり。

その頃、父はドイツ語でトレイクハイト、怠惰という言葉をよく口にしたりしていました。僕も、イギリスの謹厳な学校生活を書いて話題になってた、岩波新書の『自由と規律』を読んでみたり。でも父は、自分が父親から援助してもらった年齢までは、ともかく面倒をみようと思ってたらしいんだ。直接、聞いたことはないですが。僕も息子の賢作に対して、好きな仕事を自由にやって、できれば自立して欲しいけど、最初から経済的に自立しなきゃ駄目だなんて思ったことなかったですね。放っといて、何があっても絶対息子や娘をバックアップするという覚悟でいたんです。「賢作が九十になっても俺はちゃんと援助するよ」っていつか言ったら、息子に笑われましたけどね。「あなた自身はいったいいくつになってるんだ」って（笑）。

実際、僕が経済的に自立できるまでには時間がかかりました。法政大学まで父の月給を受け取りに行って、そっくり貰ってたんだもの。父も平気だったし、僕も平気だった。ずいぶん長く受け取りにいってましたよ。たしか二度目の結婚をした後もしばらくは。

——才能への当然の出資という積極的な気概からではないですか。谷川家はだいたいのことにおいて一世代早い。ご両親から恋愛結婚、核家族を実践され、一人っ子で母親は過保護であり、父親は放任主

まど・みちお　（一九〇九～二〇一四年）山口出身。戦前、台北工業学校に在学中から同人誌に詩を書き始める。三四年、「コドモノクニ」に童謡を投稿し、北原白秋に認められる。戦争中はマニラなどを転戦。四八年「チャイルドブック」の創刊に携わり、童謡と詩、絵画の創作を終生続けた。九四年に国際アンデルセン賞作家賞を受賞。『まど・みちお全詩集』、谷川俊太郎編『まど・みちお詩集』（岩波文庫）がある。作詞に「ぞうさん」「ふしぎなポケット」「一年生になったら」ほか多数。

義。さらには学歴にこだわらないで、経済的な依存も許容した。その頃、谷川さんの自立するための一つの訓練の場として、北軽井沢の山荘の存在も大きかったように思うのですが。

そう。東京杉並を故郷だと思ったことはないけれど、北軽井沢には愛着があります。僕の生まれる少し前、父が北軽井沢の「大学村」に山荘を建てて、生まれた翌年から戦争中を除いてずっと夏の二、三か月をそこで過ごしてきました。子どもの頃は信越線で碓氷峠を越えて軽井沢で草軽電鉄に乗り換えて、一時間半くらいかけて北軽井沢の駅に着いて。そこには外車のオープンカーのタクシーが待ってたりして、嬉しかったな。警笛の音もラッパのブーブーじゃなくて電気のキャーキャーという音でね、大きな別荘を持ってる人も、外国人もいたしね。

小さい頃はトンボ採りに夢中。ものすごい数のトンボを持ち帰って、三畳の部屋に全部放してひとしきり飛ばせて、窓から逃がしていた。父もここにいると結構遊んでくれて、「鬼押出し」という浅間の溶岩流の岩に番号がふってある所まで毎年、一緒に出かけてました。当時はお風呂もなかったから、大学村の倶楽部の銭湯まで通って、そこにレストランもあった。子どものための勉強会とか運動会も催されてたらしいけど、群れるのは嫌だったから全然入ってません。近くに平塚さんというお金持ちの家があって、その家の綾子ちゃんと一緒に遊んでた記憶が残っています。小学何年生かで綾子ちゃんは亡くなって、「熊の子と薔薇」という箱入りの追悼文集が作られました。大学村の有名人がみんな書いています。僕の文章が活字になったのもそれが最初。親がもの書きだから、文章を書いて活字になったことに、特別な感慨もなかったけれど。

――岸田國士さんの別荘も近くだったようですが、衿子さんや今日子さんも遊び仲間でしたか。

岸田家の古いスイス風の山荘で、かくれんぼした記憶はあります。はっきりしないけど、どうも僕は二つ年上だった衿子さんにいじめられたんだと思う。戦争が終わって、僕が詩を書き始めて十八、十九くらいの頃、親抜きで子どもたちだけが誘い合わせて来るようになると、「北軽井沢社交界」というようなものが結成されて、東大生とか、美校や音大の学生が何となく詩や絵画や音楽でつながって、お酒飲んだり、さまざまな恋愛沙汰があったり……。それが一九五〇年代の初め。今日子さんはもう文学座で仕事をしていて、忙しくて来なかった。来るときは三島由紀夫さんのグループなんかと一緒だったと思う。衿子さんになんとなく引かれている男の子たちは多かったと思いますね。僕は衿子さんより今日子さんの顔のほうが好きだったけど、衿子さんはやっぱり美人だったのかな。早く亡くなった、文春の編集者をしていたという衿子さんのお母さんにも会ってるはずなんだけど、覚えてません。岸田國士*さんは、クールで背筋のきちんと伸びた人。大政翼賛会での活動から公職追放になって、戦後はしばらく活動できなかった。娘たちとフランスに移住するという計画もあったけど、衿子さんの肺の病気で駄目になって、岸田さんも

岸田國士　（一八九〇～一九五四年）　東京出身。陸軍士官学校を経て少尉に任官するが、文学を志して東京帝大でフランス文学、近代演劇を学ぶ。戯曲「牛山ホテル」「歳月」などで注目される一方、新聞小説でも「由利旗江」などの作品を残し、ルナール『にんじん』など翻訳。三七年、久保田万太郎、岩田豊雄と劇団文学座を結成。四〇年、大政翼賛会の初代文化部長に就任。戦後はGHQにより公職追放となるが、五〇年に三島由紀夫、福田恒存、木下順二らと「雲の会」を結成して演劇と文学新興に乗り出す。長女は衿子、次女、今日子は文学座の女優。現在まで「岸田國士戯曲賞」（白水社主催）が続く。

急逝された。渡仏できてたら全然違う展開になってたでしょう。

——岸田衿子さんとはどんなきっかけで親しくなられたのか、なんて、今さらうかがいませんけど。『ワンス』にその一場面が書き残されています。

〈生まれて二番目の恋をしたのは、北軽井沢の落葉松林の中。／池に浮かべたボートの中でキスをしてたら、おなかがグウッと鳴った。／べつに餓えてたわけじゃない。〉

二つ年上の衿子さんはどういうふうに、この自己充足している幸福な青年を夢中にしたんでしょう。

昔から知ってる子が詩を書いているって感じじゃないの。そういうのってちゃんと記録してればよかったんだけど、とにかく一九五二年の七月か八月だったのは確かですね、恋人同士になったのは。衿子さんは夏だけの火遊びみたいに思ってたらしいけど、僕は初めての女性だから、「東京へ帰ってもおつきあいしましょう」って迫っちゃって、そこからいろいろ波乱があって、みたいな話。本物の女性とつきあうことになって、簡単に言えば、僕は幸福でなくなりました。自分ひとりの解放感とは別の世界が始まった。必ず不安や何かを伴っていて、それは孤独な幸福感とは全然違うものでした。

——でも、そこからソネットの創作が加速するわけですね。一九五二年四月から五三年八月までにこの詩集は書かれています。ともかく、衿子さんや谷川さんに北軽井沢が似合うのか、北軽井沢が衿子さんや谷川さんたちをつくったのか。お二人の作品ともご結婚とも切り離してイメージできないのですが、谷川さんの天性の資質があますところなく発揮されたすばらしい一冊です。

第二詩集の『六十二のソネット』、あの中の三分の二の作品は、北軽井沢の風土と、衿子さんとの恋愛がテーマになってますね。詩を書くことよりも、実生活上の恋愛を先行させるから、そういう詩になっちゃったんだね。

あの頃は毎日、「なんでこういう言葉が出てくるんだろう」みたいな。何かに書かされているとは思わなかったけど、自分としては意識の量が足りないものなんです。どんどん、どんどん、垂れ流しで出来ていったものですよ。

――だから一番、谷川さんの才能がそのまま出ているのでしょう。文語体と口語体が入り交じったものもありますね。「9　困却」には、

〈だから十四行のつつましやかなうさばらし／聞く人もあるまじ／それ故孤独なりと云う愚者ありやなしや〉

ほとんど考え込まないで、ほんとにいっぱい、できた。朝ごはんの前に三点書いたとかね。だから十四行というソネットに形式を決めたんだもの、言葉を垂れ流していたら、細切れの断片がどこへ行ってしまうかわからないから。そういう経験はほかにはあんまりないです。その時だけ。九十八書いた全部が全部そうじゃなくて、あるところだけがそういうふうに急にできた。

——谷川俊太郎という詩人の核心が無防備に露わになっている。「僕は詩人だ」と全世界に宣言しているような詩もいくつかあります。

常に私が喋らねばならぬ
私について世界について
無智なるものと知りながら

もはや声なくもはや言葉なく
呟きも歌もしわぶきもなく　しかし
私が——すべてを喋らねばならぬ

人は正しく歌えない
無を語る言葉はなく
すべてを語る言葉もない

しかし私の立つ所にすべてがある
街に人　野に草　そして

（「11　沈黙」部分）

天に無

（「14　野にて」部分）

すべての詩片が、同じ歌を謳っているようにも感じます。無尽蔵のヴァリエーションで。そして62番に着地します。

世界が私を愛してくれるので
（むごい仕方でまた時に
やさしい仕方で）
私はいつまでも孤りでいられる

私に始《ママ》めてひとりのひとが与えられた時にも
私はただ世界の物音ばかりを聴いていた
私には単純な悲しみと喜びだけが明らかだ
私はいつも世界のものだから

（「62　世界が私を愛してくれるので」部分）

書いてるうちにだんだん、自分の思ってることが明晰になっていく感じがして、「62」が、その到達点だと考えます。僕は結構、意識的に、現代詩はどう書くか、ということを手を替え品を替え、やってきましたからね、そういう意識的な作業をずっと続けてきて、どこかの時点で夢遊病的なことが大事だということを――河合隼雄さんなんかとつきあったお蔭で、はっきり自覚し始めた。それは技術というものでは説明できないことだと思うけど。あの一連のソネットも、後に発表した三十六編を加えて全部で九十八書いた時にいきなり終わった、という書き方をしています。それ以上はもう出てこなかった。理詰めで考えたのではなく、自然にある書き方がある時期、いっせいにあふれ出た。

――シェイクスピアのソネットを、この頃、すでに読まれていましたか?

いや、読んでなかったと思う。その頃は立原道造のソネットとか、それくらい。

――この何年か後に吉田健一訳*のシェイクスピアのソネット集が出ました。

はい。読みました。ソネット集は吉田健一訳でなければ駄目。

――たとえばシェイクスピアの第三十五番は、信じていた恋人――男性ですが――から裏切りを受けた時のことをものすごく理屈っぽく書いている。あの理屈の立て方は、谷川さんと似てるなあと感じられたんです。

僕が吉田健一訳に感銘を受けたのも、自分に似た発想を感じたからかもしれませんね。僕の英訳をしてくださってた川村和夫さんが一番好きなのが『六十二のソネット』で、彼は何かというとソネットの話をしていた。英訳の時も、疑問点が出なかったな。一方でね、三好達治さんはまったく評価しなかった。三好さんの一種の明晰さ、日本語の古典に通じるような美しさがないから。日本語を壊しているというか。

ジョン・キーツがシェイクスピアを例に挙げながら、「ネガティブ・ケイパビリティ」ということを言っています。ある特定の詩人が持っている非常に独特な資質として。つまり、「詩人はカメレオンだ」とキーツは手紙で言っている。どんな対象の中にも入り込んでそれと同化することができる、だから詩人自体はもっとも非詩的なんだと。太陽や月や海、衝動の産物である男も女も詩的なんだけど、詩人という種族だけはそんな個体としての個性を何も持たない、詩人は神の創造物の中でもっとも非詩的なもので、自我を持たない、だからこそ、詩を書けるんだ、とキーツは言ってるんですね。そのネガティブ・ケイパビリティを、もっとも持っている本物の詩人がシェイクスピアだと。僕がこの概念を知ったのは詩人になってずいぶんあとだけど、なるほどな、って思ったな。

吉田健一　（一九一二～七七年）東京出身。外交官で後の首相となった父、吉田茂に伴い、青島、パリ、ロンドンで幼少期を送る。ケンブリッジ大に入学し英仏文学に耽溺するが、中退。帰国後、フランス語の翻訳などをはじめ、三九年、中村光夫、山本健吉らと同人誌「批評」を創刊。戦後は『英国の文学』から晩年の『ヨオロッパの世紀末』『時間』などの評論のほか、小説『金沢』、随筆『私の食物誌』等で現在まで読者を広げる。翻訳にＤ・Ｈ・ロレンス『息子と恋人』『シェイクスピア詩集』など。

――詩人でない者には簡単に理解できない、でも重要な概念ですね。たしかに『六十二のソネット』に顕著な、谷川さんの資質を言い当てているでしょう。この詩集は一貫して、英語でも何語になっても通じる人類の言葉、文法のような、谷川さんがさっき言われた「存在」に一番近い、そういう言葉を実現されている。だから感動します。比喩も複雑なものはないし、固有名詞もない。けれど正確に伝わる。ものすごく正確に。こういう例はあまりないような気がするんですが。ソネットのすばらしさはもっと言われていい。もちろんさまざまな人がすでに気づいてきたのですけれど。

この詩集が一九五三年の暮れに出て、ご結婚は翌年の秋。離婚はその二年後でした。

衿子さんはちょっと妖精みたいな感じがあった。ぽけっとしてるところもあって、浮世離れしてて。それが愛嬌になっていて。衿子さんは謎ですね。どういう人だったのか、未だにわからないところがある。当時のラブレターなんかを読むと、わりとふつう。でも、結婚したら絶対に一対一、みたいな当時の僕の恋愛観が邪魔していた感じもあります。彼女はもうちょっとそこは自由だった。僕がそこを理解していなかった。

第2章　詩壇の異星人

＊本章の注は112頁以降にまとめた。

二〇一五年初頭のことになる。谷川俊太郎氏へのインタビューを始めたことを大江健三郎氏へ雑談の中で伝えると、「それはいい。しつこいくらい続けてやった方がいい」と、非常に愉快そうだった。

「あんなに頭が切れて、女の人たちを引きつけて、魅力的な人はいませんからね。僕なんか敵じゃない。あの人は天才ですから！」

大江氏は『二十億光年の孤独』に続く第二詩集『六十二のソネット』を挙げて、「谷川俊太郎の才能の半分が、吉田健一訳のシェイクスピアのソネットに拠っていたとしても、あとの半分は自分の才能だけでシェイクスピアに迫っている。それはものすごい才能ですよ！」と評した。

たしかに、谷川は吉田健一訳のソネット集を愛読しているが、先に述べたように、〈君を夏の一日に喩《たと》へようか。／君は更《さら》に美しくて、更に優しい〉（第十八番）などで有名な吉田訳が出版されたのは一九五六年。五二年春に谷川が一連のソネットを北軽井沢で書き始めた時点では、誰の訳したシェイクスピアも知らぬまま、『六十二のソネット』は書かれたのだった。

世界の定理をわけなく解き明かしてゆくかのような『六十二のソネット』は、谷川が途中で恋に落ち、愛の詩を書き始めた記念すべき「青春の書」である。恋人となった岸田衿子は二歳年上で、出会った夏、二十三歳。その美しさは、まさにシェイクスピアのソネットがふさわしかったに違いない。岸田は東京芸術大学油絵科を卒業し、画家を志していた。『無言歌』(一九五〇年、書肆ユリイカ)で鮮烈なデビューを果たした詩人で弁護士の中村稔の詩画集『樹』に挿画を提供するなど、詩作への関心も高めていた時期だったと思われる。五四年十月、そんな岸田衿子との結婚によって谷川の詩はさらに化学変化を起こした。五五年刊の第三詩集『愛について』(東京創元社)は、パウル・クレーに捧げた「愛」(別丁に収載)、谷川の個性が如実に現れた「背中」など佳品揃いで、詩人として一気に成熟した感がある。中には「月のめぐり」という、月経と生命と感情の不条理を女性の気持ちになってみつめた、翳りある散文詩もある。

〈こんなに規則正しく　私の中で華やかな葬《とむら》いがある　祝いの色で悼《いた》まれるものたち　傷つくことも死ぬことも出来ずに無へかえつてゆくものたち　私の若すぎる子供たち……熟《う》れた月はおちてくる　誰もそれを受けとめない　私は待つ　私はひとりで冷いところにしやがんで待つ　月に種子まくものを　満ちた潮を奪うものを　もう誰の思い出かも解らぬ私の中の傷をいやすことが出来ずに〉
(部分)

五六年九月には友人、北川幸比古が経営者となった的場書房から、谷川の撮影した写真を手で貼り付けた、限定三〇〇部の詩集『絵本』が出版される。しかし、そこに収録された女性の手は、妻、衿子のものではなかった。同年十月、衿子と離婚。その頃にはすでに、文学座の若手女優、大久保知子と西大久保のアパートで半同居生活に入っていた。

『愛について』『絵本』という若者の抒情詩を、戦後の詩壇はまるで評価しようとしなかった。三好達治も『六十二のソネット』に続いて冷淡だった。恋をうたう詩は、当時も今も低く見られる。戦争を知る鮎川信夫*、田村隆一*、北村太郎*、中桐雅夫*、黒田三郎*、木原孝一*らによる「荒地*」の芸術性が、また、中野重治、小熊秀雄、小野十三郎らに代表される戦前のプロレタリア詩の流れをくむ「列島」（一九五二〜五五年）に集った関根弘*、長谷川龍生*、木島始*らの社会性が、正統であり本流とみなされたところから、戦後の現代詩は始まっていた。

第一次大戦後の一九二二年、危機に瀕したヨーロッパ文明の伝統を再興しようと、聖盃伝説、ヒンドゥー教の聖典ウパニシャッドまで援用し、六つの外国語、三十五人に上る作家らへの言及を含むT・S・エリオットの長編叙事詩『荒地』は、世界の詩の流れを大きく変えていた。すでに西脇順三郎、吉田健一、深瀬基寛らの訳で入ってきていたものの、まだその価値は理解を深める途上にあっただろう。戦後、その名を冠して一九四七年から翌年にかけて刊行された鮎川らの詩誌「荒地」には、しかし日本の歴史や伝統の精神が尊ばれる態度はなかった。なぜなら、万葉以来の詩歌は、戦意の昂揚に都合良く利用され、戦争の悲惨と深く結びついてしまっていた。萩原朔太郎を源流とする戦前の「四季*」派と呼ばれる一群の詩人、そこに重なりもする伊東静雄*、保田與重郎に代表される「コギト派」による抒情詩も、「詩と詩論」（一九二八〜三三年）、「新領土」（一九三七〜四二年）の中で育ったモダニズム詩やダダ、シュルレアリスムへの関心も、戦争が終わったとはいえ、すんなりと接続されるはずがない。まさに荒地にほかならない状況から戦後詩を始めるしかない窮状があった。

『荒地詩集1951』に載った「荒地」派のマニフェスト、鮎川信夫が書いたとされる「Xへの献辞」は、だからこそ早々と伝説になった。

〈親愛なるX……。詩について考えることは、とりも直さず僕達の精神と君の精神とを結びつける架橋工作である。たった一人の君に語りかけるために、僕達が力を併せて荒地を形成している意味を理解してくれたならば、僕達各個人が如何に分裂し、摸索の方向を異にし、未明の混沌とした内乱状態にあろうとも、なお一つの無名にして共同なる社会に於て、離れ難く結び合っていることも、より一層深く理解してくれるだろう。／詩は僕等の全存在を吸収する。僕等が一つの言葉に固定させた儚ない投影は徐々に経験を重層化させつつ、一つの中心にむかって運動する。我々はその運動を詩作過程と呼ぶ〉

同人の黒田三郎は、長く親しまれた『現代詩入門』（初版一九六一年、思潮社）で北村太郎「地の人」や田村隆一「立棺」を引きながら、初期の〈「荒地」の詩は悲惨のなかにあった。詩の素材は生活体験のすべての面にひろがるとともに、文明批評としての性格が顕著である〉と、振り返っている。吉本隆明、鈴木喜緑、高野喜久雄、堀田善衛らの加わった後期の「荒地詩集」（一九五一〜五八年）になると、他の集団に対抗する性格はもはやほとんどないとしながらも、〈われわれにおける詩の存在理由は、むしろより多くマス・コミュニケーションの網の目からこぼれ落ちてゆくものにかかっている。（中略）『荒地詩集』の三〇〇〇部から二二〇〇部という発行部数も、そうであってこそ意味を持ち得るのである〉と、誇り高く断言している。

詩人が詩を書くことだけではとても生活が成り立たない現実に、谷川俊太郎が気づいたのはいつの時点だったか。さまざまな詩壇の仕組みも学ばなければならなかった。木村毅が主宰する「文章倶楽部」の投稿詩の選評も体験した。思潮社を興した小田久郎は同誌の編集を手伝い始めていた。のちに『戦後詩壇私史』（一九九五年、新潮社）の中で小田は、〈戦後詩が「自らの現在」の両極を獲得し始めたとき、その極点にたった鮎川信夫と谷川俊太郎を選者に迎えて、「文章倶楽部」の詩壇〉をスタートさせたかったと、抜擢した理由を書いている。

五四年六月から始まった鮎川との合評で、谷川はさっそく歴史的にきわめて重要な詩人の発見に関わっている。細見和之著『石原吉郎　シベリア抑留詩人の生と詩』（二〇一五年、中央公論新社）には、「文章倶楽部」五四年十月号に初掲載された石原吉郎*の「夜の招待」をめぐる、次のような評価が紹介されている。

谷川　詩そのものという感じがします。こういう詩はめずらしいと思うんです。道徳とか世界観とかいうものを詩にしているような作品が多い中で、これは純粋に詩であるという感じがしますね。この詩は詩以外のなにものでもない。全く散文でパラフレーズ出来ぬ確固とした詩そのものなんです。

鮎川　まあそういう詩だな。

谷川　純粋な詩というのは、えてして遊びになってしまうんですけど、この詩は純粋に詩として自足していて、そのためかえって遊びになっていない、そういう点が貴重なような気がします。

鮎川　作者の想像力が豊かで、ちょっとメルヘン風な味もあるおもしろい詩です。作者は、窮屈な人生観、社会観などに束縛されていない。言葉自身にのびがあって、作者の想像力が自在の展開をしています。だけど、へたをすると遊びになるということは、やはりあると思うんだ。しかし、この場合は機智的なアイロニックな要素も交えて、全体がひきしまったものになっている。
谷川　投稿詩としてはめずらしい専門家の詩ですね。生活綴方ではない。

この時、石原は三十八歳。三十四歳だった鮎川に近いが、二十二歳の谷川のほうが確信をもって褒めている。石原は五四年から五五年にかけて特選、入選を繰り返し、石原の代表作となった「サンチョ・パンサの帰郷」はこの間、「文章倶楽部」の第二回「詩コンクール」で選考されている。このコンクールの選者は鮎川、谷川に、「列島」同人の関根弘、「日本未來派」同人の上林猷《みち》夫《お》*だったが、谷川は最高の三点、鮎川は二点、他の二人は点を入れなかったから次席に終わった。関根は「メタフォアが通じない」と石原吉郎の作品に否定的だったが、もし、この時点でシベリア抑留者という経歴が明らかであれば、態度は変わっていたかも知れない。石原はさっそく「荒地詩集」同人に加わる。

谷川は合評を続ける中で、神保町のビルの二階のわずか六、七畳の板の間に、森谷均の昭森社と伊達得夫*の興した書肆ユリイカ、そして小田久郎の思潮社がそれぞれの机を並べていた事務所をしばしば訪ねただろう。一九五四年に早くも「戦後詩人全集*」（全五巻）の刊行に踏みきり、戦後詩壇の見取り図を鮮明に描いてみせた稀代の名編集者、伊達得夫は五八年、「谷川俊太郎のこと」と題した短い谷川評を残している。詩人グループで芝居を上演した際、酒場の場面にカウボーイの扮装で登場した谷川はひと言も台詞を喋らず、十数人の乱痴気騒ぎをニヒルに眺めていたのだったが、いきなり天上に向けてピストルを放つ。そこで幕。デニムに革ジャケット、オモチャのピストルにガンベルト。〈いい役とはこんなものだ〉。さらに伊達は〈しかし、オモチャのピストルはその後も、いつも景気よく鳴るとは限らない。だから、何かの工合でそれが不発だったとき、彼はあわてて、バケツでも、ヤカンでも、手あたり次第めったやたらに叩くのだった〉（『詩人たち――ユリイカ抄』一九七一年、日本エディタースクール出版部。現在は平凡社ライブラリーに収録）と、若さとスター性への皮肉も忘れていない。

伊達得夫から何らかの挑発を受けたのかもしれないが、この谷川評が書かれる二年前の一九五六年、二十四歳の谷川俊太郎は「世界へ！　*an agitation*」という、血気盛んな所信表明を創刊直後の「ユリイカ」で発表している。

〈詩は何のためにあるのか。詩は今日、満員電車の吊皮につかまってそれを読む一人の禿頭の老人のためにある。詩は昨日、劇場の補助椅子に座ってそれを聴いた一人の青年のためにある。また、詩は明日、野原に寝ころがってそれを口ずさむ一人のお下げ髪の少女のためにある。彼等をひととき生かし、そうすることで、彼等を生活し続けさせるためにある。詩を生活の時間の外のひとつの客観的な価値の如くに考えてはならぬ。人生は日々のものである。そして人生が日々のものである限り、詩もまた、日々のものである。日々使い捨てられることによってのみ、詩は自らを完成し得る〉

問題は、だが中盤に掲げられた次の部分から生じたようである。

〈私はあえて詩人の怠惰を責めたい。実際に、一九五六年の日本で、詩を書いて食っている詩人はいない。しかし、だからといって、それが詩を孤立させていい理由にはならない。我々は詩が

売れるように努力すべきである〉
〈詩人は積極的に戦わねばならないのだ。詩人は如何にあざ笑われようとも、詩を主張しなければいけない。それが詩人の人間的責任というものだ。世間が無視するからおとなしくひっこんで、現代詩は貧困か、などと議論している。みみっちい限りである。私は現代詩は貧困だと声を大にしていいたい。詩人はもっと貧困である。経済的には勿論のこと、精神的にも貧困なのだ。詩を売りこもうという工夫もしないで、あきもせず詩人の社会性とは何かなどと空論に花を咲かせる始末である。〉

純文学の作家も、文芸誌以外に雑文や週刊誌の連載小説などを発表することが、あからさまに軽蔑された時代だった。そうしなければ生活できない作家が多かったにもかかわらず。詩人の場合は、会社員や大学の教師、新聞記者や出版関連の生業を持つのが当然で、詩集を出版し、詩の賞を受け、詩壇で名前が知られた詩人であっても、活動は同人誌を中心としていた。詩の原稿料を生活の糧にしようという発想は、不純だとさえ受け取られた。谷川にすれば、そうした状況は果たして健全なのか、満足すべきなのか、と率直に疑問を呈しただけだったろう。

谷川の主張は生意気で突飛に聞こえるかも知れないが、実は、非常に似た主旨の主張を一九〇九（明治四十二）年、石川啄木が新聞紙上で行っていたことを中村稔の新著『石川啄木論』（二〇一七年、青土社）を通じて知った。啄木は「食《くら》ふべき詩」と題してこう書いている。

〈「食ふべき詩」とは電車の車内広告でよく見た「食ふべきビール」といふ言葉から思ひついて、仮に名づけたまでゝある。／謂ふ心は、両足を地面《ぢべた》に喰《く》つ付けてゐて歌ふ詩といふ事である。実人生と何等の間隔なき心持を以て歌ふ詩といふ事である。珍味乃至は御馳走ではなく、我々の日

常の食事の香の物の如く、然《しか》く我々に「必要」な詩といふ事である〉

〈そんなら（一）将来の詩はどういふものでなければならぬか。（二）現在の諸詩人の作に私は満足するか。（三）抑も詩人とは何ぞ。／便宜上私は、まず第三の問題についていおうと思ふ。最も手取早くいへば私は詩人といふ特殊なる人間の存在を否定する。詩を書く人を他の人が詩人と呼ぶのは差支ないが、その当人が自分は詩人であると思つてはいけない、いけないといつては妥当を欠くかもしれないが、そう思ふことによつてその人の書く詩は堕落する……我々に不必要なものになる。詩人たる資格は三つある。詩人は先第一に「人」でなければならぬ。第二に「人」でなければならぬ。第三に「人」でなければならぬ。さうして実に普通人の有つてゐる凡ての物を有つてゐるところの人でなければならぬ。／言ひ方が大分混乱したが、一括すれば、今迄の詩人のやうに直接詩と関係のない事物に対しては、興味も熱心も希望も有つてゐない——餓ゑたる犬の食を求むる如くに唯々詩を求め探してゐる詩人は極力排斥すべきである。（中略）暇ある時に玩具を弄ぶやうな心をもつて詩を書きかつ読むいわゆる愛詩家、および自己の神経組織の不健全なことを心に誇る偽患者、ないしはそれらの模倣者等、すべて詩のために詩を書く種類の詩人は極力排斥すべきである。無論詩を書くといふ事は何人にあつても「天職」であるべき理由がない。「我は詩人なり」といふ不必要な自覚が、如何に従来の詩を堕落せしめたか〉

〈即ち真の詩人とは、自己を改善し、自己の哲学を実行せんとするに政治家の如き勇気を有し、自己の生活を統一するに実業家の如き熱心を有し、さうして常に科学者の如き明敏なる判断と野蛮人の如き率直なる態度を以て、自己の心に起り来る時々刻々の変化を、飾らず偽らず、極めて平気に正直に記載し報告するところの人でなければならぬ〉（「東京毎日新聞」一九〇九年十一月三十

日〜十二月七日に掲載の寄稿連載「弓町より」から抜粋）

この「食ふべき詩」について中村稔は、〈おそらくわが国の詩史上もっとも重要な詩論であり、画期的な詩論であると思われる〉と評価している。弁護士として「普通の生活」と並行して七十年近く詩を書いてきた氏ならではの評価であり、中村による評伝『石川啄木論』では、何の変哲もない日常の瑣末に「詩」を発見した点に啄木の新しさがあったことが強調されている。

さてしかし、谷川俊太郎が「世界へ！」で行ったこの宣言は、詩壇の人々の猛反発を買った。それは著名な哲学者の父を持ち、大学進学をせぬまま十八歳で父の友人、三好達治の推奨を受けてデビュー作をいきなり「文学界」に発表し、一躍、脚光を浴びた谷川俊太郎以外の誰も書くことはできない〝本当のこと〟だった。谷川が詩壇に放り投げた、これが最初の紙つぶてとなる。

もう一人、「荒地」がリードする戦後詩壇に、堂々と異論を唱えた若者がいた。

谷川と同じ一九三一年生まれの戦場に征かなかった詩人、のちの盟友となる大岡信である。大岡は旧制沼津中学時代から詩作を始め、旧制一高、東京大学国文科在学中から、その才能が仲間内で知られていた。卒業後は読売新聞外報部の記者を務めながら、同僚だった日野啓三や佐野洋となおも文学を志していた。大岡は五四年、嵯峨信之*が主宰する詩誌「詩学」五月号の「鮎川信夫ノート」で、鮎川の詩論への〈甚だしい困惑〉を表明していた。大岡は当時よく読まれた鮎川の「詩と伝統」を引き合いに出して次のように述べている。

〈重要なことは鮎川氏がここで、それまで「真の伝統の欠如」とか「殺伐な精神的風土」とか「特殊な異端的傾向」とか「地方的土俗的詩人」とか「擬似伝統」とかの言葉で現代日本の文化の在り方を審判してきたその位置からたくみに不明の未来の中へ姿をくらましていることだ。そして更に重要なことは鮎川氏がこうして自己の現在を消去し、従って過去や未来を語る権利を失っていることだ。時間は現在を中心にしてしか考えることはできない。鮎川氏にあっては秩序が転倒しているのである。〉

たいした度胸、しかも正鵠を突いている。大岡はこの頃、瀧口修造、針生一郎、村松剛、菅野昭正、飯島耕一らをメンバーとする「シュルレアリスム研究会」でもさかんに活動している。

とびきり生意気な谷川俊太郎と大岡信を、そのまま仲間と受け入れたのが「櫂」の同人だった。「櫂」は、川崎洋[*]が茨木のり子[*]に連絡を取り、一九五三年五月に二人で創刊した詩の同人誌で、第二号から谷川俊太郎、続いて吉野弘[*]、水尾比呂志[*]、友竹辰[*]、中江俊夫[*]、さらに大岡信が、追って岸田衿子も加わった。主に十代で敗戦を迎え、戦後の始まりと共に大人に成長していった一群の詩人である。一九五七年にいったん解散を発表するが、六五年末に第十二号が発行された後には、断続的に一九九七年の第三十二号まで続いている。政治的イデオロギーは最初から希薄であり、戦後詩壇の中では、「四季」派の流れを汲んだ抒情詩人の集まりとして軽視する向きもあった。しかし結果として、これほど根強い読者を現在まで得ている詩人の集まりは他にほとんど見当たらない。

一九五〇年代の「櫂」の雰囲気については、茨木のり子が『「櫂」小史』としてこんなふうに書き残している。

〈「櫂」は文学運動でもなかったのだが、「荒地」や「列島」が表現し残したものを、埋めようという、本能的な衝動のようなものは、皆に共通にあったような気がしてならない。／これはまったく私見にしかすぎないが、敗戦後の詩運動はおおむね、骨格ばかりのようで、水気、色気、うぶ毛などがいたって乏しく感じられた。これらを取り落し、骨だけでは生物の生物たる所以を完うできないではないか？　したがって人間という生物が創ったところの詩にもならなくはないか？　という疑問があったのである。／「櫂」は贅沢な、遊びの詩誌と見られることが多かったが、一人、一人の生活環境を見れば、お互、花を咲かせる土は、かなり荒蕪の瘦地だった〉（現代詩文庫『茨木のり子詩集』収録）

茨木より五歳年下の谷川が、ある時発した「僕は、僕の若さに忠実だという自負がある」という〈昂然とした言葉〉に射抜かれたようなショックを受けたとも茨木は記している。それは〈戦後の画一化された、総懺悔、総反省、総否定の発想とは、次元を異にしたところから発せられた言葉であった。〉

とはいえ、五〇年代の戦後詩を主導したのは、何といっても「荒地」派だった。鮎川信夫の「死んだ男」「繫船ホテルの朝の歌」などの詩はまだ荒廃の残る世相の中でよく読まれた。鮎川と並び立った田村隆一もアガサ・クリスティの翻訳を大量にこなしながら、五六年に詩集『四千の昼と夜』でその実力を見せつけた。田村は六三年に高村光太郎賞を受賞し、岸田衿子と三度目の結婚をしている。そして東洋インキに勤務しながら私家版の詩集『固有時との対話』で注目された吉本隆明は、五四年に荒地新人賞を受け、遅れて「荒地」に参加。『文学者の戦争責任』（武井昭夫との共著）、『転向論』などで詩壇を代表する論客となっていく。

吉本隆明は、しかし五四年には「新日本文学」三月号で、早くもこう直言していた。

〈「荒地」グループは、その極限情況の体験が現代の日本の社会情況のなかで、実感しえるあいだ、その存在の意味をうしなうことはないとおもわれるが、すでに、敗戦革命は完敗し、よみがえった日本の戦後資本制が、安定恐慌期にはいろうとしている現在、あきらかに転換をしいられている。かれらのもとめる極限情況の実感は、もはや、現実からうしなわれてゆくだけである〉（「日本の現代詩史論をどうかくか」『抒情の論理』一九六三年、未来社に収録）

吉本は同時にこうも書きつけていた。

〈現代詩の、第三期の特長は、谷川俊太郎　中村稔　山本太郎　大岡信　中江俊夫　など、詩意識のなかに、実存的な関心も、社会的な関心も、もたない詩人たちの出現によって、もっとも、するどく象徴することができる。これらの詩人たちは、安定恐慌化した現在の日本資本制の、ごまかしの安定感のうえに詩意識の基礎をすえ、もうれつなはやさですすむ、階級分化の過程でみずからは、安泰であると錯覚している階級の、秩序意識を、詩意識のなかへくりこんでいる。〉

が、この頃の谷川は詩壇の言論をまるで気にするふうでもなく、学びの場を広い文化圏に求めていくばかりだった。

向こう見ずなまま、ほぼ独力で広げていったその領域をたどってみると、当時、谷川の好奇心を満たした相手は、新進音楽家の武満徹、早稲田大学在学中、まず歌人として注目された寺山修司、デビューの時期が近く、「意外に気が合った」という作家の石原慎太郎といった面々。武満、寺山とは生活費を稼ぐために関わったラジオドラマの創作を通じて、一九六〇年前後、たえず顔を合わせていたようだ。

シナリオの腕を磨いた延長で、谷川は浅利慶太の率いる「劇団四季」の上演台本、「お芝居はおしまい」を引き受け、三十歳を迎えた直後の一九六二年一月から翌年末までは、「週刊朝日」

に社会時評的な風刺詩を連載する。『落首九十九』と題する詩集にまとまったこの一冊には、政治、経済、教育、環境、文化をめぐる現在に続く諸問題が、ほぼ出そろっていて、ジャーナリスティックな切り込み、広い視野をもって臨んだ優れた批評の仕事になっている。〈私は時には抗議し、時には揶揄し、時には愚痴をこぼし、稀に歌った。その言葉が、詩であるかどうかは、余り気にしなかった〉と、あとがきに残る。

同時期の寄稿文では、こんな啖呵も切っている。

〈新聞を株式欄から読まぬようでは、大人とはいえないとは、さる高名な経済学者の言であるが、株は一株も持たずに、株の動きをわが身に感じられるようでなくては、詩人の感受性とはいえぬだろう〉（「カネはいやしい？」初出は六四年、『散文』に収録）

「世界へ！」で〈流行歌にも詩人は責任を負わねばならない〉という持論を述べた責任を取ったように、「月火水木金土日の歌」で日本レコード大賞作詞賞を受けたのが六二年。続いて手塚治虫の「鉄腕アトム」の作詞依頼も舞い込んだ。アトムの詩の「新鮮な透明感」に感心した映画監督の市川崑からは、「東京オリンピック」の記録映画で脚本作成に参加するよう、声がかかる。この時の協働は、その後の谷川の多彩な映像作品の基盤を成す体験となる。

一九六六年にはフォード財団が出資したジャパン・ソサエティーの招きで九か月間、知子夫人を伴い欧米各地を見学する旅へ出かけた。この時、パリやワシントンで出会った十七世紀オランダの画家フェルメールの絵から「すべての一瞬は詩になる」可能性を直観したという述懐もある。アメリカで詩人の自作朗読会に参加して、「声」を考えるきっかけも得ている。

旅から戻った谷川は、全編をほぼひらがなで訳し、時代を代表するアートディレクターだった堀内誠一がカラフルなイラストを描き、装丁するという『マザー・グースのうた』（草思社）を企画。準備にとりかかる。この頃、哲学的な身ぶりですっかりアメリカの人気者だったスヌーピーやチャーリー・ブラウンが活躍するチャールズ・M・シュルツ作の漫画「ピーナッツ・ブックス」の翻訳も引き受けていた。そうした時代の先を行く体験を映すように六五年秋、「現代詩手帖」に発表された作品こそ、「鳥羽1」だった。

何ひとつ書く事はない
私の肉体は陽《ひ》にさらされている
私の妻は美しい
私の子供たちは健康だ

本当の事を言おうか
詩人のふりはしてるが
私は詩人ではない

私は造られそしてここに放置されている
岩の間にほら太陽があんなに落ちて
海はかえって昏《くら》い

この白昼の静寂のほかに
君に告げたい事はない
たとえ君がその国で血を流していようと
ああこの不変の眩《まぶ》しさ!

冒頭の二連が巻き起こした衝撃について、これまでさまざまな場面で繰り返し言及され続けてきた。ことに同時代の小説家の間では総じて、散文では成し得ないほど強烈な一撃を創出したと受け止められ、現代詩と現代小説をつなぐ重要な結節点として、長く記憶される。

一九六五年十一月に「鳥羽」が「現代詩手帖」に発表されると、いち早く反応したのは谷川より四歳年少の大江健三郎だった。大江は六七年、「群像」に連載した『万延元年のフットボール』の中で、主人公の鷹四の言葉を借りて、「本当の事」をまず、次のように規定している。〈おれは、ひとりの人間が、それをいってしまうと、他人に殺されるか、自殺するか、気が狂って見るに耐えない反・人間的な怪物になってしまうか、そのいずれかを選ぶしかない、絶対的に本当の事を考えてみていた〉

続いて、現実社会の中でその「本当の事」を言い放った場合を想定して、鷹四になお語らせる。〈もし、本当の事をいってしまった筈の人間が、殺されもせず自殺もせず、なんだか正常の人間とはちがう極度に厭らしく凶々しいものに変ることなしに、なお生きつづけることができたとしたら、それは直接に、かれがいってしまった筈の本当の事が、じつはおれの考える意味での、発

火しつつある爆発物みたいな本当の事とは違うものであったことを示すだけなんだ。それだけだよ、蜜〉

対して兄の蜜三郎が〈しかし作家はどうだろう〉と問い返す。すると鷹四は、〈フィクションの枠組をかぶせれば、どのように恐しいことも危険なことも、破廉恥なことも、自分の身柄は安全なままでいってしまえるということ自体が、作家の仕事を本質的に弱くしているんだ〉。そして〈文章になって印刷されたものの中には、おれの想像している種類の本当の事は存在しない。せいぜい、本当の事をいおうか、と真暗闇に跳びこむ身ぶりをしてみせるのに出会うくらいだ〉。

作中の「本当の事」をめぐるこの兄弟のやりとりから、作品の核を成す出来事に一気に近づいていく。大江の代表作となったこの長編によって、谷川の一行はまた別の意味を与えられ、一人歩きを始める。

谷川はもちろん大江の小説を読んだだろうし、この「鳥羽」についてよほど質問を受けたのだろう、一九七二年になって受け止める行を少しずらして、『何ひとつ書くことはない』と書けるということ〈「何ひとつ書くことはない」と題したエッセーを発表している（『散文』に収録）。

〈「何ひとつ書くことはない」という一行が、その一行のみで否応なしに文学の世界を成立させ得るとき、その同じ一行が、論理の世界を決定的に崩壊させるしかないのは、言語の非一元性を示して余すところがないと私には感じられた。しかも「何ひとつ書くことはない」と書くことが、詩または文学の世界では、詩人の全体を賭けたひとつの論理的行為たり得るとき、その同じ一行が、通常の論理の世界では、あるいは〈文章〉の世界では、よく見ても下手な韜晦としかなり得ぬ非論理的行為であるというはっきりした対照は、私に言語に対する一種の畏怖の念すら起こさ

せたと言っていい〉
しかし、今となってみれば、この十篇の「鳥羽」は、高度成長期を迎え、欧米より二十年遅れで到来した日本の消費社会に対する、戦争に行かなかった〝遅れてきた青年〟の、うしろめたさの表明のようにも読める。とくに「鳥羽3」に、それは露わだ。

私を拷問するがいい
餓《う》えながら生きてきた人よ
ホテルの窓から私の見ているのは水平線
粗朶《そだ》拾う老婆の見ているのは砂

私はいつも満腹して生きてきて
今もげっぷしている
私はせめて憎しみに価《あた》いしたい

老婆よ　私の言葉があなたに何になる
もう何も償《つぐな》おうとは思わない
私を縊《くび》るのはあなたの手にある
あなたの見ない水平線だ

かすかにクレメンティのソナチネが聞こえる
誰も私に語りかけない
なんという深い寛《くつろ》ぎ

谷川俊太郎は「鳥羽」を含む『旅』を出版した一九六八年頃、詩壇から相変わらず視点をずらして、同時代の言葉の観察を熱心に続けていた。同年一月には、グループサウンズブームに沸く新春ウェスタンカーニバルを有楽町で見て、歌詞がただのひと言も聞き取れなかったにもかかわらず、〈あらゆる偏見から解放されて、私は突然、深く感動していた。（中略）それは正しくユートピア以外の何ものでもなかった。愚かしいと人は言うのだろうか、だがベトナムでの戦争に比べて、どちらがほんとうに愚かしいか〉（「〈好き〉から〈愛〉へ」、『散文』収録）とエッセーに残している。かと思えば、「鳥羽」より早く、「水の輪廻」（別丁に収録）という傑作を書いている。

詩壇全体もこの頃、熱気に満ちていた。一九六六年頃から詩の全集や評論集の出版が加速し、「現代詩」という言葉も社会に根づいたと新聞でも取り上げられている。詩を読み、書く事は空前のブームとさえ言われ始めた。ピークは「現代詩手帖」が創刊十年を迎え、発行部数が二万部に達した一九六八年。同年三月、今も会場の異様な盛り上がりが語り継がれる、思潮社主催の公開討論会「詩に何ができるか」が新宿の厚生年金ホールで開かれた。壇上に横一列に並んだのは菅谷規矩雄*、渡辺武信*、鈴木志郎康*、長田弘*、天澤退二郎*、大岡信、入沢康夫*、中江俊夫*、岩田宏*、山本太郎*、そして谷川俊太郎。当代を代表する人気詩人たちである。会場にいた知人によると、待ちかまえたように「鳥羽１」冒頭の問題のフレーズについて発言を求められた谷川は、十分な答えを返すことができず、客席からヤジを浴びたという。その時の忸怩たる思いも、先に挙げた四年後の文章（「『何ひとつ書くことはない』と書けるということ」）を書かせたのかもしれない。

この年、詩壇で最大の評価を得たのは入沢康夫の詩集『わが出雲・わが鎮魂』だった。一月には「現代詩文庫」の一冊目として、「田村隆一詩集」が刊行されていた。討論会では不在だった吉岡実も『僧侶』以来、独自の存在感を増していた。鈴木志郎康もやがて小説家となる富岡多恵子も、それぞれ時代の寵児だった。パリの「五月革命」が起点となった学生運動が海を渡って飛び火し、ベトナム戦争下のアメリカでもウィリアム・バロウズやアレン・ギンズバーグ、ジャック・ケルアックらビート世代と呼ばれる詩人や作家が読まれ、もちろんボブ・ディランやビートルズが聴かれ、ドラッグも広がり、若者は自由を求めて苛烈さを増した。六八年は世界的な政治運動と詩と音楽の熱狂の中にあった。

同時代の日本の小説もまた、戦後に多感な青少年期を生き抜いてきた作家らが充実期を迎えていた。三島由紀夫の遺作「豊饒の海」の第一巻『春の雪』も、安部公房の『燃えつきた地図』、大江健三郎の先に挙げた『万延元年のフットボール』も六七年から六八年にかけて刊行された。版を重ね、装幀や解説が更新されたこれらの文庫版を最近、再読したが、小説の展開、スピード、文章の密度、全体における一語一語の、相互に照らし合う光も、すべてに力が漲っていて、古びるどころか古典の輝きを増している。一方、前出の詩人たちの作品を「現代詩文庫」であらためて読むと、現在との距離が小説以上に広がっているものも少なくない。詩は、それだけ時代に寄り添っていたのだろうか。

小説を中心とする文壇と詩壇との距離も、いつしか広がっていった。文壇での評価に比べて、詩壇での「鳥羽」に対する評価は、かなり厳しいものだった。七三年、「現代詩手帖」六月号の座談会では、入沢康夫が「むしろ僕はあれについての反響が大きいのを見て、若干びっくりしたくらいで。谷川自身が『散文』の中で書いているじゃないですか、何気なく書いたのがあんな風に受け取られる……」。続いて飯島耕一が、「とにかくあの一行がみんなを泣かしたんだね、割と若い人を」。すると入沢は「泣かされたほうこそいい災難よ」。大岡信は「泣く人は表現の狡猾さに対する警戒心がなさすぎると思うね。あまりにも素直じゃないか、ああいう『素直さ』にイカれるのは」。冷静そのものだ。きつい批判に聞こえるかもしれないが、気心の知れた仲間内でこその、本音を含んだ軽口であるだろう。詩の雑誌ではこういう調子の会話が許容されている。

谷川本人によると、鮎川信夫には「鳥羽1」を発表直後、何かの折に呼び止められ、「あれは面白かった」とめずらしく褒められたという。鮎川は自分の作品と呼応する何かを直感したのではないか。筆者は「鳥羽1」から鮎川の「死んだ男」の最後の三行、〈「さよなら、太陽も海も信ずるに足りない」／Mよ、地下に眠るMよ、／きみの胸の傷口は今でもまだ痛むか。〉を連想したのだったが。

ここで、二十一世紀に至っても谷川俊太郎という存在が、圧倒的な知名度、浸透力にも関わらず、日本の詩壇においては理解や評価を十分にされていない事実について、触れておかなければならないだろう。詩壇における谷川評価のわかりやすい一例を挙げれば、二〇〇五年、「現代詩手帖」八月号に掲載された特集「戦後60年〈現代詩〉再考」での扱いでもそれは明らかだ。

巻頭の大座談会の出席者は辻井喬、飯島耕一、長谷川龍生、吉増剛造、佐々木幹郎、荒川洋治、

新井豊美、井坂洋子、野村喜和夫、城戸朱理。各氏は「戦後の名詩」をそれぞれ十篇選んだ上で、座談会に臨んでいる。戦後詩の起源に遡ることから始まった四十ページにも及ぶ長い討論では、西脇順三郎、金子光晴から「荒地」の田村隆一らについて談論が進んで行くのだが、谷川俊太郎に関する発言は全部合算しても半ページほど。一九六二年から思潮社が谷川の主要詩集を刊行し続けており、新たな詩集が出る度に同誌で大がかりな谷川特集が組まれ、多くの寄稿を集めてきた。にもかかわらず、主要な現代詩人である出席者たちの関心は、明らかに谷川から逸れている。

佐々木幹郎はそれでも積極的に、「谷川さんこそが詩の大衆化ということを一九五〇年代からやってこられた方で、詩の大衆化の問題を考えるとき谷川作品を抜かすことはできない。この人こそサブカルチャー、ポップカルチャーの申し子のような形で、デビューしてたんじゃないかと思います」。「谷川さんはデビューしたときから、そういう現代詩の共同体から外れたところにおられた」と水を向けようとしている。

飯島耕一は「最近彼のインタビューを読んだら、七十過ぎても一人っ子って言ってるじゃない（笑）。一人っ子意識はものすごく強い。彼の詩の根幹にあるのはそれですよ」。そして「谷川はやっぱりちょっと変わっていたんじゃないかな。同世代のぼくらはアルコールによる共同体（笑）。あるいは本の貸し借りによる共同体」。

この時、「名詩十篇」に谷川作品を入れた出席者が四人いた。うち二人が『世間知ラズ』（一九九三年）から「父の死」を挙げ、辻井喬だけが「鳥羽」を選んでいる。その辻井にしても「私流に考えますと、抒情のままの方法で大衆性に身を潜めている詩じゃないか」と、分かりにくい評価を述べている。しかし、その場の空気を読んで、そのようなことを口走っただけであり、実はとうに見えていたのではないか。「鳥羽」には辻井喬が堤清二として実現を急いだ、大衆消費社会の一見、平等な水平線と、その向こうに広がるとらえどころのない虚しさ、あるいは歴史の終わりのようなものが。辻井亡き今となっては、氏の代わりにこうも言いたい。この詩が日本人の心を射るのは、アジアを置き去りにして物質的な繁栄を遂げたこの国の、罪悪感の残滓が漂っているからではないだろうかと。

さまざまな解釈を呼び込み、取りざたされた「鳥羽」を契機に、谷川俊太郎の詩壇からの距離は、一段と遠くなっていったと思われる。

鮎川信夫　（一九二〇～八六年）　東京出身。父、上村藤若は「帝国文化協会」の主宰者。三七年に中桐雅夫の同人誌「ＬＵＮＡ」「ＬＥ　ＢＡＬ」に加入。森川義信と第一次「荒地」を三八年に企画し、三九年から刊行。早稲田大学英文科の卒業論文にＴ・Ｓ・エリオット論を書くが中退。「橋上の人」を置いて南方に出征する。戦死した森川の遺志を継いで四七年第二次「荒地」を田村隆一らと創刊。五五年には『鮎川信夫詩集１９４５‐１９５５』、六五年に評論集『戦中手記』を刊行する。詩論、詩人論を多く発表し、戦後詩、現代詩の中心的存在であり続けた。主な詩集に『宿恋行』『難路行』。二〇〇一年に『鮎川信夫全集』八巻が完結。エラリー・クイーンらの推理小説、バロウズの小説などの翻訳も多数手がけた。英語学者の最所フミと夫婦だったことは本人が死去するまで友人にも明かされていなかった。評伝に樋口良澄著『橋上の詩学』。

田村隆一　（一九二三～九八年）　東京出身。明治大文芸科を卒業後、三九年に「ＬＥ　ＢＡＬ」に参加。鮎川らと知り合い、四七年『荒地』の創刊メンバーとなる。早川書房に勤務しながらアガサ・クリスティの翻訳を始め、五六年詩集『四千の日と夜』、六三年『言葉のない世界』（高村光太郎賞）で評価を確立。その後も詩集『奴隷の歓び』『１９９９』などを発表し、晩年までエッセーなど旺盛な執筆活動を続けた。『田村隆一全詩集』（思潮社）、『田村隆一全集』（全六巻、長谷川郁夫編、河出書房新社）がある。

北村太郎　（一九二二～九二年）　東京出身。東京府立第三商業学校で田村隆一と友人になり、「ＬＥ　ＢＡＬ」に参加。戦争中、通信兵として暗号分析などに関わった後、東京大学仏文科を卒業。朝日新聞校閲部に勤務しながら、「荒地」同人として活動する。後年の田村隆一の妻との関係が、ねじめ正一の小説『荒地の恋』に描かれている。詩集に『冬の当直』『港の人』、エッセーに『パスカルの大きな眼』『センチメンタルジャーニー』。小説の翻訳も多数。

中桐雅夫　（一九一九～八三年）　岡山出身、神戸市で育ち、兵庫県立神戸高等商業学校時代に「ＬＵＮＡ」「ＬＥ　ＢＡＬ」を創刊。同校を中退後、日本大学芸術学科を卒業。読売新聞政治部記者として勤める傍ら、創刊メンバーとして「荒地」で活躍し、のちに「歴程」に参加する。詩集『夢に夢みて』『会社の人事』（藤村記念歴程賞）、評論集『危機の詩人　一九三〇年代のイギリス詩人』などを著し、Ｗ・Ｈ・オーデンの翻訳、紹介などにも力を尽くした。

木原孝一　（一九二二～七九年）　東京出身。東京府立実科工業学校卒業。詩誌「ＶＯＵ」に参加後、出征。硫黄島の戦闘から生還し、「荒地」に参加。未完の「無名戦士（硫黄島）」を収めた『血のいろの降る雪』（山下洪文編集）が二〇一七年に刊行された。

黒田三郎　（一九一九～八〇年）　広島出身。鹿児島で育ち、十代から北園克衛の「ＶＯＵ」に参加。東京大学経済学部卒業後、召集され、ジャワから帰還後、「荒地」創刊に参加。NHKに勤めながら最初の詩集『ひとりの女に』でH氏賞受賞。『小さなユリと』『もっと高く』『ある日ある時』等の詩集、評論『現代詩入門』などが読まれた。高田渡「夕暮れ」、小室等「苦業」など楽曲としても作品が残る。

「荒地」　第二次「荒地」（一九四七～四八年）にはこのほか、三好豊一郎、加島祥造、北園克衛、西脇順三郎らが参加した。

関根弘　（一九二〇～九四年）東京出身。工員となり、日本共産党員として活動し、五二年、リーダーとして詩誌「列島」を長谷川龍生、菅原克己、黒田喜夫らと創刊。続いて五八年には鮎川信夫、長谷川らと「現代詩」を始める。左翼思想を基盤に大衆の視点から現代詩を拓くことをめざした。「夜の会」「現在の会」などにも参加。詩集『死んだ鼠』『約束したひと』『新宿詩集』、評論『浅草コレクション』などがある。

長谷川龍生　（一九二八年～）大阪出身。十代から小野十三郎に詩を学び、早稲田大学仏文科中退後、「列島」「現代詩」のメンバーとなる。左翼的イデオロギーとシュルレアリスムの影響を受けた反抒情的な文体で人気を集める。「新日本文学会」に参加する一方、電通などの広告代理店でコピーライターとして活躍した。詩集は『虎』『詩的生活』（高見順賞）『泪が零れている時のあいだは』『立眠』ほか多数。

木島始　（一九二八～二〇〇四年）京都出身。四七年に東京大学英文科に入学。東大新聞を編集しながら「列島」に加わり、野間宏の跋文を得て五三年『木島始詩集』を刊行。都立高校、大学の英語教師に就きながら、詩作や黒人文学やジャズ評論の翻訳も行う。詩集に『パゴダの朝』『回風歌・脱出』『遊星ひとつ』など。

「四季」　一九三四（昭和九）年に始まった第二次「四季」は堀辰雄、丸山薫、三好達治の共同編集により、大勢の同人を擁した。萩原朔太郎の影響を受けた三好や立原道造、津村信夫を中軸とし、「抒情の牙城」と呼ばれるが、モダニズム運動を進める西脇順三郎や、北園克衛、村野四郎、北川冬彦、安西冬衛らをはじめ幅広い詩人が誌面に登場した。

伊東静雄　（一九〇六～五三年）長崎出身。京都帝大国文科を卒業後、大阪で旧制中学の教諭となり、教え子に作家の庄野潤三や科学者の下村脩がいる。「コギト」同人となった後、「四季」に参加。三五年に第一詩集『わがひとに与ふる哀歌』で萩原朔太郎らに称賛され、戦前から戦後にかけて『夏花』『春のいそぎ』『反響』を刊行する。五三年肺結核で死去。

石原吉郎　（一九一五～七七年）静岡出身。東京外国語学校卒業後、大阪ガスに入社、翌年に応召。ハルビンの関東軍情報部に配属された後、満州電電調査局に徴用されて敗戦を迎えるが、ソ連邦・シベリアに五三年まで抑留され、強制収容所に収監され、森林伐採などに従事する。五五年、粕谷栄市らと詩誌「ロシナンテ」を創刊。六四年詩集『サンチョ・パンサの帰郷』でH氏賞。詩集に『水準原点』『禮節』『北条』『足利』、評論集に『望郷と海』（藤村記念歴程賞）など。

上林猷夫（一九一四〜二〇〇一年）　北海道出身。一九五二年に『都市幻想』でH氏賞受賞。『詩人高見順　その生と死』を著し、『丸山薫詩集』を編集した。

伊達得夫（一九二〇〜六一年）　釜山生まれ。京都大学を卒業後、四八年に書肆ユリイカを創立し、自死した旧制一高生、原口統三の遺稿集『二十歳のエチュード』を刊行。五六年に詩誌「ユリイカ」を創刊し、戦後の若い詩人らを率先して世に送り出す。六一年に急逝。中村稔らが伊達の遺稿を集めて出版した『詩人たち　ユリイカ抄』は第一回藤村記念歴程賞を受賞。

「戦後詩人全集」（全五巻）一九五四〜五五年。（第一巻）中村稔、大岡信、谷川俊太郎、山本太郎、那珂太郎、新藤千恵（解説・木下常太郎）、（第二巻）藤島宇内、中村真一郎、沢村光博、長島三芳、和泉克雄、祝算之介（解説・村野四郎）、（第三巻）三好豊一郎、黒田三郎、高橋宗近、木原孝一、高野喜久雄（解説・菱山修三）、（第四巻）野間宏、安藤次男、平林敏彦、飯島耕一、礒永秀雄、河邨文一郎（解説・金子光晴）、（第五巻）関根弘、木島始、清岡卓行、峠三吉、許南麒、長谷川龍生（解説・壺井繁治）

嵯峨信之（一九〇二〜九七年）　宮崎出身。武者小路実篤の開拓した「新しき村」などを経て、戦後、詩誌「詩学」の編集長となる。七〇年代から詩作に傾注し、『時刻表』『土地の名〜人間の名』（現代詩花椿賞）、九十代で『小詩無辺』で芸術選奨文部大臣賞、現代詩人賞を受ける。

川崎洋（一九三〇〜二〇〇四年）　東京出身。四四年に福岡に疎開し、西南学院専門学校を中退後、上京。横須賀の米軍キャンプなどに勤めながら、茨木のり子と五三年、「櫂」を創刊。放送作家として活躍しながら、童話の創作や方言採集や読売新聞の「子どもの詩」の選者なども長く務める。詩集に『はくちょう』『ビスケットの空カン』（高見順賞）『魂病み』『埴輪たち』など。

茨木のり子（一九二六〜二〇〇六年）　大阪出身。愛知県で育ち、薬剤師の資格を得て五〇年、医師と結婚。詩の投稿を「詩学」に始め、掲載詩を通じて知り合った川崎洋と五三年、同人誌「櫂」を創刊。戦争の悲惨を知る世代の女性として「わたしが一番きれいだったとき」をはじめとする清新な抒情詩が広く愛唱される。主な詩集に『見えない配達夫』『鎮魂歌』『自分の感受性くらい』『倚りかからず』『歳月』など。韓国現代詩の紹介に尽力した。評伝に後藤正治著『清冽　詩人茨木のり子の肖像』。

吉野弘（一九二六〜二〇一四年）　山形出身。酒田商業学校を卒業後、帝国石油に就職。戦後は労働組合運動にかかわるが、肺結核のため療養中に詩作を始め、「櫂」に加わる。日常生活の中に詩を発見し、批評眼を発揮した「祝婚歌」「夕焼け」などが知られる。詩集に『消息』『幻・方法』『10ワットの太陽』『感傷旅行』（読売文学賞）『自然渋滞』（詩歌文学館賞）など。

水尾比呂志（一九三〇年〜）大阪出身。美術史家。東京大学大学院美術史学科修士課程を修了後、「櫂」に加入。民藝運動家として知られ、『デザイナー誕生』で毎日出版文化賞。武蔵野美術大学名誉教授。『評伝柳宗悦』（ちくま学芸文庫）、『近世日本の名匠』（講談社学術文庫）など著作多数。

友竹辰《たつ》（一九三一〜九三年）広島出身。声楽家、友竹正則。国立音楽大学声楽科に学び、二期会に所属。オペラやミュージカルで活躍し、テレビの料理番組レポーターとして親しまれる。菊田一夫演劇賞などを受賞。友竹辰として詩集『声の歌』。

中江俊夫（一九三三年〜）福岡出身。岡山県立倉敷天城高校時代に、永瀬清子の影響で詩に興味を持つ。関西大学国文科在学中に第一詩集『魚のなかの時間』を出版。「櫂」同人となり「荒地」にも参加。詩集に『20の詩と鎮魂歌』『語彙集』（高見順賞）『就航者たち』『梨のつぶての』（丸山薫賞）。最新詩集に『かげろうの屋形』。西宮市在住。

菅谷規矩雄（一九三六〜八九年）東京出身。ドイツ文学者。東京大学大学院を経て、天澤退二郎らと詩誌「暴走」「凶区」で活動。『詩的リズム』『詩とメタファ』など日本語の韻律についての評論がある。詩集に『菅谷規矩雄詩集』。

渡辺武信（一九三八年〜）神奈川出身。建築家。東京大学建築学科在学中に天澤退二郎、鈴木志郎康らと「赤門詩人」を創刊。「暴走」「凶区」にも参加する。詩集に『熱い眠り』『夜をくぐる声』『過ぎゆく日々』ほか。

鈴木志郎康（一九三五年〜）東京出身。早稲田大学在学中、詩誌「青鰐」を創刊。ＮＨＫにカメラマンとして勤務しながら日記的な映像作品を制作。詩集『新生都市』に続く『罐製同棲又は陥穽への逃走』でＨ氏賞を受賞。斬新なナンセンス詩が若者を中心に反響を呼んだ。多摩美大教授などを務めながら創作を続け、〇二年『胡桃ポインタ』（高見順賞）、〇八年『声の生地』（萩原朔太郎賞）。近刊に『化石詩人は御免だぜ、でも言葉は。』

長田弘（一九三九〜二〇一五年）福島出身。早稲田大学在学中に詩誌「鳥」を創刊し、「詩と批評」「第七次早稲田文学」の編集に関わる。散文家、児童文学者としての著作も多い。『私の二十世紀書店』で毎日出版文化賞、『記憶のつくり方』で桑原武夫学芸賞。詩集に『世界は一冊の本』『世界はうつくしいと』（三好達治賞）など。

天澤退二郎（一九三六年〜）東京出身。蓮實重彥と東京大学仏文科の同窓。在学中、第一詩集『道道』で注目され、代表詩集に『《地獄》にて』（高見順賞）『幽明偶輪歌』（読売文学賞）など。児童文学の名作『光車よ、まわれ！』などの創作や宮沢賢治研究でも知られる。

入沢康夫（一九三一年〜）島根出身。フランス文学者。東京大学仏文科在学中に第一詩集『倖せそれとも不倖せ』で注目され、六六年『季節についての試論』でＨ氏賞、六八年『わが出雲・わが鎮魂』で読売文学賞、八三年『死者たちの群がる風景』で高見順賞、九四年『漂ふ舟――わが地獄くだり』で現代詩花椿賞、二〇〇二年『遐い宴楽』で萩原朔太郎賞、〇六年『アルボラーダ』で詩歌文学館賞を受賞。評論も『詩の構造についての覚え書』『詩にかかわる』など多数。明治大学教授などを務めながら、日本の現代詩を先導する仕事を実作と批評の両面から長年果たし続ける。宮沢賢治、ネルヴァル研究も知られる。

岩田宏（一九三二〜二〇一四年）北海道出身。東京外国語大学ロシア語学科を中退後、青木書店に入社。詩誌「今日」「鰐」同人になると同時に、小笠原豊樹の名で旺盛な翻訳、評論活動を始める。詩集に『頭脳の戦争』『最前線』など。二〇一四年評論『マヤコフスキー事件』（小笠原名義）で読売文学賞を受賞。

山本太郎（一九二五〜八八年）東京出身。北原白秋の妹、家子の長男。東京大学でドイツ文学を学び、詩誌「零度」「歴程」に参加。主な詩集に『歩行者の祈りの歌』『ゴリラ』、『覇王紀』で読売文学賞、『ユリシィズ』と『鬼火』で藤村記念歴程賞を受賞。評論に『詩のふるさと』など。

吉岡実（一九一九〜一九九〇年）東京出身。本所高等小学校を卒業後、医学出版社で働きながら向島商業学校に通うが召集され、中国大陸を転戦する。五一年から筑摩書房に勤務。五九年、飯島耕一らと「鰐」を創刊。詩集『静物』『紡錘形』で注目を浴び、『僧侶』（H氏賞）で戦後を代表するモダニズム詩人として評価を確立する。『サフラン摘み』（七六年）で高見順賞、『薬玉』で藤村記念歴程賞を受賞。書籍の装幀でも仕事を残した。

インタビュー2

「詩人は、全世界を引き受けようとするんだ」

――岸田衿子さんと結婚されていたのは一九五四年十月から二年間。この期間に『愛について』『絵本』、二冊の詩集と、戯曲やラジオドラマを多く書かれています。二十代半ばに至るこの頃、公私共にずいぶんいろんなことが起こったようですね。

実質的には一年も、最初の結婚はもってません。喧嘩ばかりしてた。なんであんなに怒れたんだろうっていうくらい、爆発してました。僕が出てったり、衿子さんが僕のレコードをたたき割ったこともあったな。僕にとって最初の女性でしたから、最初から、もう結婚するしかない、結婚しなければ別れることもできないってつっぱしって、ともかく一緒になったんです。

結婚前、うちでもいろいろあった。「恋人ができた」と伝えただけで、母はふいに家を出て行ったくらいショックを受けました。母にとって、僕は愛する息子であると同時に一番の親友、話し相手でもあったからね。父親に、「お母さんのことは、あとはあなたが面倒をみてあげてください」ってお願いして、わかってもらった。母は非常に父親を愛していたのに、ずっと遠慮して自分を出せずにいたんですが、ちょうど父の最後の浮気もその頃収まって、結果的には、そこから両親は以前のように仲良くなって、母親も穏やかに、幸福そうになりました。

——最初に北区田端のアパートで一人暮らしを試されたあと、結婚生活が始まったのですね。「一東京人の住・私史」(『住む』一九七九年、平凡社)の記述によると、〈一九五四年、結婚して台東区谷中初音町の焼け残った古風な下町にあるその女性の持家に住む。二軒つづきの長屋の一軒の内部を、洋風の居間と寝室に改装した小さな家だった。まだ電気冷蔵庫も電気洗濯機もなかった〉とあります。

とてもモダンでセンスのいい室内に改装されていて、さっそく詩人仲間の溜まり場になりました。それがまた、喧嘩の原因にもなったんだけど。マザコンだった僕は、母親との一対一の関係を恋愛や結婚でもしっかりつくりたかったんですね。今なら女性にもいろんな人がいるんだってこと、わかるけど、当時は若かったし、僕は一夫一婦制の狂信的な信者だったから、衿子さんの自由な行動に対してはすごく混乱したし、絶対に許せなかった。

僕が離婚を報告したら、三好達治さんは泣き出してしまってね。萩原朔太郎の妹だった、ずっと好きだった美しい自分の奥さんが短い期間で家を出て行った自分の体験を思い出したのかもしれない。結婚式で長大な祝辞を述べてもらったし、岸田國士さんとも親しかったし、衿子さんも僕も、三好さんは小さい頃から知ってたわけだし、世の無常を感じたのかな。衿子さんはその頃、肺病が進行して富士見高原の療養所に入っていました。離婚届を書いて、岸田さんの叔父さんと一緒に療養所まで署名捺印してもらいに行きました。

――ご両親はこの結果についてどんな反応を示されたのでしょう。

父は、結婚する時、一種不安があったんじゃないかな。だから別れるときはそのまま受け入れてくれた。それで良かったとはもちろん言いませんでしたが。母もすごく心配してたけど、息子の決断に異議申し立てはしなかった。離婚して一年後に再婚を決めた時も、彼らなりに納得というか、肯定していたんじゃないかと思うんですけどね。

――お相手の大久保知子さんは、文学座で売り出し中の若手俳優でした。〈一九五七年、再婚して港区青山の崖下にある四畳半二間のバラックを借りて住む。戸の隙間から蔓草が侵入し、畳の隅に一日数時間三角形に陽の射す不思議な家だった〉（「一東京人の住・私史」）。

僕が脚本を書いて演出もした「大きな栗の木」というひとり芝居を彼女が演じて、それで親しくなって。下町の、お兄さんが古本屋さんをやっている庶民的な家に育った女の子だった。彼女は京都の伯母の家にも地方巡業の時に訪ねていって、伯母とコミュニケーションができて、それで母も普通の娘さんと結婚するのを歓迎してたんじゃないかな。衿子さんの方はなかなか納得してくれなくて、僕は保富康午《ほとみこうご》という友人の作詞家の、大阪の千里山にある家に数日、身を潜めたりしていた。知子さんのお兄さんがいい人だったし、結局、離婚した翌年に結婚届を出しました。今度は結婚式は挙げてません。青山の家を僕たちの前に借りていたのは阿川弘之さんで、大家さんは安川電機。ピアニストの安川加寿子さんのピアノが上から聞こえてきて、だんだんそれがうるさく感じられてね。この頃、さっき言った保富がいろいろ生活上の相談に乗ってくれてました。

——実生活は落ち着かない状況だったのに、詩作の方は独特な、人間の悠久の生の営みについて想起させるような名品がたくさん生まれています。第三詩集の『愛について』には、もう習作のような作品は見当たりません。飛躍的に大人びている。散文詩の「椅子」や「無題」の〈私は倦いた／私は倦いた我が肉に／私は倦いた　茶碗に旗に歩道に鳩に／私は倦いた　柔く長い髪に〉という繰り返しなど、心に強く訴える詩が並んでいます。女性がさまざまに描かれていますが、誰に対して書かれたのか、判然としません。

特定できるものも一部あるけど、具体的な女性を小説家的に書こうとしているのではないことは、はっきりしています。当時は「女性性」なんて言葉は知らなかったけど、詩を書くときには一人の女性の中に女全部を見る、みたいな書き方だった。今でもそれは基本、変わらなくて、女と言えば女。個別の女性を思い浮かべて書く事はありません。

大久保さんが演じた「大きな栗の木」には日本人のアニミズム的な感性が強く出てますよね。既成宗教よりももっと原初的な、日本人に強い汎自然的な宗教感情。このあたりから性や愛とかいう観念が重くなってきてるでしょ？　そういう文言に対する疑いみたいなものが強くなってたと思う。自分の愛する能力についての。〈彼女は射落とされた大きな鳥のように横たわつている。役立たなくなつた翼のように両手を頬のところに折曲げて〉という「椅子」なんかも、夫婦関係の中での性愛の物語化だったと思う。僕にしてはめずらしくシュルレアリスティックな。

――散文詩の「ビリイ・ザ・キッド」の書き出しなどは、いきなり〈細かい泥が先ず俺の唇にそしてだんだんと大きな土の塊が俺の脚の間に腹の上に　巣をこわされた蟻が一匹束の間俺の閉じられたまぶたの上をはう〉と始まっています。描写とリズムの一体感が同時代の、翻訳物も含む小説と同調している。最後の連の出だしは〈俺は殺すことで人をそして俺自身をたしかめようとした〉、そして〈もうすぐ俺は風になれる　もうすぐ俺は青空を知らずに青空の中に棲む　俺はひとつの星になる　すべての夜を知り　すべての真昼を知り　なおめぐりつづける星になる〉。爽快です。

その頃は西部劇のヒーローのような心境ですよ。荒野の中の小さな家と自分の家族を外敵の侵入から守るために孤軍奮闘する。人間の生きて行く単位は家庭である、夫と妻、子どもがいて、夫が養っていく……そんな思い込みに囚われていたんだね。語彙はすごく増えていますね。僕は飽きっぽいから、一作ごとに何か違うのを書きたいと思って。『愛について』の最後のほうの「室について」は、〈人がいないと室は／だんだん宇宙に似てくるのだった〉と終わっているけれど、あの作品に一番、僕の宇宙観というか実存の感覚が現れています。

――翌年の『絵本』（一九五六年、的場書房）は、限定三百部の手作り、写真入りの詩集。〈生かす／六月の百合の花が私を生かす〉と始まる方の「生きる」をはじめ、名作揃いです。とくに、最後に置かれた「家族」（別丁に収載）は、一つ屋根の下で生殖行為がひそやかに営まれ、死や神も訪れる永劫の時間、原初的な人間の営みの厳かさへの畏怖を、どうしてこう、子どもの頃の誰もが持つ不安感と重ねて描ききることができたのか……。感嘆します。

西部劇だけでなくて、文化人類学的な本を読んでいたということがあるかもしれません。エッセー集『愛のパンセ』に入ってる「数える」という詩には、あきらかに参考書がありました。B・マリノフスキーという文化人類学者の本に出てくるエピソードに感化されて書いている。〈パギドウとボゴネラ／六つの時にもう／一緒に寝た／彼女の胸は彼の胸と同じように平たかったが／二人はヤム芋の根のようにからみ合い／お互いのまつ毛を／嚙み合った〉

――『あなたに』（一九六〇年、東京創元社）の中に収められている「家族の肖像」は、どこか未開の地域に暮らす一家の、歴史も国籍も名前もない普遍的な人間の営みを、男、女、子ども、老人と家の中に眺めていくような、やはり静かで普遍的な、重たい詩です。

これは日本で見た「ファミリー・オブ・マン（人間家族）」展の影響だったかもしれない。ニューヨーク近代美術館の写真ディレクター、エドワード・スタイケンの企画した展覧会の作品集を気に入って、何度も見ていたんです。それとマックス・ピカートの『ゆるぎなき結婚』という本。一夫一婦制という社会制度を理想化して考えていた。自分自身の生活の重さを抱えて、「家族」がほとんど強迫観念みたいになってたんだな。

――ところで、先ほどお名前が挙がった保富康午さんは、もともとは村野四郎さんのお弟子さんでしたが、フジテレビの「ミュージックフェア」の構成作家になられ、作詞家としてもアニメの主題歌や「大きな古時計」の訳詞、「お花がわらった」などの童謡作品の残る方ですね。

ええ。彼とは最初、「詩学」の投稿仲間として知り合いました。サラリーマンだったけど、作曲家の福島和夫なんかと三人で会って、よく話をしていた。本当にコテコテの関西弁をしゃべる男で、「詩学」には彼の口調そのものの、饒舌な現代詩を書いてたね。すごく頭の回転が速くて面白くて、フランス語でいうコンフィダン、何でも打ち明けられる親友になってね、衿子さんとのことも相談にのってもらったんです。

でもね、彼はそのうち、きっぱりと現代詩をやめちゃった。要するにアニメの歌詞や商業的な世界へ行っちゃって、ポルシェを買って乗り回してるという話を聞いてるうち、早く死んでしまった。僕も昭和三十一年、二十四歳の時には免許を取りました。レンタカーを借りて、深夜のドライブを湘南まで楽しんで、もう、車に乗るのは生き甲斐だったし、自由の実現そのものって感じだった。青山の家に移ってから、自分の車を買ったんです。新聞広告でシトロエン2CVが十七万円。その位の郵便貯金はあったから。まだ、スバル360なんて高くて買えなかった。

――そこから、車好きの谷川さんの遍歴は始まるわけですね。

はい。次はモーリス・オックスフォードというステーションワゴンを、伯父にお金を借りてこれも中古で。洋服屋さんの車だったから、ボタンがいっぱい車内に落ちてた。木製の車で、キノコが生えてきたりして、直すのに大変。自分が若かった頃というのは、すべての自動車会社の最新式のラインナップが頭に入ってた頃と定義することも、あるいはできると思う。それくらい車が好きで、それはすなわち、時代への関心の強さ、だったでしょうけどね。トヨタの企業広告の文章を毎週、週刊誌に書いてたこともあります。トラックやバンも含めてあらゆる車が好きだし、基本的にはリッタークラスの、カローラみたいな大衆車を乗りこなすのが好きで、スポーツカーに乗ったことはありません。新車を買ったのはその次の次くらい。

——この頃、交友関係もかなり広がったようです。年譜によりますと、一九五二年にはもう、『二十億光年の孤独』を読んだ作曲家の湯浅譲二さんたちが訪ねてこられているんですね。武満徹さんとも、この直後に知り合われています。

ええ。福島和夫たち、瀧口修造さんの下に集まってた前衛的な「実験工房」のメンバーと慶應病院に入院していた武満徹を見舞いに行って、初めて会ったんです。話をすると、武満はほかの友達より感覚が近い感じがした。そういう友だちは結局、武満だけだったかもしれない。彼が退院して鎌倉へ住むようになったら、泊まりがけで遊びに行くくらい、親しくなりました。トランプしたり、スパイ映画を観に行ったりするうちに、武満が頼まれた映画の挿入曲の歌詞を作ったり。僕はラジオドラマの脚本をかなり長い間、生活費稼ぎのために書いていて、その仕事も共同でやった。一緒に西部劇のカンタータをつくったこともあったかな。

武満くらい親しくなった人ってそんなにいない。僕、ほんとに友達少ないから。つきあう人は仕事上いっぱいいて、自由に口がきける人は何人かいるけれど、武満の場合は最初から背格好も似ているし、好みが似てた。実験工房時代の初期の作品なんか、全然いいと思えなかったんですけどね。僕はバッハ、モーツァルト、ベートーヴェン。前衛音楽には相当冷たかった。でも人柄が好きでね。武満とはあとになるほど、家族も交えてつきあいは深まっていきました。

――寺山修司さんと知り合われたのもこの頃でしたか。

寺山には僕から会いに行きました。再婚する前、西大久保の一間のアパートに短い期間住んでたんですが、早稲田大学にまだ在学中だった彼の舞台「忘れた領分」を「緑の詩祭」だったかな、大学内の催しで見る機会があって。その才能が非常に印象に残った。彼がネフローゼで入院してるのがわかったから、お見舞いに行ったんです。結構、病状は重いようでしたけど、病室で音楽を聴きたいっていうから、僕が持ってたレコードプレーヤーをラジオとつなげてあげたりした。退院したら、彼も生活費を稼がないといけなかったので、ラジオドラマの仕事を紹介したり。

――さぞかし、刺激を与え合う関係だったのでしょう。

そうね、寺山は完全に言語本位の人でしたね。言語本位で、作者である自分本位でもあった。彼の経歴からして、もう虚構混じりだったわけですから、その混ざり具合というのは結構、文学として面白いものだったと思います。僕は詩というのは、言語も歴史も何もない、植物も生えていない荒地のような場所から書き始めるべきだと、わりと最初から考えていました。でも寺山は、ある言葉、作品、文化の蓄積の上から語り始める人間だった。彼は言葉の上だけですべてを表現し、知ろうとしている点が、僕とは違う。その違和感がずっとありました。

虚構だって構わないんですよ、僕だって虚構を書く。寺山の場合は、その発想の根っこが自分の現実生活に下りてない感じがした。僕は反対に、どんな虚構を書いても、自分の現実生活に根が下りてるはずだと思っていた。今では、寺山のあの絢爛たる言葉の才能は、現実に根を持たなかったからこそ実現したんだろうと考えているけれど。最初、寺山が短歌を発表した時、盗作だと言われたりしましたね。でも、彼からすれば自然なことで、僕はあの時、彼自身が主張すれば良かったと思うね。自分の言葉というのは、何も自分から出てこなくてもいい、もっと言語の大きな時代状況の中で、自分が選び取った言葉でいいんだ、って。彼の作る芝居はあまり僕の好みではなかったので、その後、いったん交流は途切れて、最後、彼の持病が悪化してしまった一九八二年から亡くなってしまう翌年にかけて、『ビデオ・レター』（一九八三年、河出書房新社）で、また共同作業が復活したんです。

――お二人とも、新しいメディアを積極的に取り込もうとされて、いえ、それ以上にご本人そのものが変幻自在なメディア、という役割を果たされたように思います。寺山さんの才能のどこに一番驚かれましたか。

芝居の海外公演を語学ができないのに平気で演出して成功させたりしたのは、とてもかなわないと思ったな。それから、「あ、これは俺よか上だ」と思ったのは、ラジオドラマ。僕が紹介した世界なのに、あっという間に彼は「イタリア賞」獲っちゃって、「これで谷川さんを追い越した」って言われたな。

本屋さんに一緒に行くと、片っ端から雑誌をチェックして、自分の名前がどれだけ出てるか、僕と競うわけ。凄い競争心があった人。殺したい奴がいるって言ってた。三島由紀夫と黛敏郎と、もう一人は誰だったか……。自分の先輩で才能のある奴は全部殺したいって。そういう男。もちろん口にするだけ。そのくせ金銭欲は全然なくてさ。二人でよくポーカーしたりして遊んだ。ラジオ台本をさっさと上げちゃって。つきあっててともかく面白かった。年齢は彼の方が四つも若かったのに。

――その頃、演劇の世界は谷川さんにとってかなり近かったんですね。

そうですね。ラジオドラマを書いてたし、「詩劇」という形態に、非常に可能性を求めていた時代が一時期あったんです。

――浅利慶太さんや石原慎太郎さんも、同世代の目立った存在だったでしょう。

当然、知り合いでした。僕が浅利を知った頃、フランスのジャン・アヌイの戯曲を一生懸命、演出していた。その発声法が、ほかの新劇と全然違うんです、あまり気持ちを込めちゃいけない、それより日本語をきちんときれいに発声することに力点を置いて、というふうに。圧倒的に詩に近い感じで、僕はそれがすごくいいと思った。水島弘とか日下武史とか、浅利の劇団の俳優もすごく好きで、僕は彼らをラジオドラマに起用していました。

浅利慶太ってなんかもう、やたら威勢が良くってね。彼は日本に創作劇を根付かせようとして、寺山や石原慎太郎、僕とかに頼んで、それなりにちゃんと上演してくれましたが、あっという間にブロードウェイの演劇の輸入業者になっちゃった。それはそれで、彼は演劇を観る人を動員する「劇団四季」のシステムを作ることにして成功したんだから、いいんですけど。

――石原慎太郎さんは谷川さんと真逆の感じもしますけど。

そう？　僕は人間的には彼って好きなの、今でも。もともと彼には国を動かしたいっていう一種の権力欲は感じていたけれど、やっぱり人柄が好きですね。若い頃、「谷川、お前は結局、マイナーポエットじゃねえか」とかさ、ちゃんと言ってくれた。で、こっちも「なにくそ！」みたいになるじゃないですか。そんなわりと男っぽい友情みたいなもので通じ合える相手という感じがずっとあった。全然、思想信条は違うけれど、人間としてつきあえる。江藤淳を文芸批評の世界に引っ張り込んだのも石原で、僕は石原から江藤を紹介されました。

――一九五〇年代のうちに才気ある人々が、続々と名を知られていったんですね。音楽界も美術界も建築界も、文化全体が新しい才能を受け入れて膨らんだ時代だったのでしょう。

しかも、まだジャンル間の垣根が低くて横につながっていた。それが一九五九年八月の「三田文学」主催のシンポジウム「発言」の陣容につながったんですね。浅利慶太、石原慎太郎、大江健三郎、城山三郎、武満徹、谷川俊太郎、羽仁進、吉田直哉。この催しは戦後文化史の特記事項となっています。

そんなことがありましたね。もう、あのシンポジウムの頃には、本人たちは中堅のつもりだったのかもしれないいな。

——六〇年安保に反対する「若い日本の会」が結成された時にもこれらの方々の多くはご一緒で、二〇〇〇年代に至るまで、影響力を持ち続けられています。これらのジャンルと比べると、現代詩は長く戦後的な状況が続いていたのではありませんか。戦後の詩壇は商業ジャーナリズムを否定するところから始まっていた。谷川さんがそれに疑問を呈したのが、一九五六年、「ユリイカ」に発表された詩論「世界へ！」（単行本『世界へ！』は弘文堂刊）でした。〈私はあえて詩人の怠惰を責めたい。実際に、一九五六年の日本で、詩を書いて食っている詩人はいない。しかし、だからといって、それが詩を孤立させていい理由にはならない。我々は詩が売れるように努力すべきである〉は痛烈でした。当時の詩壇の状況を象徴するようだったのが、思潮社の創業者で社長の小田久郎さんが『戦後詩壇私史』に書かれた、神保町の昭森社ビル二階の光景だったと思います。

覚えてますよ。最初に昭森社ビルに連れて行かれたのはいつだったかな。僕はほら、ほかの詩人と違って東京創元社から詩集を出してたものだから、何となく外様みたいな感じでいたんだけど、とにかくあの二階へ上がって、狭いところに昭森社の森谷均さんと、小田さんと、「ユリイカ」の伊達得夫さんがいる光景って、よく覚えています。

僕は打ち合わせの後に飲みに行くってこともぜんぜんしなかったし、編集者と深入りするタイプでもなかったんだけど、何となくそれぞれの人柄みたいなものは見分けてたんですね。森谷さんは年上だったし、縁が薄かった。伊達さんはほかの詩の雑誌が問題にしないような、歌がついた詩、シャンソンみたいなものにちゃんと関心を持って、「ユリイカ」で特集したり、視野が広かった。シニカルでどこまで本気なのかわかんないけど、話の感じがすごく面白くて。でも、これから、という時に四十歳で亡くなってしまった。小田さんは「文章倶楽部」の時代に鮎川信夫さんと僕の合評を企画した人だから、よくわかってた。最初は怖かったですよ。黒ずくめの強面で。で、鮎川さんはもう、本当に「荒地」派を代表する大先輩でしょう？　でも、何となく華やかでしたよね、左翼系の人たちに比べると、あそこのビルは。

――左翼系というのは「列島」などのことですね。こうした小さな出版社と非営利の同人誌から現代詩の戦後は始まっています。その中で鮎川さんに谷川さんをぶつけて一緒に合評を企画した小田さんも凄い。そして、石原吉郎を発見された谷川さんも。石原さんの作品評が延々と半年くらい続くわけですね、毎月。

うん。圧倒的に詩が面白かったですから。まだ、石原吉郎がどんな背景を持った人なのかなんて、全然わからないままに、純粋に作品だけで評していっただけで……。

鮎川さんも、僕と同じで人とつきあわない人でしたね。何か集まりがあっても一人だけスッと帰っちゃう。一種、僕と同じデタッチメントの人だったと思います。それで、あの、秘められた教養ある奥様（翻訳家の最所フミ）と結婚してたってこと、彼が亡くなるまで誰も知らなかった。彼はゴルフに夢中で、自家用車を運転し始めたのもすごく早かった。僕は鮎川さんの社会時評的な仕事が好きだったな。

小田さんの書いた『戦後詩壇私史』を読むと、本当に知らなかったことばっかり。よく記憶してるし、記録してたんでしょうね。「詩学」という雑誌をやってた嵯峨信之さんのことも忘れちゃいけませんね。嵯峨さんはもともと詩の世界の人ではなかったんだけど、だからこそ晩年、詩の世界に精力的に深く入ってきた。世間知らずの詩人たちに混じって、世間をよく知ってた人でした。

——本名、大草実。武者小路実篤の「新しき村」の開拓にも参加して、昭和初期には菊池寛の下で「文藝春秋」の編集者として活躍していた人です。晩年にはとても硬質な、抽象度の高い詩を遺されている。思潮社から二〇一二年に分厚い『嵯峨信之全詩集』が出た時、その一生のイメージがうまくつかめませんでした。

「詩学」は弱小雑誌で、ともかく詩人を大勢集めて、できるだけ発表の機会を与えるということに貢献した。それでも、詩壇の中に残って、詩を発表し続ける人は決して多くはなかった。詩を書くことに飽きるというか、詩に嫌気がさすってことがあるんだと思う。詩では書ききれない部分をたくさん持ってて、根気や才能があれば小説に行くんでしょう。でもそれがなければ、そのままやめちゃう。

――大岡信さんは「詩学」で一九五三年から翌年に相次いで「現代詩試論」「詩の条件」「鮎川信夫ノート」という初期の重要な論考を発表されています。この頃から谷川、大岡は、年長者の「荒地」派にとっては、生意気を言う存在でもあったのでしょう。「荒地」の詩人の方々とは、鮎川さんのほかにも吉本隆明さんや、田村隆一さんと、やがて接点が生じていくわけですが、五〇年代当時、どなたかとおつきあいはありましたか。

「荒地」や「列島」の詩人は、僕たちよりちょっと上の世代でしたからね。作家で言えば「第三の新人」と呼ばれた安岡章太郎や阿川弘之さんたちと同じ世代ですから。僕は全然、「荒地」の詩は理解できなかったし、影響も受けなかった。

黒田三郎さんにしても僕らはもう、「救急車」の話しか知らない。ものすごい飲んだくれで、酔っぱらって奥さんを呼ぶわけです。で、奥さんが車を運転してやってきて、その〝救急車〟に乗せて帰る。その繰り返しだったと聞いてます。しらふの時は本当に温和な紳士で、僕は酔っぱらったところを知らないんだけどね。不思議な人だった。「荒地」の中では、あれだけ人によくわかる、生活に根ざした詩を書く人は彼しかいなかったわけだから。今だったらもっと大勢の人に読まれたんじゃないかな。

――奥さんが入院中、娘さんと二人、アパート暮らしをしている時期に書かれた『小さなユリと』は、最近復刊されて、読まれている気配があります。当時は詩人の生活というのは同業者同士、よくご存じだったんですか。

いや、そんなにご存じじゃないんだけど（笑）、詩人仲間でゴシップの好きな人はいたんだな。岩田宏（翻訳家の小笠原豊樹）なんてその最たるものだった。もう、身の乗り出し方が違った。それだけ人間的な興味があるから、あれだけのものが書けたとも言える。翻訳にしても小説にしてもね。彼の訳で読むと、マヤコフスキーという詩人の葬儀にモスクワの人が十五万人ぐらい集まったという信じられない史実がピンと来ます。小笠原の日本語力が凄いんだね。だけど、いくらいい日本語になっても、ロシア語のようにポピュラーな詩にはなり得ない。それは日本語とロシア語の伝統の違いだと思う。日本語だとメッセージがアジテーションに墜ちてしまう。革命的な詩とか、メッセージを持った詩が、ポエジーをどうしても喚起しないんだ。それはやはり七五調の和歌の伝統で育った日本語と、そうじゃないロシア語の違いというふうに僕は理解しています。翻訳にするとある程度は伝わるんだけど、やっぱり僕ら詩を書いてる人間や、ごく一部のインテリにしか理解されない。関根弘さんが一番、マヤコフスキーに近かったんじゃないかな。素質としてはアジテーターで、でも異色の面白さがあって、彼と一緒に「詩を紙のメディアから解放しよう！」って、ガラスのコップに詩を書いたりしたこともありました。

――恋愛の詩も、戦後の日本で共感を呼びづらくなったでしょう。インモラルな詩というのも、日本には見当たりません。

インモラルにならないで、すごく露骨になるんですよね。日本語はそういうのにやっぱり向いていない。堀口大学さんが結構色っぽい詩を書いたけど、あれは本当に穏やかなエロティシズムだから、金子光晴さんだけが特別かな。色っぽさって知性の現れだと、僕は思ってるんですけどね。そういうものが詩の材料になるって、僕が若い頃は誰も思ってなくて。社会の中で、何か意味のあることを書くのが詩だと思われていた。かといって、メッセージも日本語だと力を持ちにくいし。

――一九五四年から翌年にかけて書肆ユリイカでは五巻の『戦後詩人全集』を刊行しています。収録された約三十人の中には、まだ、一冊の詩集も出していない詩人も含まれるという大胆な人選でした。谷川さんは思潮社とユリイカで同世代のいろんな詩人と出会われたでしょうが、その中でも注目された方はどなただったでしょうか。

同世代では、飯島耕一*、もちろん大岡信。嶋岡晨*もそうかな。それから僕は中江俊夫に夢中でした。「櫂」に加わってからは、同人仲間の詩は読むようになりましたね。

どれくらい同人同士が切磋琢磨してたんだろう。僕は「詩学」の投稿欄の選者だった村野四郎*さんから、意見をもらったことがありました。村野さんは当時、大きな会社の重役だったんじゃないかな。堀口大学さんは僕を詩に誘ってくれた北川幸比古の詩集に序文を書いてくれたりしたんだよ。僕が十代の頃、一番好きだった岩佐東一郎さんは僕の三番目か四番目の詩集に対してお手紙を下さいました。

——大学の先生より、普通にサラリーマンやりながら出版社や新聞社勤めの詩人も多かったですね。大岡信さんは批評家から作家になった日野啓三さんと一緒に読売新聞外報部の記者でした。「荒地」の中桐雅夫さん、本名白神鉱一さんも読売の政治部でデスクだった。不規則な時間の中で、頭の中をどう調整されたのか……。北村太郎さんは朝日新聞の校閲部。

安西均*さんも朝日じゃなかったかな。黒田三郎さんはＮＨＫで後年、大学の先生。僕が興味を

飯島耕一（一九三〇〜二〇一三年）岡山出身。東京大学仏文科在学中、栗田勇らと「カイエ」創刊。五三年『他人の空』で注目される。五六年、大岡信らとシュルレアリスム研究会を結成。「鰐」「櫂」などに参加。国学院大学、明治大学などで教授を務める。七四年『ゴヤのファースト・ネームは』で高見順賞、二〇〇五年『アメリカ』で読売文学賞。評論に『日本のシュールレアリスム』など。小説『暗殺百美人』でドゥマゴ文学賞受賞。

嶋岡晨（一九三二年〜）高知出身。明治大学仏文科在学中、「貘」を創刊。五九年に寺山修司らと詩劇のグループ「鳥の会」を結成し、「歴程」「無限」にも参加する。大学で教える傍ら、小説も創作し、芥川賞候補にも二度上る。詩集に『乾杯』『終点オクシモロン』など。

村野四郎（一九〇一〜七五年）東京出身。慶應大学卒業後、理研コンツェルンに勤務中の三九年、詩集『体操詩集』でベルリンオリンピックの写真と詩を組み合わせ、新しさが注目された。戦中から戦後にかけて『抒情飛行』『故国の菫』『実在の岸辺』『抽象の城』など多くの詩集を刊行した。六〇年『亡羊記』で読売文学賞。

安西均（一九一九〜九四年）福岡出身。福岡師範学校中退後、朝日新聞入社。学芸部記者として詩壇を担当する。「歴程」「地球」などの詩誌に参加。詩集に『暗喩の夏』（現代詩花椿賞）、『チェーホフの猟銃』（現代詩人賞）。

持ったのは辻征夫*でした。彼は東京都住宅供給公社に勤めてて、僕がプランを出して「ユリイカ」で彼の一日をルポルタージュにしてもらったこともありました。草野心平*さんなんかは本当に定職なしで、とにかく生きていました。あの人こそ本当に魅力的で、色っぽい人でしたね。現代詩の世界とは無縁な、芯から自由な人。自分で飲み屋を始めて、倒産したりしたんだけど、おつまみなんか全部自分で名前つけてるの。別にそこに詩の言葉を意識したりもしないんだけど、でも面白いんだ。

「蛙の詩人」だった草野さんの作品を、現代詩は当時も今も、ちっとも評価してこなかった。少し詩壇のようなところから外れると、まったく評価の対象にしないところに現代詩の問題があると、ずっと僕は思ってきたんだけどね。近代から戦後、現代にかけての日本の詩は、三好達治とか村野四郎にしても、大切なところが戦争を挟んで断ち切れたままなんだ。村野さんの『体操詩集』（一九三九年、アオイ書房）って、非常に新鮮だった。「ノイエ・ザッハリヒカイト」（新即物主義）という言葉、結構、はやりました。

――戦前からつながっているのは、萩原朔太郎、中原中也、宮沢賢治、それから西脇順三郎といった詩人に限られているかもしれません。

そう。今は西脇さんのほうへみんな行ってしまった。僕は西脇さん、全然よくわかりませんでした。瀧口修造さんも行動は好ましかったけど、詩には魅力を感じなかった。シュルレアリスムに染まっていたし。ぼくはどっちかというと、三好系なんでしょう。ともかく、もっといっぱい、いろんな優れた人がいたんです。僕自身、戦前の「四季」派の感性に近いと思います。

――「四季」派という流派が正直なところ、あまりイメージできないのです。一九三三（昭和八）年に発刊されて昭和の終わりまで続いた、抒情詩を中心とした詩誌「四季」の同人、寄稿者たちを総称するようですが、あまりに人数が多くて。三四年の第二次「四季」以降、堀辰雄、丸山薫、三好達治の共同編集となったとされますが、四季派の中に萩原朔太郎の系譜も、西脇順三郎の系譜もあります。「歴程*」も戦前から。大岡信著『超現実と抒情　昭和十年代の詩精神』（一九六五年、晶文社）に詳しいのですが、戦前の詩壇も混沌としていました。女性の詩人はいたのでしょうか。

女性も活躍していないわけではないんですよ。石垣りんさん*139頁に注や永瀬清子さんの詩は好きでしたね。永瀬さんは世界連邦運動で父と一緒に活動してた時期もあって、僕が詩を書き始めた頃に、

辻征夫（一九三九～二〇〇〇年）東京出身。明治大学文学部を卒業後、さまざまな仕事を転々としながら詩作を続け、『学校の思い出』『隅田川まで』『かぜのひきかた』『ヴェルレーヌの余白に』（高見順賞）『河口眺望』など十冊を越える詩集を出す。一九九六年『俳諧辻詩集』（現代詩花椿賞、萩原朔太郎賞）に達するが、脊髄小脳変性症を発症し、急逝。

草野心平（一九〇三～八八年）福島出身。中国の広東嶺南大学留学中に詩作を始め、帰国後の二八年、最初の詩集『第百階級』を出版。全篇、蛙の詩で、生涯、蛙を書き続けた。三五年、中原中也らと詩誌「歴程」を創刊する。戦中は再び中国に滞在し、中華民国国民政府の宣伝部長を務めた。五〇年「蛙の詩」で読売文学賞。詩集に『蛙』『第四の蛙』『絶景』『富士山』など。宮沢賢治研究にも力を尽くし、「火の車」という焼き鳥店を営んだ。

「歴程」一九三五年に草野心平、中原中也、高橋新吉、菱山修三、土方定一らが創刊。宮沢賢治の遺稿を掲載した。四七年、草野を中心に復刊し、戦後は中上健次ら小説家も擁し、現在も多数の同人が活動し、藤村記念歴程賞、歴程新鋭賞を主催する。

「読んでごらん」と父から勧められたのを覚えています。「イトハルカナル海ノゴトク」（自選詩集『星座の娘』一九四六年、目黒書店）って海の詩が好きだった。ご本人からエッセー集の装丁を頼まれたこともあります。僕は永瀬さんの実生活、生き方にも関心を持っていた。

——今、お名前の挙がった方々は、晩年まで詩を書き続けられましたが、書き続けた詩人のほうが少ないですね。私生活で調子を崩されたり……。中桐さんも山本太郎さんも。

石原吉郎さんもね。いいじゃないですか。僕はすごく、晩年にそういうふうに崩れていくの、好きだなあ。自分がそうできないからか。

——谷川さんは酒場にも行かずに、当時はいろんな仕事を引きうけてずいぶん多忙な日々を送られていたようですね。

青山の借家の住み心地に問題があったから、父に頼んで阿佐谷の借地の一角に、十八坪の、小さな新居を建てて貰ったんです。篠原一男さんの設計で。これも玄関がなくて狭い二間で、さっそく夫婦げんかの元にもなったけど。六〇年には長男の賢作が生まれたし、毎月、法政大学まで受け取りに行っていた教授としての父の給料も、知子さんがいい顔をしなくなって、生活費をまるまる稼がないといけないことになった。でも実際はラジオの部品買いたいとか、自分の車を持ちたいとか、そういうことが一番の原動力でね。女性週刊誌にたくさん書いたし、それを続けてるうちに少し、疲れてしまって……。この頃書いた詩で『あなたに』に入っている「頼み」、あれは茨木のり子さんが「谷川俊太郎の詩で嫌いな一篇」に挙げてくれたおかげで、有名になったんだけど。

裏返せ　俺を
俺の中の畠を耕せ
俺の中の井戸を干せ
裏返せ　俺を
俺の中身を洗ってみな
素敵な真珠が見つかるだろう

裏返せ　俺を
俺の中身は海なのか
夜なのか
遠い道なのか

石垣りん　（一九二〇〜二〇〇四年）　東京出身。高等小学校を卒業後、日本興業銀行に就職。定年まで勤めて家計を助けながら、「断層」「歴程」の同人として、日々の生活に沈殿する思いを詩に込めた。茨木のり子と深い交友が続いた。五九年の第一詩集は『私の前にある鍋とお釜と燃える火と』、続いて『表札など』『略歴』（地球賞）『やさしい言葉』を刊行。散文集に『ユーモアの鎖国』。伊藤比呂美編『石垣りん詩集』（岩波文庫）がある。

ポリエチレンの袋なのか
裏返せ　俺を
俺の中に何が育っている
熟れすぎたサボテン畑か
一角獣の月足らずの赤坊か
ヴァイオリンになりそこなった栃《とち》の木か
裏返せ　俺を
俺の中身を風にさらせ
俺の夢に風邪をひかせろ
裏返せ　俺を
俺の観念を風化させろ

裏返せ
裏返してくれ　俺を

（「頼み」部分、『現代の詩人9　谷川俊太郎』一九八三年）

――谷川さんのこれまでの作品でも、もっとも激しい調子のものですね。「月火水木金土日の歌」で日本レコード大賞作詞賞を受賞、という記述も一九六二年にあります。「鉄腕アトム」の作詞もこの頃でしたか。

ええ。六二年の暮れに、手塚治虫さんから直接、電話がかかってきて、「テレビでアトムの漫画が始まるから、主題歌を書いてくれないか」と。僕、まだ若くて仕事がなかったし、『鉄腕アトム』が評判だって知ってましたから、すごい大きな仕事が来たなって感じがした。もう高井達雄さんの曲が出来ていて、その譜面とテープをもらって、それに言葉を乗せていかなければならないから、言葉が詰まってくると、このへん、「ラララ」でいいんじゃないの、みたいなことで適当。この質問、あまり何度も聞かれてるから、その都度いろんな答えをしてきたな（笑）。でも、「ラララ」で歌が生きたのは事実で、あの経験は僕にとっても、強い。

――アトムの主題歌ほど親しまれ続けている曲もないですものね。

原稿料は買い切りなんですよ。頼まれた時、試しに著作権使用料がどれくらいになるか、計算してみたの。ネット局の数がすごかったから。そしたら年間一億円って答えが出た。いくらなんでも虫プロから一億円はもらえない。でも、その頃、二人目の子どもも出来たし、お金が欲しいから買い切りにしてもらおうと思って、「五十万でどうですか」って言ったら、さっと払ってくれました。あとでみんなに「馬鹿じゃねえか」「外国に別荘くらい買えたのに」って。虫プロは二度も破産してるから、あんまりお金貰うわけにはいかないって思ったんだ。

僕はとにかくいろんなものを見て、体験して、それを文章に書いてね、原稿料や印税で食っていくってこと、つまり社会と相渡るということは真剣な仕事であるわけだから、それは詩にとっても自分にとってもマイナスではない、と考えていました。書くことは労働だと。ジョブという英語がありますね、賃仕事、稼ぐという意味の。僕は詩人という仕事はジョブという意味で捉えていた。ワークという作品につながる言葉ではなく。そのくせ、生活が安定するまでは親の脛をかじってもいいだろうって思ってたんだからね（笑）。

詩人が育つとかそういうことは、一人ひとり個人の資質こそ問題であって、社会がどう動くかってことは一つの要素でしかないと思うしね。社会に受け入れられる、原稿料をもらえるような詩を書かない詩人はダメだとも全然、思わないし。本当に最先端のものを書いて、その時は全然認められなくても将来、その詩人が亡くなってから認められるってことは、今だってあり得ると僕は思っています。中原中也みたいに。

――言葉の壁を越えて、長い時間をかけて時代や国境を超えて受け入れられていく作品は確かにありますが、詩人で研究者の田原《ティエン・ユアン》さんは、しかし「中原中也の詩は中国語にならない」という意見をお持ちとか。田原さんは谷川作品を中国語に訳して、中国や台湾に多くの読者を広げた方ですが。

僕の詩は言語の壁を乗り越えやすい、翻訳しやすいと言われる面もたしかにあります。人間の日常生活というのは、その風土とか国の体制によって違いはあるにしても、基本的には飲んで食べて排せつして、結婚して子どもを生んで家族をつくって、という営みにおいては多分、どこだって共通だって気がする。一番、その共通しているところに根を下ろしたいって気持ちが僕にはあって、そこで書いてるからかな。もちろん人間の営みにはヴァリエーションがあって、枝葉はさまざまに伸びていくんだけど、生活に根ざしているかいないかで、多分、外国語になった時の受け取られ方は違うと思う。

——生活を書く。生活に根ざした詩を書く。それを目指した詩自体はたくさん書かれてきたと思うんです。でも、時代と共にライフスタイルは移り変わるし、一九五〇年代、六〇年代の詩を今読むと、時代にどっぷり浸かっていて古さを感じるものが、散文以上にあるのを感じます。それが戦後詩が読まれなくなった理由のようにも思われたり……。ところが、その中で谷川さんの詩は古くなってない。もっとも時代に接近して書かれた「週刊朝日」連載の社会時評的な詩——あとで詩集『落首九十九』にまとまった中の、たとえば「詩人と大臣」。

詩人は大臣を理解できない何故なら
詩人は「美しい感情」を
もっていないからだ
詩人のもっているのはただの感情そのかわり
生きている感情だ

詩人は「高い精神」ももってない
詩人のもっているのはただの精神
決して殺されることのない精神だ

大臣は詩人を理解できるか？

これは一九六二年一月半ばの掲載で、同じページには、〈ケネディ大統領、予算教書提出。池田首相、施政方針演説。社会党大会開かる——江田書記長三選〉などの補記があります。もう一つ、「除名」という、たびたび引用されて有名になった詩も。

名を除いても
人間は残る
人間を除いても
思想は残る
思想を除いても
盲目のいのちは残る
いのちは死ぬのをいやがって
いのちはわけの分らぬことをわめき
いのちは決して除かれることはない
いのちの名はただひとつ
名なしのごんべえ

この直前に日本共産党が新日本文学会所属の文化人を多数、除名しています。そしてもう一つ、「にっぽんや」。

スコッチ　あり升
水　品切
自動車　投売
道　売切
ミサイル　高値買入
基地　御相談
オリンピック　近日入荷
フジヤマ　見切
但　SYMBOL　非売品

これだけ名詞を連ねているのに、古いどころか、今書かれたばかりのよう。錆びない、現代社会を形づくる単語だけ選択されている。一九六二年から翌年にかけての連載で、まさに所得倍増計画が進んで消費社会へ移り変わっていく渦中の時期ですが、土地、労働、環境、教育……現在の社会生活の諸課題がこの九十九編に早くも出そろっています。いずれも主題は「人間の生活」。

こういう詩の書き方をしたのは初めてでしたからね、週刊誌に毎週、連載するのは。はたしてそんなことができるのかというところから始めて、余裕なんてなかった。僕自身がマルクス・レーニン主義にまったくかぶれなかった人間だから、その分、戦後のアメリカの自動車、ラジオが大好きになって、西部劇の男たちに親近感があった。それでジーンズを銀座で買って、まっ先に穿いたりね。僕が日本社会内の存在じゃなかった証拠じゃないんですか、その時代の流行の移り変わりから免れていたというならば。僕は時代にものすごく影響されて生きてきたと思うけれど、社会外存在だったから、それに染まらずに済んだということじゃないかな。もともと「二十億光年の孤独」的な宇宙的感性が基本にあったし。大学に行ってたら、わからなかったですよね。

あの頃、詩を書いてる人間の一種の敏感さみたいなものがはたらいて、自分の周囲の物事、とくに言語化されたものを全体的に引き受けようとしすぎて、それで疲れてしまったところもあった気がしますね。ふつうは皆、自分に関心のある、一部分だけ引き受けてるんだけど、詩人は全世界を引き受けようとするんだ。少なくとも、僕はそういうところがあるから、そうすると言葉にするのがもっと難しくなっていく。そのためのタクティクス、戦略みたいなものを自覚的に考えて切り開いていかないと書き続けられない。僕はその頃から時事的な詩を引き受けたり、歌詞を書いたり、脚本を書いたり。口語体の詩とかひらがなの詩とかいろいろの方向で、意識的に自分をオールラウンド・プレーヤーに鍛えようとしてきたって感触はありますね。

――それが「ポエムアイ」ってことですか。一九六二年の詩集『21』（思潮社）に収録された散文詩に、〈ポエムアイ！　愛とやさしさ、こっけいな義務！　こうして私は、世界の謎々あそびに加わることになってしまった〉という象徴的な一節がありました。

思い出します。つまり人間は、社会内存在と宇宙自然内存在と、二重の存在として生きてるわけです。ポエムアイとは、狭い社会内存在として何かを見るのではなくて、詩を書く時の宇宙自然内存在としての「眼」について書いた詩。

――「にっぽんや」には、〈オリンピック　近日入荷〉とありますが、一九六四年のオリンピックには相当深く関わられたようですね。何しろ市川崑監督の『東京オリンピック』の脚本を担当されたおひとりですから。

僕の撮ったカットも二つ、本編に入ってるんです。一つは千駄ヶ谷の旧国立競技場の入場定員の札を映したもの。もう一つは、これは僕も気に入っているんだけど、開会式の時に風船がバーッと一斉に飛んだんです。その瞬間を観客席から爪先立ちで三百六十度、カメラを回して撮ったシーン。素人っぽい映像なんだけど、そこがいいと言って市川さんが採用してくれたわけ。あの二カットが僕の誇り。あと、カヌーも僕、監督したんだけど、宮川一夫さんという関西のベテランの素晴らしいカメラマンが撮影してくれて、きれいな画《え》がいっぱい撮れたのに、三十秒も使われなかった。安岡章太郎さんが撮影したカットも映画のどこかに入ってるはずですよ。いわゆるニュースカメラマンが主力なんだけど、そこにちょっと面白い画を拾わせるために、今では信じられないような人たちを、大勢あの時動員しています。

僕はひとりっ子で勝ち負けに興味がなくて、スポーツは自分でやるのも観るのもあまり興味がなかった。でも、オリンピックの前の年に市川監督から声がかかって、市川さんの人柄も、全然文壇の人と違う才能も好きになったから、参加を決めたんです。あの作品は記録映画じゃなくて芸術映画。ナレーションも少ない。シナリオ書く段階では全然勝負がついてないわけだから、全部、推測で書くしかなくて、長く書けない。「……であろうか」とかさ(笑)。そのスタイルが面白かった。競技シーンだって筋肉の躍動する美しさに焦点を絞ったり、選手を並べて競技の後に撮り直したり、効果音を足したりして、演出も編集も重ねて作った。それをわかってない大臣が「記録映画じゃない」なんて、的はずれな批判をしたりしてね。市川さんに代わって僕が新聞に反論を書かされたりしました。

——女子バレーの決勝戦だけで三十台ぐらいカメラが入っていたという市川監督自身の証言も残っています(市川崑、森遊机著『市川崑の映画たち』一九九四年、ワイズ出版)。二時間五十分に及ぶこの作品は、千八百万人という動員記録を達成しました。当初は黒澤明監督の予定が予算の関係で市川さんになって、それでも三億九千万円かけて製作された。音楽監督は当初、武満さんの予定だったけどスケジュールの関係で黛敏郎さんに。この映画がクロード・ルルーシュ監督をはじめ、その後のドキュメンタリー映画に大きな影響を及ぼしたといわれます。五歳だった私が初めて観に行った映画もこの作品です。テレビは白黒の時代でしたが、暗闇でカラーの映像を観た時、人間の躍動する肉体が、怖いぐらいリアルだった印象が残っています。あれから半世紀以上。二〇二〇年のオリンピックにはご関心ありますか。

よくコメントを求められるんだけど、全部、お断りしています。一九六四年の時はアマチュアスピリットがあったんですよ、今みたいな商業主義ではなかったし、ドーピングなんかの影も感じなかった。放映権だって商標権だってたいしたものじゃなかった。やっぱり気持ちが良かったですね。一九六四年と二〇二〇年を比べては語れません。

——市川監督とは、一九七二年のオリンピック・ミュンヘン大会の公式記録映画で、カンヌ映画祭にも出品された『時よとまれ 君は美しい—最も速く—』でも谷川さんが脚本を担当されて、その前の『愛ふたたび』という、ルノー・ベルレーと浅丘ルリ子さん主演の国際的なラブロマンス映画の脚本も書かれています。

六八年にはイタリアのオリベッティ社の製作で中編映画の『京』の脚本も書きました。この間、九段下のイタリア文化会館で、ほぼ半世紀ぶりに本編の上映会とメイキングのフィルムの上映会がありましたね。市川さんも僕もめずらしく背広を着て映ってた。外務省や大使館の催したレセプションだったから。オリベッティ社の日本支社長のカルロ・アルハデフという人がいて、ヨーロッパの実業家は文化人だと初めて実感したな。カラヤンにはテレビの取材で直接会っています。カラヤンとアルハデフさんは、僕が一個の人間の中にヨーロッパを実感した特別な人。

『京』は冒頭から、京都の路地を赤い車が急に暴走したり、雲から雲水さんの頭に切り替わるシーンとか、すごく凝った編集だったでしょう？　あれは全部演出です。市川さんはとても編集に時間をかけてた。一番好きな作業だと言って。

尊敬、というのとはちょっと違うんだけど、市川監督とは仕事をしているうちにだんだん、人間的に好きになった。要するに映画の実技を見せてくれたんですよね。映画を製作する時の人間関係も。僕なんかとても監督は務まらないと思った。脚本の推敲も、無限に続くかと思われるくらい、夏十さんに何度も書き直しをさせられて。一緒に高校野球もちょっと嚙んだし、手塚治虫さんの原作でアニメと実写と混じった映画「火の鳥」を作った時にも僕、手伝いました。『愛ふたたび』も印象に残ってます。監督と主演の浅丘ルリ子さんと打ち合わせをしている最中に、三島由紀夫が市ヶ谷で割腹して衝撃を受けたんだった。

市川さんは一流品好みで、パリなんか行くと誰も知らない頃にエルメスがどうの……なんて奥さんのためにやってた。尊敬し合ってるけど一面、批判的でデタッチメントの夫婦でもあって、丁寧語で喋り合っててね。お二人とは長いおつきあいになりました。

――和田夏十さんは『ビルマの竪琴』『私は二歳』などの映画脚本も書かれた女性脚本家の草分けでしたけど、乳がんで長年、闘病された後、八三年に六十二歳で亡くなられています。それから十七年経って、谷川さん編の作品集『和田夏十の本』（二〇〇〇年、晶文社）を出版されました。谷川さんはとても義理堅い。おつきあいは密でなくても、本当はたくさん、当時からのご交友を保ってこられたのではないですか。東京オリンピックの流れでは、一九七〇年の大阪万博でも市川さん、武満さんとご一緒にみどり館や鉄鋼館で仕事をされています。

ナレーションを書いたりしたんですけどね。小学生だった息子と娘を連れて家族で大阪まで観に行きました。万博が終わった時、なんだか、前衛の武満とか自分も含めて結構な予算をもらって、新しいものも一応こういうふうに金によって実現するんであって、これでもう、だいたい終わったんじゃないか……そんな思いがありましたね。一九五〇年代、占領軍が残したアメリカの文化がバーッと広がって、やっぱり未来の新しい世界というものを夢見ていた。六六年にはジャパン・ソサエティーの招きでヨーロッパからアメリカ各地を夫婦で九か月間も旅行して、ニューヨークのど真ん中で四か月、アパート暮らしもして、美術館も回って。アメリカの詩人たちが行う朗読会にも刺激を受けました。そんなことをひと通り体験して、もう新しいものは出尽くしたんじゃないか、六〇年代の終わりと共に……。そんなことを思った記憶があります。

――ご自身の三十代の終わりとも重なっていますね。三浦雅士さんも『青春の終焉』で、一九六〇年代と共に日本近代の「青春という病」が、文学上も、また社会の中でも、終わったと指摘されています。六九年一月、安田講堂に立てこもった学生たちが、突入した機動隊に検挙された時にマルクス主義史観に基づく階級闘争は決着した、そこから日本は大衆消費社会に完全に突入したのだ、と。谷川さんが六五年に「現代詩手帖」に発表されて、六八年に詩集『旅』に収録されると詩壇以外まで評判になった「鳥羽1」のあの言葉、〈何ひとつ書く事はない／私の肉体は陽にさらされている／私の妻は美しい／私の子供たちは健康だ〉。そして最終連。〈この白昼の静寂のほかに／君に告げたい事はない／たとえ君がその国で血を流していようと／ああこの不変の眩しさ！〉

この詩をいま現在の幸福の極みの表現と誤読した人も相当いたようですけど、そんなわけはなくて、これは資本主義社会の原罪を言い当てたというか、当時、高度成長に沸いていた日本人に響いて、あれだけ有名になったのではないかと、私は考えたりしていたのですが。

つまり、自分には罪がある、という感触ですよね。それをあの詩まで書いたことはなくて、「鳥羽3」の老婆に向けて語りかける詩、あれが自分としてはよく書けたと思っている。〈粗朶拾う老婆の見ているのは砂／ホテルの窓から私の見ているのは水平線／餓えながら生きてきた人よ／私を拷問するがいい〉。

「鳥羽」全体も、それまで書いてきた詩とは違うんです。あれはまだ子どもたちが小さかった頃、家族で鳥羽へ出かけて、何日間か滞在したときのことを思い出して詩に書いたわけです。少しオーバーに言えば、さまざまな倫理的な関心というのがずっと僕の中にあって、それが海辺を舞台としたあの連作でまとまって表に出た。それをどう出すかという表現の仕方をあそこで発見したと言えばいいのか……。つまり僕は、詩の言語というものをあまり深刻に考えないで書いた。この一行にどう責任を取るかみたいなことは考えずに表現した。突き放してたと思うんですね、詩の表現に関して。それは客観性というより、デタッチメント。漱石の非人情みたいな。それがないと詩の次元には行かないという気持ちがずっとあった。

――文学で言われてきた「近代的自我」からもその気持ちは離れているものですね。自分と文学が密着すればするほど誠実だと、近代文学の精神では考えられてきた……。

そう、まさにね。「鳥羽1」を近代文学の自我の精神の表明だと受け取ったんですね、皆さん。だけど言葉って、そんなに生身の人間に密着できるものじゃない。意図的にでも努力してでもなく、生まれつき僕はそういうデタッチメントの人だったんじゃないの？　僕みたいに最初から言語を信じてない人って、余りいないのかもしれない。言語というのは行動より、一段低いものだと思っていたんですね、僕は初めっから。言葉がどこまで可能か、有効かということに対して、一種のあきらめから出発した感じがする。

〈私の妻は美しい〉。あれもすごい誤解で、詩はフィクションだという考え方がもうすでにはっきりあったから書いているのに。知子さんはたしかに美人だったけど（笑）。本当に言語に密着して書いてたらあんなこと恥ずかしくて書けるわけない。

〈本当の事を言おうか〉〈何ひとつ書くことはない〉ばかり評判になって、実際、〈本当の事を言おうか〉が後になって自分が詩を考える上で、きっかけになったのも確かなんですけど、あの一行はそんなには自分では意識していなかった。それより、〈餓えながら生きてきた人よ／私を拷問するがいい〉の方が、自分にとってはずっと強い言葉だと思っていました。

――海岸の、真夏の静けさというのは、真昼にしろ夜や朝にしろ、非常に喚起力のある空間なんでしょうね。

うん、そうね。あれはカミュの『異邦人』の影響なんかもあったんじゃないかと思う。

――不思議なのは一九五六年の「世界へ！」の中で、「鳥羽1」とオーバーラップする海水浴のイメージがすでに具体的に出てきているんです。〈私にとって、世界は女に似ている。（中略）世界という言葉は、私にとっては、大層肉感的な言葉なのである。／八月の海岸、太陽は烈しく輝き、少年たちの腿は灼けている。子供たちの遊ぶ声、沖にひらめく旗、私は一瞬の隙を見て、素早く女に接吻する〉。九年後に書かれた「鳥羽1」に直結するモチーフが出現しています。

それは僕が子どもの頃の自分と海との関係から出てきているんでしょうね。海が好きだったわけじゃありません。むしろ僕は心臓弁膜症と診断されて、海に入ると何となく胸が詰まったような気がしたし、べとべとと砂がくっつくのも泳ぐのも嫌いだった。でも戦争中だから、親が泳ぎを覚えないとまずいと考えて、海軍の兵曹長のような人に、神奈川県の鵠沼海岸あたりで習ったんですよ。結局、泳げるようになったのは、子どものスイミングスクールの先生をしていた知子さんから水泳を教わってからでしたけど。

――一九六〇年代が進むにつれ、レジャーブームが盛り上がっていきました。あの時代の幸福感というか時代の陶酔、戦後の経済的達成の光が、詩の画面のどこかに射していたようにも思います。

僕は自分が思ってる以上に、時代に密着してるんですね、多分。そういう時代に飽きるのも早かった。僕はその頃すでに、車にはあまり執着を持たなくなっていたしね。

——谷川さんは車もジーンズも離婚もレジャーも、すべて一般の日本人より十年は早く経験された。そうしながら時代の深層を先取りして表現され、終わりの予感も早くやってきた。読者のほうは谷川さんの詩を読んで、「あ、こういう時代が来てる」「こういう時代に生きてるんだ」って実感が追いつく、というか確認した……。

無思想に消費に夢中になれたんだな。でも一方では、僕はアメリカの詩人のオーデン*が、西暦何年の今、何を書くかというより、自分が今現在の年齢で何を書くかの方が大切なんだって言ったことに、全面的に共感したんですね。年代で区切れるものじゃなくて、自分の成長とか成熟とかのほうが大事なわけだから、別に七〇年代になったからといって、自分の何が変わるわけじゃない。僕が「いま・ここ」しかない人間だと言うようになったのはいつ頃だったか覚えてないけど、この当時からなのかな。未来にそんなに期待もしていないいまま、「いま・ここ」のリアリティみたいなものを一番大事にする。芭蕉も一瞬の光、みたいなことを言ってるけど、それと同じ感覚じゃないかな。実生活はそれじゃすまないし、若い頃ははっきり意識する余裕もなかったけど、僕はずっとそうやって「いま・ここ」を生きてきた。そんな気がします。

＊W・H・オーデン（一九〇七〜七三年）　イギリスに生まれ、アメリカに移住した後、一時期はオックスフォード大学語学教授に就く。一九四八年詩劇『不安の時代』でピュリッツァー賞受賞。詩集に『アキレスの盾』『城壁なき都市』など多数。

第3章　独創を独走する

谷川俊太郎の一九七〇年代が始まった。四十代の十年とほぼ重なるこの時期、谷川はかつてこの国の詩人が誰もやらなかった新たな日本語の実験を、いっそうダイナミックに試みている。なかでも七五年九月に同時刊行された『定義』（思潮社）と『夜中に台所でぼくはきみに話しかけたかった』（青土社）、この双子のような詩集は、詩壇での谷川評価をすっかり変えた。やはり七五年に刊行が始まり、ミリオンセラーとなった『マザー・グースのうた』（全五集＋別集、草思社）の英語からの翻訳も、詩人としての大きな成果だった。声、定型、ことばのリズム等々、さまざまな日本語の問題と可能性を谷川はこの仕事を通して受け取り、その先の創作に生かしていく。

まず、現代詩の本流を担う思潮社から刊行された『定義』については、「現代詩手帖」の連載時から、詩壇の注目を集めていた。対象となるもの——「鋏《はさみ》」「りんご」「コップ」等を、百科事典のような文体でただただ説明、描写していく。一見、それは詩人自体を可能な限り消滅させる試みである。が、それは目の前にある自明のものを徹底して見つめることで、どうにかして、何でもない日常の場面の中から詩を発生させようという力ずくの独創の試みだった。その文体の緊張感はただならぬ域に達しており、収録された二十四篇は、読み進めるほどじわじわと哲学の領域に近づいていく。谷川は『定義』という詩集についてこれまであまり多くを語っていないが、パリ在住の哲学者でフランス文学者、森有正の仕事に触発されたものであったことは明かしている。

〈これは今、机の上で私の眼に見えている。これを今、私はとりあげることができる。これで今、私は紙を人の形に切ることができる。これで今、私は髪を丸坊主に刈ってしまうことすらできるかもしれない。もちろんこれで人を殺す可能性を除いての話だが。（中略）これは鋏としか呼べぬものではない。これは既に他の無数の名をもってるのだ。私がそれらの名でこれを呼ばぬのは、単に習慣にすぎないというよりも、むしろ自衛のためではあるまいか。／何故ならこれは、このように在るものは、私から言葉を抽き出す力をもっていて、私は言葉の糸によってほぐされてゆき、いつかこれよりもずっと稀薄な存在になりかねぬ危険に、常にさらされているからだ。〉

（「鋏」）

〈初めての名は恐怖とともに叫ばれた。二番目の名は愕きゆえに声にならず、三番目の名は毛物の呻き、四番目の名は吐息にすぎず、五番目の名は闇に乗じて無声音で囁かれ、六番目の名はもはやタブー、七番目の名は不幸な笑声と区別がつかず、八番目の名は呪咀、九番目の名は喃語、十番目の名はすでに階級を暗示した。〉

（「隠された名の名乗」部分）

〈十月二十六日午後十一時四十二分、私はなと書く。なの意味するところは、一、日本語中のなというひらがな文字。二、なという音によって指示可能な事、及び物の幻影及びそこからの連想の一切。即ちなにはなに始まり全世界に至る可能性が含まれている。三、私がなと書いた行為の

記録。四、及びそれらのすべてに共通して内在している無意味。〉

（「な」部分）

今も単行本が書店に並ぶ『定義』の帯には、大岡信や北川透による発売当時の讃頌がみっしり並ぶ。

対照的に、思潮社と並ぶ勢いだった青土社*の詩誌「ユリイカ」に連載した作品を集めた『夜中に台所でぼくはきみに話しかけたかった』の表題作は、武満徹、小田実、飯島耕一、湯浅譲二、金関寿夫*、そして知子夫人という特定の個人に向けて書かれており、〈一九七二年五月某夜、なかば即興的に鉛筆書き、同六月二六日、パルコパロールにて音読。同八月、活字による記録及び大量頒布に同意〉と付記された、軽い調子の連作である。一晩で十四篇！　白い表紙に赤い帯。手元にあるこの詩集の、裏表紙にかかるちぎれかけた帯には、「あとがきも書こうかと思ったけど、やめちゃった。詩を読んでもらうしかないんじゃないかな。」とあって、何度見ても笑える。こちらも単行本が現役だ。少しだけ中身を引用しておこうか。

3　　　　小田実に

総理大臣ひとりを責めたって無駄さ
彼は象徴にすらなれやしない
きみの大阪弁は永遠だけど
総理大臣はすぐ代る

電気冷蔵庫の中にはせせらぎが流れてるね
ぼくは台所でコーヒーを飲んでる
正義は性に合わないから
せめてしっかりした字を書くことにする

それから明日が来るんだ
歴史の中にすっぽりはまりこんで
そのくせ歴史からはみ出してる明日が
謎めいた尊大さで

夜のうちにおはようと言っとこうか

（「夜中に台所でぼくはきみに話しかけたかった」部分）

青土社　詩人として十代でデビューした清水康雄（一九三二～九九年）が、河出書房に勤める傍ら「ユリイカ」「現代詩手帖」の編集にも協力していたが、六九年に独立して創立。伊達得夫の死後、休刊していた「ユリイカ」を同年に復刊し現在に至る。雑誌「現代思想」なども刊行し、人文科学からサブカルチャーまで幅広く扱う。
金関寿夫（一九一八～九六年）島根出身。同志社大学英文科卒業後、アメリカ現代詩の研究、翻訳者として神戸大、東京都立大、駒澤大で教授を務める。著作に『現代芸術のエポック・エロイク』（読売文学賞）。ドナルド・キーン作品を多数日本語訳している。

同時代の詩とは、小説のように直後の批評や文学賞によって評価が決まり、文庫本となって生き残っていくものではなく、十年単位の時間、ただそれだけによって価値が定まっていくものらしい。読者の胸にとどまり、深く浸透していったのは、『定義』よりも『夜中に台所で……』の方だった。それにしてもなぜ、これほどくだけた口語で一気に書き通せたのだろう。

谷川は岩波書店で担当編集者だった山田馨との対談本『ぼくはこうやって詩を書いてきた』(二〇一〇年、ナナロク社)の中で、一九六六～六七年にかけて出かけたアメリカ、ヨーロッパへの長期旅行を経て、「口から耳へ伝達するという関心の部分が、ぼくのなかで大きくなってい」たと語っている。そして七二年五月のある晩、朗読会の予定を頭のどこかに置きつつ、最初から自分の声で発表しようという心づもりで書き始めると、立て続けに十四の、口語の短い詩が出てきたのだという。それは谷川の中で身近な「他者」がはっきりと立ち上がったという感触を伴っていた。私的な語りかけも、「音楽の聞こえないリズム、メロディー」に乗りさえすれば公的な詩にできるという、谷川本人がバージョンアップした自分を発見した、一夜の出来事だった。

アメリカのJ・D・サリンジャーの『ライ麦畑でつかまえて』の野崎孝訳が発表されたのが六四年、それに影響を受けたとも言われた庄司薫の『赤頭巾ちゃん気をつけて』が六九年に芥川賞を受賞してベストセラーになる。この詩集以前にも、こうした子供っぽさの残る男性のしゃべり言葉による一人称小説は、語り口の新鮮さで人気を集めていた。しかし、谷川の詩の口語体が、自問自答めいたそれらと違うのは、他者に向けて呼びかける、開かれた姿勢だった。ようやく人に向かってためらいなく自分を語り、他者へ話しかけることを始めた、詩人自身の成熟の証しでもあっただろう。

三浦雅士は二〇〇二年五月号の「現代詩手帖」に掲載された、北川透、瀬尾育生との討議『青春』の成り立たない時代に――『定義』から『世間知ラズ』へ、そして」において、発表時からくすぶり続ける詩壇の谷川評価に対する憤懣を、次のようにぶつけている。

「憎まれ役を買って言えば、『定義』という詩集はハッタリですね。いわゆる現代詩オタクに対する生真面目なハッタリ」。そして「鳥羽」から『世間知ラズ』に込められた谷川の思いを、義憤にかられたように代弁する。

「現代詩は、近代的な個人の内面に錘を降ろして、そこから出発しなくてはいけないんだ、と『荒地』の人たちなんかが言って、その延長線上で誰もが難解きわまるものを書いていった。それこそが最大の幻想かもしれないという反撃だろうと思う。もっと開き直って言ってしまえば、近代的な個人なんて嘘だ、『鳩よ!』に書くようなフワフワした言葉のほうにこそ、むしろ人間なら人間があるという大逆転」。さらに柳田国男、折口信夫、谷川健一ら、近代の詩の言葉でないものに対する谷川俊太郎の関心の強さを挙げ、その詩がいかに痛烈な「現代詩オタク」への批判であるか、さかんに語っている。三浦雅士は七五年当時、青土社で「ユリイカ」編集長として、直接、『夜中に台所……』の編集にかかわっていたという事情は、大幅に差し引かなければならないのだが。

一九七五年、十六歳だった詩人の四元康祐は、「私にとっての『詩』とは、谷川作品の総体に他ならなかった」と言い切っている。筆者と同じ一九五九年生まれの四元は、二〇一一年、その時点に至る谷川の全詩集を俯瞰してこう述べている。

〈最初はガラパゴス的に孤立しているかと思えた『夜中に台所で……』が、実は谷川マップ（次頁参照）におけるいくつかの流れの、いわば結節点をなしていることが分かってくる。ひとつには『21』を源流とし「鳥羽」を経た〈言語本位〉な詩の系譜、もうひとつは『ことばあそびうた』から始まる大和言葉および声の系譜、そして『落首九十九』にその萌芽がみられるナンセンスの系譜が、『夜中に台所で……』でひとつに束ねられている。そしてそれぞれの流れは、『夜中に台所で……』を通り抜けた後に、ふたたび拡がってゆくことになる〉（『谷川俊太郎学』二〇一一年、思潮社）

四元が分けた三つの方向を参考に、その後の谷川作品に迫ってみよう。『定義』に連なる〈言語本位〉の詩集としては、『コカコーラ・レッスン』（一九八〇年、思潮社）という、現代詩に明快な回答を提出した一冊が、四十代の締めくくりに提出された。薄くて縦長、箱入りの菊地信義による装幀が何ともスタイリッシュ。当時、一般的だった二五〇ミリリットル入りのスリムなコカコーラ缶のイラスト入りの紙が挟んであり、裏面に詩人からのメッセージが小さく印刷してある。〈一本の大根の姿は単純だが大根という生ある物質の構造は限りなく複雑だ。それを私たちは分析しきれないが味わうことはできる。語を分子として、食するに足る有機物をどこまでつくれるか。詩とは現実の味わいであると観じて当店は当店のメニュをおとどけする〉。

七五年の二作成功の朗らかな余韻が伝わる。全体にこの詩集は冗舌で企みに満ちている。じつはその背後には明るくはない事情が生じていたのだったが。巻末を締めくくるのは異例の長編詩「タラマイカ偽書残闕」。子細な注釈の付いた贋の民族叙事詩であり、無限のストーリーを読み取

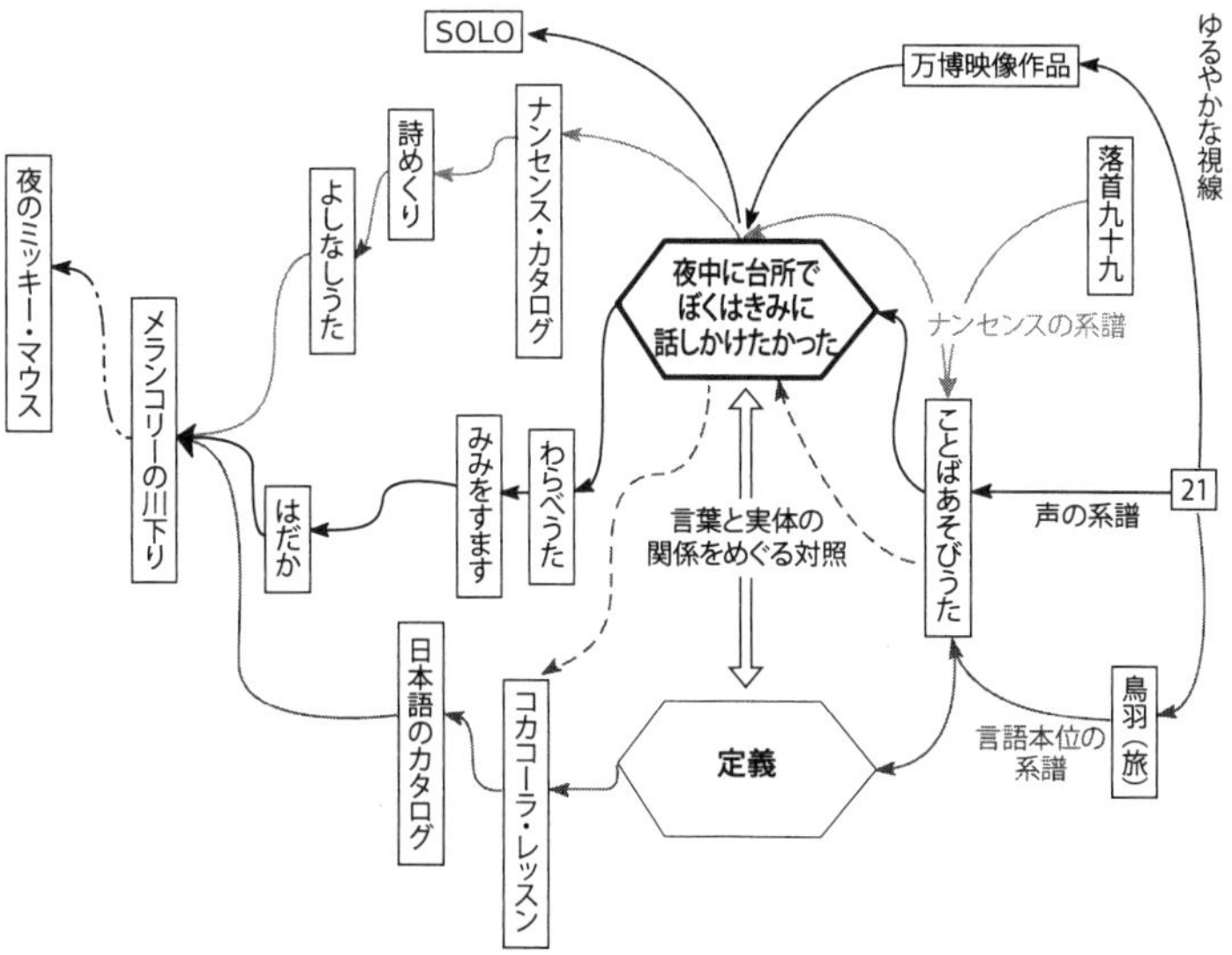

図8 結節点としての「夜中に台所でぼくはきみに話しかけたかった」

四元康祐『谷川俊太郎学　言葉 vs 沈黙』（2011年、思潮社）より転載

ることができる五層の言語リレーからなる物語詩である。「発見された手記」の典拠を細部にこだわりながらたどるという、ポストモダン文学の今や常套となった手法をいち早く、谷川は緻密に使いこなしている。二〇一六年、『池澤夏樹＝個人編集　日本文学全集29』（河出書房新社）、「近現代詩歌」の巻には入沢康夫の「わが出雲・わが鎮魂」、高橋睦郎「姉の島」と並んで、谷川の代表作として「タラマイカ偽書残闕」が収録された。どれも自注が多く付いているこれら三作を選び出した池澤は、T・S・エリオットの『荒地』から始まったこの方式を、池澤自身が同全集で『古事記』を現代語訳する際、やはり取り入れたことに触れ、これらの作品は同じ思いで貫かれているのではないかと、同巻末に記している。たしかに、『荒地』と『古事記』、「わが出雲・わが鎮魂」「姉の島」、そして「タラマイカ偽書残闕」の間には、壮大な普遍性を求める詩人の全霊を込めた知力、想像力という回路が通じている――。そう夢想することができるだろう。

文化人類学まで視野に入れた谷川は、遊びを解禁された子どものように、〈ナンセンスの系譜〉をいっそう延伸させていく。七九年刊の『そのほかに』（集英社）冒頭には「便り」と題した、力の抜けた一篇がある。

　この春当地にては
　常のごぶさたお詫びもうします
　足も生えそろいましたにつき
　おたまじゃくしに

葬式ふたっつ結婚式みっつ
とどこおりなく相すませ

からたちの花もほころび
かげ口などいつに変らず
忙しく暮らしおり候《そうろう》です

先生にはかつら御新調のよし
おめもじ待ち遠しいことなり
頓首《とんしゅ》

「便り」を書いた時、「ああ、こういうのが書けるようになった、井伏鱒二になれたって、自分でも嬉しかった」と谷川は話す。

言葉の可能性を追求した、ユーモラスな試みを挙げると、高橋源一郎から「長編小説は一行でだって書ける」と聞いて発奮し、二行から七行の短詩を一年三六六日、日めくりのように毎日読ませる趣向の『詩めくり』を八四年、マドラ出版から出している。〈一月九日　溶けかかった角砂糖と書いてあれば／きみは溶けかかった角砂糖を思い描くのか／このなまけものめ〉という調子。八四年には、催馬楽から山岸涼子の漫画まで、あらゆるジャンルの文章を収集した『日本語のカタログ』（思潮社）も、あくまで自身の詩集として刊行している。

一九八五年には大人のためのシュールなひらがな詩『よしなしうた』（青土社）がまとまる。この本にも中扉の裏に小さな文字で短く、十九世紀イギリスの画家でナンセンス詩人、エドワード・リアの名がアクロスティック（はじめの文字をつなげると意味を持つ語）で入れてある。〈えてして／どかんは／われたがる／あたまを／どこかへ　おきわすれ／／りっぱな　りくつに／あくびする〉（傍点筆者）。中身の詩も、この世のどこかで今この瞬間に起きているかも知れない、つかの間のシュールな情景を〈りっぱな　りくつ〉抜きにするりと書いている。

ゆうがた　うちへかえると
とぐちで　おやじがしんでいた
めずらしいこともあるものだ　とおもって
おやじをまたいで　なかへはいると
だいどころで　おふくろがしんでいた
ガスレンジのひが　つけっぱなしだったから
ひをけして　シチューのあじみをした

（「ゆうぐれ」部分）

〈ナンセンスの系譜〉の重要性については追ってまた触れる。ここでは、『よしなしうた』がひらがなで書かれた大人の詩であることに注目しておきたい。

そして、四元の分類による最後の系譜は、一九七三年の『ことばあそびうた』（福音館書店）から始まる〈大和言葉および声の系譜〉。この系譜の詩集としては、いっそう無邪気に無名性を濃くした『わらべうた』（一九八一年、集英社）と、その続編を出した後、児童文学者の今江祥智に依頼されて書き上げた長編詩『みみをすます』（柳生弦一郎・絵、一九八二年、福音館書店）がある。

みみをすます
きのうのあまだれに
みみをすます

みみをすます
いつから
つづいてきたともしれぬ
ひとびとの
あしおとに
みみをすます
めをつむり
みみをすます
ハイヒールのこつこつ
ながぐつのどたどた
ぽっくりのぽくぽく

みみをすます

このはのかさこそ
きえかかる
ひのくすぶり
くらやみのおくの
みみなり

みみをすます
しんでゆくきょうりゅうの
うめきに
みみをすます

（「みみをすます」部分）

物語の構造をもたないにもかかわらず喚起される物語性、読後の感興の深さが、まず新聞や雑誌の書評で相次いで取り上げられ、さまざまな世代へと反響が広がった。詩を読む喜びを、この作品によって新発見、再発見し、谷川俊太郎の名を胸に刻んだ人々は、思いのほか多かったのではないか。この六年後には、子どもの心情になりきって書かれたひらがな詩『はだか』（一九八八年、筑摩書房）の達成がある。結果として、この系譜こそが谷川俊太郎がもっとも谷川らしい新しさを遺憾なく発揮し、もはや否定的な意味合いで大衆的だと評されることもなくなり、今に至るまで拡張し続ける重要な幹線となっていく。

そうなった背景には、八〇年代に入ると親しさを増していく絵本作家、佐野洋子の存在が大きかった。佐野との関係については、次章で詳しく述べることになるが、この〈大和言葉および声の系譜〉、つまりひらがな詩は、谷川の資質としっくり溶けあった。谷川は漢語的表現と自分が生理的に相容れないことをとっくに自覚していたし、ひらがなで書くと、難しいことや論理的な説明がしにくくなるという枷をむしろ楽しみながら、この方面の創作に力を注ぐようになる。力を発揮できたのには理由もあった。谷川の日本語の伝統への理解を深めた、独自のアプローチが十年以上にわたって重ねられていたのである。

最大級の準備となった仕事が、七五年から七七年にかけて草思社から刊行された『マザー・グースのうた』五巻の翻訳だったと思われる。「an・an」のアートディレクターとして名を馳せた、もともと絵本作家でもあった堀内誠一（一九三二～八七年）が一篇ごとにカラフルなイラストを施し、装本のすべてを手がけたことも功を奏し、日本翻訳文化賞を受賞した上、累計百万部を突破した。

素朴な口承の韻文を集めて十八世紀半ばに英国で出版された童謡集「マザー・グース」は、英語圏はもとより日本でも「メリーさんのヒツジ」「キラキラ星」「ロンドン橋落ちた」などがメロディーと共に親しまれてきた。意味がとれないナンセンスな詩を、言葉のリズム、イメージ、それに英語詩で大事な文末の韻を創意工夫を凝らして日本語に移し替える翻訳の仕事は、それまで谷川が味わったことのない、言語や民族を超えた「ことば」の深い海に潜る冒険だったろう。

同じ口承文芸ならばと、七五調に当てはめることなど谷川がするはずもない。ただ、「七五に収斂されてくるような、ある幅のなかに収まった日本語」に近づくきっかけにはなったようだ。「七五調を避けようとしたために、聴覚的な待ちかたがずいぶん貧しくなってしまった。自分で自分を縛ってしまったような」、それ以前の態度にも気がついたと、大岡信との対談『詩の誕生』（一九七五年、エッソ・スタンダード石油広報部）の中で谷川は述べている。「マザー・グース」研究の第一人者である東大教授、平野敬一の著作をはじめ、英国の児童文学作品、シェイクスピアのソネット集の吉田健一訳なども、新たな観点から熟読したのではないか。欧米に滞在した経験も役立っただろう。先に挙げた谷川のナンセンス詩の創作の深まりにも当然、作用したはずである。

谷川がもともと持っていたアノニム、無名の詩の強さへの共感も確かなものになっていく。一見幼くつたなく、何の意味も成さないように聞こえても、現代の日本語に似合う、普遍的なリズムを持った現代のマザー・グース、すなわち自己表現や自我の殻を脱した、長い間、耳に、心にとどまる完成度の高い口承詩。訳していくうちにそれを現代に、新たに生み出したくなったのではないか。ひらがなを存分に使いこなして。それは日本語へ積極的に旋律を与えようという、作曲家になったような、気持ちの弾む挑戦であったはずだ。

こうして七三年、『ことばあそびうた』が瀬川康男の民話的な挿画を得て、福音館書店から出版される。

「ことばあそびうたなんて、誰にでも作れるもんだと思ってたんだけどね」と、谷川はこともなげに話すが、いったいほかの誰が、こんなにことばをやわらかく遊びこなし、わらべうたとは似て非なる現代の古典を生み出せるというのだろう。あまりの斬新さから、幼稚園や小学校の教職員からはとまどいの声もあがったと聞く。

ののはな

はなののののはな
はなのななあに
なずなななのはな
なもないのばな

かっぱ

かっぱかっぱらった
かっぱらっぱかっぱらった
とってちってた

かっぱなっぱかった
かっぱなっぱいっぱかった
かってきってくった

早口言葉、しりとり、地口・口合い、回文、重言……。日本古来のことば遊びの時代変遷を考証した綿谷雪《きよし》著『言語遊戯の系譜』（一九六四年、青蛙房）でも、谷川流の系譜は見つからない。ちなみに『マザー・グースのうた』第一巻の最初に置かれたごく短い詩を、谷川訳では「えっさか　ほいさ」と題して、こんなふうに訳している。

〈えっさか　ほいさ／ねこに　ヴァイオリン／／めうしがつきを　とびこえた／こいぬはそれみて　おおわらい／そこでおさらはスプーンといっしょに　おさらばさ〉

おさらとおさらばで日本語の韻をこさえている。マザー・グースの日本語訳は意外に多く試みられているが、比較するなら北原白秋訳だろう。白秋は同じ詩を「お月夜」と題してさすがの名訳にしている。

〈ひょっこり、ひょっこり、ひょっこりしょ。／猫が胡弓弾いた。／牝牛がお月様飛び越えた。／小犬がそれ見て笑ひ出す。／お皿がお匙を追っかけた。／ひょっこり、ひょっこり、ひょっこりしょ。〉（『現代日本文学全集・現代訳詩集』筑摩書房）

題名のない原典はこうなっている。

Hey diddle diddle,The cat and the fiddle, The cow jumped over the moon; The little dog laughed To see such sport, And the dish ran away with the spoon.

谷川俊太郎は当時、五十年前の白秋訳を読んで「こんなに言葉が動いてしまっていいのか」と、現代の日本語が激しく変化していることへの懸念も、取材に応じて述べている。しかし、国語学者の金田一春彦は、「谷川訳は、ふだんの言葉、正統的な日本語をそのまま詩の中に使っている。基本的な言葉は、ほとんど変わっていないから、谷川さんの訳なら大正時代の子供たちにもわかる」と評している（読売新聞一九七五年九月二十八日付）。たしかに日本語は、言葉遣いの変化を相当、許してきた言語なのだろう。ところが戦後、これほどの社会の変貌にもかかわらず、以前の五十年、百年に比して活字に残る日本語の変化は、かなり小幅に留まっている。文部省からのお仕着せであったにせよ、山本有三らが進言した「現代仮名遣い」と、それを用いて口語体で書かれるようになった文学作品や教科書、新聞、雑誌が果たした役割はやはり大きかった。言文一致は明治期から戦前の比ではなく実現し、定着した。その証左となる現代日本語を十全に使いこなして成り立ったのが、谷川の仕事でもあっただろう。谷川訳の『マザー・グース』は現在、和田誠の絵、平野敬一の監修で講談社文庫の四巻になって版を重ねている。

『マザー・グース』の翻訳から日本語の教育へ関心が向かった谷川は一九七九年、大岡信に監修役を、挿絵に安野光雅を迎え、福音館書店の経営者だった松居直《ただし》に編集と出版を請い、文部省の学習指導要領に依らない小学一年生のための国語教科書『にほんご』を制作した。「おはよう・こんにちは」のあいさつから、からだ、もじ、地図、なぞなぞ、なまえ、おはなし、うそ、じしょ……と、次第に展開していく子どものことばの世界。アイデアを出したのは松居だが、目次の概要を組み、本文の原案を書いたのは谷川である。ある意味で『にほんご』ほど、谷川俊太郎の言語観が凝縮された著作はない。

〈ちきゅうの　うえには、／いろんな　ひとが／すんでいて、／いろんな　ことばを／はなしてる。／にほんごも／そのひとつ。〉（「おはよう・こんにちは」）

〈ことばは　はじめ／こえだけ　だった。／くちで　はなし、みみで　きく　ことばから、／てで　かき、めで　よむ　もじが　うまれた。／もじを　つかうように　なると、／かんがえをまとめやすく　なり、／ひとは　それを　とおくの　ひとに　つたえたり、／いつまでも　せいかくに　のこして　おいたり／できるように　なった。〉（「かく・よむ」）

『にほんご』も今日まで版を重ねる。丸谷才一と山崎正和による二〇〇二年の対談『日本語の21世紀のために』（文春新書）で、劇作家である山崎はとりわけ「ことばとからだ」の項について、文章自体が詩になっている、演劇の技法に即して身体で言葉を感じる訓練になっている、そもそも「にほんご」という表題が、日本語以外にもたくさんの言葉があって日本語はその中の一つにすぎない、しかしこれは私たちの言葉だという理念が貫かれていて、「感動しました」と脱帽している。

やはり一九七九年、谷川は日本語の音の面白さを意識したことばあそびの絵本『これは　のみの　ぴこ』（和田誠・絵、サンリード）を創作している。この絵本がどれほど際立った日本語で書かれた作品であるか。言葉を尽くして評価したのが劇作家で作家の井上ひさしだ。

〈一行ずつ文章を貼り合せて行き、それが十五行繋がったとき、全体がただの一個の文章におさまってしまうという魔術が、各要素間の結びつきがゆるく、また各要素の取り外しがきき、継ぎ目の見える日本語の膠着性や添着性を種とも仕掛けともしている〉〈こうして谷川の、平仮名による仕事の数々は、例外なく読者を日本語の成り立っている大もとのところへ連れて行く〉。その上、〈彼は「詩人は思想を薔薇の花のように感じさせなければならない」（T・S・エリオット）ことをよく知っている〉（「國文學」一九八〇年十月号）。谷川の日本語という言語に関する見識は、言語学者ローマン・ヤコブソンに比肩すると井上は述べている。

当時から丸谷才一、井上ひさし、そして大江健三郎と谷川とは、同時代の日本語の可能性を拓く同志であり、盟友のような意識でどこか結ばれていただろう。対談などで少なからず顔を合わせてもいる。しかし、個人的な領域に踏み入って心情を明かし合う友人を規定するならば、やはり、「櫂」の同人に限られていたはずだ。中でも大岡信は別格だった。「同い年だけど、最初から兄貴のような感じ」の大岡と、谷川は七〇年代、次第に距離を縮めていく。

大岡信は西脇順三郎、瀧口修造に連なるシュルレアリスムの影響を受けた詩人として、また、文芸評論家としては万葉集から現代美術、グレコのシャンソンまで批評の対象としながら、旺盛な執筆活動を行っていた。七〇年に明治大学教授に就くとその活動を加速させ、『悲歌と祝禱』（一九七六年、青土社）、『春、少女に』（一九七八年、書肆山田）と相次いで代表詩集を上梓し、同時に評論でも、六九年の『蕩児の家系』（思潮社）に続いて、『紀貫之』（一九七一年、筑摩書房、読売文学賞）、美術論集の『装飾と非装飾』（一九七三年、晶文社）、『うたげと孤心』（一九七八年、集英社）などを発表。むしろ批評家としての評価が高まっていった。七九年からは、朝日新聞の朝刊で

「折々のうた」が始まる。足掛け二十八年間、古今東西の詩篇の豊かさを伝えた、その壮大な大岡のアンソロジーが、大部数を有する新聞の一面を通じて毎朝、現代の日本人に与えた言葉の喜びはどれほど大きかっただろう。

大岡と谷川、二人の詩人がもっとも激しく活動していた時期に実現した二冊の対談集、『詩の誕生』（一九七五年）と『批評の生理』（一九七八年）は、当時、エッソ・スタンダード石油広報部にいた高田宏*の企画だった。日本でもっとも才能にめぐまれた、戦後を代表する二人の詩人が心おきなく語り合い、互いの詩を率直に批評し合った、今となっては最初で最後の貴重な記録である。なぜ、人々は詩を必要としなくなったか、言葉を楽しむことを忘れようとしているのか……。再読すれば、未だ解決されていない詩歌、文学をめぐる問題が、この時、ほぼ出尽くしていることがわかる。

大岡は谷川との対話となれば徹夜明けでも東京から軽井沢まで駆けつけ、わずかな仮眠だけで夜更けまで熱心に臨んだ。谷川への理解と愛情の深さに、息をのむような場面がしばしばある。

高田宏はこんなあとがきを寄せている。

〈雨の音が対話のとぎれめを埋める。／ひとりの詩人が相手の詩人の詩集の一篇一篇を、一行一行を目前で読みとき、相手の詩人がそれに応えるという、たぶんこれまで行なわれたことのない作業がつづいた。軽快軽妙な対話ではない。重い時間をぐいぐい進める力仕事だ。夜更けて終りに来たとき、だれもかれも疲れはてていた。（中略）昭和五十二年四月二十四日、軽井沢の午後と夜とで、対話のあたらしいかたちが生れた〉

この後、大岡と谷川は編集人として名を連ねて、一九八三～八四年にかけて叢書「現代の詩人」（全十二巻）を中央公論社から刊行している。この時、選ばれた十二人の詩人は、一巻から順に吉岡実、鮎川信夫、田村隆一、黒田三郎、石垣りん、清岡卓行、茨木のり子、川崎洋、谷川俊太郎、飯島耕一、大岡信、吉原幸子。

この原稿をまとめていた最中の二〇一七年四月五日、大岡信の訃報が入ってきた。八十六年の生涯だった。氏の略歴をあらためて振り返ると、一九七九年に日本現代詩人会会長を引き受け、八八年に東京芸大教授、翌年には日本ペンクラブ会長に就任。九四年にパリのコレージュ・ド・フランスにて名誉ある連続講義を行い、二〇〇三年に文化勲章、〇四年にフランスのレジオン・ドヌール勲章を受けている。故郷に近い静岡県の三島駅前には二〇〇九年にZ会グループが出資して盛大に開館した「大岡信ことば館」がある。何の役職にも就かず、ただ、詩人として個人を生きる谷川とは好対照であるものの、しかし、そうした役を引き受けることで現代詩の存在感をアピールし、谷川の才能を擁護し、後押しを続けた——。そんな大岡の深意も、華麗な略歴の行間に読み取るべきかも知れない。

大岡は最初期から短い谷川評、あるいは詩論の中で谷川に触れることを多数行っているが、ここでは一九五四年、「詩学」十二月号に発表された「詩の条件」と題した論考から引用したい。

〈『六十二のソネット』という詩集が第一詩集『二十億光年の孤独』よりも劣っているとの一般

高田宏　（一九三二〜二〇一五年）　京都出身。京都大仏文科卒業後、光文社などを経てエッソ石油でPR誌を編集。七五年に退社後、随筆、紀行文を多数書いた。『言葉の海へ』（大佛次郎賞）『木に会う』（読売文学賞）。

的見解は、ぼくには全く皮相浅薄な意見としか思えない。『六十二のソネット』を少し注意深く読めば容易にわかるはずなのだが、谷川はここで決して言葉に頼って書いてはいない。むしろ言葉は乱雑に投げ出されているようにみえる。言葉は捨てられている。ということは、言葉を捨てても摑みたいものが彼にはあったということだ。それがたとえ彼自身の極めて特殊な夢想であろうとも、それは言葉の彫琢を忘れさせるほど強く彼に働きかけている。（中略）ぼくはここで、谷川俊太郎自身明瞭に説明したこともない概念について論じようとは思わない。問題は、彼がどんなことを言おうとも結局詩人であるということである。ぼくには、彼の言葉は乱雑に投げ出され、捨てられていることそのものによって、己れを超えるものに向って祈るような姿を獲得し、すでにそのことによって己れを超えているように思えるのだ。〉（傍点筆者）

大岡信のこの評言を超える谷川評が、以来あるだろうか。

大岡の代表詩集『悲歌と祝禱』（七七年）の中には、「初秋午前五時白い器の前にたたずみ谷川俊太郎を思つてうたふ述懐の唄」が収録されている。

君のことなら
何度でも語れると思ふよ　おれは
どんなに醜くゆがんだ日にも
君のうたを眼で逐ふと
涼しい穴がぽかりとあいた
牧草地の雨が

糞《ふん》を静かに洗ふのが君のうたさ
おれは涼しい穴を抜けて
イッスンサキハ闇ダ　といふ
君の思想の呟きの泡を
ぱちんぷちんとつぶしながら
気がつくと　雲のへりに坐つてゐるのだ
坊さんめいた君のきれいな後頭部を
なつかしく見つめてゐるのだ
ぱちん……
ぱちん……

粒だつた喜びと哀しみの
この感覚を君にうまく伝へることはできまい
どんなに小さなものについても
語り尽くすことはできない
沈黙の中味は
すべて言葉

（部分）

谷川が、この詩に返礼をしたのは二〇一五年になってのこと。谷川は大岡信のアンソロジー『丘のうなじ』を編み、その最後で大岡の詩篇を引用しつつ、闘病を続ける詩友にこの詩を捧げた。

おおおかぁ
おれたちいなくなっちゃうんだろうか
晩春の丘のてっぺんから
やわらかい水平線に目をほそめた日も
日めくりと一緒に屑籠に捨てられたんだろうか

おれたちの心の中では
目に見えなかったアンドロメダ
耳に聞こえなかった沈黙
手でさわれなかったおとし穴が
ことばの胞衣に包まれて寝息を立てている

おおおかぁ
早すぎるとはもう思わない

でもおれたち二人の肉だんごもいつかは
おとなしくことばと活字に化してしまうのかな
イッスンサキノ闇に墜落するだけなのかな

そんなこたぁないとおれは思う
鬱蒼と茂る君のことばの森の木々も下草も
比喩の土壌に根を張りうたの空へと伸び上がる
君のことばを読んで君の声を聞きとることで
少女らはにんげんは犬猫も君を味わい君を生きる

（「微醺をおびて」部分）

大岡と谷川が詩の未来を憂い混じりに語り合った一九七〇年代後半、日本の現代詩はそれでもまだ盛況のうちにあった。充実した詩集、詩論が次々と生まれていた。七六年だけでも、中村稔『羽虫の飛ぶ風景』、吉岡実『サフラン摘み』、天澤退二郎の『les invisibles——目に見えぬものたち』と『《宮沢賢治》論』、平出隆『旅籠屋』、稲川方人『償われた者の伝記のために』。七七年になると茨木のり子『自分の感受性くらい』、高橋順子『海まで』と、女性詩人も記憶に残る詩集を出している。

しかし、この頃もう一人、現代における詩の存在感を深く憂えている詩人がいた。吉本隆明である。吉本は七八年に出版した『戦後詩史論』（大和書房）の中に、その思いを込めている。前半はユリイカが一九六〇年前後に出版した六冊の『現代詩全集』*に分載された詩論の再録である。「荒地」の出発点を伝える田村隆一の「立棺」〈地上にはわれわれの国がない／地上にはわれわれの生に価いする国がない〉や、北村太郎の「センチメンタル・ジャアニイ」〈なぜ人類のために、／なぜ人類の惨めさと卑しさのために、／私は貧しい部屋に閉じこもっていられないのか。〉などを引いて、戦後詩人たちがいかに〈あたらしい指標であった〉か、評価を与えている。このほかにも吉岡実の「僧侶」、谷川雁*の「革命」、那珂太郎*、山本太郎、平林敏彦*、中村稔、安水稔和*、嶋岡晨らの初期作を、谷川俊太郎については「知られぬ者」を引いている。

論議を招いたのは後半の、七八年に書き下ろされた二つの論考だった。その一つ「戦後詩の体験」で吉本は、〈中原中也や立原道造や三好達治のような詩人たちの詩は一種の大衆性を、つまり誰にでもわかる要素を詩の中にふくんでいる。また単に、大衆性をふくんでいるだけでなく詩的なもののうち、永続的なものを、つまり古代の詩から今の詩に至るまで、少しもかわらない核にある何かをふくんでいる〉としている。これに対して戦後詩人は、誰一人として三好達治、立原道造、中原中也のように流布されていないと述べ、〈現在の重さのために詩において永続的なものからそれていかざるをえない運命を、不可避的に辿らされているのが戦後詩人の生きざまである〉と批判した。そして最後の論考「修辞的な現在」はこう切り出されている。

〈戦後詩は現在詩についても詩人についても正統的な関心を惹きつけるところから遠く隔たってしまった。しかも誰からも等しい距離で隔たったといってよい。感性の土壌や思想の独在によって、詩人たちの個性を択りわけるのは無意味になっている。詩人と詩人とを区別する差異は言葉であり、修辞的なこだわりである〉

〈戦後詩の修辞的な現在は傾向とか流派としてあるのではなく、いわば全体の存在としてあるといってよい。強いて傾向を特定しようとすれば〈流派〉的な傾向というよりも〈世代〉的な傾向とでもいえばややその真相にちかい。だがほんとうは大規模だけれど厳密な意味では〈世代〉的ですらない。詩的な修辞がすべての切実さから等距離に遠ざかっているからだ。どの詩人がどの場所に佇っても詩的な修辞は切実さの中心から等距離に隔たってみえるのだ〉。

　吉本は鈴木志郎康、天澤退二郎らを論じながら、さだまさしや小椋佳による流行歌の歌詞も引き合いに出している。吉本が問題にした〈切実さ〉については様々に解釈が可能だが、少なくともそれは個別的になり、他人や社会全体と共有できる切実さではなくなった、ということだろう。

「現代詩全集」（全六巻）　一九五九〜六〇年。鮎川信夫、関根弘、木原孝一、山本太郎、清岡卓行、大岡信が編集委員を務め、西脇順三郎から「櫂」の若手同人まで、各巻十人内外、総勢六八人の詩人を収録した網羅的な全集。各巻に吉本隆明が「戦後詩史」を分載した。

谷川雁　（一九二三〜九五年）　熊本出身。東京大学社会学科卒業後、西日本新聞社にしばらく勤務し、安西均らと「母音」を創刊。詩集『大地の商人』『天山』刊行後、筑豊の炭鉱闘争に深く関わりながら、五八年、上野英信、石牟礼道子、森崎和江らと「サークル村」を創刊。評論『原点が存在する』など。

那珂太郎　（一九二二〜二〇一四年）　福岡出身。東京帝大国文科卒業後、海軍兵学校国語教官を務める。「歴程」同人。六五年『音楽』で室生犀星詩人賞、翌年、読売文学賞を受賞、九五年『鎮魂歌』で藤村記念歴程賞。評論に『萩原朔太郎詩私解』など。

平林敏彦　（一九二四年〜）　神奈川出身。戦中から「四季」に詩を発表。第一次「ユリイカ」創刊から編集に関わる。二〇〇九年『戦中戦後　詩的時代の証言』で桑原武夫学芸賞、一五年『ツィゴイネルワイゼンの水邊』で小野十三郎賞。草鹿宏の名でジュニア向けの著作も多い。

安水稔和《やすみずとしかず》　（一九三一年〜）　兵庫出身。神戸大在学中から創作を始め、「歴程」「たうろす」に参加。詩集に『記憶めくり』『秋山抄』（丸山豊記念現代詩賞）『椿崎や見なんとて』（詩歌文学館賞）など。

離婚など家庭内の不和、生老病死は当時まだ、日本全体の切実な問題と受け止められていなかった。あくまで日本が欧米並みの物質的豊かさを伴う大衆消費社会に突入したという現実を、吉本は背景に重視していたようである。もはや生きるための必需品は具わっており、個別に些細な差異を競う商品同様、美しさや巧みさを極める表現——すなわち修辞的にしか詩を書けない時代になったことを、吉本は告げていた。

書肆ユリイカの『現代詩全集』が完結した一九六〇年から『戦後詩史論』が著された七八年、高度成長期を経てこの間わずか十八年で、日本は変わった。所得と同じく、大学進学者も大幅に増えた。百科事典も全集もよく売れ、写真もテレビもモノクロからカラーになり、新幹線が東京—大阪を結び、人々はマイカーを持った。すでに二十一世紀に入ってその間と同じくらいの時間が経つが、比較にならないほど六〇年から七〇年代にかけての変化は大きかった。「修辞的な現在」という言葉は、文学の読者の間で流行語になる。

谷川俊太郎は八〇年、入沢康夫と現代詩をめぐる話をしている。谷川が「ぼくは現代詩の世界があまりに専門的になっていくのには反対なのね。学問が今非常に専門分化しているけれど、そういうふうになっちゃ困るんですよ。（中略）われわれの世界と非常に近い言語学の世界でも一所懸命読むんだけどわけが分かんないのね」。対して東大のフランス文学科在学中から創作を始め、ネルヴァルや宮沢賢治を研究しながら大学の教壇に立っていた入沢は、谷川の意見にある程度は同意しつつ、七〇年代半ばから「むしろ赤狩りのようにして、前衛的な冒険が目の敵にされるようになってきた。わりに短絡的になっているとも言える。（中略）ニュー・ミュージックやフォークからもいろいろ『新しい感性』が育ってきていると思うし、これから五年ぐらい経つと、『ちょっとやさしくて』『ちょっと悲しくて』『ちょっとはみ出して』、結局うんと保守的で、本当にはみだした者には残酷で……といった、そういうものが本流になってしまうのかもしれませんね」と鋭い見通しを述べている。（谷川の対談集『ものみな光る』一九八二年、青土社に収録）

入沢の言葉はこの時、ちょっと谷川の胸を刺したかもしれない。あまり批評されてこなかったが、そうした口あたりのいい――とはいえ、真似できる者がいないほど魅力的な抒情詩を、この当時、数多く発表してもいたのだったから。

八二年『日々の地図』（集英社）で谷川は読売文学賞を受賞。ちなみにこの時、丸谷才一は、「もう一人の白秋」と題してこんなふうに評している。

〈「新宿哀歌」といふ詩の書き出しだが、こんなところを読むと、谷川俊太郎は戦後日本の北原白秋なのだと改めて気がつく。白秋の『東京景物詩』のせいではなく、あふれるほど才能があつて、仕事ぶりがきれいで、口あたりのいい感じが、じつによく似てゐるのだ。ここには、明確でしかも快い言葉の流れがある。詩の原型である甘美なものをこともなげに差出す男がゐる。さらには、これでもうちよつと世界に奥行があつたらどんなにすばらしいだらうと思はせるところも、白秋そつくりだと言つて置かうか〉（『快楽としての読書 日本篇』ちくま文庫）

『そのほかに』（一九七九年、集英社）、『手紙』（一九八四年、同）にも紹介したくなる、ウェルメイドな詩篇が非常に多い。八〇年を挟んだ十年、谷川は日本語の最高のプロフェッショナル、すなわち「職業詩人」として最盛期を迎えていたのかもしれない。

が、谷川は七五年刊の『夜中に台所でぼくはきみに話しかけたかった』ですでに、〈言葉でほぐすことのできるような／柔いものは何もない〉、〈比喩はもう何の役にも立たない〉と、「干潟にて」という詩で断言していて、以降、どこか醒めた眼であらゆる世相、風景を眺めていたようにも思われるのだ。

干潟はどこまでもつづいていて
その先に海は見えない
二行目までは書けるのだが
そのあと詩はきりのないルフランになって
言葉でほぐすことのできるような
柔いものは何もないと分ったから
ぼくは木片を鋸で切り
螺子を板にねじこんで棚を吊った
これは事実だよ
比喩はもう何の役にも立たないんだ
世界はあんまりバラバラだから
子どもの頃メドゥーサの話を読んで
とてもこわかったのを覚えているが
とっくに石になった今では
もうこわいものは何もない

どうだい比喩なんてこんなものさ
（「干潟にて」部分）

比喩という修辞はもう役に立たない、比喩が共通のイメージを喚起することができた文学の近代、そんな現代詩なら終わっている……。ここにも小さな堅い紙つぶてが埋め込まれている。この時、さっそく反応していたのが大岡信で、「或るものに関する表現を別の表現で言いかえることが役に立たないというわけだ。では何が役立つかというと、一つの回答が『定義』をすることなんだね。ところが定義というものは、ある意味では比喩の最たるものかも知れないんだね、これが」。そのように『批評の生理』の中で直言していた。石をどんなふうに定義しようと、あやふやな比喩にすぎない、残るのは「石は石です」という同語反復だけで、谷川のそこへの傾斜は、道元の『正法眼蔵』にも似ていると、大岡は指摘していた。

さて、谷川が〈もう何の役にも立たないんだ〉と書いた「比喩」を使って、詩と同様、同時代の人々の関心から逸れ始めていた小説に命を吹き込んだ作家が一九七九年に登場する。ご存じ、村上春樹だ。今では『村上春樹読める比喩事典』（二〇一三年、ミネルヴァ書房）が編まれているほど、村上の比喩の魅力は知られている。群像新人文学賞を受賞したデビュー作『風の歌を聴け』について、『村上春樹全作品 1979―1989』の刊行を機に作者自身が書き下ろしたエッセーがある。これを谷川俊太郎の著作を念頭に読むと、興味深い共通項が見えてくる。

〈じゃあもっとシンプルに書いてみようと僕は思った。これまで誰も書いたことがないくらいシンプルに。シンプルな言葉を重ねることによって、シンプルな文章を作り、シンプルな文章を重ねることによって、結果的にシンプルではない現実を描くのだ（後年になってレイモンド・カーヴァーの翻訳をしたときに、彼のやろうとしていることも、同じような試みなんじゃないかという感想を持った）〉（「台所のテーブルから生まれた小説」）。二作目の『1973年のピンボール』については、〈そしてこれが夜中に台所のテーブルで書きあげられた最後の長編小説となった。このあと僕は生活をがらりと変えて、フルタイムの専業作家としてやっていくことになる〉。

レイモンド・カーヴァーは小説を余り読まない谷川俊太郎が例外的に好きなアメリカの作家であり、詩人である。そして〈夜中に台所のテーブルで〉。

谷川の『夜中に台所でぼくはきみに話しかけたかった』を、国分寺駅の南口のビル地下でジャズ・バー「ピーター・キャット」を経営していた村上も、読んでいたのかも知れない。作家や編集者が客には多く、青土社「ユリイカ」で三浦雅士の後を継いだ故小野好恵編集長も村上の店に通っていたというから、可能性はあるだろう。

『風の歌を聴け』には、〈「双子の妹がいるの。それだけ」／「何処に居る？」／「三万光年くらい遠くよ」〉とか、〈「本当のことを聞きたい？」／彼女がそう訊ねた。／「去年ね、牛を解剖したんだ」〉といった文章がある。こうした断片的な言葉の近さは偶然だろうし、村上の主人公が敬愛する架空の作家ハートフィールドと谷川に重なる個性は見つからない。驚くのは、次のような文章が存在していたことだ。

〈真夜中のなまぬるいビールの一カンと／奇跡的にしけっていないクラッカーの一箱が／ぼくらの失望と希望そのものさ／――さりげない日常をくるむ透明なことばの棘〉――これは村上の文

章ではなく、『夜中に台所で……』の帯にも使われた収録作、「My Favorite Things」の〈ジョン・コルトレーンに〉捧げられた詩の一節で、〈にがくも tender な新詩集〉と宣伝文が続く。帯を書いたのは谷川自身。谷川と村上は同じ台所でビールを飲んでたんじゃないのか？

ジョン・コルトレーンに

きみは生きていて呼吸してたに過ぎないんだ
十五分間に千回もためいきをつき
一生かかってたった一回叫んだ
それでこの世の何が変わったか？
なんてそんな大ゲサな問いはやめるよ
真夜中のなまぬるいビールの一カンと
奇跡的にしけっていないクラッカーの一箱が
ぼくらの失望と希望そのものさ

そして曰く言い難いものは
ただひとつだけ
それがぼくらの死後にあるのか生前に
あるのかそれさえわからない

魂と運命がこすれあって音をたてたら
もうぼくにも擬声語しか残ってないよ
でも活字になるんじゃ
呻くのだって無駄か

ぼくは目をつむって
どんな幻影も浮ばぬ事がむしろ誇りだ
その事の怖しさに
いつか泣き喚くとしても

（「My Favorite Things」部分）

8/2/1973

「気分が良くて何が悪い？」。ハートフィールドの著作のタイトルとなったこのフレーズは、「ピーター・キャット」の客の一人だった批評家、川本三郎の評論を通じてその新しさが強く印象づけられた言葉だ。一九八〇年の「すばる」六月号に載った川本の評論では、村上の個性が友人のような視点から評されている。

〈罵倒や冷笑、攻撃やいやがらせ、は村上春樹の主人公にはもっとも似つかわしくない。そんな暇があれば彼は自分の部屋でヘンデルの「レコーダー・ソナタ」を聴く（『1973年のピンボール』）し、「青山通りに面した静かなガラス貼りの喫茶店に入り、コーヒーを飲みながらジョン・ル・カレの新しい小説」を読む。（『中国行きのスロウ・ボート』）〉。

　川本はこうも言う。〈スヌーピーといえば、村上春樹は、スタン・ゲッツやビーチ・ボーイズやフィッツジェラルドと並んで、このいつもいつも犬小屋の屋根の上であおむけになって眠ることを愛している犬（彼のモットーは〝僕は君のことを構わないから、君も僕のことを構わないでくれ〟だ。）のことを気に入っているに違いない。（中略）村上春樹に対して〝君の小説の主人公はスヌーピーに似ている〟ということは、〝君の小説は現代青年の気分をよく反映している〟などというよりは彼にとって数段「気分のいい」賛辞になる筈である〉。スヌーピーの犬小屋の屋根が谷川と村上を結ぶ場所だったのか。スヌーピー、すなわち「ピーナッツ・ブックス」シリーズの翻訳といえば谷川の仕事だ。村上は英語でこの四コマ漫画を楽しんだのかもしれないが。

　ともかく谷川俊太郎と村上春樹の気分は当時、かなり共通していたのは間違いなさそうだ。そして、十八歳の谷川が「二十億光年の孤独」を「文学界」に発表してデビューし、その後、脚光を浴びすぎたゆえの〈罵倒や冷笑〉は先に書いた通りであり、その痛みは何十年経っても谷川から消えることはないように感じる。同様に、八〇年代、時代の寵児となった村上にもさまざまな〈罵倒や冷笑〉は降りかかってきただろう。

　もっと重要な類似点がある。それは書き手としての資質であり、生み出された作品の感触のようなものである。まず、両者は覚醒したまま、無意識の方へ下りていくという創作時の感覚の在り方が似通っている。谷川は夢をあまり見ないし、「見ても忘れちゃう」そうだが、パソコンの前に座って詩を書こうとすると、じきにかなり深いところまで「意識が下りていく」ようだと、筆者との応答で語っている。

「意識より、もっと深いところから出てきているんだろうな。イメージも。ふだん自分が思い描いたことがないようなのがポコッと出てきたりするから」

谷川はユング派の心理学者である河合隼雄と行った七六年の対話の中で、詩の言葉が浮かぶ瞬間をこう述べている。

「自分を一種非常に集中した状態において、しかも言語レヴェルで考えるのではなく、言語以下というか、言語以前というか、そういうレヴェルで何かモヤモヤ探っている、そのうちに釣り針に何かひっかかったみたいに、ぴょんと言葉がひとつ上がってくる」「非常に尖鋭に何かできるだけ怠惰にしておく、というのか、開いた状態でダラーッとさせとくという、両方あるような気がする」。このとき谷川は、「主人公はすることがないので、穴を掘り始めた」という同じ書き出しの話を、十数年を経て二度書いた経験も明かしている（月刊「子どもの館」七六年六月号）。谷川による絵本のうち、最高傑作という評価もあり、海外でもっとも多く翻訳されている作品が七六年の『あな』（和田誠・絵、福音館書店）である。

村上も穴掘りが趣味だと語り、実際に自宅の庭に穴を掘っている写真付きの記事が新聞に掲載されたことがあった。二〇〇三年にはフランスの文学雑誌のインタビューに応えている。聞き手は村上の長編小説『羊をめぐる冒険』と『ダンス・ダンス・ダンス』の羊男や、『世界の終りとハードボイルド・ワンダーランド』の一角獣など、現実との境界線を越えることを可能にする動物たちはどこからやって来たのか、訊ねている。すると村上は人間を家にたとえ、その地下階には隠れた別の空間があって、「運が良ければ」、秘密の扉をみつけて暗闇に入っていけると説明する。「本を書くとき僕は、こんな感じの暗くて不思議な空間の中にいて、奇妙な無数の要素を眼にするんです」。そして、こんなふうに明かしている。
「作家にとって書く事は、ちょうど、目覚めながら夢見るようなものです。それは、論理をいつも介入させられるとはかぎらない、法外な経験なんです」（『夢を見るために毎朝僕は目覚めるのです』二〇一〇年、文藝春秋）
実際の作品を見てみよう。詩人と小説家の比較は難しいが、たとえば村上の初期の傑作「ハンティング・ナイフ」（『回転木馬のデッド・ヒート』一九八五年、講談社）は、穏やかなハワイの海岸のコッテージに妻とやってきた日本人の「僕」が、隣室に母親と滞在する車椅子に乗ったアメリカ人の裕福そうな青年から夜中に偶然聞かされた、世にも恐ろしい夢の話だ。時々見る夢の中で、その青年の頭の内側にはナイフが突き刺さったまま、どうしても抜くことができない……。そうした夢（幻影）と現実の関係を、常人が想像し得ない視点からひややかに語っているのは、先に紹介した谷川のナンセンスの系譜、八五年の詩集『よしなしうた』に収録された「しゅじゅつしつ」も同じだろう。

そのひとは　もうしぬのだ
だがいまはまだ　ねむっている
ゆめのなかで　はをみがいている
もうだれもどうすることもできないが
そのひとは　きにしない

まちあいしつで　かぞくがないているのに
はをみがきながら　しんでゆく

（部分）

谷川は一九六〇年代初頭、注文に応じてショート・ショートを試みに書いたことがあった。その一つ、「緑色の蝶」も奇妙な視点から書かれた掌編だ。この作品の主人公は作家の「私」。彼は脳内で動き始めた街を描写するうちに、街角で緑色の蝶に見入る男の子に気づく。その様子に「私」はなぜかいらだち、作中の蝶をたたきおとす。そして、作中の男の子は、「私」を殺そうと思う心を、身体の中に抱いたまま成長する。なぜならその男の子は、作家自身だったから……（『花の掟』一九六七年、理論社）。これも説明のつけにくいナンセンスな奇譚だが、意識下に潜って地下階の扉を開いたからこそ書けた物語ではないか。村上同様、谷川も、こうした独特の発想を創作の根底に秘めている。

筆者は谷川が「六十二のソネット以前」と題して『谷川俊太郎詩集』（一九六五年、思潮社）に収録した、「お伽話」という七つの連作の中の一篇、「5　少女のような光景」という詩を読むと、村上春樹の『世界の終りとハードボイルド・ワンダーランド』（一九八五年、新潮社）と、その世界観がダブって脳裏に浮かぶ。

広い芝生に続くテラスからその家に入ると　すぐそこに
煉瓦の塀が続いていて　雪がしんしんと降つていた

私はそこで終りのない詩集を繙いた　影が静かに灯火をつけた　太陽が入つて来て夏を照らした　すると讃美歌とテニスの匂いのする犬が私の影に吠えついた　私は犬に角砂糖を投げた

私は写真機をとりあげた　見えない人人が明るい芝生と白い雪の道をあとからあとから帰つて行つた　彼等の後姿は私の涙で搖れた　私は風景だけをうつした

『世界の終り』、あるいは『羊をめぐる冒険』（一九八二年、講談社）といった初期の長編小説または短編「午後の最後の芝生」の世界観と、谷川の「お伽話」は地続きのように感じられてならないのだが、どうだろうか。

「デタッチメント」という言葉を他者と距離を十分保って生きる自分の態度として用いる場面が、両氏とも一九九〇年代、かなり見受けられた。谷川はこの語を使い始めたのは二十年ほど前からだと自覚している。以前は父との関係を説明する際、「君子の交わり」といった例えにしていたというが、「デタッチメントという言葉を知って、「こっちの方が漱石の『非人情』にも通じてるし、いいなと思って」。村上が使っていたのをどこかで読んで知ったのかも知れない。

二人はクラシックやジャズから若者が作る新しいポップスまで、あらゆる音楽を毎日何かしら聴いて過ごす。旅やおしゃれ、酒はそれぞれ、ほどほどに好みを貫く。車には相当な関心を持ち、運転に自信がある。一人っ子というのも重要な共通項だ。教養ある両親に大切に育てられた都会っ子。しかし、親元をわりと早くあっさり離れ、二十代前半に結婚。妻の意見を尊重する——。

そういえば、七七年に谷川は『もこもこもこ』（元永定正・絵、文研出版）というロングセラー絵本を出しているが、村上も九八年、『ふわふわ』（安西水丸・画、講談社）という絵本を出している。谷川はかつて「私の胸は小さすぎる」という詩を書き、二〇一〇年、同名のアンソロジーが田原《ティエン・ユアン》の選により出版されている（角川学芸出版）。村上の最新長編『騎士団長殺し』（新潮社）の読者には、関連の説明は不要だろう。指している内容はまるで違うのだけれども。

例示はもうこの辺りで止めにしよう。ともかく、このような二人が今日まで広範な、他の作家より突出した読者の支持を集め、旺盛な創作活動を続けていることについて、比較検討された例が見当たらないのが不思議なほどだ。

これまでに翻訳出版された谷川俊太郎の詩集は、『二十億光年の孤独』をはじめ、二十か国以上で七十冊を超え、児童書も約三十冊が紹介されている。日本で出版される詩集もはじめから英語訳付きのものが多い。一方の、村上春樹の小説は今さら述べるまでもなく、世界中で何百万人もの読者を得ており、その上、村上はカーヴァーの全集やチャンドラーをはじめ、アメリカの小説を中心に七十冊以上の翻訳を続けてきた。谷川も絵本を中心に、翻訳を手がけた作品は軽く百作を超える。

両氏が世界的な規模の成功を収めた理由をここで掘り続けるわけにはいかないが、何より通底しているのは日本文学の歴史的、因習的文脈をいったん徹底的に離れて、シンプルに、わかりやすく、新しい文体で書くことを貫き、自身の無意識の力を信頼し、独力で創作に打ち込んできた

――そうした精神力の強さだろうか。インターネットを通じていち早く読者と直接、交流する方法を両氏がさまざまに実行してきたことも忘れてはならない。

最後にもう一つだけつけ加えると、社交的とは言い難い二人がかなり心を開いた相手が、共に河合隼雄という臨床心理士だったことも、何かを映しているに違いない。しかし、この三人が同席したことはないし、谷川と村上は挨拶の機会も持たぬまま、互いの作品を読み合っている気配も今はない。

インタビュー3

「意識から出てくる言葉じゃない」

――一九七〇年を迎える頃、「現代詩ブーム」に沸いた一時期がありました。

ええ。思潮社の主催で六八年の春に開いた公開討論会、「詩に何ができるか」っていう、あれは「現代詩文庫」の創刊の年に催された集会だったけど、あの時の会場の雰囲気、一般の読者の増え方っていうのが、一応ピークみたいな感じで残っています。あれだけ人が集まったってことは社会全体に何か、詩的な表現で自分を解放するという期待があったのかな。今みたいにポップスとか、わかりやすい読み物やSNSに行かないで、「現代詩」に行ったところに、まだ戦後が残っていたとも言える。七〇年安保闘争とかいろいろあって、それが手っ取り早く、詩に結びついてきたような時代でしたね。

現代詩がマスメディアの中で浮上し始めると、きれいなカラー写真やイラストといっしょに詩の一節が載るような雑誌が結構出てきたし、活字で読ませるだけじゃなくて、ヴィジュアルで詩の世界に誘おうみたいな動きにもつながりました。マスメディアに載る人は限られていたし、載るのを潔しとしない人もいっぱいいたけど。

僕はまだ、何でも引き受けていかないと詩で食っていけないって意識が強くって、絵本もシャンソンもドキュメンタリーの脚本も、興味が湧くことならジャンルを問わずやってました。

――六八年にはフィリップスレコードから『日本現代詩大系』*というレコードまで発売されています。人気のあった吉増剛造さん、田村隆一さんなど三十八人の詩人が自作を朗読していますが、この録音の際、谷川さんは拡声機をもって街頭で朗読されたそうですね。女優の波瀬満子*さんが谷川さんとの対談『かっぱ、かっぱらったか？』（一九九六年、太郎次郎社）で明かされています。

全共闘運動に影響されて……というわけではなかった。時代の勢い。ラジオ番組の企画で、渋谷のパルコ前で自作朗読を試みたこともあったかな。でも、誰も立ち止まって聞いてくれはしなかった。

波瀬さんはもともとは劇団四季の女優だった人で、「ことばあそびの会」を作って、その活動

「日本現代詩大系」 参加の詩人は以下（括弧内は代読者）。堀口大学／尾崎喜八／西脇順三郎／萩原朔太郎（萩原朔美）／中原中也（粟津則雄）／山之口貘（山口泉）／三好達治（清岡卓行）／逸見猶吉（山本太郎）／宮沢賢治（草野心平）／金子光晴／吉田一穂／丸山薫／高橋新吉／草野心平／村野四郎／小野十三郎／嵯峨信之／安西均／那珂太郎／会田綱雄／石原吉郎／吉野弘／安東次男／田村隆一／中桐雅夫／黒田三郎／宗左近／長谷川龍生／山本太郎／大岡信／清岡卓行／中村稔／飯島耕一（吉増剛造）／谷川俊太郎／入沢康夫／三木卓／吉増剛造／天澤退二郎

波瀬《はせ》満子《みつこ》（一九三一～二〇一二年） 京都出身。東京女子大卒業後、劇団四季の女優から出発し、NHK教育テレビの番組などを通じ、谷川作品をはじめとすることばあそびのパフォーマンスを続けた。

の一環として、僕のひらがな詩を舞台やテレビで三十年以上、読んで、演じてくれました。七〇年代のはじめには、銀座のヤマハホールで「ポエム・リサイタル」が満員盛況になったこともありました。現代音楽の作曲家の一柳慧さんもいっしょに、かなり前衛的なステージをやりましたね。言葉を音そのものにする試みだったというか、『呪』という詩を波瀬さんに演じてもらった。〈ウンポポ　ハギナ／ンハンハ　ザッザッ〉なんて。

「仮面座」という劇団も結成して、ひたすら無意味な奇声を発し続ける「鳥獣戯画」とか「呻キノフーガ」とか、今考えたら相当きわどいステージも波瀬さんや寺田晃さんとやってました。ステージの上で即興で、言語の原初の「音」に戻ることを試してみたら、今度は何か、言語の偽史を緻密に書いてたどってみたいと考え始めて。『タラマイカ偽書残闕』（一九七八年、書肆山田）という、僕の作品の中ではもっとも複雑な、すべてが架空の民族史、ニセモノの叙事詩を、架空の註まであれこれ施して書き上げる苦労をすることになったんです。山口昌男さんの本とかも読んでましたね。

――「タラマイカ偽書残闕」が収録された『コカコーラ・レッスン』（思潮社）が一九八〇年。この詩集に至る谷川さんの一九七〇年代は本当にめまぐるしかったし、活動は多面体でした。

僕、だいたいとっちらかっているんですね。並行して違うものを書きたくなる人間で、現代詩という限りは、音でも活字でも、もっともっと先に行きたいという気持ちがすごくあって。誰もやってないことをやりたい、って気持ちばかり高まって。その頃一貫してたのは、「言語というものはどういうふうに生まれたのか」という問題ですね、たぶん。

——現代詩はいったいどんな「先」をめざせばいいのか……そんな微妙な時期でもあったわけですね。でも、現象としては現代詩も出版界も好調でした。ＣＤで言えばベスト盤のような「谷川俊太郎詩集」が、河出書房からも角川文庫でも思潮社からも早々と出ています。若い女性たちは「ポエム」って言葉をよく使ってたし、ファッション雑誌にも投稿詩のページが当たり前に成立していた。そういう読者も含めて、七一年に山梨シルクセンター出版部から出た『うつむく青年』は幅広い人気を集めました。

あの詩集はずいぶん読まれました。山梨シルクセンターの辻信太郎という社長、今のサンリオの創業者がとても詩が好きで。やなせたかしさんを編集長にして「詩とメルヘン」という雑誌を出したのもあの会社でした。『うつむく青年』というのは、いわゆる現代詩壇とは全然別のところで書いた詩を意識的に集めて作った詩集で、ポップスとして書いた作品を、現代詩人たちはどんなふうに眺めるかな、と思いながら出した記憶があります。『空に小鳥がいなくなった日』（一九七四年）もサンリオ出版から。

——弁護士として活動しながら詩のグループに属さず、孤高を保っていた戦後世代の中村稔さんが、『うつむく青年』が出た時、「白秋、朔太郎、俊太郎」と評されていますね。

はい。中村さんはそう言ってくださいました。覚えてます。

――この詩集の最後に、二〇一一年の東日本大震災後に自然発生的に再読や朗読が広まった、「生きる」が入っています。

生きているということ
いま生きているということ
いま遠くで犬が吠えるということ
いま地球が廻っているということ
いまどこかで産声があがるということ
いまどこかで兵士が傷つくということ
いまぶらんこがゆれているということ
いまいまが過ぎてゆくこと

生きているということ
いま生きているということ
鳥ははばたくということ
海はとどろくということ
かたつむりははうということ
人は愛するということ

あなたの手のぬくみ
いのちということ
（部分）

「生きる」はその前にも一つ、同じタイトルの詩が一九五六年の私家版『絵本』の中に入っていて、こちらの方を岩波文庫の自選集に採られています。

生かす
六月の百合の花が私を生かす
死んだ魚が生かす
雨に濡れた仔犬が
その日の夕焼が私を生かす
生かす
忘れられぬ記憶が生かす
死神が私を生かす
生かす
ふとふりむいた一つの顔が私を生かす
愛は盲目の蛇
ねじれた臍の緒

赤錆びた鎖
仔犬の腕

作者としては少々、不本意なんですけどね。『うつむく青年』の「生きる」は代表作という認識はないので。なぜだろう。国語の教科書に載ったからかな。でも、今になって六〇年代、七〇年代のいろんな社会状況を振り返ったり問われたりしても、自分は一種、傍観者的に時代の外にいたって気持ちが強い。僕はそうした時代の中でも単独者だったってことは、自分で思います。単独者として出発して単独者を通した。英語でいう loner ね。日本語では一匹狼って訳されるんで嫌なんだけど。

――『うつむく青年』の「平和」という詩の中には、〈平和／それは空気のように／あたりまえなものだ／それを願う必要はない／ただそれを呼吸していればいい〉とあります。「戦争を知らない子供たち」という歌が流行ったのは一九七一年でしたが、まだベトナム戦争も学園紛争も続いていた中、反発もあったのではありませんか。

とくに政治的な発言を詩で行おうという気持ちがなかっただけですが。意識的にそうしなかったんじゃなくて、自然にそれができなかった。

――それはどうしてでしょう。

基本的な姿勢として、つまり、詩は意見をいう場ではない、と。メッセージを伝える場でもなく、全然別のものだと。それは戦前の四季派に近い距離の取り方だったとも思うのね。政治的に何か言うべき事があれば、それはエッセーや論考で言えばいい。あとはもう、できるだけ関わらずに一人でいたい、群れるのが嫌だって気持ちが強くて、これはやっぱり一人っ子的な対し方。詩人仲間と酒飲んでクダ巻かないのと同じです。たとえばリチャード・ブローディガンとかもその頃、とても人気があって、何度も日本に招待されて僕も呼び出されたけど、「お前は収入、いくらある？」とか聞いてきたりして、すごく俗っぽいんだ。ゲイリー・スナイダーとは全然違いました。僕が七一年にアメリカで詩の朗読旅行した時、詩人で英文学者の片桐ユズルさんの紹介でカリフォルニア州のネバダシティのゲーリーの自宅まで訪ねたこともあります。三日間、プロパンガスしかない原始的な家に泊まって、詩と生活と地元の部族の人とも溶けあったような彼の生き方を見て、やはり感銘を受けましたね。

――時代がどんどん変化していく中で、「櫂」の活動だけは二十年以上、続いていきますね。途中、雑誌は休刊が続きましたけど。

「櫂」の連中は実社会の中で、それぞれ仕事を持って活躍し始めていました。だから気持ちに余裕がありましたね。考えてみれば、元気なのはもう、水尾さんと中江さん、僕だけなんだな。

一時期は、もう圧倒的にその座の主《あるじ》は友竹だった。彼はテレビ界で活躍してたし、話題が豊富で、彼のゴシップや食べ物批評を僕らは楽しんで聞いてるだけ、みたいな時期もありました。ゲイだったことを隠さなかったから、その暗さを抱えた朗らかさで、人をそらさないんだ。それぞれがいろんなメディアで自分の仕事ができてた。大岡信は勤めを辞めて明大の先生になったし、川崎洋さんも売れっ子の脚本家になった。吉野弘さんは広告業界で活躍していて、水尾比呂志さんは日本民藝館の学芸員で、そのうち美大の先生になったでしょ。岸田さんは田村隆一さんと再婚して、子どもを持って、児童文学の世界で認められていったし。中江さんだけは無頼で、何してたのかさっぱりわからなかったけど（笑）。

——さまざまな詩のグループが結成され解散してもなお、「櫂」だけは活動が続いた。「詩劇」や「連詩」を集めた同人の作品集も残っています。年齢を重ねても詩を書き続けて、茨木さんの「私が一番きれいだったとき」や吉野弘さんの「祝婚歌」をはじめ、さまざまな詩が今も親しまれています。

嬉しいですね。その生活の苦労は苦労としてあるけれども、詩の作品を読めば、全然そことは違うところで書いてるな、という感じはありましたね。みんな、それぞれ詩が好きで、自分の生活を大事にして、時代に巻き込まれてしまわなかった。大人だったんじゃないかな。だんだん気心が通じてきたというか。中には全然、合わない人同士もいたんだけど、それも含めて仲良しクラブでやってますって、無理しないでつきあってた。同人会ったって、二か月に一度、ただ他愛のない話して酒飲んでるだけで、詩の話ってほとんどしなかったんですよ。にぎやかな人間も少ないし、互いの作品を批評し合った記憶もないんだけど。ほかのグループはどうしてたんだろう。

僕は一時、「歴程」にも入っていたし、山本太郎、岩田宏と三人で、「シェルバック」っていう詩の同人誌をやってた時期もあったけど、長続きはしなかった。まあ三号は出たかな。山本太郎は人間的になかなか魅力的な人でしたけど。

僕は「櫂」に二号目から参加したけど、初めはちょっとためらいもあったんです。だけど茨木さん、ものすごく優等生で真面目なのにすごい美人だしさ（笑）。無頼な中江俊夫なんかとそこが折り合わなかった。彼女の正義感も詩も、単純すぎるといってね。

――茨木さん、今も人気がありますね。長田育恵さんの脚本、マキノノゾミさんの演出で評伝的な舞台「蜜柑とユウウツ　茨木のり子異聞」を池袋の劇場で観ましたが、通路の補助席までびっしりお客さん。谷川さんがモデルになってる、やたらと派手でキザな若者も登場して……。

実際の「櫂」の同人たちのトーンは、お芝居と全然違います。舞台では皆、「のり子さん」「のり子さん」って呼んでたでしょう？　でも絶対、のり子さんじゃない。常に「茨木さん」。やっぱり姓で呼ばせる何かが、彼女にはありました。「岸田葉子」という人物は、衿子さんと佐野洋子さんの混じった人格だったのかな。ヨウコという名前になってる。衿子さんは全然ああいうひとじゃない。僕も違う。あんなに威勢のいい青年じゃないし。笑っちゃった。誇張してうるさくしないと演劇は成立しないんでしょうけど、現実は、もっと静かなものですよ。

茨木さんの詩は、何というか、人間社会の詩なんです。僕はよく「人間社会内存在」と「宇宙内存在」と言うでしょ。茨木さんは徹底して人間社会内存在。宇宙内存在の僕とはかなり違ってたと思う。でも、茨木さんって中学生みたいな人でさ、世間知らずのお嬢さんで。世間を知らなくても、通俗でなくても詩を書けるという、すごくいい例だと思います。主婦をしながら薬剤師として働いて。社会的なテーマで書いても、「荒地」のように観念的にはならないで、生活に根ざした詩になった。石垣りんさんのような重みはなかったし、意外に、他者をよく見る人ではなかった気もする。でも、彼女が亡くなったあとに未発表の作品が見つかって『歳月』という詩集になりましたね。あのような作品を遺していた彼女を、僕は評価します。だから岩波文庫の『茨木のり子詩集』の選も引き受けることにしたんです。

――「櫂」の活動が続いたのは、大岡信さんの発案された連詩の実践があったからではないですか。

それも大いにありますね。わりと初期から大岡の家に近い、調布の深大寺の蕎麦屋さんで連詩をまくようになって、詩人同士のつきあいはやっぱり、そういう創造的な行為を介するのが一番楽しい、ってわかりました。議論のためのグループじゃなくて、男女平等、全員平等。だから、連詩を作るのにちょうど良かった。僕は酒を飲むだけじゃ退屈してしまう。『櫂・連詩』にほとんど収まっているはずですけど、良い作品ができたわけじゃありません。やってる本人達がそのプロセスを楽しむのが一番だった。それが僕には良かったんです。

連詩という新しい場ができて、僕の詩の書き方に影響を与えたのは確かですね。目に触れたものをその場で言葉にする、俳句の嘱目のような詩が、現代詩で書けるんだと。あのおかげで即興的に詩を書くということができるようになって、今もいろんな人と楽しみ続けていられるんですね。

「荒地」の人たちは外国文学の素養があった人が多かったけど、「櫂の会」で文学に関して学《ガク》のあるのは大岡だけ、みたいな感じだったな。でも大岡に言わせると、それが「学じゃない」っていうのが誇りなんだ。学校で勉強したお陰ではない、と。彼はアカデミズムを嫌っていたところもありました。権威や学説にとらわれなかったから、あんなに面白い文章が自由に書けた。僕や武満に学がないことを心底、羨んでたな。そういえば「教壊《きょうえ》」って知ってますか。教育によって、却って人間が損なわれることがある。鈴木大拙の『妙好人』に出てくる禅者の言葉です。

――覚えておきたい言葉ですね。考えてみれば、谷川さんも武満徹さんも、ずっと年少の三浦雅士さんも、大岡さんと特別親しい方々は大学教育を受けていらっしゃらない。大岡さんとは、最初から気心が通じ合う感じがあったのですか。

最初に会ったのは嵯峨信之さんのやっていた「詩学」の座談会だったような……。同い年なのに彼のほうが十か月先に生まれてたから、自然と兄貴分でね。『世界へ！』を出版する時、ゲラを渡して読んでもらいました。お父さんは大岡博という窪田空穂さんのお弟子さんだった歌人で、静岡県教組の委員長だった人。ものすごく大岡のことを愛したし、大岡も期待に応えた。大岡は左翼的なものの影響をあまり受けなかった。三浦雅士は父親が一種の〝左翼免疫〟みたいに作用したんだとみていたけどね。

大岡の詩の新しさは、シュルレアリスティックなものと日本のアニミズムとをうまく合体させたところに日本語を成立させた、そこにあると思う。大岡の中には八百万《やおよろず》的というか、アニミズム的なものがはっきりあった。だからシュルレアリスムと化学反応が起きた。それが僕には本当に新鮮に響いてきました。

――谷川さんの詩を、これまで大勢の批評家が批評し、解説してきましたけれど、大岡信さんほど深く、的確に、読者に届く内容を書かれた方はいなかったと思います。

もちろん、そうです。さまざまな批評をしてもらったけれど、知り合った直後ぐらいに、僕の詩は「現実とカミソリ一枚分だけ切れている」と彼は書いた。僕のデタッチメント、人や社会との距離感を、大岡だけは最初から見抜いていたんだと思う。それは、彼自身は絶対に大岡という主体から切れない、離れられない詩人だったという裏返しでもあったでしょう。僕は自分からも切れてるんだ。

――同い年だったという因縁もあるんでしょうか。一九六八年末に角川文庫から出ている『谷川俊太郎詩集』の解説には、一九五〇年、「文学界」に掲載された「ネロ」その他を本屋の店頭で読んだ時、同じ十代の若者だった大岡さんの印象から始まっています。こいつは切れ味のいい詩だ、すでに明らかなスタイルをもっている、そして〈じめじめしたところ、感傷的なところのまるでない、一種幾何学的な清潔さ、無駄のなさ〉――などを感じたと書いてあります。大岡信という強力な同時代の批評家を、谷川さんは最初から得ていたという強運。

そう。本当に褒めてくれた。褒められすぎだといつも思っていた。それでいて、いろんな意味で対照的だと思う。たとえば、僕は音楽がないと生きていけない耳の人間だけど、大岡は美術、それも前衛的な現代美術の批評に才気を奮った「眼の人」でしょう？　日本語の音色、調べにはとても敏感だったけどね。それから、大岡は自分が日本文学の長い伝統の最先端にあるという歴史意識が非常に強くて、「理解魔」なんて呼ばれてた。僕には「いま・ここ」だけしかない。あと、大岡は自分の生活感覚が批評の中にはそんなに入ってこなかったんじゃないかな。でも、「櫂」の連詩や海外のいろんな場所で連詩を作った時も、大岡は心を通い合わせて創作を行う、その瞬間やひとときをとても楽しんでいたと思います。大岡の方が実は感受性、感性のまさった人なんだね。僕よりはるかに官能的でさえあった。それはたしかに。

彼の酒の飲み方ってすごくいい酔い方でね、人に絡んだりもしなくて陽気になって。だから七〇年代の後半に、大岡の『うたげと孤心』が出たとき、本当に僕は感動しました。みごとに日本の詩歌の本質を言い当ててくれたって感じで。

――本当にそうですね。でも批評家としてあまりに優れ、頼りにされて、たちまち同時代の日本文学全体の宗匠に就かれたから、谷川さんの才能と自由さをいっそう大事に思われていたようにも感じます。もし、大岡さんがお元気なら、ご意見を聞いてみたいことがありました。なぜ、谷川さんはひらがな詩を、『ことばあそびうた』を始めたのだと思われますか、と。現代詩の言葉が、音が、これ以上痩せないために、谷川さんは直観で、ひらがなの世界へ遊びに出かけることにされたのでしょうか。

ひらがなの面白さに気づいたそもそものきっかけは、絵本の仕事からです。結果的に、「ことばあそびうた」は現代詩の世界には入れなかったんですけどね、フォークロア、民謡的なものが強くて。それでも、口承詩の回復という目的は、ある程度は果たされたんじゃないかな。そこに七五調を取り入れてみようと思ったのも、日本語の韻文の伝統から現代に足りない部分を補完しようという、けっこう意識的な挑戦でした。戦時中に戦意昂揚のために詩の朗読会があって、そそれがみんな七五調だったものだから、戦後の詩人は七五調に非常に警戒感を持っていた。人間を全体主義的にまとめてしまうものとして。小野十三郎は「七五調は奴隷の韻律だ」とまで言ったし。そういう傾向をたしかに含んでいるんだけど、でも僕としては、日本語の音の豊かさとか面白さを回復していきたかったから。現代詩は敗戦後、「戦後詩」と呼ばれる新しい歴史が始まったわけだけど、まだ試されていない、手つかずのまま残された部分がすごくあると、終始感じていたわけです。これだけじゃない、もっと別のやり方がある、って。

――近代的な自我とか、自己表現としての現代詩から完全に離れた地点から、アノニム＝無名の詩を書いてみたいという願望もあったのではありませんか。

そうもいえますね。自我を離れる、自分を空っぽにして言葉を待つ、みたいなことは考えていたんでしょう。キーツの言った、詩人は何にでもなれるというネガティブ・ケイパビリティを発揮して。

――その頃、「マザー・グース」の翻訳に向けた準備も始めていらしたと思います。英語詩に不可欠な「韻」を意識することが、日本語の七五調のような「型」の力を意識するきっかけにつながったのでは、と想像しました。

「型」というより「器」だと発想してましたけどね。今でもそうですけど、近代の自由詩、現代詩というのは垂れ流しで、器に入れないまままきている。器に入れた方が人に伝わりやすいし、形もきれいになるというのは、漠然と、かなり若い頃から考えていました。七五調だけではどうしても時代錯誤になってしまうから、それを揺り動かして八と六にしたり、ある部分だけ七五調を交ぜたりして、ひらがな詩や「マザー・グース」を書いていったんです。どんなふうに聞こえるか、「耳」を意識して。

――「だって」のように、発明のような詩が、そうやって生まれたわけですね。〈ぶったって／けったって／いてでのてって／いったって／／たってたって／つったってたって／つったたって／ないてたって／／いったって／いっちゃったって／どっかへ／そっとでてったって／／いたって／あったって／ばったとって／うってたって〉（『ことばあそびうた』）

日本語の共通語というのはわかりやすい反面、人工的ですね。明治時代、西洋の概念を漢語で翻訳してたくさん取り入れたわけですが、目で意味を読むことを優先させたおかげで、同音異義語の漢語が大量に出来てしまった。そういう環境の中で、よくぞ、ひらがなで大和言葉の表現の可能性を再びひらいて、『ことばあそびうた』と『わらべうた』、それぞれ続編までつくってくださった。心から感謝しています。日本語を母語とする人間を代表して。

どういたしまして（笑）。吉田健一さんは『ことばあそびうた』の、石州和紙を用いた限定版をお送りしたら、「あれはなかなかいいものだと思う」と気に入って、お礼の手紙を下さいました。僕の父はあまり評価しなかったけど。

音と定型の問題はなかなか難しくて、飯島耕一が晩年、定型詩に行きましたが、あれは無理だということは、僕にはわかっていた。三好達治さんがマチネ・ポエティクを認めなかったのと同じような感覚なのかも知れないな、受け入れ難いのは。現代の日本語には、どうしても韻文としての限界があるように思いますね。僕としては、どんな器にも形を変えて入っていけるというのが、一種、理想としてはあります。書くものも、具体的な人間関係においても。言葉も水のようなものとしてとらえていて、僕は器のなかに湛えている方が好きなのね、どうも。大岡の場合は、言葉の出方のダイナミズムみたいなものが「波」。だから、器から溢れ出て行く。

――大岡さんは破調がお好きなんでしょうか、定型の強みを熟知した上で。それに眩暈のようなものへの接近も大岡さんにはみられますね。大岡さんが志向されたシュルレアリスムの魅力を把握することは難しいのですが、「自働記述の諸相　困難な自由」（「みづゑ」一九五七年六月号）の中で、シュルレアリストにとっての自働記述（一般には自動記述）は、単なる内的独白などではない、自身の内部にあって〈全宇宙とひそかに交信している神秘的な隠れた部分との対話〉なのだといった文章があります。

そう。だから僕の「水の輪廻」という作品なんかをよく分かって、評価してくれたんだね。大岡は酔っぱらって酩酊して、眩暈のような感覚を味わうのが気持ちいいらしい。だからそっちへ入って行こうとして酒を飲む。でもぼくは酒があんまり飲めなくて、酔っぱらった状態をほとんど知らない。ぼくはいつも素面だから眩暈がすると気持ち悪い。波打って溢れ出ることは避けたいんだ。

――では、このあたりで一九七五年における大展開、『定義』と『夜中に台所でぼくはきみに話しかけたかった』についてお聞きしていきます。まず、対照的な書き方、語り口の詩集をなぜ、同時に刊行されたのでしょうか。

僕は飽きっぽくて、一つ詩を書き出すと何かほかのものも書きたくなる。違うものが常に自分の中にあって、並行して思潮社の「現代詩手帖」と青土社の「ユリイカ」に作品を載せていたんですけど、どうせなら同じ時に違う出版社から出してみたらおもしろいんじゃないか、って。ややいたずらっぽい気持ちもあったんです。

――当初、『定義』の方が話題になったようですが。

どっちかっていうとね。あの頃、森有正[*217頁に注]を読んでいたんです。パリにずっと暮らしてた森さんが、亡くなる時、訳しかけていたのがアランの『定義集』でした。僕は森鷗外の厳密な文章が好きで、若い頃からずっと読んでいて、その関心が森さんの仕事と結びついた。そして、六六年から翌年にかけてパリやニューヨークに滞在しながら、フェルメールの大回顧展で本物のフェルメールを見て、衝撃を受けるという出来事がありました。こうした影響が僕の最初の創作絵本『こっぷ』（写真・今村昌昭、七二年、福音館書店）に連動して現れているんですよ。森有正とフェルメールと『こっぷ』。三つとも目の前にあるものをそのまま、見えている通りに可能な限り正確に描写することに徹した仕事でしょう？　必要なのは技術であり、同時に芸術の力。フェルメールが描けばどんな場面も永遠のものとして定着する。目に見える通りに書く、ということは想像力の問題でもあって、あるものを見つめ続けることから何かが生まれてくる。フェルメールの目で見つめれば、日常はすべて詩になるだろうか——。そこから書き始めた実験詩が『定義』の作品群です。でも、日常をともかく厳密に描写していけば詩になるか、というとそうもいかなくて、森有正に言わせると、定義は無数にある、ただし定義されるものは一つであるってことになる。

そんなことはできるはずないから、「定義」は「定義」のパロディーとして、どこかで見切りをつけて個別の「詩」にしてしまうしかない。曼荼羅のように書いていって、やがては一つの世界の全体を成したい、とどこかで妄想しながら書いていきました。それはあらゆる言葉を手当たり次第集めた『日本語のカタログ』（一九八四年）につながっていった、僕の見果てぬ夢。

——パロディーとはいっても、それは「あたかも宇宙人がはじめて地球に来て、ハリスのガムの紙を見たかのように書く」と『批評の生理』の中で発言されている視点ですね。『定義』については「二ペー

ジにわたる言葉の連鎖にすぎない」という批判もあったわけですが。

僕は自分の作品にはわりとシビアで、これでどうだ、って自信はもったことがありません。これでもだめだな、これでも、って満足しないほう。それもあって、自作をそんなに読み返すこともしないし、逆に批判をあまり真に受けすぎることもない。

ただ、僕はあの頃、いろんな書き方で詩集を出していくわけだけど、結構、お先真っ暗で、展望があったわけではまったくなかった。『定義』の一方で、『夜中に台所で……』みたいな一種のコロキアル（口語的）な書き方ができて、それで詩集が一冊できればとりあえずＯＫ、みたいな感じで。前もって何も計画しないで行き当たりばったりで何行か書き始めてみて、それでやっと方向がわかるような書き方。しかも、ある方法で書いていったら、そのうち飽和状態、端的に言えば飽きてしまって、これ以上同じやり方しててもおもしろくねえや、ってやめちゃう。その繰り返し。ぼくはどちらかというとピカソタイプだからね（笑）。

――『夜中に台所でぼくはきみに話しかけたかった』の表題作では、六人の名前を出してそれぞれ書かれていますが、書かれた相手にとってはかなり厳しい。「武満徹に」では最後、〈きみは女房をなぐる

森有正（一九一一～七六年）東京出身。東京帝国大学哲学科大学院でパスカルを研究し、旧制一高教授、東京大学仏文科助教授に就くが、五〇年にフランス留学後、そのまま国立東洋語学校で日本語を教え、後にパリ大学教授となる。六八年『遥かなノートル・ダム』（芸術選奨文部大臣賞）、没後に『森有正全集』（十四巻、筑摩書房）刊行。

かい？〉とあって、どう読んだらいいのか、ずっと引っかかっていました。

ほんとに浅香さんに手を上げたような場面があったんです。突き飛ばしたのかな。「国姓爺」という芝居の音楽を武満が書いてて、我々夫婦も武満夫妻と一緒にそれを観たわけ、大阪の劇場かどこかで。それがあんまり出来が良くなくて、会場のロビーか何かでわれわれがワイワイ「面白くなかった」とか言っちゃったわけ。浅香さんも。そしたら武満さんが頭に来て。僕が慌てて、それから一緒に飯を食いに行って仲直りした記憶がありますけど。そういう具体的な状況があった。武満は全然平気、書かれても。今と比べたらちょっと過激の質も違うし、作品として読んでくれたんじゃないかな。

――「飯島耕一に」も相当きつい。〈きみはウツ病で寝てるっていうけど／ぼくはウツ病でまだ起きてる／何をしていいか分らないから起きて書いてる〉。

きつく言うことが友情だと思ってたようなところがありましたからね。ちょっと私小説的？そうね、そういう雰囲気も出したかった。

――「一九六五年八月十二日木曜日　an anthOARogy」は、「櫂」の同人みんなで海水浴に出かけた、この詩集が出るより十年も前の出来事のスケッチ風。大岡さんには、〈なるなヨひもになんか　画廊の〉。この詩の返礼だったのでしょうか、大岡さんの詩集『悲歌と祝禱』（一九七七年）の中にある、慈愛に満ちた「初秋午前五時白い器の前にたたずみ谷川俊太郎を思つてうたふ述懐の唄」を書かれたのは。

トイレの前で僕のこと思い出したってところが気に入りました。〈気がつくと　雲のへりに坐つてゐるのだ／坊さんめいた君のきれいな後頭部を／なつかしく見つめてゐるのだ〉ってとこが、僕のこと、よくわかってくれてると思う。僕に僧侶の資質を見抜いたのもさすが大岡だよ。

このあいだ、僕が選んで大岡のアンソロジー『丘のうなじ』（二〇一五年、童話屋）を作りました。彼が病気で仕事ができないから、まあ、代行しようということでね。よく親しんでいる詩ばかりですよ。大岡の詩が忘れられるのは絶対イヤだから。読み返しながら、今まで気づかなかったことにも気づきました。今まで僕は大岡を詩論家として見てきた面が強かった。残り続けるものは多くはないかもしれない。自分とは違う感受性の持ち主でもある。しかし、僕は彼の詩から圧倒的な影響を受けているとあらためて思いました。

――ご一緒に作られた「連詩」はどうでしたか。ベルリンでドイツの詩人も交えて五日がかりでできあがった連詩、『ファザーネン通りの縄ばしご』（一九八九年、岩波書店）、あの作品もご不満ですか。

連詩で納得できる作品ができたことはなかったと思います。芯が通ってないってふうな感じが残るわけ、ほかの人と一緒だと。ドラマティックな展開もなくて。だから、古来伝統の「連句」は、あの短さっていうのがいいんでしょうね。昔は自由詩がないから比較はできないけれど。大岡が参加した丸谷才一さん、岡野弘彦さんとの連句の拾い読みを最近したんだけど、やっぱり大岡は抜群に面白い〝つけ〟を書いてたりする。「折々のうた」も、あの短さはツイッターの元祖みたいだって昨日も誰かと話した。あの短さであの密度を続けていたんだから、凄いな。

――谷川さんも、短い本の帯、書評などで、批評の力を発揮されてきたのではありませんか。坂上弘さんの『藁のおとし穴』（一九七四年、河出書房新社）の帯に書かれている作家評には膝を打ちました。〈坂上さんの作品を読んでいて、ひきずりこまれるようなさびしさを感ずることがある。（中略）とりとめなく揺れ動く現実を、坂上さんはまるで傷つきやすい小動物を抱き上げる時のように、優しく細心にとらえようとする。言葉が現実の深みへ下ろした毛根を、ただの一本も切るまいとする〉。これはまさに坂上さんの作品の本質、実像のようであって、長くこの作家を知っていても、なかなか言い当てられないことを何十年も前の谷川さんの言葉に教えてもらった気がします。

谷川さんはたしかにlonerで、独創的に、独走態勢で創作を続けてこられましたけど、同世代の人々から孤立していたわけではなかった。七〇年代からはご自分で積極的に多分野の方々と対談を行われていますしね。

それは明らかに一つきっかけがあって、ある時、何かで外山滋比古さんと対談した時、突然、目覚めたというか。それまで何となくビクビクしていたんだけど、外山さんと話した時にやっと、ちゃんと自分がここにいて、相手と話が嚙み合ったことを非常によく覚えています。どちらかというと聞き手の側にまわるのが好きだったから、自分で司会しながら対談するというスタイルが増えていきましたね。編集することも好きで、『にほんご』を出した頃、『住む』（一九七九年、平凡社）というのを石牟礼道子さん、都市計画家の内田雄造さん、演出家の鈴木忠志さん、建築家の原広司さんと一緒に、僕の責任編集という形で作りました。何か目的がある時は、人づき合いがまったく苦にならないの。むしろ積極的に企画する側になります。

――やはり七九年に河合隼雄さんと共著のかたちで『魂にメスはいらない〔ユング心理学講義〕』（朝日出版社）を出されています。これは谷川さんが生徒役に徹した大変真剣な対談、ロングセラーです。冒頭から、いきなり谷川さんが「何か突発事故みたいな形で詩を書くようになったという変な感覚がある」。一方、河合さんも、「幼稚園のときには、もう非常にはっきりした死の不安とか、死の恐怖がありました。それがこういう仕事をやっていることの中核にあるんじゃないか」と。ユング心理学と曼荼羅、日本人全体が抱えている病……。よく、これほど重いテーマに挑まれましたね。

ユングのこと、そんなに勉強していたわけではありません。自伝なんかも完全には読んでいないし。ユングやフロイトの夢分析なども少しは読んだけど、自分が夢をあんまり見ないし、見てもすぐ忘れちゃうから夢に重きをおいてない。だから理解は深くないと思いますね。河合隼雄さんという人に、いろいろ聞いてみたいことがあったんですね。

――原稿用紙、パソコンの画面を前にすると、意識下の、かなり深いところまで下りていけると、谷川さんはおっしゃっていますが、ご自身と言葉の関係の不思議さを、この時、熱心に尋ねておいでですね。

そう。というのはまったく思いがけないことが出てくるから。意識から出てくる言葉じゃない。もっと深いところから出てきているんだろうなと思う。イメージもそうなんです、最初から。ふだん自分が思い描いたことのないようなイメージがポコッと出てきたりする。

――河合さんによると、日本の詩というのは一般的に非常に感傷的で、詩人自身も子どものうちから抑圧され、溜まりすぎるほど溜まったものを、成長してから一つのフォルムに入れて表現するというタイプが多いけれど、谷川さんの場合、押さえつけられることの少なかった人ではないか、と。だから日本人にはめずらしく感傷性が少ない。そして、「自己に向かう意識がきわまったところで宇宙に行く」と。

ええ。自分の内面をわりと曲がりくねって書いていく人が多いでしょう？　でも僕は、詩のかたちをみても、わりと短い連で区切っていってる。病的な粘着はない。知的に切断していく詩を作ることを無意識のうちにやってた「切断派」なんだと、あの時自覚しました。それから河合さんは、僕の詩はダイナミックではあるけれど、最後にきちんと完結すると言われた。その傾向は明らかにあって、宇宙に広がった意識が最後、本当にプライベートなところまで戻っちゃう。「二十億光年の孤独」も最後にくしゃみをするでしょ。それは童話で冒険に出かけても、最後は故郷に帰ってくるパターンの物語が多いのと同じですよね。

僕は人間社会の中ではすごく安定していたわけですよ、親に愛されて友達もそんなに必要としなくて、学校にも行かずに済んで。でも、詩を書き始めた頃から、いったい自分はどこにいるんだろうという関心は強くて、意識の場所が、住んでる空間から野原や山と地理的に広がって、いつしか宇宙に行ったという感じかな。

――河合さんは「物語の力」を説かれているのに対して、「詩は物語より曼荼羅に近い」と谷川さんは表現されています。これは、どういう意味ですか。

河合さんは人の一生を考える上でも「物語」をとても大事に考えているけど、僕は物語とか歴史的な意識があんまりなくて、記憶も弱くて、その点、加藤周一さんが『日本文化における時間と空間』で書かれたことにすごく近いと思っているわけ。つまり、物語は歴史的でストーリーのあるものだけど、詩というのは俯瞰して、上からいっぺんに「今」を見ようとする。そうすると曼荼羅という意識が出てくるんですよ。河合さんはユングの物語と曼荼羅についていろいろ話をしてくださったけど、僕は曼荼羅のほうに興味がわいた。曼荼羅というのは全世界を一枚の図にしたものだけど、結局、曼荼羅のすみっこみたいな、それが詩じゃないかな、と。そんなイメージをその時から持つようになりましたね。僕はあの時、河合さんの前で曼荼羅を描いているけど、全体図としてははっきり見えなかった。今でも曼荼羅の全体は浮かばないで、詩は曼荼羅の一部のようなものとしてあるのだろうと考えています。その全体を自分は一つ一つの作品で描いていこうとしているのだろうけど、自分自身は、この世界のジグソーパズルの一ピースであるというイメージのほうが強くなってきている。自分だけでは全体にならない。しかし、ほかのピースとつながるような、情緒的な関係は感じない。

『魂にメスはいらない』の時、僕は僕自身の問題のために河合さんに話を聞いたというところもありました。僕が二十代初めの頃から信じて自分で作ってきたつもりの核家族の幸福とか、両親との関係とか……。当時、それがずいぶん違う形になってしまっていたから。七〇年代の末にはしばらく阿佐谷の家を出て、新宿に近いマンションを仕事場にして、そこで寝泊まりし始めていました。いわゆる「中年クライシス」に直面していたんです。

詩　二十篇　谷川俊太郎

未来

青空にむかって僕は竹竿をたてた
それは未来のようだった
きまっている長さをこえて
どこまでもどこまでも
青空にとけこむようだった

青空の底には
無限の歴史が昇華している
僕もまたそれに加わろうと――

青空の底には
とこしえの勝利がある
僕もまたそれを目指して――
青空にむかって僕はまっすぐ竹竿をたてた
それは未来のようだった

『谷川俊太郎詩集　続』1979

かなしみ

あの青い空の波の音が聞えるあたりに
何かとんでもないおとし物を
僕はしてきてしまったらしい

透明な過去の駅で
遺失物係の前に立ったら
僕は余計に悲しくなってしまった

『二十億光年の孤独』1952

62

世界が私を愛してくれるので
（むごい仕方でまた時に
やさしい仕方で）
私はいつまでも孤りでいられる

私に始めてひとりのひとが与えられた時にも
私はただ世界の物音ばかりを聴いていた
私には単純な悲しみと喜びだけが明らかだ
私はいつも世界のものだから

空に樹にひとに
私は自らを投げかける
やがて世界の豊かさそのものとなるために

……私はひとを呼ぶ
すると世界がふり向く
そして私がいなくなる

『六十二のソネット』1953

家族

お姉さん
誰が来るの　屋根裏に
私達が来ています

お姉さん
何が実るの　階段に
私達が実っています　弟よ

私とおまえとお父さんお母さん
外は旱天で
私達は働いています

誰が食べるの
テーブルの上のパンを

私達が食べるのよ
爪でむしって

では
誰が飲むの
姉さんの血を

それはおまえの知らない人

背が高く　いい声の……

お姉さんお姉さん
納屋の中で何したの

おまじない
私達みんなの死なないように
私とあのひとはおまじないをした

それから

それから
私の乳房は張るでしょう
もう一人の私達のために

それは誰

それは私　それはおまえ
それはお父さんお母さん

それから誰が来るの
夜　お祈りする時に

誰も
風見の鶏の上には

誰も
街道の砂埃のむこうには

誰も

夕暮　井戸のそばには

私達みんながいます

『絵本』1956

愛

Paul Klee に

いつまでも
そんなにいつまでも
むすばれているのだどこまでも
そんなにどこまでもむすばれているのだ
弱いもののために
愛し合いながらもたちきられているもの
ひとりで生きているもののために
いつまでも
そんなにいつまでも終らない歌が要るのだ
天と地とをあらそわせぬために

たちきられたものをもとのつながりに戻すため
ひとりの心をひとびとの心に
塹壕を古い村々に
空を無知な鳥たちに
お伽話を小さな子らに
蜜を勤勉な蜂たちに
世界を名づけられぬものにかえすため
どこまでも
そんなにどこまでもむすばれている
まるで自ら終ろうとしているように
まるで自ら全《まった》いものになろうとするように
神の設計図のようにどこまでも
そんなにいつまでも完成しようとしている
すべてをむすぶために
たちきられているものはひとつもないように

すべてがひとつの名のもとに生き続けられるように
樹がきこりと
少女が血と
窓が恋と
歌がもうひとつの歌と
あらそうことのないように
生きるのに不要なもののひとつもないように
そんなに豊かに
そんなにいつまでもひろがってゆくイマージュがある
世界に自らを真似させようと
やさしい目差でさし招くイマージュがある

『愛について』1955

サルトル氏に

ことわることであなたが択びとったもの
それをやはり自由の名で呼ぼう
あなたにとってノーベル賞は
決して重いものではなかったはずだ
けれどあなたは正確にそれを拒否した
要らないものは要らない
なんという自明の論理
なんという平明な勇気
あなたは謙遜しなかった
あなたは傲慢にすらならなかった

あなたはあなたであろうとしたにすぎない
ことわることであなたが択びとった自分
それをやはり作家の名で呼ぼう
どんな名誉も期待しない孤独なその名で

『谷川俊太郎詩集　続』1979

水の輪廻

1
苔があり
心があつて
永遠に
時は余つて

2
滴りは
吃りつづけて
雫に乗つて

行く彼岸

3
穴に穿つ
穴を穿つ
好色な指は
見えない

4
腑抜けた間
また間
また間に
鬼も
蛇も出ぬ

5
うじやじやけた足裏に踏む地の衣

6
地下水にこもる呻きははねつるべ
はねてもはねてもとどかぬ後生
後生後生だ本を呉れと
水争いに流す血は
漏れて溜つて淀んで滲みて
取つた水田に誰が居る
水神《みずち》か靄々
水泡《みつぼ》か靄々
それとも泣きの涙の土一揆

流す涙も水の泡
あることないこと水に流して
今日はめでたい水祝
流れ灌頂の白旛に

流れたややこがしがみつき
めぐりにめぐる水車

7
絞る絞りつづける
微笑の絹が汗の木綿を
水くさい水くさいと
水腹までも絞る
水牢で水責めに責め
吐かした胆汁

萎えふぐり何の秘密もないままに
腹ふくらせて死ぬ水呑の

とろうとろう死水とろう
水鏡にうつる昨日今日明日

河骨の親子代々
流れ流れて

8
かりそめのH_2O

水とは何か
この水そのものというものは
歴史から洩れ
比喩から溢れ
精神から溢れ
とりとめもなく
にじんで湧いて

汚れたコップの中の日向水が
渇きをいやしてしまうので
私は水平線を跨ぐことができない

9

生娘が
口漱ぐ泉
朝露に映る
三千世界

10

ねじれるタービン
老いる三角州
揺れる水母
単細胞

『谷川俊太郎詩集』1965

嫉妬

——五つの感情・その四

私は王となってあなたという領土の
小川や町はずれのすみずみまで
あまねく支配したいと願うのだが
実をいうとまだ地図一枚もってはいない
通いなれた道を歩いているつもりで
突然見た事もない美しい牧場に出たりすると
私は凍ったように立ちすくみ
むしろそこが砂漠である事を
心ひそかに望んだりもするのだ
支配はおろか探険すら果たせずに

私はあなたの森に踏み迷い
やがては野垂れ死にするのかもしれぬが
そんな私のために歌われるあなたの挽歌こそ
他の誰の耳にもとどかぬものであってほしい

『うつむく青年』1971

りんごへの固執

紅いということはできない、色ではなくりんごなのだ。丸いということはできない、形ではなくりんごなのだ。酸っぱいということはできない、味ではなくりんごなのだ。高いということはできない、値段ではないりんごだ。きれいということはできない、美ではないりんごだ。分類することはできない、植物ではなく、りんごなのだから。

花咲くりんごだ。実るりんご、枝で風に揺れるりんごだ。雨に打たれるりんご、ついばまれるりんご、もぎとられるりんごだ。地に落ちるりんごだ。腐るりんごだ。種子のりんご、芽を吹くりんご。りんごと呼ぶ必要もないりんごだ。りんごでなくてもいいりんご、りんごであってもいいりんご、りんごであろうがなかろうが、ただひとつのりんごはすべてのりんご。

紅玉だ、国光だ、王鈴だ、祝だ、きさきがけだ、べにさきかけだ、一個のりんごだ、三個の五個の一ダースの、七キロのりんご、十二トンのりんご二百万トンのりんごなのだ。生産されるりんご、運搬されるりんごだ。計量され梱包され取引されるりんご。消毒されるりんごだ、消化されるりんごだ、消費されるりんごである、消されるりんごです。りんごだあ！　りんごか？

それだ、そこにあるそれ、そのそれだ。そこのその、籠の中のそれ。テーブルから落下するそれ、画布にうつされるそれ、天火で焼かれるそれなのだ。子どもはそれを手にとり、それをかじる、それだ、その。いくら食べてもいくら腐っても、次から次へと枝々に湧き、きらきらと際限なく店頭にあふれるそれ。何のレプリカ、何時のレプリカ？

答えることはできない、りんごなのだ。問うことはできない、りんごなのだ。語ることはできない、ついにりんごでしかないのだ、いまだに……

『定義』1975

芝生

そして私はいつか
どこかから来て
不意にこの芝生の上に立っていた
なすべきことはすべて
私の細胞が記憶していた
だから私は人間の形をし
幸せについて語りさえしたのだ

『夜中に台所でぼくはきみに話しかけたかった』1975

交合

針葉樹との交合は何度か経験したが、羊歯類との交合は初めてだった。名は何と言うのか知らない。知りたいとも思わない。それが湿った地面の上で、僅かな風に首を振っているのを見た時、私は言語を持たぬ生物にも或る種の自己表現とも言うべきものがあるのに気づいた。我々と違ってその羊歯には心はなかったにちがいないが、それがそんなにも明らかな姿でそこに生えているということが、すなわち羊歯にとって自己そのものなのではなかろうか。他のどんな植物とも動物とも異った形をしていることで羊歯はたとえようもなく孤独に見えた。私はその葉に手を触れずにはいられなかった。

その手ざわりは私に何の連想も抱かせなかった。私はまさにその羊歯の葉に触れていて、そのことが私に形容を許さない。その時私はそのこと以外のことは何もしていなかったし、自分の器官が、自分とはちがうひとつの個体の器官と触れあっているという意識の他に、何の考えも浮ばなかった。指先から安らぎというしかない平明な感覚が伝わってきた。その感覚を失いたくないと思った。私は羊歯の葉に指先を触れたまま、あおむけに地面に横たわった。そのあたりに分厚く散り敷いている落葉と、それに接している私の衣服を通して、土壌のぬくみとしめりけが私の尻の皮膚に伝わってきた。指先からの感覚がその時、指先にとどまらずに、私の身体の奥深くへと流れ始めた。その流れは指先から肩を経て、咽喉へ至り、そこから脊髄に沿って下腹部へ達し、そこで渦巻くように淀んだのち、尻の皮膚を通って地面へと流れこんだ。そうしてその流れを羊歯は自らの根で吸い上げ、それを葉先から私の指へと帰してきた。そのようにして、羊歯と私との間に、ひとつの回路がかたちづくられたのだ。感覚の流れは環になって停止しているかのようでいて、実は徐々に加速されていた。その加速をうながすものが、私と、そして羊歯の欲望としか呼びようのないものであることを私は疑わなかった。私の身体の中の私でない生きものが、もっと、もっともっとと声にならぬ叫びをあげた。私は羊歯の葉に指先を触れたまま、ぎごちなくあせって下半身の衣服を脱いだ。裸の尻が落葉に接するや否や、羊歯と私を結ぶ感覚の流れは、めまいを感じさせるような速さにたかまった。もはや指先を触れているだけでは我慢できなかった。私は上半身の衣服をめくり上げ、身体を半回転させて、裸の胸で羊歯の上へおおいかぶさった。

どのくらいの時間がたったのか分らない。めくるめくような感覚の流れはやんでいた。身を起すと下腹にべったりと落葉がはりついて来た。私の羊歯は、私の身体の下敷になって押しつぶされ、その緑は以前よりずっと濃くそして濁っていた。葉先のこまかい線が鋭さを失い、内側へめくれ始めている。同じ生命でありながら私たちは異種なのだ。胸の皮膚に不快なかゆみがひろがった。

「(何処《いずこ》)」『コカコーラ・レッスン』1980

神田讃歌

その街で靴を買ったことがあって
その靴でサン・フランシスコの坂を上った
その街で栗の菓子を食べたことがあって
その香りが秋のくるたびによみがえる

ただ一冊の書物をもとめて
長い午後を夕暮へと歩む街
行き交う無数のひとびとの暮らしを
一行の真理とひきかえにしようと夢見る街

その街で弁護士志望の娘と会って
その娘はいつのまにか詩を書き始めていた
その街で無精ひげをはやした編集者と話して
その男の名は伝説になった

産声に始まって念仏に終る声の流れ
白い畠に黒い種子を播く活字の列
私たちの豊かな言葉の春夏秋冬が
この街の季節をつくっている

その街で学生たちの泣くのを見た
あの涙はどこへ消え失せたのだろう
その街で時代の歌を聞いた
その旋律は今も路地にただよいつづける

声高に批判しうつむいて呟き
無表情に計量し怒りつつ語呂をあわせ
この街にかくされている
ありとある思いの重さ

たとえ川は忘れられても
この街に人間の河は絶えない
たとえ祭はすたれようと
この街で人は人に出会いつづける

『日々の地図』1982

たね

ねたね
うたたね
ゆめみたね
ひだね
きえたね
しゃくのたね

またね
あしたね
つきよだね
なたね
まいたね
めがでたね

『ことばあそびうた　また』1981

ポラロイドカメラ

床の上の丸められた紙屑に、光があたり影をつくっている。

樋を伝わる雨水の柔い音が、ヘッドフォンの中の鋭いクラリネットと混じりあう。

吐き出された煙草の煙の輪、その中で崩れてゆくもうひとつの輪。

〈ボートを漕ぐのはおもしろい〉と記された便箋に、何故これらのことを書きとめる?

逃れようとする蛾が、私の指に残す鱗粉。五十年後、多分私はここにいない。
この言葉を書いた私が、先ずこの言葉を読んでいる、私は他人だ。
室の外の廊下に、犬が寝ている。彼女が仏なら何を夢見ている？
私の内部にもつれてゆく無言の統辞法、音楽家よ、きみは余韻を権威づけしすぎる。
稲妻の一閃に、隠された万象を現像する宇宙のポラロイド・カメラ。

餓えた人々が戸口に群がっている、拳があるのに戸を叩かない。

私は予言する、もはや予言者は決して現れることはないだろうと。

私は一匹のうずくまるサルだ、私を用意したのは神ではなく、一個のグロッタ。

『メランコリーの川下り』1988

素足

赤いスカートをからげて夏の夕方
小さな流れを渡ったのを知っている
そのときのひなたくさいあなたを見たかった
と思う私の気持ちは
とり返しのつかない悔いのようだ

『女に』1991

父の死

私の父は九十四歳四ヶ月で死んだ。

死ぬ前日に床屋へ行った。

その夜半寝床で腹の中のものをすっかり出した。

明け方付添いの人に呼ばれて行ってみると、入歯をはずした口を開け能面の翁そっくりの顔になってもう死んでいた。顔は冷たかったが手足はまだ暖かかった。

鼻からも口からも尻の穴からも何も出ず、拭く必要のないくらいきれいな体だった。

自宅で死ぬのは変死扱いになるというので救急車を呼んだ。運ぶ途中も病院に着いてからも酸素吸入と心臓マッサージをやっていた。馬鹿々々しくなってこちらからそう言ってやめて貰った。

遺体を病院から家へ連れ帰った。

私の息子と私の同棲している女の息子がいっしょに部屋を片付け

てくれていた。監察病院から三人来た。死体検案書の死亡時刻は実際より数時間後の時刻になった。

人が集まってきた。

次々に弔電が来た。

続々花籠が来た。

別居している私の妻が来た。私は二階で女と喧嘩した。

だんだん忙しくなって何がなんだか分からなくなってきた。

夜になって子どもみたいにおうおう泣きながら男が玄関から飛びこんで来た。

「先生死んじゃったァ、先生死んじゃったよォ」と男は叫んだ。諏訪から来たその男は「まだ電車あるかな、もうないかな、ぼくもう帰る」と泣きながら帰っていった。

天皇皇后から祭粢料というのが来た。袋に金参万円というゴム印が押してあった。

天皇からは勲一等瑞宝章というものが来た。勲章が三個入っていて略章は小さな干からびたレモンの輪切りみたいだった。父はよくレモンの輪切りでかさかさになった脚をこすっていた。

総理大臣からは従三位というのが来た。これには何もついてなかったが、勲章と勲記位記を飾る額縁を売るダイレクトメールがたくさん来た。

父は美男子だったから勲章がよく似合ったただろうと思った。

葬儀屋さんがあらゆる葬式のうちで最高なのは食葬ですと言った。

父はやせていたからスープにするしかないと思った。

＊

眠りのうちに死は
その静かなすばやい手で
生のあらゆる細部を払いのけたが
祭壇に供えられた花々が萎れるまでの
わずかな時を語り明かす私たちに
馬鹿話の種はつきない

死は未知のもので

未知のものには細部がない
というところが詩に似ている
死も詩も生を要約しがちだが
生き残った者どもは要約よりも
ますます謎めく細部を喜ぶ

＊

喪主挨拶

一九八九年十月十六日北鎌倉東慶寺

祭壇に飾ってあります父・徹三と母・多喜子の写真は、五年前母が亡くなって以来ずっと父が身近においていたものです。写真だけでなくお骨も父は手元から離しませんでした。それが父の母への愛情のなせる業だったのか、それとも単に不精だったにすぎないのか、息子である私にもはっきりしませんけれども、本日は異例ではありますが、和尚さんのお許しをえて、父母ふたりのお骨をおかせていただきました。母の葬式は父の考えで、ごく内々にすませましたので、生前の母をご存知だった方々には、本日父とともに母ともお別れをしていただけたと思っております。

息子の目から見ると、父は一生自分本位を貫いた人間で、それ故の孤独もあったかもしれませんが、幸運にかつ幸福に天寿を全うしたと言っていいかと存じます。本日はお忙しい中、父をお見送り下さいまして、ありがとうございました。

*

杉並の建て直す前の昔の家の風呂場で金属の錆びた灰皿を洗っていると、黒い着物に羽織を着た六十代ころの父が入ってきて、洗濯籠を煉瓦で作った、前と同じ形で大変具合がいいと言った。手を洗って風呂場のずうっと向こうの隅の手ぬぐいかけにかかっている手ぬぐいで手を拭いているので、あの手ぬぐいかけはもっと洗面台の近くに移さねばと思う。父に何か異常はないかときくと大丈夫だと言う。そのときの気持はついヒト月前の父への気持と同じだった。場面が急にロングになって元の伯母の家を庭から見たところになった瞬間、父はもう死んでいるのだと気づいて夢の中で胸がいっぱいになって泣いた。目がさめてもほんとうに泣いたのかどうかは分からなかった。

『世間知ラズ』1993

百三歳になったアトム

人里離れた湖の岸辺でアトムは夕日を見ている
百三歳になったが顔は生れたときのままだ
鴉の群れがねぐらへ帰って行く

もう何度自分に問いかけたことだろう
ぼくには魂ってものがあるんだろうか
人並み以上の知性があるとしても
寅さんにだって負けないくらいの情があるとしても
いつだったかピーターパンに会ったとき言われた

きみおちんちんないんだって？
それって魂みたいなもの？
と問い返したらピーターは大笑いしたっけ

どこからかあの懐かしい主題歌が響いてくる
夕日ってきれいだなあとアトムは思う
だが気持ちはそれ以上どこへも行かない

ちょっとしたプログラムのバグなんだ多分
そう考えてアトムは両足のロケットを噴射して
夕日のかなたへと飛び立って行く

『夜のミッキー・マウス』2003

自己紹介

私は背の低い禿頭の老人です
もう半世紀以上のあいだ
名詞や動詞や助詞や形容詞や疑問符など
言葉どもに揉まれながら暮らしてきましたから
どちらかと言うと無言を好みます

私は工具類が嫌いではありません
また樹木が灌木も含めて大好きですが
それらの名称を覚えるのは苦手です
私は過去の日付にあまり関心がなく

権威というものに反感をもっています

斜視で乱視で老眼です
家には仏壇も神棚もありませんが
室内に直結の巨大な郵便受けがあります
私にとって睡眠は快楽の一種です
夢は見ても目覚めたときには忘れています

ここに述べていることはすべて事実ですが
こうして言葉にしてしまうとどこか嘘くさい
別居の子ども二人孫四人犬猫は飼っていません
夏はほとんどTシャツで過ごします
私の書く言葉には値段がつくことがあります

『私』2007

この織物

《「この織物は良い」　老人は言う
「これは良い　良い織物だ」
筋張った手が膝の上でふるえている
顔をあげて老人は言う
「これは良い織物だ」
視線が宙に浮いている
膝の上には何もない
とうの昔に盲いているのだ
誰に同意を求めるでもなく
嗄れ声で老人は言う
「これは良い」
「茶を飲めよ」　息子が言う

天幕が風にはためき
外で子らの遊ぶ声がする
「文様は繰り返す
繰り返すがいいのだ
どこまでもいつまでも」
「そうそう」
合いの手のような息子の呟き
「木は繰り返す
葉を茂らせ葉を落とし
実を実らせ実を落とし」
低い声で老人は唱える
「人も繰り返す
獣も繰り返す
生まれ番い死ぬ
うまああれつうがいしいぬう」
この地方に伝わる古謡なのか
旋律が老人の声に張りを与える》

「ファーストシーンです　タイトル前の」
若い女が言う　化粧気のない頬に雀斑《そばかす》
「こんな詩的な文体で終わりまで書ける？」
殺風景なスチールデスクに尻をのせて
毛糸のキャップをかぶった初老の男が問いかける
モニターが一台あるだけのがらんとした部屋
窓からビルの合間の細長い空が見える
「モロッコ　それともモンゴル？」
女はテークアウトしてきたチャイを啜っている
「どっちも行ったことないです」
男が突然慌しく立ち上がって部屋を出た
つられて女も腰を浮かせたが
後は追わずに立って窓を開けると
温気と一緒に蝶が迷いこんできた
室内がちょっと華やいだ
戻ってきた男に女が大丈夫かと声をかける

答えずに男が言う
「朝は何を食べるの？いつも」
「だいたいハーブティと玄米ビスケットですけど」
「長生きする気だね」穏やかに男が言う
「はい　出来れば」
蝶が男の頭上を離れずに舞っている
「海外ロケは無理だと思う」
「どこか誰もいない広いところ　砂漠でも草原でも」
「きみが書くコトバが頼りだ　あとはCGでいい」
女が男の顔を見つめた　目を逸らした
立って窓際へ行く
眼下の商店街の人の行き来を見ながら女が言う
「人っ子ひとりいない場所を自分の心の中につくる――
企画書にありました」
男がかすかに苦笑いを浮かべた
隣の編集室からけたたましい銃声が響いてくる

前に見てしまったわね　あなたの日記
二十一歳のころの
手ずれしたノートに殴り書きの
あなたは私の手からそれをひったくって
笑いながら読み上げた
今でも憶えている　あの一行だけは
「人っ子ひとりいない場所を自分の心の中につくる」
自分の心の中に自分もいなくなるのかしら
そんなことができるのかしらって私は思った
でも病気が判ってからのあなたは
その場所に行くことだけを考えているみたい
私は寂しいです
あなたの心の中に私がいるのは確か
幸せだったから私には分かる
でも今あなたは私を追い出そうとしている
死ぬときこそふたりでいたいのに
……人っ子ひとりいない場所に行ったことあったわ

ふたりで
ネバダ州だったかしら
荒野の真ん中に車を停めてビールを飲んだ
静かだった　怖いほど青い空に飛行機雲が幾筋か
二時間はいたけど車一台通らなかった
巨大なサボテンの陰でセックスした
私がいてあのときあなたは満足だったの
この世に生きていることに？
このごろ私が iPod ぶら下げてるのに気がついた？
長い間ピアノ教師しているせいか
ピアノには飽き飽きしたの
聞いているのはもっぱら落語

《ここには何もない
いやベッドも椅子も便器もあるのだが
俺の目に入らない　心にも入ってこない
妻は毎日来る

嬉しいが妻が帰ってひとりになると
時間の質が変わる
その時間は時計では測れない
暦でも区切れない
気障な言い方だが〈魂の時間〉だ
生まれたときから俺の日常の時間の地下を
伏流のように流れ続けている
もうキーを打つ力がない
それでもコトバが欲しい
発声する気力もない
それなのにコトバが欲しい
三十年来映像にかかわってきた
文字でも声でもないコトバを
自分なりに読み解き語ってきた
矛盾を恐れないコトバ
どこまでも多義的に深まるコトバ
俺が行き着こうとしている先が

白紙と沈黙なのではないかと恐れながら
……人っ子ひとりいない場所
俺自身すらいない場所
何もないその場所に俺が置きたかったのは
一個の卵
何が生まれるか分からない
孵るかどうかも分からない
見えない卵》

監督が死んだあと一年ほどして
私は監督を主人公にして芝居を書きました
いまだに舞台には上っていないけれど
よく上演された夢を見ます
幕が開くと舞台には何もありません
誰もいません
私の台本ではそこに監督役の俳優が登場して
袖からデスクと椅子を運んできて脚本を書き始める

それにつれて大道具や登場人物が現れてくるのですが
夢では監督がいつまでたっても出てこない
作者の私はやきもきして当然なのに
監督が登場しないことにほっとしている
本当は芝居の台詞なんか喋って欲しくないんです
自分で書いておいて変ですけど
いつまでたっても何事も起こらないので観客が騒ぎ出す
そのときどこか遠くから声が聞こえてくるんですが
それはもう監督役の俳優の声ではなくて
監督自身の声なんです
ためらいながら訥々と喋っている
でも何を言っているのか分かりません
夢だということを知っているから気にしませんが
私は黙って黙ってと心の中で叫んでいます
黙ってじっと私を見つめていて欲しい
もっと近くへ来て欲しい
でも夢は思い出よりも頼りない

何もない誰もいない所からドラマは始まる
監督はよくそう言っていました
私はそんなこと信じていませんでした
でも今は分かりかけてます
何もなくても誰もいなくてもそこに在るもの
人間には無としか思えない時空を満たしているもの
それを監督はコトバにしたかったんだって

「このあたりの遊牧民が使っていた織物ですね
そんなに古いものではないと思う」
「ミュージアム・ショップで売ってたの」
「こんな切れ端何に使うつもり？」
「バーゲンの籠に入ってたから買っただけ」
若い男は年上の恋人の頬のたるみを無視する
街路に張り出したテラスに西陽が眩しい
「私がホンを書いた最初の映画キミは見てないんだっけ？」
「まだ小学生でした」

そのあと何を言えばいいか分からず黙りこんだ
ワインのカラフェが空になっている
会話が途切れても心の中のコトバは途切れない
〈何年も物語を書いて生きてきたけど
自分の人生は物語にしたくない
あれこれ断片をはめこんで
自分をジグソーパズルみたいに完成させるくらいなら
私はバラバラの断片のままでいるほうがいい〉
「DVD出てないんですか　そのショジョ作？」
小学生に戻ったような屈託のない笑い声
答えずに女はカラフェに向かってあごをしゃくる
母語と変らない自由さで男がワインを注文する
卒論は？　と女が訊く
無文字社会におけるイコノグラフィーと男が答える
不意に女は思う
〈もう何もかも与えられている　とっくの昔に
私たちに残されたのはコトバで意味づけることだけ〉

瞼の裏に美しい大きな織物の幻がひろがった
〈天幕の中の盲目の老人に見えていた織物
あれはジグソーパズルとは似ても似つかなかった
限りなく繰り返す文様を老人は良いと言った
いや若い私がそう言わせた
あのシーンを監督は
素人を使ってワンテークで撮った……
沈黙すら私たちが生み出したものではない
だからそこにコトバなんて探さなくていいのだ
この世には饒舌よりも無言がふさわしいのだから〉
声を立てずに泣き始めた女を
年下の恋人はなすすべもなく見守っている

『トロムソコラージュ』2009

渚

入り日の逆光が眩しい
波打ち際に車椅子が一つ
乗っている人の顔は見えない
寄り添う一匹の犬

これで世界が終わるかのような
ここから世界が始まるかのような　今
ありふれた情景が時を止める
遠く教会の鐘の音が聞こえるが……

私の神に人格はない
日々の暮らしに紛れて
私の神はなんとでも呼べる
犬が先に立って車椅子が帰ってゆく

無人の渚で私は待っている
無言の星々の輝かしい顕現を
昼　有り余る豊穰に自失して
夜　私は光を秘めた闇に帰依する

終わりのない波音のリフレインに
苛立ちながら救われて

朝日新聞 2017.8.30

未来　『谷川俊太郎詩集　続』思潮社、1979
かなしみ　『二十億光年の孤独』創元社、1952
62　『六十二のソネット』創元社、1953
家族　『絵本』的場書房、1956
愛——*Paul Klee*に　『愛について』東京創元社、1955
サルトル氏に　「その他の落首　一九六四—六六年」『谷川俊太郎詩集　続』思潮社、1979
水の輪廻　『谷川俊太郎詩集』思潮社、1965
嫉妬　『うつむく青年』山梨シルクセンター出版部、1971
りんごへの固執　『定義』思潮社、1975
芝生　『夜中に台所でぼくはきみに話しかけたかった』青土社、1975
交合「(何処)」より　『コカコーラ・レッスン』思潮社、1980
神田讃歌　『日々の地図』集英社、1982
たね　『ことばあそびうた　また』福音館書店、1981
ポラロイドカメラ　『メランコリーの川下り』思潮社、1988
素足　『女に』マガジンハウス、1991
父の死　『世間知ラズ』思潮社、1993
百三歳になったアトム　『夜のミッキー・マウス』新潮社、2003
自己紹介　『私』思潮社、2007
この織物　『トロムソコラージュ』新潮社、2009
渚　「朝日新聞」2017.8.30

第４章　佐野洋子の魔法

〈きみの耳にもある程度は伝わっているだろうけれど、ここ数年ぼくは自分の生活の形をこわす方向に向いてきた。否応なしにそうなってきた面もあるけれど、そこに自分の意志の如きものも働いていることは疑えない。二十代のなかばに自分の家をもち、放浪型ではなく建設型を自称し、仕事よりもむしろ生活を優先させてきた人間にとっては、これは相当の変化だ〉

〈この間数えてみたら、ぼくには今、管理しなければならない住居が八軒もあるんだよ。親から離れてはいるけれど、経済的にはまだ完全に自立していない息子夫婦と娘の住居を勘定に入れると十軒になる。おいそれと動かすことのできない年寄りたちの問題、それに端を発した夫婦の間の問題など、そうなった理由はいろいろあるが、これは異常なことだ。今の住宅事情を考えると、例外的に贅沢な話だけれど、逆にその負担はぼくを精神的に貧しくしている。どうしてこんなに家族がばらばらになってしまったのか〉

谷川俊太郎は一九八一年七月四日、パリ滞在中の大岡信へ宛てた書簡で、自身の窮状を淡々と伝えている。私信ではない。いずれは一冊に編まれることを前提に、翌年八月まで繰り返された両者の往復書簡、第一信の中で明かされた私事である。

この時の書簡集『詩と世界の間で』(一九八四年、思潮社)では、武満徹が加わり三人で刊行前に行った鼎談も収録されている。その際も谷川は、「自分の抱えてる私的な問題が、ある普遍性を持ってるって信じてるところがあるのね。で、プライヴァシーを公開することに、ぼくは全然異和感がない」「生活の部分から書き出せないと、詩の問題も言葉の問題もうまく言えない、というような感覚があるんだよね」と語り、武満は、「詩人ってのはそうあるべきだと思うけどね」と同意しているが、大岡は「それはかなり谷川独特の問題意識だろうね。現代詩人の中ではね」と疑問を呈している。

谷川が『ことばあそびうた』『定義』『夜中に台所でぼくはきみに話しかけたかった』などの創作に集中していた一九七〇年代前半、妻と子ども二人と暮らす阿佐谷の家は、忙しくとも順調に、日常生活が営まれていた。同じ敷地に暮らす徹三夫妻も元気だった。この頃、谷川と同い年の知子夫人は、「わたしの夫婦論」という新聞のインタビューに登場している。東京の下町で古書店を営む家に生まれ、名門、都立第一高等女学校(現在の都立白鷗高校)を卒業して文学座の俳優になった知子は、水泳教室で教えながら、充実した日々を過ごしていた。家庭欄にこの頃掲載されたこの記事で、谷川のどこにひかれたのか問われた知子夫人は、「何もかも、すばらしかったから」と答え、夫は「分析できない存在〝一本の木〟のようだと表現している。「相手と合う部分の一方、合わない部分がちゃんとあって、そこに私の存在の意味がある」と述べ、「幸せだと思います」(読売新聞一九七四年四月四日付)。煙草を指に挟み、当時人気だった歌手、ナナ・ムスクーリ風の黒縁眼鏡をかけた満ち足りた表情の写真は、まさに〈私の妻は美しい〉。この頃、北軽井沢に、将来の移住を見込んで篠原一男の設計による斬新な家も完成していた。

が、結局、夫妻が東京を離れることはできなくなった。

ただならぬ谷川家の状況に周囲が気づくのは、仕事場として借りた都心に近いマンションを撮影拠点とした初の写真集『ＳＯＬＯ』と、病床にあった母を撮影したビデオ作品「Mozart, Mozart!」（楠かつのりとの共作）を公開した、一九八二年頃だっただろうか。七〇年代後半に入ると次第に生活に支障をきたし始めた母、多喜子は、七九年には植物状態となって近くの病院に入院していた。この頃、谷川の二人の子供は相次いで十代のうちに進学、独立して家を出たものの、入れ替わるように知子夫人には義母、加えて京都から隣家に越してきていた義母の姉、花子、そして、なお社会的な活動を続ける義父、谷川徹三の手助けまで、負担が集中していた。手伝いの人はいたものの、対外的な活動に追われる俊太郎は十分、話し相手になれずにいるうち、夫人はいつしかアルコールに救いを求め始めていた。

私生活の窮地を早期に伝える作品の一つが、七九年刊の詩集『そのほかに』（集英社）の「男さま」かもしれない。

〈なにを信じておられるのやら／今日はどこまで行かれたのやら／やさしいのやらむごいのやら／男さまのおとおりです〉

ここに書かれた「男」は徹三か、俊太郎自身をも含むのか。この詩集のあとがきにはこんな切実な思いが記されている。〈時の流れに色あせた記憶のかけらが、集められ、組み合わされることで新しくよみがえる、その痛みと甘さをわかちあえることを願って、本集を妻、知子に捧げる〉。

八二年刊の『日々の地図』（同）には「おとこたち」という詩がある。〈おとこたちはみなぺに

すをもっていた／いっしょうわすれられないとおもうできごとを／あくるひにはわすれた〉

ひらがなが大人の詩にも皮肉な効果を上げている。

八〇年刊の『コカコーラ・レッスン』収録の散文詩「小母さん日記」にも、私生活に生じた亀裂ははっきり表われていた。

〈いま言ったことをすぐに忘れて、小母さんは同じ話をくり返す。いま怒ったかと思うと次の瞬間には上機嫌だ。昔あんなに上手にたいた御飯をまっ黒こげにする。だが平気だ、こがしたこともすぐに忘れてしまうから。〉

〈もっといい世の中になるよと小母さんは言う。でも世の中ってこうしたもんさと小母さんは言う。夕方、壁のほうをむいて小母さんが泣いているのを見たことがある。ぼくには小母さんを見守ってゆくことのほか何もできない。ぼくはおそろしいくらい無力だ。〉

〈小母さん〉とは、伯母の花子であり、母、多喜子であり、そして介護に追われる知子さえ含んでいたかもしれない。八三年刊の正津勉との共著『対詩　1981.12.24〜1983.3.7』（書肆山田）の中で、谷川の介護の葛藤は、ついに中高年の息子や娘、嫁の心情をあまねく照らし出す詩「母を売りに」に昇華する。

背に母を負い
髪に母の息がかかり
掌《てのひら》に母の尻の骨を支え
母を売りに行った

飴を買い母に舐《ねぶ》らせ
寒くないかと問い
肩に母の指が喰いこみ
母を売りに行った

市場は子や孫たちで賑わい
空はのどかに曇り
値はつかず
冗談を交し合い

背で母は眠りこみ
小水を洩らし
電車は高架を走り
まだ恋人たちも居て

使い古した宇宙服や
からっぽのカセット・テープ
僅かな野花も並ぶ市場へ

誰が買ってくれるのか

（部分、『対詩』一九八三年）

「鳥羽」に描かれた谷川を主とする核家族は、翳りなく陽の下で輝いていた。「母を売りに」のわずか数年前、『夜中に台所で……』で見え隠れしていた谷川の私生活は、その先の一九八〇年代の日本に行き渡る、いわゆるニューファミリーの自由さ、豊かさを先取りしたものだった。皮肉なことに、九〇年代以降、目に見えて進む高齢化社会に待ちかまえていた日本社会の鬱屈を、やはり時代を先取りして引き受けることになったのが谷川の家庭だった。谷川俊太郎に日本の現実は遅れてついてきた。以後、今日に至るまで深い共感を呼び続けることになった「母を売りに」を一つの境として、谷川は苦しい部分の私生活も、ためらわずに詩に書き始める。現実を乗り切る力を求めるように、同時に現代に生きる生活者としての、自身の普遍性を確信して。

河合隼雄へ多くの切実な問いを投げかけたのと同じ時期、谷川は医療ソーシャルワーカーの奥川幸子、歌手の中島みゆき、文化人類学者の原ひろ子、詩人の永瀬清子、詩人で翻訳家のぱくきょんみ、作家の森崎和江という六人の知的な女性との対話集『やさしさを教えてほしい』（八一年、朝日出版社）を出している。「翔んでる女」や「キャリアウーマン」が流行語になり、八〇年代と共に「女の時代」が幕を開けたと世間は騒がしかった。男女雇用機会均等法の実現も見えてきていた。谷川は「老人問題と一夫一婦制」、それと「愛」をテーマに、まやかしのない答えを期待できる女性ばかりを選んで、自身の抱える「切実な問い」を発している。

原ひろ子には、「平均寿命がどんどん延びていくと、老人の扶養ということが、今後相当な問題になるだろうと思うんです。つまりここ何十年間で築かれてきた一夫一婦制に基く核家族的な形態というのは、老人に対してかなり弱体ではないかと思うんです」。対して原は「弱体って、どういうことですか」。すると谷川は、これから夫妻ともに一人っ子で、四人の老人を抱えるケースも増え、単なる倫理観だけでは片づかない問題が出てくる、その時一夫一婦制を保ったままで解決の道はないか——と現代の少子高齢化を先取りした見地から、解決策を真剣に求めている。かと思えば、制度としての結婚に耐え抜いてきた七十半ばの永瀬清子から、夫婦の行き違いを受け止める鷹揚な返答をもらって、しばし癒やされているようだ。

谷川は自作ができると本の帯という場を使って、読者への正直なメッセージをしばしば伝えてきたが、この時も、〈生まれてからこのかた男とよりも女と話してきた時間のほうが長いような気がする。(中略)同時代について、結婚について、たがいの感情について、老いについて、共感と同時に微妙に異った展望を与えてくれる。男にとって今ほど女の感じ方考え方が大切になっている時代はない〉と書いている。添えられた五十歳頃の谷川の写真は、顎に手を当てて微笑する、まことに粋な中年男だ。

サブカルチャーの流れも急速に強まって、既存の文化のヒエラルキーを脅かし始めていた。そんな時代の雰囲気を象徴するのが、平凡出版から社名を変えたマガジンハウスが八三年に創刊した「鳩よ!」だった。〈世界の詩人たちの舞台です　そして、詩人たちのパートナーとしての画家や／写真家や／彫刻家や／イラストレーターや／グラフィックデザイナーや／音楽家や／すべてのアーチストたちの舞台です(中略)万葉の古典から明治大正昭和の詩人たち／外国の詩人たち／現代詩の人びと／歌人や俳人／シンガー・ソングライターや／演歌の詩人たち／CMやCF

の世界をつくる／コピーライターたち／すべてに舞台を開放したい〉。創刊号の宣言に並ぶ仕事のジャンル分けに、当時の文化の見取り図が浮き出ている。日本経済がかつてない規模に膨れ上がりつつあったこの当時は、広告代理店が社会のすべてを背後で動かしている気配があった。

絵本作家でイラストレーターでもあった佐野洋子と、詩壇の正統なるアウトサイダー、谷川俊太郎が出会ったのも、こうした異ジャンル交流の気運が高まった時代の躁的な気分と、無縁ではなかっただろう。佐野が七七年に出版した創作絵本『100万回生きたねこ』（講談社）で見せた才能は、すでに注目を浴びていた。八〇年、佐野は武蔵野美術大学の同級生でグラフィックデザイナーの広瀬郁と離婚。一人息子の弦は小学校に上がったばかりだった。七つ年下の佐野と谷川との交際は、この直後から始まった気配がある。

佐野洋子は一九三八年六月、中国の北京で生まれている。南満洲鉄道調査部勤務の父、利一は東京大学で歴史学を学んだ秀才で、中国での戦中の暮らしは恵まれていた。終戦を迎えたのは大連。仕事を失った働き盛りの父がレコードをペチカに燃やし、アンデルセンを読んできかせながら、着物を売りに行った母がコーリャンを買って帰るのを待っていた――そんな六歳頃の記憶を、「人魚姫」の痛みと共に思い出すと、佐野は書いている。一家は四七年になってリュックサックだけ背負って日本に引き揚げ、山梨県内の父方の伯父の元に身を寄せる。それから三か月も経たぬ頃、一緒に野原で遊んでいた四歳の弟がその日のうちに危篤に陥り、翌夏には二つ違いの兄が十一歳で、いずれも栄養失調がたたってあっけなく命を落としている。

〈私は兄と一心同体だったから、兄の死を信じるわけにはいかなかった。／私は父が泣いたのを初めて見た。父の泪に、私は裏切られたような、満足したような気がした。五人の子供が三人になって両親は急に優しくなった。／／次の年の夏、母は大きなおなかをしていた〉。幼少から十代にかけて記憶に鮮烈な体験を書き連ねた初期のエッセー集『アカシア・からたち・麦畑』（八三年、文化出版局）にこれらの挿話は出てくる。また、新美南吉児童文学賞を受賞した創作『わたしが妹だったとき』（八二年、偕成社）のあとがきにも、〈兄とわたしが過ごした幼年時代を共になつかしむ相手を失ってしまったために、小さな兄はいつまでもわたしの中で小さなまま生き続けています〉と記されている。

幼少期のこうした悲愴な体験は、終生、佐野の精神に薄くはない影を落とした。もう一つ、佐野のすべての文章の底流にあるのは、「私は美しくはない」という自己規定だった。傍目には十分チャーミングであるにかかわらず、美意識も正義感も知識欲も人一倍強かった彼女は、友達より容姿の劣る、激しい気性で家族を混乱させる自分がしばしば許せなくなったようだ。戦前は銀座の雑誌社で働くおしゃれな才女であったのに、長く戦後の貧しい暮らしに甘んじている母親への感情も屈折していた。その上、県立高校の教頭になっていた父は、長女の佐野が武蔵野美術大に進学する直前に病死している。その後は家を支える長女としての責任も、若い背中にくくりつけていただろう。世の中の不公平や矛盾に「自分は自分」と開き直ったように強がりながら、事あるごとに持って生まれた顔や雰囲気、貧富……そんな世俗的な物差しで相手との距離を測ることから、佐野はずっと自由ではなかった。本当はそんな物差しのくだらなさによく気づいていたはずの知性と感受性とのギャップが、彼女の書く物の面白さでもあったし、文筆家として成長させたエネルギー源でもあっただろう。

谷川は、自分とまったく異なる背景を持つ佐野洋子が書いたユニークな長文の手紙を何度も受け取るうちに心動かされ、当時、何人もいたガールフレンドの中でも、特別な存在になっていったのだと振り返る。佐野の手紙を、「いずれは多くの人に読んでもらいたいと思う。自分だけで終わってしまうのはもったいないような、ほんとにいい手紙だもの」と評するが、まだ公表の時期ではないとも語る。そんな特別な才能を伝える佐野の書簡集『親愛なるミスタ崔』（クオン）が、折しも二〇一七年三月に出版され、なるほどと唸った。

一九三三年生まれの韓国の哲学者でジャーナリスト、崔禎鎬《チョエジョンホ》へ宛てて四十年近く送り続けた、四十八通の手紙は、たしかに魔力がある。崔も〈一人で読んでしまいこんでしまうには、あまりにも惜しい文章だと思って〉公刊を決意したと書いている。二十代末にさしかかった一九六六年、佐野は夫、広瀬郁の許しを得て単身でベルリン造形大学へ留学した。その時、出会った崔は、第二次大戦中に日本占領下の苦渋を被りながらも日本語を学んだ秀才で、ドイツ語が不得手だった佐野は崔から孤独をずいぶん救われ、励まされもしたようだ。帰国から十年近く経って、こんな手紙を出している。

〈親愛なるミスタ崔／再びお会いできて、生き長らえることも、嬉しいことです。私はミスタ崔にお会いできますと、生きる天才かもしれないと不思議に自惚れられて、好きです。私はつまらない自分に都合のよい、出来たらいい気になれる事柄を決して忘れない心掛けだけはあるのです。昔ミスタ崔が私にいいかげんに口をすべらせた「生きる天才」というお世辞を、ミスタ崔が死なないかぎり覚えています。／それにしてもミスタ崔、あなたは何て運のよい人なのでしょう。（中略）運も生き物なのです。不運もまた生き物であり、不運も不運として精一杯生きていかねばならない。運も不運もそのへんにウロウロして、必死におのれを生かそうとしています。強い運は、みじめで、不美人で気が小さくて、涙もろくて、身体のあっちこっちが出来が悪く、たよりにしていた一人息子が不良で、だけども善良な未亡人などにはとりつかないのです〉(『親愛なるミスタ崔』)

この手紙を書いた年、『100万回生きたねこ』が出版されて評判を呼んでいたから、佐野は不運でも、まして未亡人でもなかったが。八一年一月には、人生に運不運などない、〈あるのはただ一つ、持って生まれた性質だけです。これは絶対に運不運です〉。〈私は多分、愛に於いて決して成功することのない人生を送るのだろうと思います〉〈十二才で死んだ兄は、死んだがゆえに、私の中でますます強く兄であり続けてしまいました。それが私の愛のつまずきのスタートだったと思います。(中略)ミスタ崔、どうか迷惑に思わないで下さい。どうしたわけか、あなただけが兄を越える人でした(中略)どうぞ安心なさって下さい。実質的な危害を私は何も与えませんから。／ただ生きていて下されぱいいのです〉と、熱い親愛の情を伝えている。この手紙は谷川と恋に落ちる直前に書かれたのだろうか。

「生きる天才」佐野洋子と、〈私は生きるのを好きだった〉と詩に書いていた谷川俊太郎が一時期にしろ同居、結婚して共同作業を行っていたことは、今となっては、何だか出来すぎた物語のようだ。恋愛も結婚も、生を愛する二人にとって必然の流れだったのだろうが。それは小説家で歌人の岡本かの子と漫画家、岡本一平、彫刻家で詩人の高村光太郎と洋画家の高村智恵子、あるいは北原白秋と二番目の妻、江口章子といった夫婦同様、互いの創作を高め合ったまれに見る組み合わせであるだろう。いずれの家庭も常識からはるか離れた断崖の上に危うく建った家であり、一時期、創作の盛りを超えると、女性側の精神にさまざまな変調をきたしている……。

出会いの頃、谷川は『みみをすます』（福音館書店、八二年）というひらがな詩の長編群で、あらたな言葉の領域に歩を進めつつあった。その中の「あなた」という作品では、女の子の平易な語り言葉で自分の中の他者、自分の隣の他者、まだ見ぬ他者を想う深遠な境地へと読者を導く。

谷川は八二年末には「ふたつの夏」という短い散文を佐野とコラボレーションしている。軽井沢らしき高原の別荘の管理人の娘「わたし」に、佐野は子どもの頃の自分を投影して書いている。ひなたくさいその女の子は、その夏、別荘にやってきた都会の色白の男の子を物陰から覗いたり、男の子の掘った穴をみつけると、〈わたしは洋服をぬいで、パンツもぬいでその上に帽子をおいて、帽子の上に石ものっけて、はだかになりました。／そして穴にそうっと入〉ってみる。谷川の方の語りは別荘の男の子役で、その子が年を取り、宇宙物理学者になって幼い頃の夏に出会ったおぼろげな〝誰か〟を懸命に思い出そうとしている。〈名を呼びたい、幼児が呼ぶように名を呼びたい、ただひとつの名を、だがその名が出てこない。その名を呼べさえしたら、今まで私のうちにかくされていたものが、いちどきに溢れ出てきそうな気がする〉

この作品を河合隼雄だったら、どう分析するだろう。佐野との出会いは谷川の中から、いちどきに何かを溢れ出させた。谷川は自分の中の子どもを呼び醒まし、主体に立て、積極的に詩に書き始める。それは初めての子ども向けの詩集『どきん』（八三年、和田誠絵、理論社）、続いて『いちねんせい』（八八年、和田誠絵、小学館）を経て、野間児童文芸賞を受賞した詩集『はだか』（八八年、佐野洋子絵、筑摩書房）に駆け昇る。

さようなら

ぼくもういかなきゃなんない
すぐいかなきゃなんない
どこへいくのかわからないけど
さくらなみきのしたをとおって
おおどおりをしんごうでわたって
いつもながめてるやまをめじるしに
ひとりでいかなきゃなんない
どうしてなのかしらないけど
おかあさんごめんなさい
おとうさんにやさしくしてあげて
ぼくすききらいいわずになんでもたべる
ほんもいまよりたくさんよむとおもう
よるになったらほしをみる
ひるはいろんなひととはなしをする
そしてきっといちばんすきなものをみつける
みつけたらたいせつにしてしぬまでいきる

だからとおくにいてもさびしくないよ
　ぼくもういかなきゃなんない

　書いた本人も読者も批評家も、全てが一致して認める谷川俊太郎の代表作「さようなら」は、この詩集冒頭の収録作である。佐野の絵も、詩が墨筆の子どもそのものになったように作品と溶け合っている。佐野洋子と出会ったことによって、初めて母親を捨てることができた谷川自身の、無意識の心の叫びのように、筆者はこの詩を読んだ。表題作の「はだか」はまさに佐野が憑依した感覚だろう。

ひとりでるすばんをしていたひるま
きゅうにはだかになりたくなった
あたまからふくをぬいで
したぎもぬいでぱんてぃもぬいで
くつしたもぬいだ
よるおふろにはいるときとぜんぜんちがう
（中略）
じぶんのからだにさわるのがこわい
わたしはじめんにかじりつきたい
わたしはそらにとけていってしまいたい

（「はだか」部分）

一九八四年二月、四年七か月も病院に入り、管につながれていた母、多喜子が八十六歳で死去。翌八五〜八七年にかけて毎日新聞の女性向け特集頁の連載「女に」で、谷川は三十六篇の詩を書く。八六年には佐野と一緒にギリシャ旅行へ出かけている。二人の関係は少しずつ周囲の知るところともなる。

誰も名づけることは出来ない
あなたの名はあなた
この世のすべてがほとばしり渦巻いて
あなたのやわらかいからだにそそぎこむ
幼い私の涙も溶け始めた氷河も

（「名」）

マンガを買って私はあなたと笑いにいく
西瓜を貰って私はあなたと食べにいく
詩を書いて私はあなたに見せにいく
何ももたずに私はあなたとぼんやりしにいく
川を渡って私はあなたに会いにいく

汗びっしょりになって斜面を上った
草の匂いに息がつまった
そこにその無骨な岩はあった
私たちは岩に腰かけて海を見た
やがて私たちは岩を冠に愛しあうだろう
土のからだで　泥の目で　水の舌で

（「川」）

（「墓」）


時代の変化も激しく、売れっ子で新しもの好きな二人の暮らしにはさまざまな最新機器が入りこんできた様子もうかがえる。

一九八八年の詩集『メランコリーの川下り』（思潮社）の表題になった長編詩には、人工知能に労働と私生活を明け渡して無力化する、未来人のつぶやきがあった。

〈機械ヨ働イテオクレ（中略）／人々ノ萎エタ手足ニ代ワッテ／サラニ新シイ機械ヲ造ッテオクレ／人々ノカスム目ニ代ワッテ／眩イ未来ヲ夢見テオクレ〉

ロボットと共生する生活が現実味を帯びてきた現在、よりリアルに迫ってくる。昭和の子どもに眩しい未来を夢見させた「鉄腕アトム」の歌詞が、一九六三年にはこの詩人から提供されていたことを思い出すならば、この詩人の中の未来は、私たちより優に半世紀は早く進行していたのかもしれない。
〈utu と打てば一瞬にして／鬱……という文字が現れる／もう筆順の迷路をたどる必要はない／／筆勢の風は止み／文字の檻に囚われて……〉

一九八〇年代のうちにワープロで創作を行っていた作家は安部公房らわずかだったと思われるが、谷川の導入も早かった。〈筆勢の風〉が止んだのは、ワープロという文字の檻に囚われたせいだろうか。

〈ファインダーをのぞき、ビデオカメラのスタート・ボタンを押すのは、指でなにかを指し示すのに似ている。私は見ているのではない、目と耳から流れこんでくるものに身をまかせているだけだ〉と始まる、「VTR――サントリーニ島にて」という散文詩もある。〈名づけることなしには書けぬ詩という形式に私は倦み疲れている〉と、この作品でもこぼされているのだが、軽便な機器を手に、言葉から解放された安堵感も漂う。

七四年に渋谷のジァンジァンで谷川が友人との公開対談を連続九回行ったときには、レコードプレーヤーから八ミリ、十六ミリ映写機、スライド映写機など、当時まだ珍しかった機器を「ミニマルチメディア」と名づけて駆使していた。ネフローゼが重篤になりつつあった寺山修司と交わした『ビデオ・レター』（八三年）でも映像の可能性を試していた。そんな谷川は、自身と機械、電子メディアとの親和性をいち早く感じ取っていた。谷川の秋葉原の電気街通いはけっこう有名だ。

『メランコリーの川下り』冒頭の「五月のトカゲ」には、マンションでの気楽な一人暮らしに終止符を打ち、再び阿佐谷の旧居に戻り、多摩丘陵にあった佐野の自宅とを行き来し始めた窮屈さも、ちょろりと尻尾を出している。

〈きみが白い居間へ招きよせるまことしやかな映像の中で、真実の乞食は悪臭を失い、喜びも怒りも決まり文句の菓子型で打ち抜かれる〉

長編詩「メランコリーの川下り」には、抒情のくだりも含まれていた。

夕暮れ……家々は静まりかえっている
めぐらされた塀の内側には……どんな思想の気配もない……
理由もなくふくらんでゆく欲望すら
今は息をひそめていて……
明日へと今日をやり過ごすために
……閉じられた扉の奥で
女が白いビニール袋から……こんにゃくを取り出している
（部分）

この作品が書かれた頃、まだ昭和は終わっていなかった。〈思想の気配〉ならば、いくらも残っていただろうし、隣接した家屋に暮らす徹三は、なお明晰な哲学者であり続けていた。にも関わらず、思想の消滅は間近だと暗示されている。

八八年十月、佐野洋子が阿佐谷の谷川の屋敷へ三匹の猫を連れて引っ越してきた。佐野は昭和が終わった翌八九年一月、韓国の崔禎鎬に手紙で近況を伝えている。九十三歳の谷川徹三は、地下鉄に乗って銀座まででかけることもあったようで、〈あたりの人々がはっと立ち止まるほど美しい気配がただよい、自然にうやらやしい気持ちにさせられて、おまけに実に粋な着こなしと動作がエレガントで、知性が、マリリン・モンローの色気のように発散致します。多分日本で一番美しい人間だと私は感心しておりました〉。崔の来日時に徹三と俊太郎を紹介できなかったのを残念がりながら、〈私は大変幸せです。私は幸せになりたいなどと思って生きてこなかったので少し変な気持ちです。幸せになるためには幸せになりたいなどと思わないことですので、誰かその必要がある人に教えてあげて下さい。／幸せの内容は朝起きて、隣にいる好きな男にかみつくことです。／好きな男がとても才能のある詩人の場合、その詩を読むと欲情して、またかみつくことが出来ます〉（『親愛なるミスタ崔』）

崔は〈なにしろ私は徹三先生の『感傷と反省』を読んで、初めて日本文化の〝さび〟とか〝わび〟とか〝みやび〟とかいう美しさと、その美しさを表現する言葉をならった〉と書いている知日派だったから、佐野はその意味でも幸せだったろう。

この年、一九八九年九月二十七日、谷川徹三が一日も寝込まずに九十四歳で亡くなる。臨終から十月に北鎌倉の東慶寺で営まれた葬儀の喪主挨拶をも含む、実録そのものの散文と韻文混淆の長編詩「父の死」（別丁に全文収録）を谷川が「現代詩手帖」に発表したのは、およそ三か月後のことだった。

人が集まってきた。
次々に弔電が来た。

続々花籠が来た。
別居している私の妻が来た。私は二階で女と喧嘩した。
だんだん忙しくなって何がなんだか分からなくなってきた。
夜になって子どもみたいにおうおう泣きながら男が玄関から飛びこんで来た。
「先生死んじゃったア、先生死んじゃったよォ」と男は叫んだ。

（部分）

知子夫人とは徹三の死の翌月に離婚が成立し、九〇年五月、晴れて佐野洋子と入籍する。この頃の谷川の心境を二つの詩の断片に見る。近景としては、〈ある朝ぼくが起きると／部屋のすみでミーニャが死んでいた／ぼくは彼をタオルでくるんで棚の上に置いた（中略）それは去年の九月のことで／そのあとすぐぼくの父親が死んだ／ぼくは離婚しようとして土地やマンションを売り／めまぐるしく気持ちを変える妻の電話に悩まされ／それでも注文があると詩を書いていた〉（「猫たちと」＝初出は加藤楸邨詩集『猫』栞　一九九〇年五月、ふらんす堂、詩集『真っ白でいるよりも』九五年、集英社に収録）。遠景としては、〈男と女が手足を使い知恵と力をあわせて／己が衣食をみずから作り出していた時代は／時の彼方に消え去ろうとしている／いま私たちは冷汗を流しつつ貨幣を弄び／喜びの代わりに休みなく快楽をもとめ／怒りの代わりに冷たい孤立を望んでいる〉（「春」＝初出は「ミッドナイトプレス」九〇年四月、詩集『詩を贈ろうとすることは』九一年、集英社に収録）。

バブル景気は最高潮だった。

正式な結婚を待って九一年三月、『女に』の単行本がマガジンハウスから出版された。三十六篇それぞれの詩に佐野がエッチングの挿画をつけた。この年還暦となる谷川と五十二歳の佐野は、丸谷才一から〈成熟した大人である詩人は、この恋を、個人のはかない事件としてあつかはない。悠久の時間のなかに位置づけて、人間の愛の代表としてそれを祝福する〉と「週刊朝日」の書評で盛大な祝辞を贈られた。「老いらくの恋」などとマスコミに囃されながら、詩集『女に』は十万部に迫る売れ行きを記録する。

「鳩よ！」九一年三月号は、「特集・知と感性の詩人　谷川俊太郎」。佐野洋子と佐々木幹郎が「サノ・ヨーコと谷川レノン」の日常を俎上に載せて対談している。佐野の友人と一時間も一緒にいると「石みたいになって気分が落ち込んでゆく」谷川を、いかに「真人間」にしようとしてきたか。谷川もどれだけ健気に応えようとしたか。佐野の話は本当に面白い。佐々木は谷川の「父の死」について、「父の威厳とかあるいは葬式まで全部を足で踏み潰してから、父あるいは父の死そのものを突き放す距離の取り方で、情を見せる、ものすごい人間くささ。あの詩の、ああいう踏み潰し方を、谷川さんはいままで詩の中でやったことがなかった」。佐野との「戦争」は大変だが、谷川の作品は力強くなり、「底ができてきた感じがする」。「読者をどんどん裏切っているわけでしょう。もの書きで、こんな老い方をする人は珍しい」と評価している。洋子夫人の写真の胸元には、全長十センチを超えるほど巨大なトカゲのブローチ。「五月のトカゲ」はもしかするとこれだったのか。

この特集号の巻頭随想は大江健三郎で、大岡信と谷川との「フランクフルト連詩」の映像への感想を寄せている。大学の卒業論文に谷川俊太郎を選んだという中島みゆきの文章もある。糸井重里による「安売り王・谷川俊太郎さん」と題した寄稿では、谷川が公開対談のために糸井を題材にサラサラッと鉛筆で詩を書いたエピソードが紹介されていて、〈ずいぶん安売りをする人だなあと思って、いっぺんに好きになってしまいました〉とある。〈タイプライター会社や、ガラスびんの会社のコピーを書いたこともあります。これも、考えようによっては安売りなのだと思います。「芸術」を「資本」の側に売り渡したなどと言いたがる人だって、きっといたように思うのです。／でも、谷川さんは、平っちゃらみたいに見えます。（中略）私の知ってる安売り王というのは、ひとりは橋本治くんで、もうひとりは吉本隆明さんです〉

結婚後は夫婦で公の場に登場する機会も増えた。九一年四月、児童書の専門書店が開催した公開対談で、マガジンハウスの担当編集者だった刈谷政則の司会に導かれ、互いの創作姿勢に関して率直な批評を交わしている。佐野は、「谷川さんの本は見ると私、いちいち全部感心するんですよね、『ああ、本当にこういうところによく目をつけた』って。ただすごく感心するけれども、感動はしませんね」。谷川もレオ・レオニ作『あおくんときいろちゃん』を読んで絵本を作りたくなったという動機は佐野と同じだが、自分たちには「物語絵本と認識絵本の違い」があると、めずらしく自己分析を披露している。要約すると、西欧を起源とした近現代科学がない時代には、神話的物語で子どもは現実世界を知っていく。しかし、複雑な現代社会を認識するためには「分割して整理する」、いわゆるサイエンス的な認識が必要だ。なのに日本には社会科学、心理学、文化人類学、哲学の絵本が非常に少ない。そこで現実世界を秩序づける認識絵本が必要だと思って自分は絵本の仕事をやってきた。本当はコンピュータにつながった映像メディアみたいなものでやった方がいいと考えている、「僕はやっぱり物語的発想をするのは苦手ですね。どうしても物語という形で人生というものをとらえるというのはすごくやりにくい」と語っている。とはいえ、本当に谷川は物語的発想が苦手なのだろうか。佐野にはそれを散々、つつかれたようだが。

この時の対談では、夫妻のにぎやかな日常も具体的に披露されている。徹三亡き後、「ひどいときにはうちの回りに五台外車がガガガッと駐車していて、みたいなそういう生活になっちゃったわけですよね。おまけに僕はとにかくこの人のおかげで非常に人間改造をされてしまったんだけれども、僕は前は自分一人で静かに本を読んでいるとかね、静かに詩作に耽る、あるいはモーツァルトを聴くというのが僕の生活の基本で、それを楽しんでいたわけ。それが今、うちには熊のようなロシア人が一人いて」、彼は自分の母親と谷川家の八畳間で同居を始め、佐野の息子の友だち、そのイタリア人のフィアンセまで常に出入りしていて、「だからもう雰囲気が全然変わってしまいましたね」と谷川がユーモアまじりに嘆いてみせている。佐野は「それが人の暮らしっていうものですよ（笑）」。さらに、「この人にはモラルってものがないと思うんですよね。『非常識』っていうのは『常識』があって『非』なんですよね、だけどこの人は『無常識』。子供のときに親から甘やかされて保護されてきて、あとは世間がこの人を甘やかした」と厳しい。それでも谷川は最後、「こんなにつまり俺の本質を突いて批評してくれた人はいない」。「それだけの批評家を身近に置いているっていうのは大変な贅沢ですよね、本当に」（『ほんとのこと言えば？　佐野洋子対談集』二〇一三年、河出書房新社）。

谷川は、自身の詩人としてのイメージを、どの程度考慮していたのだろう。この頃、勃発した湾岸戦争に際して「鳩よ！」の特集号が出ているが、そこに掲載された谷川の詩「我慢」をめぐって、詩壇の一部では批判の声もあったと聞く。

テレビをお菜《カズ》に今日もぼくは飯を食う
死ぬまではどんなことが起ころうと
ふだんと同じように飯を食いクソをさせてもらう
砂漠の兵隊たちだってそうするしかないにちがいない

その合間にミサイルも射つのだろうが
それはもちろん敵味方とも信念に基づいて射つのである
ぼくにはそんな信念の持ちあわせがないから
うろうろしながら我慢してるだけ

(部分、『真っ白でいるよりも』一九九五年)

九一年十一月の佐野からミスタ崔への手紙には、〈残念ながら、私は夫に毎日うっとりしているのでまだ本当の夫婦にはなれませんです。今後努力に努力を重ねうんざりするよう、死ぬ時は本当の夫婦になる所存でございます。/私は派手な気持ちで地味に暮らしております。/谷川さんからもくれぐれもよろしく伝えてほしいとのことです〉とある。

だが、佐野との共同生活で発生する軋みは、見過ごせるものではなくなっていく。「現代詩手帖」九三年一月号に発表された作品「のっぺらぼう」に現れた倦怠は、すでに愚痴のレベルではないし、詩としても低調だ。

疲れてすべてにうんざりして手で顔を撫でたら
ぼくの顔は目も鼻も口もないのっぺらぼうになった

女は驚かない
隣に座って雑誌を読みながら
のっぺらぼうになるほど退屈なら退屈をつきつめてみたらと言う

ぼくはもう口がないから答えなくてすむ

（部分）

この「女」は誰だろう。よもや再婚した佐野とは思っていなかった。九一年に出た『女に』には、〈正義からこんなに遠く私たちは愛しあう〉と、熱っぽい言葉が並んでいた。それから二年も経っていない。この間にバブル景気も潰えたのだったが。

佐野洋子は九三年夏に出た、現代詩文庫『続続・谷川俊太郎詩集』の解説を書いている。〈私は谷川さんとつき合い始めて十二年位になり、三年位前に入籍したから、今は夫婦である〉と、詩人の日常をもっとも近い視点から描写するやり方で、とある一日を紹介している。谷川は、同居した当初から生真面目に毎日、寝起きに時間のかかる佐野の朝食を準備して、寝室まで運んでいたらしい。が、十余枚のエッセーの中に三か所も、冗談めかして別れの予感やあきらめの言葉が、読者ではなく明らかに夫へ向けて書かれている。〈ねえ、私達あんまり性質違うから、別れ

るかも知れないね〉〈本当は私は詩人ではなく夫を持ちたかったといつまでも暗やみで目を開けている〉

谷川&佐野夫妻は、しかし、世間の人々にすっかりセットで眺められるようになっていた。本来は沈黙と親しい詩人が時代の喧騒に巻き込まれ、流されているような危うさを、この時期の谷川から感じる。普遍性を信じる詩人の私生活を詩に書くことに、ためらいはなかっただろうし、手応えもあっただろう。書いてしまえばそれは「作品」なのだから。だとしても「それを実際に起きた出来事です」と、書いた詩人、書かれた妻があけすけに語ってしまったらどうなるだろう。〈本当の事を言おうか〉と見得を切っても、一九六五年の谷川の〈本当の事〉は見えなかった。ところが九三年、世間には谷川の実生活という〈本当の事〉があまりに透けて見えた。

九三年五月、先の「父の死」を含む三十三篇が収録された『世間知ラズ』が思潮社から出版されると、その内容を世間は「私詩」と受け取る。

自分のつまさきがいやに遠くに見える
五本の指が五人の見ず知らずの他人のように
よそよそしく寄り添っている

ベッドの横には電話があってそれは世間とつながっているが
話したい相手はいない
我が人生は物心ついてからなんだかいつも用事ばかり

世間話のしかたを父親も母親も教えてくれなかった
行分けだけを頼りに書きつづけて四十年
おまえはいったい誰なんだと問われたら詩人と答えるのがいちばん安心
というのも妙なものだ
女を捨てたとき私は詩人だったのか
好きな焼き芋を食ってる私は詩人なのか
頭が薄くなった私も詩人だろうか
そんな中年男は詩人でなくともゴマンといる

私はただかっこいい言葉の蝶々を追っかけただけの
世間知らずの子ども
その三つ児の魂は
人を傷つけたことにも気づかぬほど無邪気なまま
百へとむかう

詩は
滑稽だ

（「世間知ラズ」）

〈詩は／滑稽だ〉。谷川俊太郎が詩壇に放り投げた、これが第三の固く、大きな紙つぶてとなる。いや、放り投げたのは自分自身に対してでもあっただろう。まず、谷川の自己嫌悪が読み取れる。谷川は実生活にも現代詩にもすっかり倦いていた。自分こそが〈滑稽〉な〈子ども〉だった。もし、〈詩は〉でなく「詩人は／滑稽だ」とされていたら、諦観の漂う私詩として小さくまとまり、世間も薄笑いを浮かべて終わっていたかもしれない。が、谷川は「詩」が、現代詩が滑稽だと、ここで断言している。この詩集が出た半年後、「文学界」九四年一月号に寄稿した詩「皺くちゃ」でも駄目押しのように、おしまいの二行に書いている。〈詩を皺くちゃにしなくっちゃと思う／せめてそれがゴミになる前に〉。湾岸戦争時の「我慢」も含め、谷川は現代詩壇をたて続けに撃った。連続の確信犯になった。

内心の激しい思いを対話の中に探すならば、それは『世間知ラズ』の刊行翌月に出た「現代詩手帖」九三年七月号巻頭の辻井喬との対談「谷川俊太郎は『世間知らず』か」に見つかるだろう。辻井はこの年、詩集『群青、わが黙示』で高見順賞を受けており、自身の一族を私小説に書く作家であり、セゾンコーポレーション会長、堤清二でもあった。四歳違いの両氏は「父」という重苦しい通奏低音を共有している複雑な息子たちだった。

谷川はまず、父が死んで一種の解放感が生まれ、いくら父に恥を掻かせてもいい、本音で、自分に正直に書こうと思ったと口を開く。続いてヴァレリーの「詩は舞踊である、散文は歩行である」を引き合いに出し、「詩と散文の断続と矛盾という問題が、文学の世界だけでなくて、人間の生き方から世界観までを覆う大きな対立項で、そのどちらにも行かずに、そのあいだで書いていくということが大切だと思う」。詩と小説の両方を書く辻井にそう語りかけている。辻井は、「ソシュールに依拠して言えば、散文はディスクールの秩序としての連辞的関係を土台としているのに対して、ひとつひとつの記号である言葉が、潜在的対立の関係としての連合的関係つまりお互いに対立している感じ、垂直的な関係の中で書くのが詩ですから……」と答え始め、谷川は「そういう人たちとは、全然すれ違っている感じもするんですけどね（笑）」。谷川の苦い表情が見えるようだ。

続いて、「いま『現代詩手帖』なんかで、若い人たちのしている書き方、話し方そのものに、ぼくはすごく違和感がある」「内容とか意味とか論点よりも、すでに話し方・書き方じたいに違和感がある。なんかもう業界用語みたいな感じがしてしまう」「生活の中での直接的なリアリティなんてもうないかもしれないという時代にはいっているわけでしょう。だからそちらの方に沿って生きてゆけば、それはそれである程度楽だと思うんです。最終的にはバーチャルリアリティになってしまえばいいというようなものです。だけど」。谷川は現代詩と時代への苛立ちをあれこれ口にしている。

辻井は谷川の『世間知ラズ』を「捨て身」の仕事だと大いに認めた上で、「散文というのは、いまの工業化社会になってから主流になったんですよね。小説が主流である時代というのは短いですけど、叙事詩が叙情詩と散文に分かれてしまったことに、文学の不幸があるような気がします。不思議なもので、バブルがはじけてしまってから、エンターテインメント的な小説が勢いをなくしてしまった。そこで頃合いを見計らったかのようにこの『世間知ラズ』が出て、そういう小説（筆者註・私小説）を書こうと、さあこれから、と意気込んでいた本物の作家の方はこんなもの出されて困ると思う」。さらに、「袋小路にはいったのは何も詩ばかりではないんです。文学全般も、ひいては芸術もそうなんです。いろいろ原因はあるけれど、ひとつはわれわれが異文化にあまり接触していないということ。接触すると、人間的なものがいろいろ見えてくる」。最後は、谷川が「異文化そのもの」と言い表した佐野洋子と、「いじめていじめられて血みどろになることですよ（笑）」と、世間を知悉する辻井が収めている。

「現代詩手帖」のこの号では三十人以上の詩人や作家、批評家が一斉に『世間知ラズ』と谷川俊太郎論を寄せている。〈詩は／滑稽だ〉の一行と〈ぼくらが創造と破壊の区別のつかない時代に生きている〉（「北軽井沢日録」）に言及しているものが少なくない。しかし、谷川の深意を受け止めた批評がどれだけあっただろうか。

〈私は詩人だというそれだけのことをくり返し述べている単純な詩集を書けるのはこの人だけだろう。谷川俊太郎は詩というもののことばの運び方、営み方をほんとうによく知っている〉と書いた荒川洋治評が、同誌に寄稿する詩人たちの思いをある程度代表していたように思われる。詩の中で詩について語る谷川の特徴は、確かにこの頃から顕著になる。ただ、「詩書月評」を担当していた近藤洋太は、生涯、詩を書き続けた吉岡実の生涯に触れつつ、〈晩年の鮎川信夫が「十年詩を止める」といって事実上詩を断念したこと〉を、谷川の新詩集から思ったと述べている。なぜなら、〈谷川俊太郎は、自らの詩の停滞に無自覚になることも、予備役となることもできない詩人なのだ〉。『世間知ラズ』を渾身の〈高峰〉と評価したからこそ生じた懸念で、「十年詩を止める」は、思潮社との関係において現実のこととなる。

同特集号の裏表紙は、思潮社刊「谷川俊太郎の著作」の広告であり、『定義』『コカコーラ・レッスン』以下、版を重ねる代表作がずらりと並ぶ。

思潮社社長、小田久郎によると、『世間知ラズ』は〈すこぶる出足がよく〉、重版準備にかかってまもなく九三年十月、第一回萩原朔太郎賞を受賞する。授賞式は朔太郎ゆかりの群馬県前橋市が十四億円をかけて新設した「前橋文学館」で行われた。小田は自著『戦後詩壇私史』（一九九五年）を、その授賞式の日の光景から始めている。〈朔太郎がもっていた生理的かつ病理的な詩の体質を、健康で倫理的な体質に移しかえた。三百から五百人の読者しかいなかった観念語の詩の世界を、何万何十万の読者に親しめる平易な日常語の詩に作りかえてしまった〉。それが谷川俊太郎だと小田は讃えた。

〈朔太郎から俊太郎へ――。それは「口語詩」から、括弧つきの「現代詩」をへて次なる「詩」へ展開しようとしている現代詩の歴史と未来を象徴する固有名詞であり、かつ抽象名詞でもあるのだ〉

これほど評価されながら、それでも何か、空虚なものが伝わる。その正体は何だろう。世間と詩壇と戦後詩史と生身の谷川との間に、どうしても超えられない壁が、却って一段と高くなっている。

インタビュー4

「滑稽な修羅場もありました」

——いつごろ阿佐谷のご自宅のほかに仕事場を持たれたのでしたか。

何年前とか西暦とか、僕、まったく記憶が弱いんだけど、そこで作った最初の作品が写真集の『ＳＯＬＯ』（一九八二年、ダゲレオ出版）ですから、八〇年頃だったかな。西新宿のマンションに寝泊まりし始めたのは、僕の母親はもう認知症が進んでいて、僕たち夫婦は疲れ果てていたものだから。当時は認知症という言葉すらなかった。大岡との往復書簡に書いた通りです。僕は『ミドルエイジ・クライシス』の邦訳をあの時読んでいて、大岡は絶対この本と無縁だろうなって考えたのを覚えてる。思い返しても相当、危機的だった。武満は「夫婦ゲンカしてる時には絶対、曲が書けない」って言ってたけど、本当にその通りで、一人で写真を撮ったり、寺山修司とビデオレターをやりとりしたりしてたな。

——でも、そこからまた発見があったわけですね。

ええ。仕事をすることがその頃の救いでもあったから。瞬間をフリーズさせるという意味で、写真と詩は非常によく似たところがあるんです。日本の詩はそもそも俳句のように瞬間芸で、写真も、千分の一、五百分の一で動いてる物を止めちゃう。その相似には相当深い意味があって、僕は写真に詩をつけるという仕事に、いまだに飽きないんですけどね。写真だと、瞬間的にシャッターを押しちゃうから、構図も何も考えなくても一枚が出来上がって、あとになってそれがいいとか悪いとかになるけど、写真自体は自分の内面とは関係なく、機械的に場面が切り取られている。でもビデオというのは、全然意識なしで自動的にある動きをずうっと記録できちゃうわけだけど、そこに映ったものは何かの表現を含んでいる。

撮り始めた時に「これは言葉を使わなくても済むから楽だなあ」と思いました。それで寺山とビデオレターとか一連のアマチュアビデオを作るようになった。僕は音楽に近いものを多分、発見したんですね。何にも名づけなくても済む、それでいて生きていく動きみたいなものが自然に記録される。そこが良かった。もちろん、ある構図のなかに収まるわけだから、ごく一部を切り取ってるだけなんだけど、言葉で解釈しなくても、記録だけが残せる。詩も、ビデオを撮り始めたおかげで、より自然な意識の流れを求めるようになったような気がします。

――〝意味〟に疲れていらしたのでしょうか。それでも詩を書くことは手放されなかったし、常にそこへ戻られたのですね。

手放さなかったというより、それしかできなかった、という方が自分としては近いんだけど。

エッセーや雑文は書いたけど、小説は絶対、向いてなかったし、長いものは書きたくなくなった。最初から活字で発表するだけが詩じゃないという意識はあったし、同人誌とかで孤立していくより、言語以外にもポエジー、詩情はあるわけで、もっと他のジャンルとコラボレーションしていこう、自分がやることはたとえ写真集でも全部「詩」だ、という気持ちが強かった。絵本を作るのもその流れです。

――童話の『けんはへっちゃら』(六五年、和田誠絵、あかね書房)や『しのはきょろきょろ』(六九年、同)は、家族旅行の情景を描かれた連作詩の「鳥羽」と同じく、核家族の幸福が一貫して作品の土台にはあったと思うのですが、八〇年代に入ってからの子どもの本は、もう実生活では子育てが終わった後の作品でした。

ええ。それどころか、ある時期から僕はマイホーム主義とかに反感を持つようになってました。マックス・ピカートの『ゆるぎなき結婚』を信じてやって来たのに、冗談じゃない、妻って他人じゃないか、うちの親はどこまでおれたち夫婦を苦しめるんだ、って。

もともと知子さんは昔風のいい嫁ではなかったんですよ、父にもちゃんと反論できたし。僕とも性格の違いはあったけど、それでも家はまわってた。ところが、母の行動がおかしくなった頃から、知子さんもそれまで通りではなくなってしまってね。お手伝いさんはいても三人の老人の生活の責任全部が、結局は彼女にかかってしまって、そのストレスからお酒を飲むようになってしまって。酔っぱらって、まともに話ができなくなったのが一番こたえました。話し合いをすれば解決するはずなのに、きちんと向き合ってくれなくなった。うちの母もかなりお酒は好きで、惚けてきた上に酔っぱらったりして……。有吉佐和子さんの『恍惚の人』が出てしばらく経った頃。親が惚けるとどうしたらいいか、対策はまだ個人個人が考えなくちゃいけなくて、相談窓口もないし、施設に入れるなんてことは罪悪視されていました。父は最後まで頭ははっきりしていたけど、冴えていたのは自分の世界だけで、家庭内のことは最初から何一つできなかった。関わろうともしなかったし。

――ずいぶん時間が経って、「惚けた母からの手紙」という文章を書評誌（「リテレール」一九九四年冬号）に発表されています。お母様はしばしば谷川さんの机の上に手紙のようなメモを残されていたのですね。強く心に響きました。夫の無理解を嘆き悲しむ高齢の妻たちの訴えは、たとえば新聞の人生相談へ、今も途絶えることなく寄せられています。『母の恋文』にも収められなかった、これが最後のお手紙だったのですね。

〈何度かここへ来て、あなたに訴えようと思ってるのですが、もう死期も近い母親が若いあなたにいやな思いをさせることもつらくて、そのまま帰って来ます。でも一つだけ、お父さんが今夜いやなら何もしなくていいんだよ、お手伝いさんでも誰にでも出来ることなんだから。その一言で私は、これはもういつ死んでもいい女だといふことがはっきりわかったのです。私にはやっぱり淋《さび》しい淋しい思いでした〉。

また、ある時は〈今夜もここへ来ています。姉ちゃんと私とを一度ドライブに連れて行って下さるとか、楽しみにしています。今夜は一寸私せい長したようです。人間は男も女も兎《と》に角《かく》一人で生きのびなければならない存在だという事が、少しわかったようです。あまり徹三をえらく見過ぎていたと思うのです〉。そのような書き置きをされています。

妄想も混じっているのでしょうが、それを読んでお父様は生真面目に返事を書かれています。

〈このごろのあなたの言動には情けなさを通り越して悲しくなる、今見たあなたの書き物でも、私に愛せられていないことを身に沁《し》みて感じたという、以《もっ》てのほかだ、昔も今も私のあなたに対する愛に変りはない、世界中で私の最も愛しているのはあなただ、その愛を疑うなんて。(中略)私は仕事をいつもしている、その仕事を乱されることは私にはつらいことだ、そういう時かんしゃくを立てても、それはあなたに対する愛とは関係ないことなのだ〉

青年の頃と同じようにお母様を諭されています。


母は、父に対する愛を一生貫いた人ですから、若い頃、父に裏切られたという記憶が、惚けてきた彼女をとても苦しめました。それは母にとって恥ずべきことではないし、どこかで書いておきたかったのでね。

父は、母の病気に対しては、まったく無策でした。母が入院すると毎日、見舞いには行くんだけれど、だいたいベッドの脇で椅子に座って本を読んでるだけ。母親は嬉しそうな表情は少し、残っていて、今ならそばで手を握ったり肩を抱いたりして、少しでも母を安心させるようにしたらいいとわかっているけど、父も僕も、それができなくて仕事を優先させていた。それが間違いだったんでしょう。

どうしても女性にばかり負担が行ってしまうから、娘だけは看病に巻き込みたくないと知子さんが強く主張して、だから志野は高校に上がる時、ボストンにいた僕の高校時代からの友人の画家の家族に、ホームステイの形で預かってもらうことにしました。留学させたのは、今思えば知子さんの英断で、志野は全然ホームシックにならなかったし、よく頑張った。しばらくして伯父と伯母の遺産が入ったから、それでニューヨークのソーホーにアパートを買って、そのまま彼女はアメリカで教育を受けてアメリカ人と結婚しました。今、ニューヨーク市の環境問題を担当していますよ。

この夏も、志野は自分の娘とその友達を連れて日本に来て、十人くらい軽井沢のうちに泊まるんだって。どんな騒ぎになるか、恐れおののいてます（笑）。孫娘二人はどちらも十代。そこに賢作のところの、結婚した孫娘も加わるんじゃないかな。彼女は妊娠中で、もうすぐ僕はひいおじいさんになる危険にもさらされてる。彼女が生まれてきた時のことを「あかんぼがいる」って詩に書いたのが、こないだのことなのに。

いつもの新年とどこかちがうと思ったら
今年はあかんぼがいる

あかんぼがあくびする
びっくりする
あかんぼがしゃっくりする
ほとほと感心する

あかんぼは私の子の子だから
よく考えてみると孫である
つまり私は祖父というものである
祖父というものは
もっと立派なものかと思っていたが
そうではないと分かった

あかんぼがあらぬ方を見て眉をしかめる
へどもどする
何か落ち度があったのではないか
私に限らずおとなの世界は落ち度だらけである

ときどきあかんぼが笑ってくれると
安心する
ようし見てろ
おれだって立派なよぼよぼじいさんになってみせるぞ

あかんぼよ

お前さんは何になるのか
妖女になるのか貞女になるのか
それとも烈女になるのか天女になるのか
どれも今ははやらない

だがお前さんもいつかはばあさんになる
それは信じられぬほどすばらしいこと

うそだと思ったら
ずうっと生きてってごらん
うろたえたり居直ったり
げらげら笑ったりめそめそ泣いたり
ぼんやりしたりしゃかりきになったり

そのちっちゃなおっぱいがふくらんで
まあるくなってぴちぴちになって
やがてゆっくりしぼむまで

（『真っ白でいるよりも』一九九五年）

――にぎやかですね。谷川家には、子育てのご苦労というのはあまりなかったのですか。

そこは知子さんがいい子に育ててくれたんだね。僕だって、ベタベタしなかったけど、愛情にはそれなりに自信がありました。二人ともちゃんと自立しなきゃって意識は、強かったと思う。賢作は高校を卒業したら音楽家になると自分で決めて、僕も独立して好きなことを仕事にするのが一番だから、喜んで送り出したし、ある程度は援助しました。賢作は僕と違って人づきあいも悪くなくて、仲間といい仕事を続けてると思う。奥さんになったのは僕の『谷川俊太郎の「現代詩相談室」』（八〇年、角川書店）で聞き手になった立川高校出身の恵さん。彼女は出版などに関わる仕事（ゆめある舎主宰）をしています。

僕たち夫婦がうまく行かなくなっても、子どもたちはわりと客観的に見てくれました。賢作は佐野さんの息子の弦ちゃん（画家の広瀬弦氏）とも飲み友達というか、今でも会えば、楽しげに話してます。弦ちゃん、すごくいい。才能あるし、ちゃんと人とつきあえる。いちばん家族がゴチャゴチャしてたのは、やっぱり父の葬式の時かな。家に佐野さんと弦ちゃんと賢作と、別居してた知子さんも来て。滑稽な修羅場もありました。

――「父の死」という詩につながった一場面ですね。それからもう四半世紀経ちますが、当時の一連の出来事から生まれた『世間知ラズ』を、ご自分ではどう評価されているのでしょう。

自分としてはある程度、成熟していたから書けた詩集だと思っています。その成熟に関しては、他者とのすごく密接な関係――もちろん佐野洋子なんだけど、それに先立つ関係として知子さんと老人問題が長い間もつれて、結局、別れたということもありました。僕は友達なんか必要じゃなかったし、勤めてもいなかったから、他人との本当に深刻な関係というのは結婚生活以外にない。衿子さんと一緒になった頃から、妻という他者との共同生活には問題が生じたけど、まだ自分自身の問題としてとらえきれていなかった。知子さんの時も親の問題が絡んでいたから、一対一で女性との関係を深くとらえないまま、別居に至りました。向こうはずっと考えてたらしいけど。だから、本当の他者を発見したのは佐野さんが初めて。そんな経験をしている最中に父の死を迎えたわけです。父は三人目の女性と同居を始めた息子を、いろんなところで気にかけていたと思うんだけど、どんなふうに考えていたのかはわかりません。デタッチメントのまま、父との距離は最後まで親密ではありませんでした。

――ずいぶん昔……一九七五年の夏、『定義』と『夜中に台所……』が出る直前ですが、寺山修司さんが海外公演に出る直前、テープに吹き込んでいた谷川評が気にかかっていました。

寺山さんの発言は、谷川さんにとって父親とは思想の核、倫理を形成する重要なイデオロギーだと思う、谷川さんはビリー・ザ・キッドのように自分の中の〝父殺し〟をしたかもしれないけれど、父の座を奪ったわけじゃなかったし、不在の父によってのみ充たされていた時期もあった。しかし、〈父がなくとも成り立つ世界というふうなものの中に、世界はだんだん矮小化されていかざるを得なかったということはないだろうか〉。そんな懸念をこの時、口にされていました。そして、〈彼の書く世界の中では彼が殺した父親にかわって登場してくるもう一人の哲学者というか、軍人というか、もう一人の好色な中年男というか、欲に目がくらんで奥さんの頬っぺたをひっぱたいたりするとかいう人は一人も出てこない〉、谷川さんはずっとトム・ソーヤーを通している、十五歳で成熟した完璧な少年がそのまま静かに老成していく感じがする（「現代詩手帖10月臨時増刊　谷川俊太郎」七五年）と、ある種の停滞を心配されていたんですね。

谷川さんも当時、この発言を読まれたと思いますが、寺山さんの懸念は、佐野洋子さんの登場によって外れたことになりました。〈もう一人の哲学者〉も、〈好色な中年男〉も現れたのですから。


そう言えるかも知れないですね。僕が佐野洋子さんから与えてもらったものは凄く大きかった。佐野さんの影響をもろに受けてるんじゃないの、『はだか』なんてまさに。詩のミューズはいないけど、いろんな刺激、他人の介入によって生まれるものはある。佐野さんの幼児体験の童話とかエッセーを読まなければ、『はだか』みたいな詩の文体はでてこなかった。僕は彼女のいいところ、全部吸収したからね。佐野さんには、僕から吸収するようなものはなかったんだ。僕のいいところというのは、彼女にとっては別にどうでもいいことだったから、不公平だと思ったんじゃないの。

ただ、僕はずっとひらがな詩を書いていたし、子どもの気持ちになった詩を書いてきて、自分の中の幼児性を疎外してはいなかった。「さようなら」とかが出てくる準備は、僕にもあった。自分一人では生まれなかったものが、相手がいるという刺激によってあの時期、引き出されたように思うんです。

――佐野さんと知り合われたのは一九八〇年頃のようですが、おつきあいのきっかけは何だったのでしょうか。

ある出版社の企画で一緒に仕事をするかもしれなかったんだけど、それは結局流れて、その直後に武蔵小金井の運転免許試験場で免許の更新か何かで偶然、会ったんです。彼女はオートバイに乗ったり、車を運転してどこにでも行ったりし、そういう行動的なところとか、細身の姿かたちがとっても美しかった。顔も好きなタイプではあったけどね。でもしょっちゅう「私ってかわいい？」って確認したい人なんだ。

――谷川さんは、もう結婚生活とかこりごりではなかったんですか。

最初はね。佐野洋子と結婚して将来一緒に住もうなんて、全然思っていなかった。僕はその頃、一夫一婦制を憎んでいたから、いろんな女性とつきあっていたし、不真面目だった。それまでわりといい子でいたから、悪い子になりたいと思って、問いつめられても徹底してシラを切ったり。佐野さんはものすごく嫉妬深い一面もあってさ、他の女性と映画の試写会で同席することすら許せない。僕は生傷が絶えなかった。まだ弦ちゃんは子どもで、僕が多摩丘陵にあった佐野さんの家まで通うようになったんですね。彼女は生活者としては優秀で、料理もきらいじゃなくてすごく手早くおいしいものが作れたし、絵描きさんだから美意識というかセンスは当然よくて、着る物ひとつ取ってもほんとにかっこよかった。

――「ふたつの夏」という、佐野さんとコラボレーションされた短編が雑誌に発表されたのは八二年。この中に登場する二人の子どもは対照的ですね。都会から別荘に来た男の子はおっとりと育ちが良く、人間より自然や宇宙に心が向いている。地元育ちの娘のほうは、好奇心も自我も強くて男の子への好意を自覚して、自分の気持ちにうろたえている。男の子が女の子への無意識のうちの関心に気づくのは、何十年も経ってから、というようなお話です。

そうね。あれは子どもの頃の僕と佐野さんがもし、北軽井沢で出会っていたら……という想定で書いた創作でした。彼女に批評されることで、作品が生まれたり影響を受けたりし始めていました。その前に『わたし』(八一年、長新太絵、福音館書店)という絵本を出した時――あれは〈わたし／おとこのこから　みると　おんなのこ／あかちゃんから　みると／おねえちゃん〉と続いていくんだけど、佐野さんに言わせると、「あの作品には関係性の中にだけ『わたし』がいる、自発的なわたしはどこにもいない」って批判された。伊藤比呂美にも同じこと言われたな。僕は、他者との関係を認識している一人の独立した自分としての「わたし」を書いたつもりだったんだけど。

『みみをすます』も、ただ、ひたすら今、それに過去から聞こえてくるものに耳をすましている子ども。それが最後、〈きょうへとながれこむ／あしたの／まだきこえない／おがわのせせらぎに／みみをすます〉と、一気に能動的になって、詩の世界が逆転するでしょう?

大岡信としょっちゅう連詩をやってた影響も、この頃の作品にはありますね。連詩には散文と違う、いわゆる匂いづけみたいな継ぎ目が必要で、非常にソフィスティケートされた形式なんです。なかなかうまく行かないんだけど、一人で長い詩を書いていくと、そこに物語的なものや叙事詩的なものを誘い込むことが必要だということも連詩を通じてだんだんわかってきて、そこでも物語を作るのが得意な佐野さんの存在が刺激になっていました。

――あの頃、谷川さんの詩は、子どもにも女の子にも女性にもなりきって書かれた作品が多かったように思われます。

なりきることは無理ですけどね。直接、私が語る書き方だと、作者の自己表現と取られるのが嫌だったというのが大きい。第三者の語りにしてしまうと、そうは取られないでしょ。そういう屈折の仕方がありました。すると佐野さんに、「おまえさんはどういうところにいるんだ？」と言われてしまうわけだけど。その子の外側から加減しながら言葉を与えている感じで、その女の子に具体的なイメージがあるわけでもない。複数の具体的な、自分の知っている体験の中の人間が重なり合って、混ざり合って、ふと詩の中に現れるということになるのかなあ。

どんな読者に向けて、というセグメントもしてなくて、僕の詩を読む人は赤ん坊から百歳まで、みたいなことを漠然と思ってるだけ。ひらがなだけで書いた『みみをすます』を、大人がすごく喜んで読んでくれたりした。それは作者が決定しようのない結果ですね。

――当時、佐野さんの方は『１００万回生きたねこ』の評判が続いていたと思います。なぜ、あの作品ができたんでしょう。お二人の出会い以前の作品でしょうが、谷川さんはどう読まれましたか。

なぜ書けたか、なんてほとんど意味をなさない問いじゃない？　彼女も絶対言えなかったと思う。書いてたら書けちゃった、みたいな無意識のうちに出来た物語でしょうね。最後に倫理的になるでしょう？　あの二匹は。その前にオス猫は放蕩の限りを尽くして、最後に成仏する。その急展開が凄く面白いと思うな。

あの作品は、最後にようやく求めていたぴったりの相手に出会えた、それで幸福な死を迎えたという話ではないと、僕は受け取っています。若い時は欲望に任せて、いろんな相手をとっかえひっかえ楽しくやってた。だけどあの白い猫を見た瞬間に、一種のインスピレーションでこれだ！ってことになって、彼女一匹を愛することになった。そこで後悔しなかったのは、別にあの白い猫の魅力じゃなくて、若い頃の道楽のお陰、それまでの経験というものがあったからこそ、唯一無二のものを見つけることができた……そういう物語じゃないかと僕は思うな。

――うーん。そうなんでしょうか。それにしてもオス猫は懲りずに熱心に相手を求め続けますね。

最初に出会って、そのまま偕老同穴で死んでゆく夫婦もいるわけだから、ほんとはそういう関係に作者はあこがれてたような気もするけどね。そういえば、佐野さんが最初の離婚後に自分で建てた多摩丘陵の家の居間の柱には、モノクロの写真がピンで留めてあったんですよ。どこかの雑誌から切り抜いてきた、九十代くらいのおじいさんとおばあさんが仲良く並んでる写真なの。

それが気に入って、わざわざ貼り付けていたんだね。
『100万回……』は、読む人それぞれ、いろんな解釈が出来るからこそ傑作なんだと思いますね。僕はあの作品について何かひと言、と求められた時、「佐野洋子の見果てぬ夢だ」と書きました。自分はああいう結末にはならないって、佐野さんは知ってたんじゃないかな。エゴが強すぎて。批評精神もありすぎて。ちゃんと相手を愛せるのだけれど、途中で相手の欠点が見えすぎて、それをはっきり伝えないと気が済まなくなって、それで愛がなくなってダメになっちゃう。

――『100万回生きたねこ』は深い物語です。谷川さんは、〈恋は宇宙と一体になりたいという、心と体ぐるみのもっとも深いところにある欲望のあらわれなんだろうか〉とかつて書かれていますが、そこにつながっているような。谷川さん自身の「愛」についての究極の答えのように読めるのが、佐野さんと結婚後に単行本になった『女に』でした。実際に書かれたのは八〇年代半ば。魂と肉体ごと恋愛に昇華して永遠を誓う。こんな激しい根源的な欲望の果てに人類は子孫をもうけてきたし、今、私たちがここにいる。そのスケールは壮大でした。今でもプロポーズに贈る人がいると言われます。

あんなふうに偕老同穴を夢見てた時代もたしかにありました。それは否定しませんけど。それを書いた二人が別れちゃったんだから、説得力ないよね（笑）。あの時は、前世から一緒になるのは決まってたと考えたかった。男と女の間は本質的にはスキンシップだと僕は思う。でも、フィジカルなものが年齢と共に薄れてくると、精神的な、スピリチュアルな部分へひかれるようになる。そして一緒にお墓へ入って、土になっても愛し合いたい。その最初から最後まで全部書こうと思って作った詩集でした。『女に』を本にする時、佐野さんはかなり注文をつけてきたんですよ。自分のエッチングを何枚か完成させた後で、僕のテキストにいろいろ文句を付けてきた。絵に合わせろではないけれど、この表現はよくない、とか。

——どのような理由からだったんでしょうね。佐野さんは谷川さんをどんな詩人だと考えていらしたのか……。

わからない。そもそも佐野さんは言語化しにくい人なんです。僕だって、発表するものはすべて独立した作品だと思っているから、自分の実生活に根があるにしても嘘を書いているし、誇張もしているから、詩と実生活の関係なんて簡単には言えませんよ。もし言えるとすれば、こういう機会に実生活上はこうだった、と答えるのが正確だと思って話しているわけで……。

——私生活の細部までお尋ねしてすみません。でも、佐野さんとの生活があって『はだか』も『世間知ラズ』も生まれ、現在に至る谷川さんにつながっていった部分はやはり大きいのではないか、と思うので、質問をさせて下さい。

佐野さんの魅力は、つきつめると何だったのでしょうね。

やっぱり手紙、文章の力でしょう。彼女のエッセーを書く才能は、まだ全然、知らなかった。絵本もそんなに書いていなかった。物を書くタイプじゃないという印象だった。それがつきあい始めてだんだん凄い才能だって分かってきた。そう、手紙の発想と文章にイカレたんだね。ダイレクトに「好き」なんて書いてないですよ。巡りに巡って基本的には好きだと伝わる文章になっている。

韓国の崔禎鎬さんとも長い間、文通していましたね。夫だった広瀬さん以外にも何人かつきあった男性はいたでしょうけど、崔さんというのは彼女にとって、僕と一緒になってからもけっこう大事な人でした。恋愛というより、何というのかなあ。崔さんが羽田や成田に着くと、飛行場まで車を飛ばしてハグする。手紙をいっぱい書くとか、彼女は「夜討ち朝駆け」なんて自慢してたけど、僕の家にも突然やってくるんだ。それは一種のパッションだろうけど、わかりやすいパッションではない。もっと暗くて凄いパッションがあったんじゃないかと思います。

――佐野洋子さんは、阿佐谷のこのお家にどのくらい住んでいらしたのですか。

父が亡くなる前の年に引っ越してきて、それから五、六年くらいかな。途中からしばらくは佐野さんのお母さんも一緒でした。その時つけた二階への階段の手すりが、今、すごく僕の役に立っています。その時は相談もなかったから、なんでこんなもの付けるんだよ！って思ったけど。結婚して別のところにいた賢作の家族も、その頃、この敷地の中に別棟を建てました。けっこう仲が良かったみたい、賢作と佐野さんは。

――それなのになぜ、短い期間でお二人の生活は終わったのでしょうか。

佐野さんのことは知的な分析では解明できないでしょう。普通だったらちょっとは自己分析して我慢して言葉を選ぶところを、彼女は自分で自分を分析するなんてこと一切しないから。自分から「ごめんね」とか「すみません」とか、絶対言わない人だと思う。ただ、いきなり言葉として出てきちゃうだけで。自分をコントロールしたいとも思わなかった。正直でいるのが自然な状態で、偽善的になって傷つけないよりも、正直に傷つけた方がいい、と。それははっきり思ってたでしょう。言葉にしないで抑制するのは偽善だと感じて、気持ちが悪いんじゃないかな。自分は全部、「本当のこと」をしたいんだ。「本当のことは力がある」ってよく言ってましたからね。

僕なんかが、すごくいい友達としてつきあってる人を「ほんと、つまんない男だね」って平気で言う。いろんな人間がいて彼は彼なりにとてもいい人間だけど、「つまらない」と言われれば確かにその男の中に指摘されたつまらなさはあるから、反論はしにくい。つっこんで議論する気にもならなかったけどね。

——戯画化する腕は一流。皮肉やユーモアにくるまれたエッセーの背後には、まねの出来ない豪快な実人生があって、それも佐野さんの文章の魅力になったでしょう。どの作品の根もとにも、十一歳で亡くなったお兄さん、秀才だったお父さん、一人息子の弦さん。こうした肉親への愛情が濃くあって。

戦争や満州からの引き揚げ体験が大きかったのは確かですけどね、それが彼女の基本をどの位作っていたかはわからない。自分が愛した人を心から情熱的に愛するんだけど、その際に、どうも自分とおんなじ人間にしたいという気持ちが強烈なんです。男は自分好みの女にしたいとよく言われるけど、そういう点で一種、男っぽいところがあったのかな。と同時に、彼女に限らず、男女の愛には自分と同質化するエゴイズムが根本にあるんだなあと思いますね。相手に対して寛容になれなくなる。

弦ちゃんはグレたりすることでちゃんと立ち向かっていた。僕が現れたことで関心が自分から逸れて、ずいぶん楽になったと感謝されました。僕は彼と違って、「ひとでなし」って言われても、ひたすら黙って反省し続けてたけどね。

――谷川さんは、言葉で反論する代わりに、作品を書き続けた……

だから、読んで余計に怒りが溜まっていったのでしょう。「ひっぱたいてくれ！」と怒鳴られたこともあったな。あれは心からでしょう。そういうふうに対抗して欲しかった。喧嘩にならなかったから。ある時は「あんたにはモーツァルトなんてわからない」と決めつけられて、さすがにそれはあんまりだと思ったけど、もう、反論しなかった。何を言ってもダメだなって。僕は相手がいなくても成り立ってしまう人だから。「私がいても淋しいんでしょう、あんたは」と言われてた。自分がいなかったら淋しいと思いたいけど、それと関係なく僕は淋しいんじゃないかと思ったんでしょう。

僕の愛情が足りなかった、って要約しちゃうこともできるけど、ともかく彼女はどんなに不愉快な顔をしていても、そばにいて欲しかったんだ、本当は。僕は情熱が薄い、非人情な人間だから、それはそれとしてつきあっていこうという諦観は、彼女にはないんだね。

――谷川さんのやさしさ、穏やかさが佐野さんにとっては耐えきれぬ淋しさであり、怒りの元だったのでしょうか。でも、佐野さんは何に始終あんなに怒って、不機嫌だったんでしょう。

それが分かってたら苦労しない。でも、すべての過剰さは生まれつきのような気がしている。全部、欺瞞はないんだ。

彼女は経済的に完全に自立していたし、結婚しなくてもよかったはずなのに、なんか結婚したがってた、というのが僕の印象なんです。それでなんとなく一緒に住むようになって、親父が亡くなって間もなく知子さんとの離婚が成立したら、次は籍を入れよう、と。ひとつは外国旅行に行く時に不便だったということはあった。ある種の不安は持っていた。法的に結婚した方が守られていくとは考えたんじゃないかな。でも、彼女は僕を信用していなかったし、一緒に暮らすようになっても何かにつけて喧嘩に持ち込もうとしていた。自分の言いたいことを言うだけいってしまうと機嫌が良くなる。仲直りがしたい人だったんだね。

いつか僕が「ニュートラルな感情の時が一番心地いい」って言ったら、ほんとにびっくりしたみたい。「おかしいんじゃないの」って。あの人にとってはそういう状態がイヤ。『やさしさを教えてほしい』なんていう題名も「私、好きくない」って即座に言われたもの。

佐野さんってお母さんとの関係もそうで、一種、独り相撲的なことをいつもしている。『シズコさん』を僕は読んでないんだけど、何でそんなに自分の母親が嫌だったのか、わからない。ふつうのおばあさんなのにね。

――少し前、谷川さんと広瀬弦さんとの対談で、佐野さんは、自分を守るために谷川さんから離れざるを得なかったというお話が出ていましたが。

佐野さんから批判されても僕が対等に喧嘩したことがなかったのは、一緒になる前から佐野さんは、ずっと黙り込んでしまったり病的なところがあったからで、後になってその対応が間違いだったとわかるんだけど……。彼女がだんだん口をきかなくなって、ウツ的になってしまったのは全部、僕のせいだと思ったんですね。だから入院した時も見舞いに行ったらいけないと思ってた。また怒らせてはいけない、と。でも来て欲しかったんだね。もっと立ち向かっていって、何か言えばよかったんだけど、僕はすごく弱気になってた。どんなに怒られても、僕の方は疲れはしてもまいってしまうことはなかったから、それでまた、「ひとでなし」と言われて。何度もそう言われているうちに、僕自身の問題と詩を書くことはどこかでつながっている、詩を書いているひとでなしの人間だから、彼女を損なってしまったんじゃないか、と考えるようになって。だから佐野さんと別れた時、詩は休みたいと思いました。少なくとも「現代詩手帖」とかに書く詩は休もう、自分の人格のためにも、と。

――……でも、わかりませんね、九六年に正式に離婚されたあと、佐野さんは北軽井沢のすぐお隣の土地を選んで別荘を建てられたのでしたね。

僕にもわかりません。僕を見張り続けるためだと冗談言ってたそうだけど。ずっと通い婚だったら、あるいは続いてたのかもしれないね。週に一回くらい会ったり、たまに旅行に行ったりしてたら、わりとうまく行ってたかもしれない。今だったら自分のどこが悪いのか、ここはどうすべきか。かなり分かるようになっています、彼女とつきあったお陰で。当時は一対一で、同じ高さの目線でやってたけれど、齢を取ったら「おまえ、そんなこと言うけどさ」って目線にはなれたと思う。それが佐野さんのお気に召したかどうかは別だけど。何でも受け入れて「よしよし」みたいだとまた、怒るだろうね。張り合いがないって言って。佐野さんのことが少しずつわかってきたのは、別れてからでした。

――生前に佐野さんは一七〇冊以上も本を出されています。最終的には小説を書きたかった、と崔さんへの手紙にありました。崔さんは佐野さんの没後にエッセー集を読んで、自分がどんなに彼女の〈悪意のない嘘〉でデフォルメされていたかを知ったとあとがきで書きながらも、彼女の視点は木の下から上に登った人のお尻を眺める視角であって、〈生意気で、自由で、タブー無視の、神聖冒瀆的な、しかしそれだからこそいっそうこっけいで、いたずらっぽく、おもしろい文章の背後には、まさに、こうした下からの戦略を日常的に駆使する画家の目がある〉と。相当、卒直な評言です。

一緒に暮らしていない崔さんの目からはそういうふうに見えた、ということでしょうね。詩は「書いてみろよ」と言ったけど、全然書けなかった。でも、『神も仏もありませぬ』(二〇〇三年、筑摩書房）で小林秀雄賞を受けましたよね。彼女の批評眼を見抜いた審査員の慧眼で、嬉しかっただろうと思います。

佐野さんのエッセーが本当に浸透していったのは、亡くなった後じゃないですか。僕といる間に次第に散文家として知られて行ったけど、生前は『100万回生きたねこ』の絵本作家という印象がまだ強かった。彼女は男が女を見る見方とか、社会での女の見られ方から、すっかり自由な人でした。それまでに会った、どんな人とも違ってたな。

――谷川さんにとって、やっぱり佐野洋子さんは特別な、別格の女性ですか。

ええ。僕にとっては全然、特別。でも、いろんな意味があるから。佐野さんはプライベートな批評家として別格で、彼女のお陰で女性にも人間にも理解を深めることができたという意味で特別だし、衿子さんは最初の女性だから、やはり別格なんです。大久保知子さんは二人の子どもを生んでくれて、一番長い時間、一緒にいたという意味で別格だし……。誰が一番とか、言えませんね。それぞれ別々の関係で、今は言葉で言い難いな。

僕は恨んだりする気持ちは全然なくて、感謝の気持ちしか残ってない。そう言うとまた佐野さん、怒るんだろうけど。でも、僕は少なくとも詩を書くより何よりも異性とのつきあいが大事。それだけは彼女もよく知っていたでしょう。よく言われてたもの、「あんたは女が一人いれば、友達なんか一人も要らないんでしょう」って。

——佐野さんは、一人で何人分もの存在感を発揮した女性だったのかもしれませんね。

そうね、僕の考える女性性と佐野さんの考えてた「女」はずいぶん違ってるけど。僕自身、男性的というより女性的で、それで喧嘩にならなかったし、暴力とは無縁だし、自分とは異質な他者も受け入れようとする。それは僕の中の女性性じゃないかなあ。

僕はある時期、おじいさんじゃなくておばあさんになりたいと思っていた。男はどうしても分節していく、断ち切る傾向があります。でも年をとったら、一つにまとめるような精神の働きにいきたいという気持ちがあった。実際、僕の中の女性性が働いて、今、そうなっていると思う。父にも、「お前の詩はどうも、甘い」って言われたけど、子どもの頃からそうだった。自分で完結してて、他人とぶつかって怒りの感情を覚えても、それが詩を書く上でプラスになったかというと、どうもそうなっていない。つまり僕は、怒りを詩にすることができない詩人なんですよ。

詩人の墓

ある所にひとりの若い男がいた
詩を書いて暮らしていた
誰かが結婚するとお祝いの詩を書き
誰かが死ぬと墓に刻む詩を書いた

お礼に人々はいろいろなものをもってきた
卵を籠いっぱいもってくる者もいた
シャツを縫ってくる者もいた
貧しいので部屋の掃除をするだけの者もいた

男は何をもらっても喜んだ
金の指輪をくれたお婆さんにも
自分で作った紙の人形をくれた女の子にも
わけへだてなくありがとうと言った

男にもちゃんと名前があったが
誰も名を呼ばずに男を詩人と呼んだ
初めのうちは恥ずかしそうにしていたが
いつか男はそれに慣れてしまった

評判を聞いて遠くからも注文がきた
猫好きは猫の詩を
食いしんぼうは食べ物の詩を

恋人たちは恋の詩を頼んできた
男はどんな難しい注文も断らなかった
古ぼけてぐらぐらする机の前に座って
しばらくぼんやり宙をみつめる
するといつのまにか詩が出来てるのだった

男の詩はみんなに気にいられた
声をあげて泣かずにいられない詩
お腹の皮がよじれるほど笑ってしまう詩
思わずじっと考えこんでしまうような詩

人々は何やかやと男に問いかけた
「どうすればそんなふうに書けるんだい」
「詩人になるにはどんな勉強すればいいの」
「どこからそんな美しい言葉が出てくるのかね」
だが男は何も答えなかった
答えたくても答えられなかった

「ぼくにも分かりません」と言うしかなかった
あいつはいいやつだと人々は言った

ある日ひとりの娘がたずねてきた
詩を読んで男に会ってみたくなったのだ
男はひと目で娘が好きになって
すぐにすらすらと詩を書いて娘に捧げた

それを読むと娘はなんとも言えない気持ちになった
悲しいんだか嬉しいんだか分からない
夜空の星を手でかきむしりたい
生まれる前にもどってしまいたい

こんなのは人間の気持ちじゃない
神様の気持ちでなきゃ悪魔の気持ちだと娘は思った
男はそよかぜのように娘にキスした
詩が好きなのか男が好きなのか娘には分からなかった

その日から娘は男と暮らすようになった

娘が朝ご飯を作ると男は朝ご飯の詩を書いた
野苺を摘んでくると野苺の詩を書いた
裸になるとその美しさを詩に書いた

娘は男が詩人であることが誇らしかった
畑を耕すよりも機械を作るよりも
宝石を売るよりも王様であるよりも
詩を書くことはすばらしいと娘は思った

だがときおり娘は寂しかった
大事にしていた皿を割ったとき
男はちっとも怒らずに優しく慰めてくれた
嬉しかったが物足りなかった

娘が家に残してきた祖母の話をすると
男はぽろぽろ涙をこぼした
でもあくる日にはもうそのことを忘れていた
なんだか変だと娘は思った

けれど娘は幸せだった
いつまでも男といっしょにいたいと願った
そう囁くと男は娘を抱きしめた
目は娘を見ずに宙を見つめていた

男はいつもひとりで詩を書いた
友達はいなかった
詩を書いていないとき
男はとても退屈そうだった

男はひとつも花の名前を知らなかった
それなのにいくつもいくつも花の詩を書いた
お礼に花の種をたくさんもらった
娘は庭で花を育てた

ある夕暮れ娘はわけもなく悲しくなって
男にすがっておんおん泣いた
その場で男は涙をたたえる詩を書いた
娘はそれを破り捨てた

男は悲しそうな顔をした
その顔を見ていっそう烈しく泣きながら娘は叫んだ
「何か言って詩じゃないことを
なんでもいいから私に言って！」

男は黙ってうつむいていた
「言うことは何もないのね
あなたって人はからっぽなのよ
なにもかもあなたを通りすぎて行くだけ」

「いまここだけにぼくは生きてる」男は言った
「昨日も明日もぼくにはないんだ
この世は豊かすぎるから美しすぎるから
何もないところをぼくは夢見る」

娘は男をこぶしでたたいた
何度も何度も力いっぱい
すると男のからだが透き通ってきた

心臓も脳も腸も空気のように見えなくなった

そのむこうに町が見えた
かくれんぼする子どもたちが見えた
抱き合っている恋人たちが見えた
鍋をかき回す母親が見えた

酔っぱらっている役人が見えた
鋸で木を切っている大工が見えた
呟きこんでいるじいさんが見えた
倒れかかった墓が見えた

その墓のかたわらに
気がつくとひとりぼっちで娘は立ってた
昔ながらの青空がひろがっていた
墓には言葉はなにひとつ刻まれていなかった

（『詩人の墓』二〇〇六年）

佐野洋子、二〇〇五年、新潮社にて。

第5章　無限の変奏

モーツァルトに心おきなく浸る日々が、再び谷川俊太郎に戻ってきた。

一九九五年の暮れ、佐野洋子は阿佐谷の谷川家を出て行く。多摩丘陵の家に戻った佐野に、何度、谷川が戻ってくれと友人や家族を介して頼んでも無駄だった。九六年七月、正式に離婚。当時を知る周囲の人々は、佐野が結婚生活から被ったダメージの方がはるかに大きかったはずだと異口同音に語る。佐野宛ての恋文も友人への追悼文も、すべて詩集に収めてしまう谷川へ、人間として不信感が膨らんだ……。友人らに別れた理由を問われると、佐野はそんな理由を挙げた。

しかし、離婚で生き方を変えるような女性ではもちろんなかった。その後、癌との闘病を公表し、ホスピスの体験記などを綴る一方で、英国の高級車ジャガーに一目惚れして衝動買いをするなど、ずっと豪快さは保たれた。二〇一〇年十一月、七十二歳で永眠した後、そのエッセーに遺した数々の「ヨーコさんの言葉」はいっそう多くの読者を得て今も読み継がれている。

「捨てられたんだって?」。谷川は、親しい友人らにそんなふうにからかわれた。しかし、本当はどうだったのだろう。どんなに長く一緒に過ごしても、詩を書くことに結局はすべての関心が向かう、夫、谷川俊太郎のデタッチメントな生き方（この場合はアタッチメント＝愛情の反対語としてのデタッチメント）に、佐野は妻として孤独感を募らせ、耐えきれなくなり、自爆するように自分から飛び出したのではなかったのか。もの書きとしては谷川の天才に日々、打ちのめされ続け……。

破局の予感は谷川にもあったのだろうか。谷川がこの頃書いた、どこまでも生真面目な反省文が残っている。

〈詩が散文による書き物と違って、この世の道徳的判断からまったく免責されているというふうには私も考えていません。詩人はたぶん現実世界から見れば不道徳な存在とならざるをえない一面をもっていて、その自覚なしには彼ないし彼女はこの世に生きてはいけないのです。自らのいかがわしさを通して、詩人は世間にむすびつくと今の私は考えています〉

〈情熱が希薄だということは苦しまないということに通じています。英語の「passion」に情熱と同時に受難という意味があることを、私は何か鞭打たれるように受け止めています。／若いころ父に「お前の詩にはドラマがない」と言われたことを思い出します。根はひとつでしょう。情熱の希薄な私は、愛に対する憎しみという感情にも薄く、それは処世の上では役立つかもしれませんが、それがかえって人を傷つけることもあると自覚しています。こんな個人的なことが詩とどんな関係があるのかと思われるかもしれませんが、今の時代に生き続けるには、そうして詩と呼ばれうるものを書き続けるには、自分自身を問うことが少なくとも私にとっては是非とも必要なのです〉（「國文學」一九九五年十一月号）

谷川は詩集『世間知ラズ』を九三年五月に出版した後、新年号などにつきあい程度の寄稿はするものの、「現代詩手帖」や文芸誌に登場することをやめる。二〇〇二年の『minimal（ミニマル）』に至るまで、まるで自分に謹慎処分を科すように、長い沈黙の期間に潜り込んだのだ。それはいつの間にか始められていたから表立って取り沙汰されることはなかったが、現代詩を読む人々が認識している、いわゆる谷川の「沈黙の十年」とは、一九九三年の『世間知ラズ』刊行から『minimal』まで、現代詩の総本山、思潮社から新作の詩集を出版しなかった期間を指している。その間、何も活動しなかったわけではなく、詩人として時代の第一線に立つ創作活動から身を引いていたと説明するのが正確だろう。

とはいえ、よくわからない。長い沈黙の理由が。佐野との離婚がきっかけとはいえ、「時代にものすごく影響されながら書いてきた」と断言する詩人でもある谷川の個人的な精神状態は、同時代の何かと同調してしまったのではないか。谷川俊太郎さえ沈黙してしまった一九九〇年代とは、いったいどんな時代だったのか。

一九八九年一月、昭和から平成に元号が変わり、翌年一九九〇年代が始まると、暗いニュースが相次いだ。九一年には湾岸戦争が起こり、日本のバブル経済は崩壊した。次いで金融機関の破綻が相次ぎ、出口の見えない「失われた十年」が幕を開ける。追い打ちをかけるように阪神・淡路大震災が九五年一月に発生し、同年春、一連のオウム事件に社会は騒然となる。

筆者は文芸担当の記者として、一九九三年春から二〇〇三年末まで毎月、文芸誌を読んで新聞の文化欄に月評を書いていた。くしくも谷川が創作の一線から退いていた期間とほぼ重なり、伝説のこの詩人に取材する機会はなかったが、さまざまな小説家にインタビューを行い、編集者、出版人へも取材を重ねた。その体験から、同時代の作家たちの多くが自信や活気を失い、ＩＴ化が速足で進む現実社会と、自分が思い描き、表現可能な文学空間とのズレを痛感していたのを知っている。読者の手応えも得られにくくなり、中堅作家として認められている作家も無力感に苛まれがちだった。小説の舞台となる時代は、パソコンや携帯電話が登場する以前の近過去に設定されることも多くなり、その回想の気分がいっそう時代とのずれを広げつつあった。

要するに活字世代の高齢化が始まっていた。それなのに古典はおろか同時代の文学作品をさして読まぬまま、文芸誌の新人賞に応募してくる若い世代はこの時期、なぜか増えていった。「文学」は過去の作品からの断片的な発想と文体の引用を繰り返し、薄味に希釈されていくようだった。文芸誌には結末のある物語や私小説より、エクリチュールとたわむれ、日常に永遠を見ようとする穏やかな小説が多くなった。物騒な時勢からの反動もあっただろう。さまざまな個性を持つ女性作家たちは続々と登場した。飯島耕一や入沢康夫、天澤退二郎ら、実力ある現代詩人が文芸誌に登場することはほとんどなかった。

それでもこの時期、新刊の出版を機に、筆者は田村隆一や白石かずこへインタビューに出かけた。大岡信は同じ読売新聞のOBでもあったから、寄稿者として頼りにした。一年ほどピンチヒッターで現代詩を担当し、若手から中堅の詩人（というより大学の先生）に書き下ろしの詩を依頼して受け取りに出かけた。しかし、内容や価値を理解できているのか、しばしば心許なかった。掲載の関所であるデスクには「難解すぎて、いくら文化面とはいえ、新聞という場に適していない」と書き直しを願うよう命じられたこともあったが、一つ一つの言葉は選び抜かれた末にそこに書かれているのだと主張して、理解を求めるしかなかった。担当を終えると、現代詩は再び遠くなった。

詩壇では小説の世界よりさらに少人数の内部の人々が、日常の言葉や新聞の文章と隔絶した次元の難解な言葉で褒め合ったり、あるいはバトルを繰り返しているのか、結局、よくわからなかった。辛抱強く詩壇の内部にとどまってはいた谷川俊太郎は、同時代を覆う筆勢の低落におそらく真っ先に反応し、いったんそこから脱出をはかってみようと決めたのではないか。いや、そもそもこうした時代の潮流を徹底的に遡ってみれば、埒のない妄想と言われてしまうかも知れないが、案外、それは一九九〇年に書いた「世間知ラズ」の終わりの一文にして詩壇への紙つぶて、〈詩は／滑稽だ〉を書いた時、すでに決意されていたように思われてくる。

先に述べたように、谷川には二度の前歴があった。〈私はあえて詩人の怠惰を責めたい。(中略) 我々は詩が売れるように努力すべきである〉と詩論に書いて、先行世代「荒地」派の詩人らを敵にまわした一九五六年の最初の紙つぶて、そして、高度成長期を背景とした、現代詩ブームのさなかに冷水と共に浴びせた〈何ひとつ書く事はない〉〈本当の事を言おうか／詩人のふりはしてるが／私は詩人ではない〉という六五年の「鳥羽1」を核に込めた二番手の強力な紙つぶて。それから二十五年を経て九〇年に再び投じられた「世間知ラズ」の〈詩は／滑稽だ〉は、やがて小説は滑稽だ、文学は滑稽だ、活字を信じるのは滑稽な時代がやってきた……。そのように文学全体にこだまし、増幅し、やがて世間の人々の意識下にまで浸透していったのではなかったか。

そのことを、三浦雅士だけは問題にしていた。「現代詩手帖」二〇〇二年五月号の北川透、瀬尾育生、三浦による「『青春』の成り立たない時代に　討議・谷川俊太郎――『定義』から『世間知ラズ』へ、そして」での発言がみつかる。三浦は〈詩は／滑稽だ〉という一行が読む側に滞留して「詩とはなにか」を考えさせる重さを持つ、そのことを当の詩壇がとらえきれていないことに、この時、しきりに憤っている。ところが、北川と瀬尾は「世間知ラズ」という詩をそれほど画期的とはとらえていない。パフォーマンス性や自己言及性に違和感を持ったとそれぞれ語り、北川は「たとえば金子光晴や西脇順三郎はある意味で「偉大な詩人」だと思うけれども、人を喜ばせるために詩を書くなんてことはありえない」と述べ、「谷川俊太郎というメディア」という言い方をしている。瀬尾は「そういうふうに谷川さんがいろんな扉を開けてきて、そこで開ける扉がふさがれていったから、『書かない』という選択になったんじゃないでしょうか」。湾岸戦争の前後に谷川は「ある決定的な追い詰められ方をしたと思う」と推察し、「もうこの扉もこの扉もこの扉も開けられないというふうになって、その緊張感のなかで『世間知ラズ』を書いている。そのあとに、また同じ扉をどこでも開けられるなんてことはありえないと思う」と述べている。同号には谷川のほぼ十年ぶりの新作の詩十篇が、「minimal 小詩集」と題して巻頭で発表されているのだが、三人の討議には、まだ谷川の新作についての言及はなく、話はもっぱら過去に遡っている。

この討議は三浦雅士の長編評論『青春の終焉』（講談社）の刊行を機としたものでもあった。三浦自身、それまで長きにわたって現代詩とは異なる分野で活動を続けていた。一九八二年に青土社を辞めた直後、『メランコリーの水脈』で文芸批評家として認められる。が、八〇年代半ばに渡米するとニューヨークで現代舞踊、バレエに魅了され、帰国後は九一～九八年まで新書館で「ダンスマガジン」編集長に就き、総合誌「大航海」の編集にも力を注いでいた。

振り返れば、時代の変調に敏感なさまざまな書き手が詩の創作を、詩の批評を一九九〇年代には中断していた。

八二年、『ウサギのダンス』（七月堂）で詩壇の注目を浴びた松浦寿輝は、八七年の第二詩集『冬の本』（青土社）で早くも高見順賞を受賞。九一年に第二次刊行を開始した思潮社の「現代詩文庫」の記念すべき第101巻は松浦寿輝の巻だった。それだけ詩壇の期待を集めたにもかかわらず、『女中』に次ぐ詩集として九三年、『鳥の計画』を出版すると、以降、松浦が集中して書いたのは『エッフェル塔試論』『折口信夫論』『知の庭園』等の評論だった。さらに『もののたはむれ』で九六年に小説家としてデビューし、『花腐し』であっさり芥川賞を受賞すると、以降、作家として世間に認知され、萩原朔太郎賞を受賞した二〇〇八年の『吃水都市』まで十五年も詩集を出していない。それからの詩人としての評価は周知の通りだ。

一九七八年、二十二歳の時に『草木の空』でデビューし、『姫』『青梅』『テリトリー論2／1』で女性詩を勢いよく引っ張った伊藤比呂美は、八五年の育児エッセー『良いおっぱい悪いおっぱい』で世間の関心を集めるが、九〇年代は詩を中断。九七年に米・カリフォルニアへ移住すると小説の創作に力を入れ、二度の芥川賞候補を経て『ラニーニャ』で九九年、野間文芸新人賞を受賞する。詩に回帰したのは二〇〇五年、詩集『河原荒草』から。同作でさっそく高見順賞を獲得。その後も『とげ抜き　新巣鴨地蔵縁起』で萩原朔太郎賞を受けるなど活躍が続く。

一九八〇年代、実業界でバブル景気の演出者の一人と目されながら、詩と小説を粛々と書き続けていた辻井喬（堤清二）は先に触れたように九三年、昭和史を通覧する叙事詩『群青、わが黙示』（思潮社）で高見順賞を受けるが、九四年に「老いらくの恋」で有名になった川田順夫婦を描いた伝記小説『虹の岬』（中央公論社）で谷崎潤一郎賞を受賞。そこから小説へと重心を移し、二〇〇四年には『父の肖像』（新潮社）で野間文芸賞に行き着く。辻井は慶應大での講義録をまとめた入門書『詩が生まれるとき』（講談社現代新書）を九四年に出版している。

〈今日ほど、詩人が社会的に孤立している時代はなかった〉〈マスコミが発射する言葉の嵐は、詩人からつぎつぎと言葉を奪い、現代詩は袋小路に追い込まれている〉〈そのもっとも典型的な突撃隊がコマーシャルです。「じぶん新発見」だとか「おいしい生活」だとか、コマーシャルは詩から言葉をうまく奪ったものほど成功する。そのことによって詩人はいよいよ窮屈になっていく〉。周知の通り、これらのコピーは堤清二の指示の下、西武百貨店が大々的に発信した糸井重里による宣伝文だったが。辻井と堤の自己矛盾は、堤の名で出した九六年刊の『消費社会批判』（岩波書店）でさらに烈しく追及される。

詩を書き、読まれることが実に困難な時代だという理由を、可能な限り多面的に説明し尽くそうとした辻井の『詩が生まれるとき』を、現代詩人、荒川洋治は〈詩の現在が抱える問題を整理することができた〉と新聞で紹介しながら、続けて〈はずかしい話だがこの数年ぼくは、詩が書けない。ほんとうならがんばらないといけない世代なのだが満足するものが書けない〉と述べている。〈ぼくは個々の想像力の展開がうまくいったとしてそれで詩が回復し、おもしろくなるとは考えない。俗臭ふんぷんたる政治家みたいな詩人が、あるいは「詩壇」というあやしげなものが大きな顔をしていることも大事だと思っている〉（読売新聞一九九四年三月三十日付夕刊）。

荒川は九二年、『世間入門』というタイトルのエッセー集を出している。この中で「『宮沢賢治』の壁」と題した指摘は重要だ。現代詩人の日々の暮らしや内部とはつながりのない宮沢賢治への〈人気の一極集中が、日本人の詩に対する理解を妨げている（中略）この風潮というか〝伝統〟は、現代の詩にとって「定型詩」（短歌・俳句）以上にてごわい敵となりつつある〉。近代詩論は河井酔茗*より伊良子清白*を、中野重治*より朔太郎を、実篤よりも蒲原有明をという玄人好みの対象にかかりきり、結果的に自由詩の理解を専門的、閉鎖的にしていると述べ、〈「現代詩文庫一〇〇冊」の成就が祝われた年に「賢治集会」が一段と活気づくというのは象徴的である〉と嘆いている。

ここで紹介したのは、それぞれ詩人であると共にすぐれた散文の書き手であり、同時代の文学を幅広く見渡す仕事を続けている書き手ばかりだ。一九九〇年代は現代詩と詩論、詩の翻訳で批評眼と文章力を長年鍛えた人々が、目立って散文の世界で活躍を始めた時期でもあった。六部門の総合文学賞である読売文学賞の「詩歌・俳句部門」では、九〇年代、渋沢孝輔、高橋順子、白石かずこ、荒川洋治が受賞。二〇〇〇年代には多田智満子、天澤退二郎、飯島耕一、辻井喬がずいぶん遅く受賞している。一方、「随筆・紀行部門」では金関寿夫、伊藤信吉、*299頁に注佐々木幹郎、白石かずこ、管啓次郎、栩木伸明、山崎佳代子、「評論・伝記部門」では中村稔、富岡多恵子、三

河井酔茗（一八七四～一九六五年）大阪出身。雑誌「文庫」の詩欄を担当し、北原白秋、島木赤彦らを世に送る。「詩人」を発行し口語自由詩、散文詩を推進。また日本詩人協会や大日本詩人協会の創立にも参加、昭和初期の詩の発展に尽力した。

伊良子清白（一八七七～一九四六年）鳥取出身。幼い頃に故郷を離れ、三重、京都、島根、大分、台湾などを転々とした。雑誌「文庫」に膨大な詩作品を発表し、唯一の詩集『孔雀船』を刊行、代表作は「漂泊」。

中野重治（一九〇二～一九七九年）福井出身。東京帝国大学在学中に窪川鶴次郎、堀辰雄らと「驢馬」を創刊、一方でマルクス主義やプロレタリア文学運動に参加。戦後「新日本文学」の創刊に加わる。平野謙、荒正人らと「政治と文学論争」を提唱。小説『歌のわかれ』『むらぎも』、評論『斎藤茂吉ノオト』、詩集『中野重治詩集』など。

浦雅士、沼野充義、小笠原豊樹（岩田宏）らが次々に賞を受けている。両部門では小説家の受賞はほとんどない。ここにも象徴的な現象が生じているだろう。小説家は美しく知的な散文、あるいは批評的、論理的な文章を書かなくなってきたということだ。よく言われるようなポップスや広告、サブカルチャーの領域への拡散とは異なる、深度を持った文学界への拡散というか転移を、一九九〇年代以降、詩と詩人が静かに果たしていたと考えられるだろう。詩人の書く散文は構成が考え抜かれ、研ぎ澄まされた表現が必ずどこかで光り、論理の筋もよく通っていた。だが、本領である詩は、どこへ行ったのだったか。世の中は詩の言葉をもう欲しなくなってしまったというのか。

そのことを問題にする論客も、時代の前面には現れなかった。大岡信も吉本隆明も現代詩壇から遠ざかっていた。九〇年代後半に気を吐いていたのは一人、田村隆一だけだったかもしれない。一九九八年の正月、「おじいちゃんにも、セックスを。」という新聞の全面広告（宝島社）で世間を驚かせた田村は、〈さよなら　遺伝子と電子工学だけを残したままの／人間の世紀末〉（詩集『1999』）というメッセージを残して、同年夏、七十五年の生涯を閉じている。

詩を書く人、詩を愛する人々が無力感を抱えて突破口を探しあぐねていたような九〇年代から二〇〇〇年代。この間の十年、文芸誌の月評を書き続けた経験を主体にまとめた『現代日本の小説』（〇七年、ちくまプリマー新書）のプロローグに、筆者はこんなことを書いた。

〈日本近代文学は終わった、文学史も完結した——作家、批評家、編集者から、何度、聞かされたことだろう。ベストセラー小説は出ても、五十年、百年と版を重ねていきそうな作品がめっきり少なくなった、時代の流れを見定める批評もほとんど出てこない——そんな現状への嘆きであ

る。過去の名作も次々に絶版、忘却が始まっている〉

〈政治と文学が熱く共存していた季節も忘却の彼方となった。新人賞に応募する若い世代の社会への関心事を挙げれば、広がる所得格差、高齢化と少子化、地球環境、クローン人間をも可能にする科学技術、それよりまずは今日の気分、今日と同じくらいの明日、来年の、そこそこに充実した生活の維持なのだろう。それでも小説に書くべき何かはあるというのか。文学的感受性の表現というなら、ブログで気の済むまで発信できるし、人気サイトのアクセス数は、すでに文芸誌の販売部数と比較にならないほど大きい。しかし、なおもパソコンに打ち込まれる横書きの文章から、「平成口語体」の小説が今日も生まれ、続々と賞に選ばれ、書店の店頭に新刊は並ぶ〉

現代詩について『現代日本の小説』では言及していない。そのことに異議も寄せられなかった。それくらい詩と小説はまったく別の道を歩いていた。昭和末の一九八七年に刊行された『ノルウェイの森』という世界的ベストセラーを生み出した村上春樹の出現も、純文学、文壇の再編を迫った。続いて俵万智の第一短歌集『サラダ記念日』や吉本ばななの『キッチン』などのミリオンセラーを通して、現代短歌や純文学はイメージを一気に若返らせ、多くの女性読者を味方につけた。身近な人に話しかけるように気楽な口語体の源流を、庄司薫やサリンジャーの野崎孝訳にばかり見て、それが谷川の『夜中に台所でぼくはきみに話しかけたかった』からも発せられていた

伊藤信吉（一九〇六〜二〇〇二年）群馬出身。高等小学校を卒業後、群馬県庁に勤め、一九二八年に上京しプロレタリア文学運動に参加。戦後は萩原朔太郎、中野重治、室生犀星らの研究を深める。著作に『ユートピア紀行』（平林たい子賞）、詩集『老世紀界隈で』など。

事実に、今頃気がついたというのは情けない。

出版界は、九六年に総売り上げのピークに達すると、その後は漸減が止まらなくなった。表現の自由にかかわる出来事も相次ぎ、小説にとってますます困難な進み行きとなった。長編『文学部唯野教授』でブームを起こした筒井康隆は九三年九月、高校の国語教科書に掲載された作品に差別的な表現があると患者団体から抗議を受けると、自由に小説が書けない「言葉狩り」だとして無期限の「断筆宣言」に突入した。九四年に『石に泳ぐ魚』で登場した柳美里は、モデルにした女性から名誉毀損などで裁判を起こされ、二〇〇二年に最高裁で出版差し止めが確定。この件以降、私小説や評伝の執筆に見えない圧が加算されたことは否めない。

安部公房、大江健三郎、遠藤周作、大岡信らがノーベル賞候補と噂されている中、結局、大江が九四年にノーベル文学賞を受賞。その大江も「魂のこと」を主題にした『燃えあがる緑の木』三部作を完結させた後、九九年の『宙返り』まで五年間、小説を発表しなかった。日本人作家のノーベル賞受賞で、同世代の作家らの間にひそかな失望感が広がったようでもあった。

詩壇では「荒地」や「櫂」の同人らが病没したり、一線から遠のき始めていたが、文壇でも戦後、読者の裾野を広げた「第三の新人」らが現役を退き始め、誰もが知る大物作家は目に見えて減少した。書評や時評欄で絶賛されても、書店で本が売れることにつながりにくくなり、少部数の小説を探しやすいオンライン書店の登場まではまだ少し間があった。

世間と文学をつなぐ頼みの綱は年二回の芥川賞で、事実、芥川龍之介賞という制度を通過した受賞者らが中核になって現在の文学界は形成されているといっていい。一九八〇年代末から九〇年代の主な受賞者は池澤夏樹、大岡玲、辻原登、小川洋子、荻野アンナ、多和田葉子、奥泉光、笙野頼子、保坂和志、川上弘美、柳美里、目取真俊、藤沢周、平野啓一郎、藤野千夜ら。この賞を弾みにして辻仁成、町田町蔵（康）が詩と音楽を携え小説の方へやってきた。「純文学とは何か」という批評や討論がさかんに行われていたが、その価値を実証する新しい作品が豊富に生まれているとは言い難い……そうした一九九〇年代の文壇は、八〇年代の詩壇とよく似ていた。

停滞する文学の現状を批判する声のほうが、高く響く時代でもあった。迫力ある批評家がひしめきあっていた。九四年初頭に江藤淳に取材したとき、「昭和三十年代は批評が小説をリードした特異な時代だった」という話を聞かされた。江藤は、「まず作家が試みて、批評家は意味づけし価値評価を行う。批評は常に後についていくもの。批評が時代や文学をリードすることはない」と力説した。しかし、今になってみれば、一九九〇年代もやはり批評家が作家をリードするような、作家以上に発言力を持った特異な時代だった。

蓮實重彥と共に人気を集めた柄谷行人は九二年の中上健次の死を長く惜しみ、吉本ばななと九三年に亡くなった安部公房がどちらも海外で多くの読者を得ることができたのは、〈テクノロジーをめぐる反応〉で背中合わせにつながっているからだと説いた。柄谷は二十世紀の文学、芸術の前衛性は、結局は〈先端テクノロジーに対する反応〉にあると断言した（『現代日本の小説』）。当時、谷川俊太郎のデジタル受容を念頭に置いていたなら、ここでももっと豊かな論を広げることができたのだったが。村上春樹批評に異彩を放った加藤典洋は、『敗戦後論』などの著作から、果敢に現代史へ歩を進めていく。「知」が、知識が、何より偉かった最後の時代でもあった。知的なほのめかしを読みとれないことは恥ずべきことだった。そのような風潮が九〇年代の病をこじらせていく。

二〇〇〇年代に入ると、同時代の若手作家のために多大な労力をそそいで時評を書き続け、厳しい注文を付けるお目付け役のような、あるいは荒川洋治のいう〈俗臭ふんぷんたる政治家みたいな〉文芸評論家という種族は、ほぼ絶滅してしまった。情報が細く枝分かれしていく一方のネット社会は、長年、一つのジャンルとして見渡されてきた現代文学、現代詩の内部を分断し、ヒエラルキーを無効とした。結果、既存の枠組みを前提とした「純文学とは」「戦後詩とは」といった議論は成立しなくなった。今、私は滑稽な私論を書いているだけなのだろう。

高橋源一郎は岩波書店が二〇〇一〜〇三年に刊行した叢書「21世紀文学の創造」別巻『日本語を生きる』収録の谷川、平田俊子との鼎談で、「八〇年代になって、いわゆるポストモダンという考え方は、それ自体超文学主義なんだけど、一緒に文学まで掃除しちゃったわけですね（中略）ポストモダンというと話がややこしくなるけれど、あれは超エリート主義なんですよ。超エリート主義がエリート主義を退治した瞬間から、エリート層がなくなってしまった」と現状を大摑みしてみせている。対して谷川は、「一〇何年ぐらい前から。それからだんだんぼくはかわいい存在になってきて、自分でも意識して、もう男は愛嬌・女は度胸という世界に住もうと思った（笑）。現代詩は尊敬される必要はない、うければいい、かわいければいい、仕事は芸術だなんて思わない、受注産業である」。突き抜けた諦観を口にしている。この谷川の発言を、岩波書店が活字にしたこと自体、当時は驚きもあった。

このような現代文学の衰退のプロセスを書き記しながら、谷川が「詩は小商いだから」と口にしていたことが気になり始めた。「何をもって成功とか失敗とかって言うの？　部数？　だったら詩集の場合、三千部か三万部かの違いでしかないから同じでしょ。詩は小商いだから。小説のように十万部、百万部を狙って本を作ることは初めからやってないもの」

雑誌のインタビューでも次のように述べている。一九五〇年代は詩を新聞に書くとは何ごとかと批評され、同人誌とかミニマルなメディアで発表すべきだとされていたが、谷川自身はそれに反発して広げていこうとした。だが、「今は逆です。今は全然売れない。ミニマルになった方がいい、現代詩は。詩集が売れないからですよ。小説に比べると全然売れない。CDが売れないのと似ているところがあってね。だから僕は、これからは詩は小商いだって言っているんです。そんなにたくさんの人数を巻き込まなくてもいいんじゃないかと。書店も減ってきて、書店がカフェや雑貨屋さんになったりしているじゃないですか。Amazonが巨大なマーケットだとしたら、詩は書店に同調するような、小さいところで島みたいにいければいい」（「カーサ・ブルータス」二〇一三年十二月号）

谷川俊太郎は、一九九〇年代をどんなふうにすごしていたのだろう。中断していたのは詩誌や文芸誌へ詩を発表することでそのほかの仕事は続行されたのだったが、谷川がもっとも真剣に取り組んだのは、自分のペースで好きなように企画して実行に移す、この「小商い」だった。中でも力を入れたのはジャズをベースに幅広いジャンルの演奏、作曲活動を行う音楽家である長男、谷川賢作が率いるバンドDiVaと組んで自作の詩を朗読する催しである。九七年秋には二か月がかりで九州から北海道までコンサートツアーを行い、翌年にはアメリカの東海岸でもツアーとレコーディングをしている。中小の会場で「谷川俊太郎」という名前と学校で教わったひらがな詩しか知らない客が多くても、谷川は初期作も近作もその時の気分に応じて朗読し、「鉄腕アトム」の主題歌をバラードのように小粋に歌った。こうしたコンサートは誰にでも出来る芸当ではない。安定して集客できる詩人がほかにいるだろうか。心から楽しんでもらおうと、現在も年に何回か続くDiVaとのコラボレーションで、吟遊詩人は毎回、全身で語りかける。

谷川はステージに強い。自作と即興の詩を朗読して対決する「詩のボクシング」で九八年秋、初代王者ねじめ正一を負かした際の即興詩のパフォーマンスは今も語り草だ。中央アジアからオーストラリア、インド、ヨーロッパ各国、アメリカ、そして中国……。国際詩祭や音楽祭へもひんぱんに参加してきた。谷川の翻訳詩集の出版を機とした招待も少なくない。佐野洋子の息子、広瀬弦の挿画でつくった『みんなやわらかい』（大日本図書）をはじめ、絵本や児童書の制作、翻訳はこの間も多い。選集や対談、中勘助ら先輩詩人の代表詩を編む仕事も幅広く引き受け、九六年に亡くなった武満徹の全集に添えるために、谷川は追悼のインタビューを小澤征爾、高橋悠治ら八人に行い、一冊にまとめて上梓した。

つきあいの深まった河合隼雄とは、山田太一、阪田寛夫らを交え、家族や子どもをテーマにした共著を何冊も企画した。そして第1章で触れたように、『母の恋文』と『愛ある眼――父・谷川徹三が遺した美のかたち』を丁寧に編集し、両親の追悼とした。*


二十世紀がこうして暮れてゆき、新しい世紀が始まった。二〇〇一年刊のエッセー集『ひとり暮らし』（草思社、現在は新潮文庫）には、一九九九年二月から二〇〇一年年初頭にかけての断続的な日記「ある日」が収録されている。武満徹の没後コンサートを聴きに行ったり、九州の高齢者施設「よりあい」をDiVaと訪問したり、辻征夫に誘われた「余白句会」へ顔を出したりしながら、友人らにつかず離れず囲まれて過ごす一人暮らしのペースを、すっかり完成させた様子がうかがわれる。九五年からつけ続けているという谷川の日記は、リラックスした上質な散文で充たされているはずだ。九九年三月二一日にはこんな記述もある。

〈寝がけに須賀敦子を読み、ウンベルト・サバの詩の「……じぶんの／そとに出て、みなの／人生を生きたいという、／あたりまえの日の／あたりまえの人々と、／おなじになりたいという、／のぞみ。」という一節を見つけて胸を打たれた。〉

寛解のきざしが見える。ここからほどなく〈夜明け前に／詩が／来た〉。

二〇〇二年五～七月号の「現代詩手帖」に掲載された三行一連形式の三十篇は、『minimal（ミニマル）』と題され、同年十月にW・I・エリオット、川村和夫による英語の対訳も入った形で単行本になった。〈呑気な旅のつれづれから、いくつかの予期しない短詩が生まれた〉とあとがきにあるのは、〇一年三月の大連、北京、上海をまわった旅を指している。途中、蘇州の道教の寺に立ち寄った谷川は、そこで「とびきり運勢のいいおみくじ」を引き当てている。案内人は一九九九年から中国各地の詩人らと谷川との交流会を催していた日本の現代詩の研究者であり、谷川作品の中国語の訳者であり詩人である田原《ティエン・ユアン》。谷川の復調には田原の存在も大きかった。田原は谷川の休筆期間を「自然失踪」と呼ぶが、その間も〈氏が一刻たりとも氏の創作を中断していなかったことが分かった〉と述べ、『minimal』冒頭の「襤褸《らんる》」は、一九九九年九月、北京から鄭州へ向から飛行機の中、高度一万メートルの雲の上で誕生したことを誇らかに明かしている。

中勘助　（一八八五～一九六五年）　東京出身。東京帝国大学英文科で夏目漱石の講義を受け、作家になり、自伝的小説『銀の匙』が名高い。詩集に『藁科』『飛鳥』など。谷川俊太郎編『中勘助詩集』（岩波文庫）がある。評伝に富岡多恵子著『中勘助の恋』。

〈私の左側、舷窓の右側で、谷川は掌ぐらいの大きさの窓口から差し込んできた雲の上の陽射しを受け、しっかりとボールペンを握り、手当たり次第に取ってきた紙片にこの詩を書いたのである。氏が濃赤色の縁の眼鏡をかけて創作していた姿は、今でもありありと目の前に浮かんでくる〉(『谷川俊太郎《詩》を読む』二〇〇四年、澪標)。これほど異国の詩人の敬愛を受ける谷川の幸福も思われてくる。

夜明け前に
詩が
来た

むさくるしい
言葉を
まとって

恵むものは
なにもない
恵まれるだけ

綻びから

ちらっと見えた
裸身を
またしても
私の繕う
襤褸

（「襤褸」）

新しい詩を田原はこう評する。〈煩瑣を避け単純につき、できるだけ言語に対する誇張を捨て、できるだけ言語に感情の圧力をかけないように工夫している。それは典型的な東洋的行為であり、東洋詩人の長所であるといえよう〉。簡潔な言葉で意は尽くす――田原は谷川を〈日本現代詩の「松尾芭蕉」〉と呼ぶ。谷川は中国で何に出会ったのだろう。日本人が失って久しい素朴な詩情か。漢詩の清潔さか。これから飛躍していく無名の人民が醸し出す社会の活気だったろうか。

二〇〇二年七月には北京大学で「谷川俊太郎詩歌シンポジウム」が開催された。ひらがな詩の多い谷川作品が、どうやって漢字で翻訳され、損なわれないか、どういう効果が上がるのか知りたいが、谷川は現在、もっとも中国で親しまれている日本の詩人であるという。

一方、東京で書かれた『minimal』の収録作品には、自我の殻を脱ぎ捨て、肉体を離れたところから自身を眺めて時のたゆたいを味わう、水のように透明な境地の伝わるものがある。

座る

ソファに座っている
薄曇りの午後
剝き身の蛤みたいに

しなければいけないことがある
だが何もしない
うっとりと

美しいものは美しく
醜いものも
どこか美しく

ただここにいることが
凄くて
私は私じゃなくなる

立ち上がって

水を飲む
水も凄い

「花弁」「こうして」には、新しいひとの影もかすかに映る。四元康祐は〈久しぶりに許された言葉たちは、再び味わう世界の波動に、痺れおののいているかのようだ。そこには禁欲の後の快楽が横溢している〉（『谷川俊太郎学』）と祝福している。

言葉を極限まで切り詰めた手法は『minimal』ですぐに終わり、『夜のミッキー・マウス』（〇三年、新潮社）、『シャガールと木の葉』（〇五年、集英社）と再び静謐な、ときに饒舌にあふれる言葉が送り出された。そして第二三回詩歌文学館賞を受賞した『私』（二〇〇七年、思潮社）と、六つのドラマティックな長編詩を連ね、第一回鮎川信夫賞を受けた『トロムソコラージュ』（〇九年、新潮社）に、二〇〇〇年代以降の谷川のピークを見ることができるだろう。

とりわけ『私』は、谷川俊太郎という詩人の全体像をすっかり明かして見せながら、その自画像の瞳の奥をのぞき込んでも、まったく底が知れず宇宙の果てまで突き抜けているような、この詩人の本質が現れた集成だろう。目次に並ぶ四十一の作品名には、河、朝、廃屋、庭、墓、音楽、夢、午後、少年、雲、仔犬、母、おばあさん、不死……。二千五百篇を超える谷川の作品に、常連のように登場し続けてきたキーワードばかりが並ぶ。中でも谷川が「これがないと生きていけない」と常々挙げる「音楽」を、芸術論とするのではなく詩で展開した『午後おそく』による十一の変奏」は、谷川俊太郎を形づくってきた原イメージを思いがけなく露わにしているように思われる。

最初に置かれているのは、1950・1・9と日付けの入った「午後おそく」という三行三連の短い詩。『二十億光年の孤独』には収録されていないが、後に同時期の作品を集めた『十八歳』（一九九三年、東京書籍）に入った目立たぬ短い詩である。

かたむきかけた日の光は
かしの葉のふちをいろどり
そのまま芝生にとけこむようだ

応接間の回転窓は
雲の小さなすがたみとなり
気よわく夕日に対している

今日もいちにち快晴
かたむきかけた日の光が
だんだん影をのばしてゆく

この九行ばかりのオリジナルを、二〇〇七年、七十五歳の谷川は十一の新しいヴァリエーションであざやかに奏で分けていく。行分けの妙技もある。最初の変奏は〈かたむきかけた日の光に／子どもたちはいつか／散り散りにうちへ帰って行った／ベンチで老人は本を閉じて／歴史の暗がりから戻ってきたが／理性の光がきらめかせたのは／ギロチンをはじめとする／まがまがしい凶器のたぐいばかり〉と不穏に展開して行き、かと思えば次には〈木は空へと伸びてゆく／年輪に自分を記録しながら／／ヒトも空へと背伸びし／宇宙にさまよい出てゆくが〉と一気に時空を拡げていく。その後も次第に大胆に、オリジナルの影がなくなるほどに自由に変奏されてゆき、十一番目の前に三行だけ、ルイス・キャロルの〈「ながれをただよいくだりながら……／金いろのひかりのなかにためらいながら……／いのちとは、夢でなければ、何なのだろう？」〉という言葉が引かれている。そして最後の変奏では、〈書き忘れていることがある　と思う／多分綿埃のようなこと　いや／何百万光年かなたの星雲のようなこと／書き忘れていることがある／手紙に？　日記に？　それとも詩に？／／書き忘れていること／言葉の手前でふと立ち止まってしまったこと／それがあるのは　どこ？／姿見に六十年前の芝生が映っている／ひとりの青年が歩いてくる〉と、最初のイメージに回帰する。

谷川は二〇一〇年になって「葡萄」という長い歴史を持つ同人誌に「午後おそく／若き日の詩集・自注」として、次のようなことを書いている。〈当時生活していた両親の家の庭と、応接室の情景を描いたほとんど写生と言っていい作である。「今日もいちにち快晴」などという一行はまるで中学生の日記のようで、こんな無防備な素直さは、もういまの私からは失われている〉

こんな無防備な素直さ。だからこそ、この詩は、谷川俊太郎という詩人の半世紀も前の原風景が映し出された、特別な作品であることがうかがわれる。おそらく谷川も、白昼夢のようなそこへ戻れば、言葉はおのずと湧き出し、無限の変奏が可能になる、魂の故郷もそこにあることを知っているのだろう。

インタビューでも、「僕にとって変奏は、インスピレーションと共に重要なキーワードだと思う」と谷川は語った。「変奏」については、一九四〇年代の終わりから五〇年代の初めにかけて、すなわち『二十億光年の孤独』を書いていた頃、「まずベートーヴェンのピアノソナタ『熱情』の第二楽章を聴いたことのショックが基本にある。その時、ヴァリエーションということの存在の仕方が、ただ音楽だけじゃない、言葉にできなかったけれど繰り返される何か、として感じられたように記憶している」と述べていた。「自然も人間も、生きるということは主題を繰り返し変奏することだという認識が、どこかにずうっとあるんじゃないか」。そう自己分析も加えた。

「変奏」との出会いをさらに遡れば、小学校の頃、ベートーヴェンのピアノのためのヴァリエーションを習った時の体験だったという。曲名は「わが心うつろになりて」による六つの変奏曲(WoO.70)。その体験にも書き及んでいるベートーヴェンに関する考察を、二十代のうちに谷川は次のように書いている。

〈テーマはおそらく問題ではないのだ。変奏するということ、限りなくひろがってゆきたいというその願いの中にこそ、ヴァリエーションの真の意味があるのではなかろうか。テーマはつまり何でもいい。ある存在の象徴のようなものなのだ。変奏はその存在のまわりを駈けめぐり、それに触れ、それを壊し、それを愛撫し、それに自らを捧げることによって、それを証し、そうすることで世界を証しする〉

〈変奏は時にふなべりをたたくさざ波のように、また時には花の木に群れる蜂たちのように、そしてまた時に若者の乙女に捧げる愛の言葉のように、やさしく限りもなくひろがってゆく……〉

(『愛のパンセ』所収「ベートーヴェン」)

詩人の天才をゆるぎなく証明する文章ではないか。もしかしたら、これこそが再び詩人としてよみがえった谷川俊太郎の生命力、能力であり、私たちがもう、歴史の終わりを迎えているとしたならば、無限の変奏を味わうほか、文学の道は残されていないのではないか。「変奏」という想念を味方につけた谷川は、この世界の細部と宇宙の果てを遠近自在に見渡しながら、無限の言葉のヴァリエーションを六十年以上も奏で続けてきた。谷川が書いてきた生きることの変奏曲は、今この時も誰かの心の中で、それぞれの音色で奏でられている――。

「沈黙の十年」から活動を再開したこの時期、二〇〇〇年代の谷川の心境については、山田馨が二〇一〇年にまとめたインタビュー集『ぼくはこうやって詩を書いてきた』（ナナロク社）に詳しい。休眠期も変わらず谷川の近くに寄り添い、河合隼雄と三人で秩父や信州に小旅行を繰り返していた編集者の山田は、二〇一三年には谷川詩の入り口になり続けるであろう岩波文庫の『自選 谷川俊太郎詩集』を担当し、詳細な年譜を作成した。この文庫の解説で、谷川より十歳下の山田は述べている。〈『私』には感動した。「自己紹介」と「さようなら」には老いの軽みの極が、無造作にひょいと置かれている。初めて音楽を聴きながら書いたという「泣いているきみ」に、ぼくは泣いてしまった。『子どもたちの遺言』には、子どもの心と大人のしたたかなことばの技術が力を合わせている。『トロムソコラージュ』には、驚愕した。それまでは、否定していたストーリーという器を知らんぷりしてつかって、不思議な長編物語詩をつくってみせた。八〇歳になるというのに、どれもが自然で、どれもが挑戦的だ〉。同感する。とりわけ『トロムソコラージュ』については。

私は立ち止まらないよ
私は水たまりの絶えない路地を歩いていく
五百年前に造られた長い回廊を
読んでいる本のページの上を
居眠りしている自分自身を歩いていくよ
太陽は陽気に照っている
または鉛色の雲のむこうに隠れている
またはこの星の反対側で働いている
またはタ焼けに自己満足している
そして星は昼も夜も彼方にびっしりだ
私は立ち止まらないよ
でも戦車はね　ひっそり佇んでいるのがいい

（「トロムソコラージュ」部分）

「今、ここ」が一番大事で物語も歴史も要らない、自分には向かないと言い続けてきた詩人が、ノルウェー北部の見知らぬ町をただただ歩くうちに歴史へ、物語へ、死後の世界へと、軽やかに即興の言葉を一九七行にわたって繰り出している。「歩く」ことについての詩といえば、イギリスの詩人、ウィリアム・ワーズワース（一七七〇〜一八五〇年）の自伝的長編詩、八千行余にも及ぶという『序曲』がある。八十年生きたこのロマン派の詩人の後半生は、自然と人間の交感を深く、しかも広範に描いたこの長編詩を書き直すことに費され続けたが、それはむしろ、改悪につながっていったとされる。が、谷川はそんなことはしない。『トロムソコラージュ』の六つの長編それぞれに、新手法、新境地が発見できる。「この織物」（別丁に収録）は、市川崑、和田夏十夫妻が思い出される男と女のドラマにもなっている。どうして谷川俊太郎にだけ、こんな思いもつかない新展開が可能になるのだろう。

そして、「こんなに詩で詩を語る詩人はいない」と批判半分で言われ続けてきた谷川の仕事は、第十一回三好達治賞を受賞した『詩に就いて』（一五年、思潮社）で極まった感がある。注文を受けて書かれた詩は一篇もない、初の書き下ろし詩集で、全三十六篇を通じて、詩の理想型、詩とは何か。ひたすら変奏されている。たとえば「詩よ」。

〈言葉の餌を奪い合った揚げ句に／檻の中で詩が共食いしている／まばらな木立の奥で野生の詩は／じっと身をひそめている〉

〈華やかな流行の言葉で身を飾って／人々が笑いさざめきながら通り過ぎる／中には詩集を携えている女もいる／物語を見失ってしまったらしい〉

とはじまり、ここまではいかにも谷川らしい。ところが三連目では、

〈活字に閉じこめられた詩よ／おまえはただいるだけでいいのだ／何の役にも立たずにそこにいるだけでいい／いつか誰かが見つけてくれるまで〉。もはや何も期待していない諦観も読み取れるが、これは肯定ではないのか。諦めの肯定、のような断片はほかにもあって、「詩人がひとり」では、〈そして詩は／言葉の胞衣に包まれて／生と死を分かつ川の子宮に／ひっそりと浮かんで

いる〉という未生の宙づり状態が表現されている。
どんなものでも、谷川俊太郎がみつめ、それを言葉にすれば、詩になる。詩にしてしまう。『詩に就いて』の中でそれぞれの行は矛盾した方向に揺れながら、読む者をどうしようもなく詩に引きずり込む。

「私は何一つ言っていない
何も言いたいとは思わない
私はただ既知の言葉未知の言葉を
混ぜ合わせるだけだ
過去から途切れずに続いている言葉
まだ誰も気づいていない未来にひそむ言葉が
冥界のようなどこかで待っている
そんな言葉をまぐわいさせて生まれるのは
私が書いたとは思えないもの」

〈でもそれが詩ですよ〉と
誰が言うのか

（「まぐわい」）

詩は何かを伝えるための主張ではなく、気づいてもらうのをただ待っている、そこにある、美しく、凄い何か……。そのことに気づいてもらうために谷川はあらゆる角度から変奏し続ける。この世界の細部と宇宙の果てを無限のヴァリエーションで書き続ける。そして、ここまで離れ技を連続して繰り出されると、思い切って極論を言ってみたくなる。詩とは結局、同時代に一人の詩人しか、戴くことができない芸術ではないか、と。

古来、いつの時代も結局は一人の詩の王、桂冠詩人、司祭が同時代の言葉を司り、背負ってきた。そのようにして人間は言葉の歴史を連綿とつくってきたのではないか。

散文、小説界では女性も男性も複数の最高峰が同時代に並立して連なっているのが常態と言える。対して詩壇は、誰を王に戴くか。近代詩の流れを振り返るだけでも覇権をめぐる歴史のように見えなくもない。北原白秋も萩原朔太郎も、そのようにしてそれぞれの時代に君臨したのではないだろうか。その下に著名な詩人もおのずと時代の読者によってポジションを采配されていったという印象を持つ。石川啄木、宮沢賢治、中原中也のように、夭折したゆえに死後、格別に尊ばれる詩人も少なくない。

詩の王はどのように選ばれ、継承されるのか。これこそ、その作品が長く読者の心に滞留し、染み込み、愛唱される、読み継がれる——明白な、その事実によってだけだろう。一番多く人々の心に施しを与える詩人が、結局は、その時代の言葉を率いる「詩の王」ではないのか。七一年、『うつむく青年』という軟らかな詩集が大勢の読者へ広がった時、中村稔は「白秋、朔太郎、俊太郎」と言い当てた。詩壇の序列を差配していた小田久郎は、九三年、『世間知ラズ』が刊行された際、ついに「朔太郎から俊太郎へ」と認めた。

今振り返ると、谷川俊太郎は一九五〇年にデビューした時から、桂冠なき詩の王として、ここまで在り続けてきたのだ。本人は、生涯の詩友、大岡信に向かってかつてこう言っていた。「おれは事大主義ほど嫌いなものはないんだ。だから自分がある権威を持つようになるってことも、すごく嫌なわけ。とにかく〝先生〟みたいなものになるくらいだったら、道化者になりたい」「軽薄に見えることは承知の上で、ピョンピョン跳んでいたいのだよ。詩人というもののおれのイメージのなかには、そういう妖精的なものがある。ずっしりと鎮座して予言者になるよりも、人間のあいだを目に止まらないぐらいに、変幻自在に跳びまわっていたい」。ところが大岡は見抜いていた。「同じことをやっても君はどうしても軽薄にならない。それは、君がいつでもなにかモラルを感じさせるからなんだよ」「君が朗読するときの聴衆も、たぶんほかの人たちの朗読のときとは違う反応を示しているのじゃないかと思うな」（『詩の誕生』、対談は一九七五年）

詩の王は臣下など持たず、同じ言語を使う人々の中でもっとも親しみを持たれる軽い存在にしか見えず、「安売り王」なんて呼ばれることもある。それでも何者にもとらわれぬ自由をもって、権威的で空虚な言葉で飾り立てた裸の王様は誰か。指差す役割も務めなければならない。〈世間には自分で言葉にできない人の方が圧倒的に多いのだから誰かが代表を勤めなければならない。右代表・谷川俊太郎君。／肩に乗るその重さが辛くて彼は「私は詩人ではない」と言った〉。詩人として出発した池澤夏樹の言葉である（『詩のなぐさめ』二〇一五年、岩波書店）。

言葉の王、代表者であるならば、やがてその立場が継承される日を迎えなければならない。

時代が一斉にその人の言葉へと向く、そんな詩人が再び登場するのはいつの日になるだろう。ある時、谷川自身も語っていた。「僕もね、詩の世界は一人天才が出てくればいいんだ、と。それは本気でそう願っていますよ」。今が自分の時代だなどと、これっぽっちも想像していない、そんな乾いた口ぶりだったが。

インタビュー5

「運がいいと、それを詩に書けるかもしれない」

——『世間知ラズ』から十年近く、新たな詩集の出版はほとんど行われませんでした。「沈黙の十年」と呼ぶ人もあります。そして再開された二〇〇二年の『minimal』以降の作品は、いっそう自由に気持ちが解き放たれ、清々しく再生されたと感じます。

『minimal』のあとがきに書いてるとおりの気持ちだったと思いますよ。詩を書くことに行き詰まったのではなく、あまりにイージーに詩を書いてしまう自分、現実を詩の視線でしか見られなくなっている自分に嫌気がさしたから、やめてみることにした。それは職業病のようなもので、沈黙してるうちにだんだん癒えて、また、新しい詩を書きたいという欲求が湧いてきたんですね。辻征夫に誘われて句会に通ったりし始めると、俳句の短さに憧れて詩を短く書いてみたい、言葉も短く端的に意味を伝えるものを選ぼう、それで内容が貧しくなったらつまんないから、少ない言葉でどうやって書こうか、と。その方針で時間をかけて出来上がったのが『minimal』という詩集でした。

時間があったから、ウィリアム・エリオットさんと川村和夫さんの英文も一篇ごとに対訳で入っているでしょう。二人はもう長いこと、僕の詩集が出たらすぐにやってきて、一緒に英訳を完成させる。お酒を飲みながら僕も意見を言って。自主的なボランティア活動になりがちだから、できるだけ活字にしたいんですね。川村さん、亡くなってしまったけど。

――休筆中は、いろいろな方とゆっくりお話をされる機会が多かったようですね。実は私も一九九八年の春先でしたか、百瀬恒彦さん――『子どもの肖像』を谷川さんとコラボレーションした写真家の世田谷のお家で、谷川さんと百瀬夫妻と四人で、チーズフォンデュをなぜかご一緒したことがありましたね。宇多田ヒカルさんのデビュー後で、いろんなお話をしたはずなのですが、内容はほとんど記憶にありません。ただ谷川さんの静かなのに気さくな感じが、印象に残っています。

百瀬さんとは一緒にモロッコとか旅行にも行きましたね。あの頃は少し、僕も元気を取り戻し始めていたんじゃなかったかな。気楽な時期で、車を運転して神奈川や信州や秩父、どこへでも一人でふらりと出かけて行ってました。

――『minimal』という詩集には、名セリフがたくさんあります。「そして」の〈なんという恩寵／人は／死ねる〉や「嘆く」の〈こんなにも／完璧な／自然〉。「私」の〈その時／そこに／いた／／それが／私／土に返る〉。引用されても著作権が発生しないほど短い。

そうそう。〈宇宙は鼻の先〉とかね。言葉は世の中に出ていったら、もう誰のものでもないって考えているから、使用権はあまり気にしてません。ネットでは僕の詩を全文引用したブログとかすごく多くて、僕の詩のタイトルだけ検索しても、かなり出てくるでしょう？　一冊まるごととか、活字の本になって著作権が絡んでくる以外はいいと思っています。それより、いろんな人に読んでもらいたいから。

——無料の音楽配信みたいな感じでしょうか。『minimal』というタイトルは、二十一世紀のライフスタイルを先取りしたタイトルでもありました。持ち物やコレクションの数を競う方向には行かず、電子化されたコンテンツ、アプリを活用して最少限の道具で生活するミニマリストが増えています。谷川さんの生活も、その方向にあったのでしょうか。

そう。モノはもう要らない、人は無口がいい、人づきあいはできるだけない方がいい、コンピュータは軽くて小さいのがいい、それでMacになって、車もだんだん小さいフィアットとか選ぶようになってきて。ラジオのコレクションも京都工芸繊維大学に寄付しました。日用品のデザインもできるだけ飾り無しの、記号だけみたいなものが好きで、大きくて重いのは生理的にイヤ。生活もシンプルですよ。十二時と一時の間に寝て、夢も見ないで七時半頃、起きる。午前中から昨日の続きの仕事をして、郵便物を何時間かかけて整理して、打ち合わせをしたりして、その合間に時間があればパソコン開けてちょこちょこ詩を書き直している。それでも詩を書く時間が足りない。下書きは横書きの画面でやってますね。

掃除とか事務を手伝ってくれる人は週に何度か来てもらってますけど、洗濯も簡単な食事の用意も自分でやってます。食事は一日一食、夕食だけ。朝は野菜ジュース。野菜を蒸したり玄米炊いたり、冷凍のスープを温めたり。外食の時は美食もしますけど。食器は今でも両親の遺した骨董みたいなものも使ってて、買い足すときにはだいたい無印良品。『ひとり暮らし』（新潮文庫）を、熟年男の一人暮らしのバイブルみたいに誤解してる人もいるらしい。何もノウハウが書いてあるわけじゃないのにね。ただ、今の暮らし方で二十年近くやってきてるし、満足してます。夏は北軽井沢に移って、東京との往復も今のところ自分で運転してるしね。

——昨年の夏、取材にうかがった北軽井沢のお家から軽井沢駅まで、ご用のついでだってことで乗せていただきましたけど、山道もけっこう飛ばされて。

運転は年齢の割に反射神経が優れてるって言われたけど、次の免許更新はどうしようかな、と思案中です。

暮らし方が変わったのも詩をやめてみたのも、きっかけは佐野さんと別れたからなんだけど、現代詩というものに疑念を持ちながら書き続けてきたわけでしょう？　四十年以上も長い間書き続けて、疲れた、飽きたってことと同時に、詩から小説に行ったミラン・クンデラなんか読んで、クンデラや佐野さんから詩という言語活動のマイナス面をいろいろ思い知らされたということもあった。そのまま書き続けると能天気な詩人になってしまいそうで、少し距離を置くことにしたんですね。でも詩を書くことは救いでもあったから、注文を受けていたクレーの詩などはあの時期にも書いていました。だから「沈黙の十年」はちょっとオーバーでドラマティックすぎる言い方（笑）。

――でも、沈んだ調子の詩もあります。ここから少しずつ、気持ちを回復されたのでしょうか。

まにあうまだまにあう
とおもっているうちに
まにあわなくなった

ちいさなといにこたえられなかったから
おおきなといにもこたえられなかった

もうだれにもてがみをかかず
だれにもといかけず

てんしはわたしのためにないている
そうおもうことだけが
なぐさめだった

（「泣いている天使」部分、『クレーの天使』二〇〇〇年）

よく読んでくれてるね（笑）。クレーは若い頃から本当に好きだった。これも佐野さんにだけ結びつけて考えないでね。

――もちろんです。でも、不思議な巡り合わせだったと言いますか。きわめて個人的な事情や考え方から詩を休むことにされたわけですけど、現代文学の流れの中でとらえ直すと、必然的な決断のように見えてきて仕方ないんです。『世間知ラズ』の〈詩は／滑稽だ〉や、〈ぼくらが創造と破壊の区別のつかない時代に生きているということ〉という断片から、自分たちは追い込まれた時代にいる、と感じた詩人や小説家はかなり存在したでしょうし、谷川さんもなんらかの直観があって、書かれたのではないでしょうか。九〇年代の文学の流れにかなりの影響を及ぼしたと想像しています。

いろんな人が詩を書けなくなってたという感じはあったかもしれませんね。

僕があの頃、一番違和感があったのは、どんな人間も現実生活から離れられないはずなのに、現代詩の人たちは、あたかも日常の些事や不幸な出来事にまったく左右されない人生を送っているかのように、観念とか、思想の世界で書いていたってこと。詩の観念ばかりが肥大してたんじゃないかと思う。

近代以降の、つねに「新しくなければならない」という強迫観念的なものもオブセッションとしてあったと思いますね。僕もずっと後ろを振り返らないで、こうでもないああでもないとやってきた人間だった。これじゃつまんない、なんか別のことやりたいって、前へ前へやってきたつもりだけど、今頃になって初期の『六十二のソネット』を読み返して、やっとその良さに気づいたりしています。

――一九八〇年代以降の、「切実な問題」を失った社会の中で、詩人も小説家も、以前より困難な状況に置かれたことはたしかでは。出版物としても詩集が商品価値を得ることは絶望的に難しくなってしまいました。そんな中で、現代詩はいっそう難解に、高級なものになっていったように思います。

簡単に人にわかられたら困るものだったんじゃない？　そこに詩があるはずだ、みたいな漠然とした言葉あそび。お金が絡んでないことのリアリティのなさというのもありますね。お金が絡むともうちょっと意識が変わると思うんだけど。代わりに名誉とか虚栄心とか、かえって変なものが絡んでしまう。僕の場合も職業としての「詩人」は通用しなくて、「著述業」というのが税務署における肩書なんです。だって職業辞典に載ってないんだもの。作詞家や小説家は公的な書類でも認められるのに。つまり、自称する人は多いのかもしれないけど、現代詩人は生活を通してとか、自分の感受性を通して書くというところから離れて成立しているんです。

言語本位の詩になって、アメリカでいうところの東海岸的な詩人が日本にも多くなってきてましたね。英語の詩も同じように、ジョン・アッシュベリーなんて、僕は読んでもわけがわからないけど、尊敬されている、ことになっている。ゲイリー・スナイダーみたいな人を東海岸のアカデミックな人たちは評価しないんだ。

アカデミックな知識って抽象的になりがちでね、具体的に感じられないからどうしても言語の世界に還元される。文学の言語だけじゃなくて科学の言語も政治の言語もそう。となると、そうなる以前のことばで、できるだけ名前のつかない、無名の存在にじかに触れるような詩を書きたいって、不可能なことを、僕はますます考えるようになる。
意味を超えたもの、論理で割り切れぬもの、謎そのもの……となると、音楽に近いものなんだけど、それを表現するのは本当に難しい。詩を書いてきた人は、だから、それぞれ独自の道を行くしかなくなってると思いますよ。吉増剛造は普通の読者をもはや考えずに、我が道をつき詰める方向へ向かっているでしょう？　鈴木志郎康も。詩というのは、いつの時代もそういう面があってね、一貫して自分の道を細々とたどることに魅力を感じるところは大いにあります、自分が反対の方向にきてるから。
ところが世の中の方は、作品本位じゃなくてどんどん作家本位というか、生身の人間を出来るだけ見たいとメディアを通じて要求してくる。それは良くないことだと思っている。僕なんか完全に名前だけがブランドになってるって感じがしてね。実体のない人気だけがあるってことになっていて。

――それも人間の生の感情から現代詩が離れてしまっている反動で、谷川さんだけ名前と顔が一致して、詩人の実体が見えるような期待を世間が持っているからだと思います。でも実際のところ、谷川さんのコアな読者はどれくらい存在しているのでしょうね。

三千人くらいはいるんじゃないかな。ポップス系の詩はいわゆる大手の出版社、そうじゃない実験的なのは小規模の詩の出版社から出すでしょう。その両方を買ってくれる人。でも、この十年ぐらい、編集の人たちも「これ、どっちですかね?」って迷うし、僕自身もだんだん区別しない、しなくていいって気持ちで書くようになっています。それで都合の悪いこともないし。

——小説もそういう傾向はあります。エンターテインメントとしての面白さと、文学としての深さと、両方併せ持つ作品でないと読者を得られない。それがポストモダンの流儀だといわれたりした。その一方で、小説と詩、それから短歌や俳句、ジャンル間の交流や批評は行われにくい。丸谷才一さんや井上ひさしさんたちの世代は、戯曲も含めて文学を広角でとらえておいででしたが。

小説と詩の批評がこんなにはっきり分かれたのはいつ頃からですか? 一九七〇年代? 八〇年代になってから? 詩がほかの文学形式と違うのは、活字を読むだけじゃなくて、朗読して聴衆に語りかけたり、会場で即興の詩を作ったり、連詩や対詩を交わしていくことができるところなんですね。そこで直接的な反応が得られるっていうところがすごく大きな特性。だから今も、歌手で詩人の覚和歌子さんと年に何度か、公開で対詩を作ったりしていて、作ってる僕たちも楽しみなんですね。詩には感情がないと基本的には思ってるから、朗読するときに感情を乗っけて読むことはしませんけど。下手に乗っけると芝居のセリフになってしまう。かといって昔のNHKのアナウンサーのように無表情で読むのが正しいとも思ってなくて、相当に微妙(笑)。作者自身の権利で、場によって好きに読めちゃうんだけどさ。

——なるほど。一方で短歌や俳句は結社という家元制度のような図式がゆらぎませんね。そこでプロである師匠とアマチュアである大勢の弟子がそれぞれの流派という技術、カラーを維持し、更新していく。裾野もじつに広くて、短歌も俳句も一万人単位の推計人口が見つかります。対照的に現代詩は、個人個人が完結している。詩論を通じて個々の立地点が表明されますが、同じ領域に踏み込まず競合しない、けれども知的なバックグラウンドは大事、というのが了解事項のようです。谷川さんの場合は詩で詩論を書いてこられました。二〇一五年の『詩に就いて』は全編、詩がそのまま詩論です。でも、最後の「おやおや」は、

〈一日外で働いて帰ってきたら／詩がすっかり切れていた／ガソリンではないのだから／すぐ満タンという訳にはいかない／落ち着いて待っていれば／そのうちまたどうにかなるだろうと考えたが／気がついて見ると私は詩が切れていても平気なのだった／おやおやと思った〉

もはや詩を書かないでも平気な詩人である自分自身への疑念がさっぱりと表現されていて、残念ですがリアリティ、あります。

手応えがないんですよ。福田恆存が五十年も前に言ってることですが、現代はもうすべてが言葉だけになっているという印象がいっそう強くなっている。今の社会の現実へ、詩の言葉がうまく対応してこなくなってきていて、言語によって現実をつくってしまってる。困った状態ですね。六〇年代から七〇年代、時代もあったし「現代詩文庫」なんかの功績があって、けっこう詩がふつうの人の近くまで行った時代はありました。でも、僕はもう「現代詩手帖」もあまり読んでません。対談する時にはその相手の作品はまとめて読みますけど。

メディアの在り方も難しいところにきている。マスメディアはもともと個の問題を扱い得ない。

詩を書いてる人間としてはずっとそれを感じています。活字で発表してもその反応がさっぱりわからないから。詩はいつも個の読者へ届けるものだから、感覚的、肉体的に受け取ってもらいたいんだけど、批評家が返してくるのはどれも単なる頭でっかちの批評で、瞬間で忘れてしまう。以前はもう少し、よくわからないなりに手応えがあったんだけどね。いつ頃からかなあ。『世間知ラズ』にはまだあったかな。

――インターネットの普及とも関係があるのでしょうね。ネットはそういった反響を届けやすい草の根のメディアとして出発したのでしたが。谷川作品を呼び出す「谷川」という詩を釣る携帯アプリも二〇一一年には始まっていたし、ツイッターのフォロワーはたちまち二十万人を超えました。

でも、ツイッターはすぐに飽きちゃった。一四〇字は僕には長すぎるし。
もう、散文によって書く詩論という形式では手に負えなくて、詩の問題は詩で、徹底して細部の中に個別に問うてみよう、と思って書いていったのが『詩に就いて』でした。日本ではずっと作品になったポエムと、詩情としてのポエジーがあって、ポエジーは必ずしも言葉ではないから、言葉にするのがむずかしい。それは日常の隙間にも広告にも音楽にも潜んでいて、ポエジーのごく一部が言葉によってポエムになってるに過ぎない。僕としてはそういう、言葉にならない詩とは何か、それを見つけるために、あの詩集を書いたというところもありました。
ところがね、こんなこと言いながら、僕はこの十年ぐらいかな、詩を書くのが楽しくて仕方ないんだ。注文じゃない詩を書き始めたのって、『ミライノコドモ』(二〇一三年、岩波書店)あたりからかなあ。いつのまにか書き始めて、暇があるとひとつの詩を一か月も推敲してる。ものすごく矛盾してるんだけど（笑）。

――東日本大震災のあと、朝日新聞に毎月、一篇ずつ詩を発表されました。それらをまとめた『こころ』（一三年、朝日新聞出版）の「散歩」は、「詩はそこにあるから気づいてほしい」という普通の読者への思いが、強く込められているように感じました。

〈やめたいと思うのにやめられない／泥水をかき回すように／何度も何度も心をかき回して／濁りきった心をかかえて部屋を出た／／山に雪が残っていた／空に太陽が輝いていた／電線に鳥がとまっていた／道に犬を散歩させる人がいた／／いつもの景色を眺めて歩いた／泥がだんだん沈殿していって／心が少しずつ透き通ってきて／世界がはっきり見えてきて／／その美しさにびっくりする〉

東日本大震災という体験を背に、この時期、人のこころを慰める力のある詩が求められた。朗読会も沢山行われた。谷川さんの四十年以上前の『うつむく青年』に収められている「生きる」を、いろんな人が自分のバージョンに書き換えるという行為も社会現象として広がって、それらを集めた詩集も出版されました。

自分ではよくできた詩だとは全然思ってないけれど、日本人の感性の一番基本のところに触れたんだと思います。未来がどうなってるだろうとか、過去の日本の罪とか、それを全部捨象して、「いま・ここ」と言われるとほっとするのかもね。僕は自我を表現するために詩を書くんじゃないって、いつも言ってるでしょ。書いてる自分は受け身になっていろんなものを全部取り込んで、それに自分を託して書く――そんな自我のない、ジョン・キーツが言ったところの「ネガティブ・ケイパビリティ」を、いつも無意識のうちに行いながら詩を書いてるって感じがあります。それと誰かがね、僕の詩を「概念的だ」って言ってるんです。なるほどと思ったな。概念的、つまりある程度抽象的になっているってことは、どんな時代にも通用するところが出てくる。あまり細かい心理とかにこだわらずに書くことで、読者を獲得してきてるのかもしれません。

――今も『二十億光年の孤独』がよく読まれているというのも、めずらしいでしょうね。谷川作品は総じて古くならない。

デビュー作が残り続けているというのは本当に不思議な現象みたいで、外国人にもめずらしがられます。僕は詩の勉強をあまりしたわけじゃなくて、高いところに詩をまつりあげることもしないで、最初からただ、自分が現実に生きているところから出てきた言葉を詩に書いてきましたからね。今の日本の生活者として根を下ろした詩の方がいいって、ずっと開き直って書いてきた。その上でいかにあの手この手で面白く読ませるかみたいなことをずっとやってきた。やっぱり読者に近いところにはいたと思います。

――古くならないばかりか、いつ読んでもそのたびに新しい。歴史や伝統に収まらない、既視感がない、手垢がつきにくい。現実に即してるんだけど、張り付いてはいなくてフロー。それも谷川さんの詩の特徴のように思います。

僕はそれを「デタッチメント」と言ってるんですよ。漱石の言うところの非人情。詩には基本的にそういう性質があるのではないですか。

それと、僕には若さに価値を置くという考え方がない。われわれ世代は若いことが素晴らしいのでなく、むしろ年寄りの方が偉いという育ち方をしている。僕自身、自分の若さが失われていくという意識があまり強くなくて、逆に自分が今、八十半ばの曾祖父であるという自覚のほうも足りなくて困るという感じ。資格もないというか。

――今、インターネットを通じれば文学作品も音楽も、どの年代のものも呼び出せて、すぐに読んだり聴いたりできますね。新刊と百年前の古典が等価、横並び。渇望する暇もない。新しいものは古典に対抗しなければならないし、古典もいつまでも文庫や全集に安住していられない。怖い時代です。

僕なんか、もう見切った――見限ったじゃなくてね、見るべきものは見尽くしたという感覚があるし、ある程度、全体を見渡せるけど、今の若い人たちは大変だと思います。どんなふうにして好きな作品を探すんだろ？　もし、僕の作品が製造年代を問われないであまり古くなってないとしたら、それもやっぱり、僕が社会内存在ではないという証拠じゃないの？　「二十億光年の孤独」以来、ずっと宇宙人って言われてきたから。

僕は、想像力を持ち上げることもしなかったしね。想像力というと、今のSFホラーものなんかを思い浮かべてしまう。非常に猥褻な妄想の産物を見せつけられることがありませんか。僕の中にはたぶん、俳句の日本的な写実、写生の伝統があって、一人よがりの想像力を拡張しすぎないように自制するところがあるんじゃないかな。それが伝わりやすさにもつながってるのかもしれない。

――そうした谷川さんの姿勢が、小説家にとっては刺激的なんですね。二〇一五年の末には平野啓一郎さん、ロバート・キャンベルさんと本郷の東大キャンパスで公開座談会をされて拍手喝采でしたが、一九九〇年代にはもっとひんぱんに小学校、中学校、高校の教室まで出向かれて、直接、生徒たちに詩の話をされていたのですね。その活動から、『詩ってなんだろう』（二〇〇一年、筑摩書房、現在はちくま文庫）ができています。古代から現代までの短い詩を集めたアンソロジーで、詩人たちによる詩の定義集でもあります。若い人たちに向けて、「ともかく読んでみて」という切実な気持ちで行われた仕事だと感じます。

学校を訪ねたのは、「詩について話をしてほしい」って注文がとても多かったからです、その頃。「国語」を教える先生たちも大変だったのかもしれない。「日本語」でいいのにね。最初は賢作のやってるDiVaと一緒だったけれど、そのうち音楽抜きでしゃべることに慣れてきて、「谷川さん、ちょっと来て子どもたちと話してください」って言われると、気軽に受けられるようになりました。僕はいつでも「教える立場じゃなくてエンターテイナーとして行くんだ」って言ってる。幼稚園にも行きますよ。ざわついていたり、小さな子どもの多い催しなんかだと、「おならうた」や「うんこ」を最初に読む。するといっぺんに場がほぐれる。「どうしてそんなにくだらない詩ばかり作るんですか?」って聞かれたりしてね(笑)。

――子どもだけじゃないですね、気持ちがほぐれるのは。河井酔茗の「ゆづり葉」もいいですね。〈輝ける大都会も/そつくりお前たちが譲り受けるのです。/読みきれないほどの書物も/みんなお前たちの手に受取るのです〉〈世のお父さん、お母さんたちは/何一つ持つてゆかない。/みんなお前たちに譲つてゆくために/いのちあるもの、よいもの、美しいものを、/一生懸命に造つてゐます。〉私たちは今、譲りたくても受け取ってもらえない。脈々と受け継がれてきた良い言葉が、この時代に途絶えていくのを指をくわえて眺めてるわけにはいかないんですが。

その現状を克服できていない学校教育に、反発してやってたところもあります。それと、どこかにやっぱり、炭鉱のカナリアって意識があるんでしょうね。はっきり意識してないんだけど、意識よりもうちょっと下のところで、知らず知らずのうちに、明らかに時代の動きに影響されたり反応したりしている。時代と共に生きているという感覚がすごく強い。時代にものすごく影響されているし、時代を避けたりもしない。新聞も長い間の習慣で、毎日読んでます。だから詩にも時代が現れる。

――二〇一六年、「すばる」十月号に近作の十四行詩を九篇、発表されました。その中の断片に込められた感情の強さは、ちょっとたじろぐほどでした。

〈ただ一つの一回限りの取り返しのつかない事実が／文字になり映像になって世界中に散らばって忘れられる／数小節の音楽になだめられて口を噤む若者の／饒舌なブログに見え隠れする暴力の波動〉
〈夢も言語も失って世界はただの事実でしかなくなった／嗚咽でもすすり泣きでも号泣でもなく／泣き顔を見せずに泣きたいと思っている〉（「泣きたいと思っている」部分）

世界中でテロがますます多発しているでしょう。行動がエスカレートして、理性の方に引き留める言葉の無力化がいっそう進んでいるのを感じます。個別の、政治的な問題よりも、あらゆる商品が過剰に生産されているとか、右肩上がりの発想がまだ抜けてないとか、人間の意識の在り方自体が心配でしかたない。原子力発電についても、もう人間の欲望が錯綜しちゃってるから、どれか一つに事故の原因や再稼働させる理由を特定できないところが難しい。問題の全体をつかんで判断できる人、一人もいないと思う。地球の温暖化ももちろん心配で。じゃあ、何がやれるかというと、できるだけ要らない電気を消したりすることぐらいだけど。

――一方で、政治的な発言を、どちらかの立場から行われることはない――と思っていたら、二〇一七年、憲法施行七十年を特集する「中央公論」五月号に詩を寄稿されて、それは「憲法」という存在そのものについての詩でした。

〈憲法の語句を考えるとき／私は国家の決まりの奥にひそむ自分を考える／立派な言葉で割り切

ることのできない私は／国家に縛られながら国家に頼りながら／私のうちなる不文律を生きている〉（「不文律」部分）

露骨ではない、隠された形で私の認識を書いていると思いますけどね。社会的な文脈じゃなくて、もっとつかまえにくい、人間の魂の文脈みたいなところでこうした詩は書きたい。はっきり自覚しながら、未来を暗くしないものを書きたい。

でも実は今、一番夢中になって読んでる本は『あるヨギの自叙伝』（パラマハンサ・ヨガナンダ著、一九八三年、森北出版）っていうの。幼い頃から「神」は当たり前の存在だったインドのヨガの行者の書いた小説のように面白い書き方の本で、あれ読んでると空中浮遊なんかも「いや、これはあり得るな」って信じかけたりする（笑）。科学が全然到達できてないエネルギーや現象にかなり興味があります。大災害に見舞われるＳＦに近い予測も、一応視野には入れてみている。

――『すこやかに　おだやかに　しなやかに』（〇六年、佼成出版社）という本は、谷川さんにしてはお説教が入ってるな、と思ったら、「ダンマパダ」の英訳を底本にしながら、共感する部分を自由に日本語訳したものでした。仏教的な関心が高まってのことですか？

僕は仏壇も神棚もない家に生まれて、母親が同志社だから何となくキリスト教的な倫理観は持ってはいるんだけど、父親は戦争中、神棚がないのはまずいだろうって、安っぽい神棚買ってきて鴨居に吊したり、僕は僕でギリシャやローマの神話が好きで読みふけったり……。一貫して唯一の人格神というのだけは何となく避けてたし、性に合わない。だから、既成宗教のどれにも、僕はまったく共感はもっていないし、キリストならキリストが生きている時ならいいけど、組織になってしまったらごめんなさい、という感じ。神という名前がすごく邪魔な感じで、ゴッドでもアラーでもない、人間の似姿にもしないで、この世界と宇宙のすべてをつくったエネルギーをどうやって自分の中にイメージして、もし祈るとしたらどうやってそこへ向かえばいいのか……。それが今、一番のテーマですね。人間の知能では捉えられないから、結局わからないんじゃないですか。少なくとも言語化はできない。それで「ダンマパダ」もヨギの修行も読んでるわけです。

無信仰ではないですよ。毎月、呼吸法の先生に来てもらって、体調管理のために家でいっしょに身体をうごかしていると、しだいに霊の気配というようなものを感じられる気はしてきました。宇宙には今の科学が考えてる以上のエネルギーがまだあって、人間の知恵はそれを解明できていないだけじゃありませんか。

――「荒地」の詩人だったアメリカ文学研究者の加島祥造さんが晩年に書かれた、老子による「タオ」の思想や『求めない』などの本が何年か前に話題になりました。ビートニク詩人と言われる人々は都会を離れた人も多い。そういう晩年の過ごし方をどう思われますか。

ヒンドゥー教でいう林住期みたいなものでしょうか。いいかもしれないけど、今の日本では簡単にいかない。ビート、ヒッピーには若い頃から関心はあって、とくにコンミューンというものに興味があって、自分でもそういうものを作れないかと随分考えてきましたが、最大の問題は老人なんです。イスラエルのキブツに行ってみた時は、老人まで組み込まれているのを知って、その共生のイメージはずっと僕の中にあります。僕は一人っ子だから複数の家族と一緒に住むことは実際にはできなかっただろうけど。鹿子裕文さんの『へろへろ』って本が出たのはご存知？

――はい。福岡県の「宅老所よりあい」がどんなふうにできてどんなに面白いことが日々起こってここまで続いてきたか。それを書いたナナロク社の不思議な本ですね。谷川さんが初期から関わってこられたと聞いて、機関誌の「ヨレヨレ」も創刊号から読みましたけど、この施設の創設者の下村恵美子さん、雑誌編集担当の鹿子さん、今や売れっ子のイラストレーターになったモンド君、小さな組織なのによくあれだけの役者が揃いましたね。

よりあいよりあい　――宅老所よりあい　に寄せて

よるがちかづくとたましいは
りくつをわすれる
あいのしょっぱさも
いきることのすっぱさも
よけいにあじわえて
りきむことなく
あえかなまどろみに

いいゆめをみて
よれよれのからだも
りすのよう　きにかけのぼり
あまいこのみを
いっぱいとってくる
よろこびにはなんの
りゆうもなく
あすはちかくてとおい
いきるだけさ　しぬまでは

（『シャガールと木の葉』二〇〇五年）

ねえ、面白いよね。もともとは下村さんの発想で、彼女の馬力と魅力でここまでやって来たんです。あと福岡という土地柄。僕はもう二十年ぐらい通ってて、DiVaとコンサートにも行ってるし、いずれ世話になろうと思って部屋も予約してますけどね。僕と二年間、往復書簡を交わした、鳥取で「野の花診療所」というホスピスを営んでいる医師の徳永進さんも、「よりあい」はコンミューンの一つの試みだと評価してくれました。

僕が通い続けるのは、うちの母が認知症になってある程度の苦労を知ってたから。それと自分の中にある判官びいきかな。それが「ヨレヨレ」に書かれてるあの雰囲気と呼応したんですね。以前は一億円とかの豪華な老人マンションも見ていたから、その対極の支え合いの現場に感嘆したし、預かってる老人が「うちに帰りたい」といえば、サポートの人がついて帰宅させるという発想の転換もいいと思ったし。

――谷川さん、やっぱり関心を持たれている領域も活動範囲も、今もって相当に広いですね。徳永さんとの『詩と死をむすぶもの』（〇八年、朝日新書）も大変意義深い一冊でした。

聖と俗、生と死、理想と現実。詩人は遠近両用のポエムアイで古来、人間や文明を評したり、未来の予言まで行うものとされてきたから、大変です。それをほぼすべて、谷川さんはカバーされてきたわけですから。世の中の人々の感受性に言葉を与えて行かなければならない。

抒情は絶対、歌の方に行ってると思うな。だからこの時代のポップスをずっと検証していったら、相当いい詞が時代との関連で出てきてると思いますよ。こないだも誰かが松任谷由実の歌詞を引用して、「これは現代詩だ」って言ってたけど、僕なんか昔から友部正人は現代詩だってずっと主張してきたもの。音楽とか生の語りとか、そのほうが人に訴える力が強くて、詩の連中はそれに対抗できなくなってるんじゃないかな。糸井重里さんが詩を書いたら凄いだろうってよく言うんだけどね。

――でも、糸井さんのコピーの大もとには、七〇年代の谷川さんの詩があったように感じますけどね。『夜中に台所でぼくはきみに話しかけたかった』や『コカコーラ・レッスン』あたりの。昔はもっと歌と詩がくっついていて、北原白秋の「この道」も、山田耕筰のメロディ抜きには思い出せない。解説に

〈あたらしい詩がうまれると、あたらしいうたもうまれるようになった。うたのことばも、うたわずによめば、詩のなかま。詩とうたのねっこは、ひとつ。〉と谷川さんも書かれている通りでしょう。谷川作品は実はとても多くの曲になっていて、歌詞集（『谷川俊太郎　歌の本』二〇〇六年、講談社）や校歌詞集『ひとりひとりすっくと立って』（二〇〇八年、澪標）もあるほど。校歌の作詞は一四〇篇も。作曲は林光、湯浅譲二、山本直純、小室等、芥川也寸志、そして谷川賢作さん。

校歌ではないけれど賢作が僕の詩に曲をつけた「さようなら」は、DiVaとしても最高の部類じゃないかな。僕は彼が書いた歌で心底好きなものがいくつかあります。それから、「たかをくくろうか」って北野武に書いた歌。坂本龍一が作曲して、今もわりと歌われてるらしい。詞として書いたものじゃなくて、僕の詩を歌詞にして曲を作りたいという依頼もあるけれど、なかなかうまくいかないみたい。厳密に原文どおりじゃなくていいんですよ。言葉を軽くしないと音楽が生きないから。僕が作詞する時も、言葉の空間を空けておかないといい歌にならない。歌の場合は後半は繰り返しでいいや、みたいな。その方がかえって意味が深まることもあって。詩と歌詞の良さは別なんですよ。

――谷川さんがお好きな日本語の曲はありますか。

谷村新司さんの作詞作曲で、森進一が歌った「悲しみの器」。佐野さんと別れたばかりの頃、信州かどこかをドライブしてたらカーラジオから流れてきて、不意を突かれて泣けてきた。〈あ

ふれるほどの　悲しみだから／こぼしてしまえたら　いいのに／ひびわれすぎた　ガラスの心（中略）はじめて泣いた　僕は夢の中で〉……。曲も気に入って、それを歌おうと思って練習したのが、僕のカラオケの始まりだったかな。レパートリーは狭くて、あと十八番は映画の「男はつらいよ」の詩人版で「詩人はつらいよ」ってパロディーを歌って、けっこうウケる。それから賢作がアレンジした「鉄腕アトム」。これはどこで歌ってもはずさない。

――生の歌唱や演奏は、一回きりの体験で贅沢ですね。谷川さんの作品から、音楽と詩の関係について、何度も考えることになりました。『minimal』では、〈音楽は／決して秘密を／明かさない〉（「部屋」）とありましたが、そのあとの『私』という詩集の『『午後おそく』による十一の変奏」では、谷川さんの音楽、いえ生命全体に対する結論が、全篇をつかって表現されているような衝撃を受けました。

動かしがたく常にそこにあるもので、何度繰り返しても常に新しい――それが音楽だし、私はそのように存在しているものが好きですね。音楽とは意味より存在そのもの。存在そのものにどうやって意味を持つ言葉で迫れるか。そのことを僕はずっと考えてきたと思います。

――原初の形態から変わらずそこにある存在そのものへ、谷川さんは深く心を動かされ、それを見つめて書いてこられた詩人だと思います。

それは簡単にいうと、自然そのものですね。人間も、セックスだって自然だもの。

——そのほかにも、「音楽の中へ」で〈ぼくのからだは透き通り／桃色の内臓の奥のぼくの気持ちは／宇宙の果てまでひろがって／その先へとこぼれ落ちた〉とか。うっとりするような抒情があります。さまざまな意味で、『私』という詩集は谷川さんの達成点のように私は思いました。

そういうふうに受け取ってもらうのが詩人にとってはいちばん嬉しい。誰もがインスピレーションで詩を書くことはできないから。シェイクスピアの詩からも、英語が母語の人々ならそうしたインスピレーション、霊感をすごく感じるんじゃないかと想像しますけどね。翻訳では伝わりにくいけれど。結局、長く読まれる詩は、頭で書いた詩ではなくて、そんなふうに深いところから生まれた詩だと思っています。僕の詩ならたとえば「芝生」（別丁に収録）とか「さようなら」みたいにね。それから『トロムソコラージュ』の「この織物」なんかもそうかなあ。全体が右脳だけで出来ている作品は短い詩が大半だけど、長い詩の一部分にも、そんな深い部分が入ってる作品なら、ほかにもいろいろあると思います。『午後おそく』による十一の変奏」もそうでしょう。

まど・みちおさんの岩波文庫版の詩の選を頼まれたのですけど、まどさんにも、そういうインスピレーション的なものがベースにあるのがよくわかりますよ。まどさんは、ひと粒の砂に世界をみるというウイリアム・ブレイク的な見方で短い詩を書いているんだけど、長い詩で、これは本当にインスピレーションが降りてこなければ書けないという詩もいくつかある。それが全然評判になってない。現代詩はそういう作品をハナから批評しようとしなかった。でも、まどさんは存在そのものにどこまで言葉で迫れるか、やってみている。それが半ば習慣化していて、その思考法に飽きてくる感じも正直ありますけど。

――さまざまな詩人の、没後の選集づくりや追悼詩にも、かなりの時間を費やされていますね。

そう。追悼の詩を書くことがとても多くなっていますね。僕はだいたい、その時の衝撃よりも、あとになってからの衝撃のほうが強いんです。武満の亡くなった時も、みんなが病院に行って騒ぎになってるんだけど、その時は緊張が強くて悲しむまでに行かなかった。でも、あとになって、本当に何でもない、お日様が照ってるのをみて急に涙が出てきたりとか、そういう感じなんですね。武満は六十代で逝ってしまって、あの頃、自分も六十代だったから、まだ、死の実感が遠かった。本格的に老いていなかった時の追悼の言葉だった。だんだん自分も足が弱ってくるとかしてくると、また具体的になってきますね、老いが一段と。でも死をネガティブなものではなくて、肯定的にとらえる気持ちも膨らんできている。たのしみに待ちかまえようと。

――三人の奥様は二〇一〇年から翌年にかけて、相次いでこの世を去られました。

死別ではなく、三人とも生き別れ。それがまだ私にとってはまだしもありがたかったというか……。長い間一緒に暮らしてきて死に別れていたらどんなに辛かっただろうと思いますね。忘れてしまう、ということはなくて、折に触れて思い出します。あの時、衿子さんは、知子さんはこうだった、とか。少し引いた目で。悲しみは当然、あるんだけど同時に何か、人生が見えてきた、みたいな感慨も湧くんです。若いときには、人生には別れがいっぱいあると頭では知っていたけど、実際に生きてきてそれが起こってみると全然違う感覚で、こんなものとは思っていなかった。

なぜ　問いばかり――岸田衿子さんを送る

見通しのいい一本道が始まる彼方の
雑木林からぽつんと人影が現れ
目を凝らしているとそれがだんだん
あなたの姿になってきた・・・

あなたはどこまで私に近づいたのか
あの夏の日から今日までの時は
ヒトの暦で計ることができない

草花の日々星の日々せせらぎの日々
そして詩の日々をあなたは生きて
いま私たちの魂の風景の中に立ちつくす

琴の音とチェンバロの音が谺して
世界はまだ限りない未知に満ちている
〈なぜ　花はいつも／こたえの形をしているのだろう
なぜ　問いばかり／天から　ふり注ぐのだろう〉

――最後の二行は谷川さんと共に過ごされた頃の岸田さんの詩集『忘れた秋』からの引用です。谷川さんはもう結婚はされないにしても、大事に思われている方はいらっしゃるでしょう？

うん。恋愛っていうより、僕は女性が近くにいないと、なんだか世界が完結しないみたいなところはあります。だから佐野さんと別れてからも、恋人のような女性はいました。僕はちゃんと女性を人間として見る目があまりなくて、ちょっと面倒くさい女性を選びがちだったのかもしれないな。面倒くささのもとは生まれ育ちにかかわってることがほとんどだと思うけど、何かがあったのかな、なんて思って、そこに深さを感じてしまうんだよね。最近はあんまり女性のことを気にしない。恋愛といわないまでも、男は女性から何らかのエネルギーをどこまで敏感に受け止められるか、自分の中に女性へ向かう気持ちを持ち続けてられるかってことが、老年になって前向きに生きていく上でとても大きいと思いますね。僕の中の子ども性なら、どんどん勝手に育ってるけど（笑）。

――若い方々とのセッションはむしろ増えていますね。藤代冥砂、川島小鳥、竹沢うるまさんをはじめとする若い写真家の作品に谷川さんの言葉がつくと、そこに映る今この瞬間の世界の息づかいがいっそうリアルに伝わり始めます。では実際に生きている人間たちはというと、いつの間にか私たちの生活はすっかりITに制御され、季節感まで人工的になっていく。これもやむを得ない現代の側面でしょうか。

今の時点で予見するのはすごく難しいけれど、科学技術の発達とかメディアが人間の感覚をVR（仮想現実）のように拡張していくことで、人間世界は全体としてまだ、プラスに働いているとは思います。後進国は生活や医療がよくなって寿命が延びていくとか、経済力のない国でも、子どもたちはタブレットひとつでさまざまな本を無償で読むことができるとか。僕もスマホに「広辞苑」入れて、とても便利だもの。

でも同時に、先進国と言われる国に住むわれわれの居心地は悪くなっていってる面もあるわけです。ファインアートは完全に投機の対象で文化から遊離しているし、電気製品のような実用品は安く便利になりすぎて新しいものを買う喜びを得にくい。文明の最終局面にいるのかもしれませんね。あまりに情報が多すぎてどう選別すればいいのか、わからないから。今その混沌の中にいて、その混沌のまま続いていくのか。いずれAIが人間を超えるなんてシンギュラリティ（技術到達点）を本当に迎えるのか。それとも、たとえばとてつもない惑星衝突のような事故が発生して、地球文明が一回、完全にリセットされてしまうのか。

――いったんインターネットという情報のパンドラの箱を開けたら、勢いを調整する術を人間は持た

ないようです。このまま過剰さが続くのでしょうか。

もう人間の力じゃどうしようもないでしょう。人間の欲望や悪にはきりがなくて、戦争は絶対になくならない。そういうこの世と人間の本質を見切った、という感じはあるんですね。悲観じゃなくて、むしろすがすがしい結論として。でも、この先ひょっとしたらコントロールする道が見つかるかも知れないし、火星にまで行った探査機が、この先もっと先まで行けたら生物の存在する惑星を発見したり、時間と宇宙についての解明にもつながるだろうし。そこには関心がありますね、まだ。今では宇宙の果てまでの距離も二十億光年どころか、百三十八億光年でしたっけ？　うんと遠く計算されるようになってるし。

――一九五〇年、「二十億光年の孤独」を直感のままに書かれた。その言葉の真相を実感される日が、やってくるかもしれません。

僕には待つことしかできないですね。運がいいとまた、それを詩に書けるかも知れない。年を取るとモノも要らないし、人づきあいも増やしたくないし、大げさに言えば、悟りをひらきたいみたいな。そういう心のありようが大事になってくる。自分が世界を見たり人間を見たりするときの意識の方が、現実の社会、世界よりずっとリアルになってきて、その意識がたしかに持てれば、自分は安心して死んでゆける……そんな方向に行くんです。でも、そんなことを詩に書いたりはしません。詩の方はね、ただ読んで、楽しくなってほしい。自分でも書いていて楽しいものを書いていたい。ある種の軽み？　そうかもしれないけど、もはや詩じゃなくても構わないんじゃないの、くらいの気持ち。でも、僕の場合は、若い時より今のほうが詩がよく読めるし、よく書くことができるようになったと思う。三好達治さんだって、晩年の詩が一番いいと思うな。

――つまり、詩は青春のものではなく……。

むしろ老年のものだと、今は本当に思っているんです。けさだってね、意識がはっきりしてない半覚半睡みたいな朝の寝床の中でぐずぐずしてると、ポコッと詩が出てきた。面白い言葉が出てくるとメモしたり、急いでパソコン開けてキーボード叩いたり。それを推敲して作品にするのは、やっぱり何より楽しい。

自販機

自販機に
百円入れて
詩を
一つ買った

絶えず潮騒が
聞こえている町

買った詩を
駅の
ベンチで読んだ
何度も
くり返して

書いたあなたは
見知らぬヒト
これからも
会うことはないだろう

海が
遠ざかる

（『あたしとあなた』二〇一五年、ナナロク社）

おわりに

八月末になっても、北軽井沢に降り注ぐ午後の陽射しはかなり強い。谷川俊太郎の詩にもある「鷹繋山《たかつなぎやま》」を東南に望む「大学村」、その一角にある谷川家の広々とした敷地には、父、徹三がこの地に山荘を建てた時、すなわち俊太郎が誕生した一九三一年に植えた若木が天をめざして伸び続け、やわらかい草地にいくつもの緑陰を落としている。ひときわ丈が高く、勢いよく繁る朴《ホオ》の樹を真下から見上げると、厚みある大きな掌のような葉が、十重二十重に光のグラデーションを成して美しい。

谷川家の山荘は、長年の手入れによっていっそうミニマルに住みこなされ、別棟の書斎と子どもたちの家族や客人らが集う新しい棟も建つ。その玄関にも父と母が肩を寄せる晩年の写真が置かれている。北隣には佐野洋子が谷川との離婚後に土地を求めて建てたモダンな家屋、その向こうには旧吉田健一邸を譲り受けた中村稔氏の山荘。近くには岸田衿子の館も、主亡き後そのまま残る。こうして周辺を描写するだけでもすべては歴史を、物語を、複雑な隠喩を含んでしまう。北軽《キタカル》とは、じつに怖しい場所である。

この山荘に三度の夏、繰り返し訪ねることになろうとは思ってもいなかった。

そもそも谷川俊太郎という詩人にこれほど長いインタビューを行う機会が自分に与えられたの

は、想像外のことだった。長年、同時代の文学を取材してきたとはいえ、多くは小説に関する仕事であったことは本文でも述べた通り。それでも辻井喬、大岡信氏らから現代詩の困難な状況は聞かされていたし、もう二十年以上も昔、小島信夫氏から西脇順三郎の詩の価値を教えられ、モダニズムの詩人らに興味を持った時期もあった。谷川作品については十代の頃からずっと、広範な影響力を実感してきた。

にもかかわらず、同時代の詩人からの谷川評価は軽すぎるのではないか。まず気づいたそんな詩壇の雰囲気を端緒に質問を始めてみたものの、谷川自身はすでにもう、気にしているふうでもない。たしかに谷川俊太郎は何度も人間の生活からかけ離れた現代詩の難解さや狭さに異論や違和感をぶつけ、揺さぶろうと試み、空振りにも終わってきたのだったが、その谷川の詩集を年代順に繰り返し読み、同時代の詩人らの作品を「現代詩文庫」等で読み、一九五〇年代に遡って主な詩論を読み、当時の詩誌を手に取り……するとそのうち、思いがけないほどこの仕事に熱が入るようになった。

理由の第一はなんといっても谷川俊太郎の詩の魅力だった。併せて、こちらが用意した質問をゆったり正面から受け止め、率直に答えを返す谷川本人の知性と律義な人柄に感服したためである。本当に長い間、一か月から二か月に一度ずつ、二〜三時間もインタビューに応じてもらった。そしてこの間、一年ほど重責を担う立場にあったことも、谷川詩に傾倒する要因となった。何とか無事に過ごすことができたのは、まさに詩のなぐさめがあったからだった。毎晩、どんなに疲れていても詩集なら読むことができた。他の詩人の作品からも、幾度となく豊かなひとときを与えられたし、戦慄や刺激も新鮮な気持ちで受け取った。詩はパーソナルなメディアとして依然として有効だった。渇いた気持ちをうるおす水のように、どの時代にも詩が求められ、同じ時代を生きる詩人が役割を果たしてきたのを実感した。

第二次大戦後、戦場から復員してきた「荒地」の詩人たちが、戦死した詩友の無念を背負って書いた重く暗い鎮魂詩を、人々はそれぞれの苛酷な体験に映して読み、胸に刻んだのだろう。続く労働運動の嵐の中では、「列島」をはじめとする詩が共感され、一九六〇年代には学生運動の高まりと共に、世界へ異議を唱える現代詩ブームがわき起こったのは、きわめて自然な成り行きだった。動揺する人々の心によりそい、葛藤をわかち合い、希望を与えた。「詩」という文学の存在感は、小説とは違っていた。本書で注をつけた詩人たちは同時代の読者を持ち、生き方や情緒に影響を与えたに違いない。それぞれの詩人がそれぞれの存在感を発揮したのは確かだ。読者の多い少ないが問題なのではない。たとえ少人数であっても誰かの心に届いたという意味は大きく、谷川俊太郎もそうした詩人の一人だった。谷川自身もその点で自分が特別だとは思っておらず、一人から一人へ届く、それが詩の究極の役割だと考えていることは、対話の中で何度も伝わってきた。

戦後が年を重ね、経済の好不調からばかり時代が語られるようになり、吉本隆明のいったところの詩の「切実さ」は一九八〇年頃にはすっかり薄れ、文学全体も低調になっていった。そんな時代の中で谷川は、高齢に達した母の精神が壊れていく様子を目の当たりにし、妻は介護に疲れ果て、夫婦の関係に亀裂が入るという体験をしている。苦渋の日々から生まれた「母を売りに」をはじめとする詩が今、多くの人々のよすがとなっている。思想ではなく生活そのものについての具体的な問題が、なぜか谷川俊太郎には世間の人々より早く降りかかり、多くの詩を書かせることになった。

そうした現実の難題にも文学の衰退にも流されず、谷川俊太郎が詩を書き続けてきたのは、ここまで述べてきた通り、圧倒的な天賦の才によってのことだったが、その創作姿勢が最初から間違っていなかったということでもある。一九五六年、二十四歳の谷川が「世界へ！」で書いた〈人生は日々のものである。そして人生が日々のものである限り、詩もまた、日々のものである〉。その姿勢を貫くために、谷川は日々、一瞬たりとも詩を書くことを手放した瞬間はなく、懸命に詩を書くことによってのみ、ここまで生き抜いてきた。

同時に、矛盾するようだが十代の頃は「詩人になろうなんて、まるで考えていなかった」し、日々の暮らし、恋人、音楽――、「詩」より愛する大切なものは常にほかにあり、谷川が「詩人」であることに違和感を覚えなかった時期はなかった。それもまた事実だ。

本著の題『詩人なんて呼ばれて』は、冒頭に紹介した「理想的な詩の初歩的な説明」（『世間知ラズ』に所収）の最後の一節、〈詩の稲光りに照らされた世界ではすべてがその所を得ているから／ぼくはすっかりくつろいでしまう（おそらく千分の一秒ほどの間）／自分がもの言わぬ一輪の野花にでもなったかのよう……／／だがこう書いた時／もちろんぼくは詩とははるかに距たった所にいる／／詩人なんて呼ばれて〉に依っている。この一文は「鳥羽1」（『旅』に所収）の〈本当の事を言おうか／詩人のふりはしてるが／私は詩人ではない〉とも呼応している。谷川の基底にある気分をもっともよく表していると思い題名に提案したところ、本人の快諾を得た。

含羞の色を浮かべて含んでうつむき加減で、十分に言葉から距離を保ってきたからこそ、詩人の中の詩人であり続けてきたのではなかったか。

谷川作品のよき理解者、佐々木幹郎氏が述べている。

〈彼の詩の言葉は、時代に対して敏感だ。それは批評意識から来ているのではなく、歴史意識から来ているのでもない。谷川氏は、他のものを介在させないで、言葉というものを、裸のままで捕らえ、向き合うという、独特の装置を持っている。そのことが、詩の言葉をいつでもその時代の最先端に置くのだ〉（谷川俊太郎エッセイ選『沈黙のまわり』二〇〇二年、講談社文芸文庫解説）。

独特の装置。それは本人すらその存在をいまだ自覚できないものであるのも本書にあるさまざまな発言から理解されると思うが、谷川の詩の言葉は何十年経っても、どんなに世相や価値観が変わっても、まるで変わらず時代の最先端で色褪せていない。つい最近も、一九七〇年にさしかかる頃の国鉄中央線、阿佐ヶ谷駅付近の記録映像をある番組で見て、当時の町の様子が古めかしいことに驚いた。商店街はにぎやかでもまだ戦後の風情が残り、沿線には瓦葺きの日本家屋ばかり。自動車の形もまるで違う。四十代であろう人々の外見は、今なら六十代のように老成していた。そうした風景と大阪万博、学園紛争、アポロ11号を時代背景とした『うつむく青年』（七一年）の、〈生きているということ／いま生きているということ／それはミニスカート／それはプラネタリウム／それはヨハン・シュトラウス／それはピカソ／それはアルプス〉という「生きる」の一行一行は、書き下ろされたばかりのように新しく、二〇一七年の東京のどこかを歩きながらも口ずさみたくなる。

「概念的だからじゃない」「それこそデタッチメントということ」と本人は苦笑するばかりだが、年代を超えるこの世界の言葉を選び出す谷川の独特の装置については、石川啄木に始まる日本の近現代詩の流れの中に置いて、あらためて考え始めるべきだろう。「生きる」のようによく読まれてきたポップな作品のほかにも、明治、大正の思想の流れを正統に受け継いだ詩や、果敢な日本語の前衛を切り拓いた詩、それからユーモラスな小品も、この機会にぜひ知ってほしかった。そのため、本文では紹介しきれなかった名篇を、制作順に本文とは別にまとめて紹介している。選んだ作品の多くは、対話の中で作者自身もひそかに自信と愛着が深い作品だという感触を得ている。谷川詩の背骨を成すものを選んだ。

二千五百篇以上から二十篇を選り抜くという暴挙を進めながら、もし、谷川と同い年の大岡信氏が健在だったら、何が選ばれただろうと何度も思った。一九五四年発表の詩論「鮎川信夫ノート」にあった「荒地」派への痛烈な批判について、谷川以上に無謀を冒した理由を聞いてみたかった。昨年から『コレクション・戦後詩誌』第Ⅰ期二十巻の刊行がゆまに書房で始まった。近く「列島」に次いで「櫂」も一巻にまとまる見通しだから、連詩を好んだこの緩やかなグループの個性も、さらに明らかになるだろう。

昨夜、谷川家の山荘では賢作さんが夏のコンサートで不在の中、皆で新しい棟に集まり夕食を囲んだ。しばらくすると、佐野洋子さんの息子、イラストレーターの広瀬弦さんがひょっこり隣家から顔を出した。一緒にビールを飲んでおしゃべりしていると、一時は親子だった「谷川さん」と「弦ちゃん」が、何も語らずともわかり合う、戦友のように見えてきた。まだ歴史にならない現実の生活は、日々こうして続く。それを詩に書く詩人が椅子にもたれてグラスを手に、静かにほほ笑んでいる……。その有り難い光景にすっかり酔いがまわった。

そのうえ、東京に戻るとまもなく、冒頭に収めた書き下ろしの詩が届いたのだった。

谷川俊太郎さん、ここまで本当にありがとうございました。

山荘まで出張され、得意な料理を振る舞って下さった秘書の箭《や》本《もと》啓子さん、川口恵子さんにも毎回、大変お世話になった。お名前を挙げきれない、多くの方々が教示して下さった。本書も季刊「考える人」の谷川俊太郎特集に続いて、新潮社出版企画部の疇津真砂子さんと一緒に仕事をした。途中で「新潮」の矢野優編集長に本書の一部を「情熱か受難か　谷川俊太郎」と題した批評文として掲載していただいた。また、新潮社文芸第一編集長の斎藤暁子さんの的確なアドバイスに救われた。皆様に心から感謝申し上げます。

二〇一七年晩夏

尾崎真理子

谷川俊太郎書誌

●詩集

『二十億光年の孤独』創元社、一九五二年 → 集英社文庫
『六十二のソネット』創元社、一九五三年 → 講談社＋α文庫
『愛について』東京創元社、一九五五年
『絵本』的場書房、一九五六年
『谷川俊太郎詩集』東京創元社（ポエム・ライブラリィ）、一九五八年
『あなたに』東京創元社、一九六〇年
『21　現代日本詩集5』思潮社、一九六二年
『落首九十九』朝日新聞社、一九六四年
『谷川俊太郎詩集』思潮社、一九六五年
『旅』香月泰男画、求龍堂、一九六八年 → 思潮社、一九九五年
『谷川俊太郎詩集』角川文庫、一九六八年
『谷川俊太郎詩集　ポケット版・日本の詩人17』河出書房、一九六八年
『谷川俊太郎詩集』思潮社（現代詩文庫）、一九六九年
『うつむく青年』山梨シルクセンター出版部、一九七一年 → サンリオ、一九九〇年
『谷川俊太郎詩集　日本の詩集17』角川書店、一九七二年
『ことばあそびうた』瀬川康男絵、福音館書店、一九七三年
『空に小鳥がいなくなった日』サンリオ出版、一九七四年
『夜中に台所でぼくはきみに話しかけたかった』青土社、一九七五年
『定義』思潮社、一九七五年
『誰もしらない』杉浦範茂絵、国土社、一九七六年
『新選谷川俊太郎詩集』思潮社（新選現代詩文庫）、一九七七年

『タラマイカ偽書残闕』書肆山田、一九七八年
『そのほかに』創美社編、集英社、一九七九年
『続・谷川俊太郎詩集』思潮社、一九七九年
『コカコーラ・レッスン』思潮社、一九八〇年
『ことばあそびうた　また』瀬川康男絵、福音館書店、一九八一年
『わらべうた』正続、創美社編、集英社、一九八一-八二年→集英社文庫
『みみをすます』福音館書店、一九八二年
『日々の地図』創美社編、集英社、一九八二年
『ワンス　1950-1959』出帆新社、一九八二年→『ONCE』集英社文庫
『現代の詩人　9　谷川俊太郎』中央公論社、一九八三年
『どきん　谷川俊太郎少年詩集』理論社、一九八三年→フォア文庫
『対詩　1981.12.24〜1983.3.7』正津勉と共著、書肆山田、一九八三年
『日本語のカタログ』思潮社、一九八四年
『手紙』創美社編、集英社、一九八四年
『詩めくり』マドラ出版、一九八四年→ちくま文庫
『よしなしうた』青土社、一九八五年
『谷川俊太郎　日本の詩』藤富保男編、ほるぷ出版、一九八五年
『空の青さをみつめていると　谷川俊太郎詩集1』角川文庫、一九八五年（「谷川俊太郎詩集」改題）
『朝のかたち　谷川俊太郎詩集2』角川文庫、一九八五年
『いちねんせい』和田誠絵、小学館、一九八八年
『はだか』佐野洋子絵、筑摩書房、一九八八年
『メランコリーの川下り』思潮社、一九八八年
『魂のいちばんおいしいところ　谷川俊太郎詩集』サンリオ、一九九〇年
『女に』佐野洋子絵、マガジンハウス、一九九一年

『詩を贈ろうとすることは』創美社編、集英社、一九九一年
『続続・谷川俊太郎詩集』思潮社（現代詩文庫）、一九九三年
『これが私の優しさです』集英社文庫、一九九三年
『地球色のクレヨン Happy birthday earth3』子供地球基金編、メディアファクトリー、一九九三年
『十八歳』沢野ひとし絵、東京書籍、一九九三年 → 集英社文庫
『世間知ラズ』思潮社、一九九三年
『モーツァルトを聴く人 谷川俊太郎詩集』小学館、一九九五年
『いしっころ 谷川俊太郎詩集』北川幸比古責任編集、岩崎書店、一九九五年
『真っ白でいるよりも』創美社編、集英社、一九九五年
『いろはうた』和田誠絵、いそっぷ社、一九九七年
『やさしさは愛じゃない』荒木経惟写真、幻冬舎、一九九六年
『谷川俊太郎詩集』ハルキ文庫、一九九八年
『みんなやわらかい 谷川俊太郎詩集』広瀬弦画、水内喜久雄編、大日本図書、一九九九年
『クレーの天使』パウル・クレー絵、講談社、二〇〇〇年
『minimal』William.I.Elliott、川村和夫訳、思潮社、二〇〇二年
『はるかな国からやってきた』童話屋、二〇〇三年
『夜のミッキー・マウス』新潮社、二〇〇三年 → 文庫
『あなたはそこに』田中渉絵、マガジンハウス、二〇〇三年
『シャガールと木の葉』集英社、二〇〇五年
『谷川俊太郎詩選集』全三冊、田原編、集英社文庫、二〇〇五年
『いまぼくに 谷川俊太郎詩集』水内喜久雄選、香月泰男絵、理論社、二〇〇五年
『すこやかに おだやかに しなやかに』佼成出版社、二〇〇六年
『谷川俊太郎 歌の本』講談社、二〇〇六年
『すき』和田誠絵、理論社、二〇〇六年

『写真ノ中ノ空』荒木経惟写真、アートン、二〇〇六年
『私』思潮社、二〇〇七年
『すてきなひとりぼっち』童話屋、二〇〇八年
『ひとりひとりすっくと立って 谷川俊太郎・校歌詞集』山田兼士編、澪標、二〇〇八年
『子どもたちの遺言』田淵章三写真、佼成出版社、二〇〇九年
『トロムソコラージュ』新潮社、二〇〇九年
『詩の本』集英社、二〇〇九年
『私の胸は小さすぎる』角川学芸出版、二〇一〇年
『みんなの谷川俊太郎詩集』ハルキ文庫、二〇一〇年
『mamma まんま』伴田良輔写真、徳間書店、二〇一一年
『東京バラード、それから』幻戯書房、二〇一一年
『自選 谷川俊太郎詩集』岩波文庫、二〇一三年
『写真』晶文社、二〇一三年
『おおきなひとみ』宇野亜喜良絵、芸術新聞社、二〇一三年
『せんはうたう』望月通陽絵、ゆめある舎、二〇一三年
『小さなかがやき』長倉洋海写真、偕成社、二〇一三年
『日本語を味わう名詩入門 19 谷川俊太郎』萩原昌好編、渡邉良重画、あすなろ書房、二〇一三年
『ぼくはぼく』童話屋、二〇一三年
『ミライノコドモ』岩波書店、二〇一三年
『こころ』朝日新聞出版、二〇一三年
『悼む詩』正津勉編、東洋出版、二〇一四年
『おやすみ神たち』川島小鳥写真、ナナロク社、二〇一四年
『雪の国の白雪姫』パルコエンタテインメント事業部、二〇一四年
『詩に就いて』思潮社、二〇一五年

『あたしとあなた』ナナロク社、二〇一五年
『今』竹沢うるま写真、小学館、二〇一五年
『今日までそして明日から』田淵章三写真、佼成出版社、二〇一五年
『いそっぷ詩 谷川俊太郎詩集』広瀬弦絵、小学館、二〇一六年
『おとなのための俊太郎 谷川俊太郎詩集 CDブック』辻康介・鈴木広志・根本卓也編、アルテスパブリッシング、二〇一六年
『そして 谷川俊太郎自選詩集』下田昌克絵、銀の鈴社（ジュニア・ポエム双書）、二〇一六年
『谷川俊太郎詩選集4』田原編、集英社文庫、二〇一六年
『だいち』山口マオ絵、岩崎書店、二〇一七年

●散文

『愛のパンセ』実業之日本社、一九五七年→知的生きかた文庫
『世界へ！』弘文堂（現代芸術論叢書）、一九五九年
『アダムとイブの対話』実業之日本社、一九六二年
『散文』晶文社、一九七二年→講談社＋α文庫
『谷川俊太郎の33の質問』出帆社・路書房、一九七五年→ちくま文庫
『三々五々』花神社、一九七七年
『谷川俊太郎エトセテラ』大和書房、一九七九年（劇画詩集。二〇〇六年、いそっぷ社より『谷川俊太郎エトセテラリミックス』と改題増補改訂）
『谷川俊太郎の現代詩相談室』角川書店、一九八〇年
『アルファベット26講』出帆新社、一九八一年→中公文庫
『ぼくの動物美術館 Welcome!』佐藤邦雄画、グラフィック社、一九八三年
『ことばを中心に』草思社、一九八五年
『「ん」まであるく』草思社、一九八五年

『理想的な朝の様子　続谷川俊太郎の33の質問』リブロポート、一九八六年→ちくま文庫
『谷川俊太郎ヴァラエティ・ブック「こ・ん・に・ち・は」』マガジンハウス、一九九九年
『谷川俊太郎　あいまいなままに』日本図書センター（人生のエッセイ）、二〇〇〇年
『詩ってなんだろう』筑摩書房、二〇〇一年→文庫
『ひとり暮らし』草思社、二〇〇一年→新潮文庫
『沈黙のまわり　谷川俊太郎エッセイ選』講談社文芸文庫、二〇〇二年
『風穴をあける』草思社、二〇〇二年→角川文庫
『詩を書く　なぜ私は詩をつくるか』詩の森文庫（思潮社）、二〇〇六年
『詩を考える　言葉が生まれる現場』詩の森文庫（思潮社）、二〇〇六年
『詩を読む　詩人のコスモロジー』詩の森文庫（思潮社）、二〇〇六年
『谷川俊太郎の問う言葉答える言葉』イースト・プレス、二〇〇八年
『詩を書くということ　日常と宇宙と』ＰＨＰ研究所、二〇一四年

●その他
『花の掟』理論社、一九六七年
『ぺ（ショートショート集）』講談社文庫、一九八二年
『いつだって今だもん　谷川俊太郎ドラマ集』大和書房、二〇〇九年

●対談、共著（編集）
『対談谷川俊太郎』すばる書房盛光社、一九七四年
『詩の誕生』対話大岡信、エッソ・スタンダード石油広報部、一九七五年
『批評の生理』大岡信対談、思潮社、一九七八年
『魂にメスはいらない〔ユング心理学講義〕』河合隼雄対談、朝日出版社、一九七九年→講談社＋α文庫
『やさしさを教えてほしい　対話』朝日出版社、一九八一年

『自分の中の子ども　谷川俊太郎対談集』青土社、一九八一年
『ものみな光る　谷川俊太郎対談集』青土社、一九八二年
『やぁ！　落穂寮の子どもたちのつくったお面と土偶』椎の木会落穂寮、サンブライト出版、一九八二年
『ナンセンス・カタログ』和田誠共著、大和書房、一九八二年→ちくま文庫
『詩と世界の間で　往復書簡』大岡信、思潮社、一九八四年
『入場料八八〇円ドリンクつき』佐野洋子、白泉社、一九八四年→『入場料四四〇円ドリンクつき』集英社文庫
『対談現代詩入門』大岡信、中央公論社、一九八五年→文庫、詩の森文庫
『あしたのあ・あなたのア　障害児の言語指導にことばあそびを　ことばがうまれるまで』波瀬満子共編著、太郎次郎社、一九八六年
『日本語グラフィティ　ことばの考現学』多田道太郎共著、河出書房新社、一九八七年
『谷川俊太郎対談集』全二巻、冬芽社、一九八七-八九年
『谷川俊太郎のコスモロジー』思潮社「現代詩読本」特装版、一九八八年
『世界人権宣言』アムネスティ・インターナショナル日本支部共著、金の星社、一九九〇年
『かさをささないシランさん』アムネスティ・インターナショナル共作、伊勢英子絵、理論社、一九九一年
『考えるミスター・ヒポポタムス』広瀬弦、マガジンハウス、一九九二年
『これは見えないものを書くエンピツです　プライベート・ビデオ講座』楠かつのり共著、フィルムアート社、一九九三年
『ふたつの夏』佐野洋子共著、光文社、一九九五年
『日本語と日本人の心』大江健三郎・河合隼雄共著、岩波書店、一九九六年→現代文庫
『かっぱ、かっぱらったか？　ことばをあるく９０００日』波瀬満子共著、太郎次郎社、一九九六年
『アラマ、あいうえお！　ことばをあるく９０００日』波瀬満子共著、太郎次郎社、一九九六年
『北の時間　谷川俊太郎対談集』友田多喜雄編、響文社、一九九六年
『子どもと大人　ことば・からだ・心』見田宗介・河合隼雄共著、岩波書店、一九九七年
『こんな教科書あり？　国語と社会科の教科書を読む』斎藤次郎・佐藤学共著、岩波書店、一九九七年

『家族はどこへいくのか』河合隼雄・山田太一共著、岩波書店、二〇〇〇年
『魂のみなもとへ　詩と哲学のデュオ』長谷川宏共著、近代出版、二〇〇一年→朝日文庫
『こころに届く授業　教える楽しみ教わる喜び』河合隼雄共著、小学館、二〇〇二年
『山里のごちそう話　食・詩・風土再考』内山節・北沢正和共著、ふきのとう書房、二〇〇三年
『日本語を生きる』高橋源一郎・平田俊子共著、岩波書店、二〇〇三年
『谷川俊太郎《詩》を語る　ダイアローグ・イン・大阪2000〜2003』田原・山田兼士共著、澪標、二〇〇三年
『誰だってちょっと落ちこぼれ　スヌーピーたちに学ぶ知恵』河合隼雄共著、講談社、二〇〇四年→『落ちこぼれ、バンザイ！』と改題、講談社＋α文庫
『谷川俊太郎《詩の半世紀》を読む』田原・山田兼士・四元康祐・大阪芸大の学生たち共著、澪標、二〇〇五年
『谷川俊太郎が聞く武満徹の素顔』小澤征爾ほか、小学館、二〇〇六年
『詩人と絵描き　子ども・絵本・人生をかたる』太田大八対談、山田馨聞き手、講談社、二〇〇六年
『読む力・聴く力』河合隼雄・立花隆共著、岩波書店、二〇〇六年→現代文庫
『いのちの木を植える』岡田卓也共著、マガジンハウス、二〇〇七年
『谷川俊太郎質問箱』東京糸井重里事務所、二〇〇七年
『言葉と科学と音楽と』内田義彦対話、藤原書店、二〇〇八年
『生きる　わたしたちの思い』谷川俊太郎 with friends、角川SSコミュニケーションズ、二〇〇八年
『ねえ』覚和歌子共著、さとうあきら写真、フレーベル館、二〇〇八年
『詩と死をむすぶもの　詩人と医師の往復書簡』徳永進共著、朝日新書、二〇〇八年→文庫
『きみはなまいきなかみさまだ　谷川俊太郎と子どもたち　子どもの詩の絵本』東京都図画工作研究会共編著、三晃書房、二〇〇九年
『臨床家河合隼雄』鷲田清一・河合俊雄共編、岩波書店、二〇〇九年
『にほんごの話』和合亮一共著、青土社、二〇一〇年
『呼吸の本』加藤俊朗共著、サンガ、二〇一〇年
『ぼくはこうやって詩を書いてきた　谷川俊太郎、詩と人生を語る　1942-2009』山田馨共著、ナナロク社、二〇一〇年

『一夜だけの詩遊び』内藤里永子共著、メディアファクトリー、二〇一一年
『いじめっこいじめられっこ 1』谷川俊太郎と子どもたち詩、童話屋（小さな学問の書）、二〇一四年
『ピーナッツと谷川俊太郎の世界 SNOOPY & FRIENDS: GOOD GRIEF!』チャールズ・M・シュルツ共著、KADOKAWA、二〇一四年
『酔うために飲むのではないからマッコリはゆっくり味わう』申庚林共著、吉川凪訳、クオン（日韓同時代人の対話シリーズ）、二〇一五年
『スヌーピーのひみつ A to Z』チャールズ・M・シュルツ、今井亮一・井出幸亮共著、新潮社（とんぼの本）、二〇一六年

●編纂（主なもののみ）
『茨木のり子詩集』選、岩波文庫、二〇一四年
『丘のうなじ 大岡信詩集』編、童話屋、二〇一五年
『辻征夫詩集』編、岩波文庫、二〇一五年
『まど・みちお詩集』編、岩波文庫、二〇一七年

●絵本（多数。主なもののみ）
『けんはへっちゃら』和田誠絵、あかね書房、一九六五年→文庫
『しのはきょろきょろ』和田誠絵、あかね書房、一九六九年
『ぴよぴよ』堀内誠一絵、ひかりのくに、一九七二年
『あけるな』安野光雅絵、銀河社、一九七六年
『もこもこもこ』元永定正絵、文研出版、一九七七年
『由利の歌』長新太ほか絵、すばる書房、一九七七年
『あいうえおっとせい』白根美代子絵、さ・え・ら書房、一九七八年
『わたし』長新太絵、福音館書店（かがくのとも傑作集）、一九八一年

『せんそうごっこ』三輪滋絵、ばるん舎、一九八二年
『あな』福音館書店（こどものとも傑作集）、一九八三年
『スーパーマンその他大勢』桑原伸之絵、グラフィック社、一九八三年
『ねずみのつきめくり』レオ・レオニ絵、佑学社、一九八三年
『めのまどあけろ』長新太絵、福音館書店、一九八四年
『とき』太田大八絵、福音館書店、一九八四年
『いち』佐野洋子絵、国土社、一九八七年
『いっぽんの鉛筆のむこうに』堀内誠一絵、坂井信彦ほか写真、福音館書店、一九八九年
『これはのみのぴこ』和田誠絵、サンリード、一九八九年
『動物たちのカーニバル』広瀬弦絵、評論社、一九九〇年
『ふじさんとおひさま』佐野洋子絵、童話屋、一九九四年
『クレーの絵本』パウル・クレー絵、講談社、一九九六年
『ともだち』和田誠絵、玉川大学出版部、二〇〇二年
『かいてかいて』和田誠字、クレヨンハウス、二〇〇三年
『んぐまーま』大竹伸朗絵、クレヨンハウス、二〇〇三年
『おならうた』飯野和好絵、絵本館、二〇〇六年
『詩人の墓』太田大八絵、集英社、二〇〇六年
『きもち』長新太絵、福音館書店、二〇〇八年
『そのこ』塚本やすし絵、晶文社、二〇一一年
『かないくん』松本大洋絵、糸井重里企画・編集、東京糸井重里事務所、二〇一四年
『しんでくれた』塚本やすし絵、佼成出版社、二〇一四年
『せんそうごっこ』三輪滋絵、いそっぷ社、二〇一五年
『せんそうしない』江頭道子絵、講談社、二〇一五年
『はいくないきもの』皆川明絵、クレヨンハウス、二〇一五年

●翻訳（多数。主なもののみ）

レオ・レオニ『スイミー ちいさなかしこいさかなのはなし』日本パブリシング、一九六九年
チャールズ・M・シュルツ『SNOOPY』（『ピーナッツ』）
チャールズ・M・シュルツ『キミの犬だぜ、チャーリーブラウン』鶴書房、一九七一年
『マザー・グースのうた』全五集＋別巻、堀内誠一画、草思社、一九七五-七七年 ↓ 和田誠画、講談社文庫
トミー・アンゲラー『マッチ売りの少女アルメット』集英社、一九八二年
ジャン・ジャック・サンペ『マルセランとルネ』リブロポート、一九九一年
『ロバート・ブライ詩集』金関寿夫共訳、思潮社（アメリカ現代詩共同訳詩シリーズ）、一九九三年
マーガレット・ワイズ・ブラウン『しずかでにぎやかなほん』童話館出版、一九九六年
『木はえらい イギリス子ども詩集』川崎洋共編訳、岩波少年文庫、一九九七年
ジュディ・ヒンドレイ『ねどこどこかな？』覚和歌子共訳、小学館、二〇〇六年
ブルーノ・ムナーリ『きりのなかのサーカス』フレーベル館、二〇〇九年

谷川俊太郎　略年譜

田原／編（集英社文庫『谷川俊太郎詩選集4』収載）、山田馨／編（岩波文庫『自選　谷川俊太郎詩集』収載）を参考にした上で、本人の発言などに基づき新たに作成した。

一九三一年（昭和六）0歳
十二月十五日、哲学者の父、徹三（36歳）と母、多喜子（34歳）のひとり子として、東京信濃町の慶應病院で帝王切開手術により生まれる。

一九三六年（昭和十一）5歳
高円寺にある聖心学園に入園。幼稚園で天国と地獄の善悪のはかりの掛け図が脳裡に焼き付けられ、神様に家族の健康を毎晩祈る。毎年、夏は浅間山麓の北軽井沢にある父の別荘で過ごす。後年の詩作品に現れた自然、花や木の原風景は北軽井沢から与えられた。近隣には野上弥生子、岸田國士らの別荘もあった。

一九三八年（昭和十三）7歳
阿佐谷の杉並第二小学校に入学。何度も級長をつとめたが学校が楽しかった記憶はほとんどない。心臓弁膜症と診断され、水泳やマラソンはあまりできなかった。一人で機械工作をするのが好きだった。音楽学校出身の母からは時々ピアノを習った。小学生時代の愛読書は『アルス児童文庫』。

一九四四年（昭和十九）13歳
浜田山にある都立豊多摩中学校（現・都立豊多摩高校）に入学。級長に指名されるが、号令をかけるのが苦痛で体調を崩し、長期欠席する。

一九四五年（昭和二十）14歳
反抗的になり成績は急降下した。五月、空襲が激しくなり、高円寺の焼跡へ行き焼死体を見る。七月、京都府久世郡淀町の母方の祖父の屋敷に母と疎開。終戦を迎えても特別な感慨は湧かなかった。九月、京都府立桃山中学校へ転入する。

一九四六年（昭和二十一）15歳
三月、焼け残った杉並の家に帰る。五年ぶりに北軽井沢で夏を過ごす。豊多摩中学校に復学。ベートーヴェンに夢中になる。

一九四八年（昭和二十三）17歳
北川幸比古らの影響で詩作を始め、四月、校友会誌「豊多摩」に「青蛙」他三篇を発表。十一月、ガリ版刷りの北川の発案による詩誌「金平糖」に「かぎ」と「白から黒へ」という二篇の八行詩を発表。

一九五〇年（昭和二十五）19歳
父の本棚にあった『宮沢賢治童話集』などを熱心に読む。「蛍雪時代」や「学燈」などに詩を投稿する。「棚川新太郎」を筆名にしたことも。教師に度々反抗し、定時制に転学して卒業するものの進学の意志は失っていた。父、徹三に渡したノートに書かれた詩を三好達治が認め、十二月、「文学界」に「ネロ他五篇」が掲載される。

一九五一年（昭和二十六）20歳
二月、「詩学」の推薦詩人の欄に「山荘だより1・2・3」が掲載される。父に英語の著作を翻訳するよう指導されながら、岩佐東一郎や城左門らの詩を好んで読んでぶらぶら過ごす。

一九五二年（昭和二十七）21歳
朝鮮戦争下、六月、第一詩集『二十億光年の孤独』を創元社より刊行。堀口大學はじめ多くの詩人からの、献本に対する礼と好意的な感想を記した葉書が寄せられた。この夏、岸田國士の長女、岸田衿子と交際を始める。作曲家の湯浅譲二らと共に入院中の武満徹を見舞いに行き、友人になる。

一九五三年（昭和二十八）22歳
七月、川崎洋、茨木のり子に誘われて詩誌「櫂」の同人となる。十二月、第二詩集『六十二のソネット』を創元社より刊行。三好達治らの批評は厳しかった。

一九五四年（昭和二十九）23歳
六月、小田久郎のはからいで鮎川信夫と「文章倶楽部」の詩の選評を始める。十月、岸田衿子と結婚。新居は台東区谷中初音町。

一九五五年（昭和三十）24歳
六月、一人芝居「大きな栗の木」の作、演出を引き受け、文学座で上演。主演の大久保知子と知り合う。西大久保の四畳半のアパートで一人暮らしを始める。ネフローゼで入院中の寺山修司を見舞いに行き、退院後、ラジオドラマの仕事を寺山に紹介する。十月、詩集『愛について』を東京創元社より刊行。武満徹とも詩劇を共作し、しばしば家まで遊びに行く。

一九五六年（昭和三十一）25歳

九月、自身で撮影した写真を貼った私家版の詩集『絵本』を、北川幸比古の興した的場書房より刊行し、知人に売り歩く。十月、結核で療養中の衿子を富士見高原のサナトリウムに訪ね、離婚届に捺印。自動車免許を取得し、ドライブを楽しむ。

一九五七年（昭和三十二）26歳

九月、初のエッセイ集『愛のパンセ』を実業之日本社、『櫂詩劇作品集』（同人七人と寺山修司の作品を含む）を的場書房より刊行。大久保知子と結婚して青山に転居する。シトロエン2CVの中古車を購入。

一九五八年（昭和三十三）27歳

五月、『谷川俊太郎詩集』（長谷川四郎・解説）を東京創元社より刊行。九月、父の敷地内に十八坪ほどの家（篠原一男設計）を建てる。

一九五九年（昭和三十四）28歳

十月、評論集『世界へ！』を弘文堂より刊行。石原慎太郎、浅利慶太、大江健三郎、武満徹、山川方夫、羽仁進らとシンポジウム「発言」に参加。

一九六〇年（昭和三十五）29歳

長男賢作誕生。四月、詩集『あなたに』を東京創元社より刊行。喜劇「お芝居はおしまい」（劇団四季上演）を書く。詩やエッセーの注文が相次ぎ、多忙になる。校歌の作詞も引き受け始めた。

一九六二年（昭和三十七）31歳

一月、「週刊朝日」で時事諷刺詩連載を開始。約二年の連載後、詩集『落首九十九』として朝日新聞社から刊行。九月、思潮社から詩集『21』を刊行。年末、「月火水木金土日の歌」でレコード大賞作詞賞受賞。

一九六三年（昭和三十八）32歳

長女志野誕生。二月、リオデジャネイロで謝肉祭を見物する。手塚治虫から放映の始まった「鉄腕アトム」（高井達雄・作曲）の歌詞を電話で頼まれる。

一九六四年（昭和三十九）33歳

東京オリンピックの記録映画製作に市川崑監督に誘われて参加。開会式などで撮影も行う。

一九六五年（昭和四十）34歳

一月、『谷川俊太郎詩集』（全詩集版）を思潮社より刊行。十一月、「鳥羽」を「現代詩手帖」に発表。この年、長男の名を入れた童話『けんはへっちゃら』を出版。子どもの本を作り始める。

一九六六年（昭和四十一）35歳

七月、「ジャパン・ソサエティー・フェロー」として夫婦で欧米を九か月にわたって旅行する。フェルメールの絵を初めて間近に鑑賞し、ニューヨークで詩人らによる朗読会を体験する。

一九六七年（昭和四十二）36歳
四月、帰国。ショート・ショート集『花の掟』を出版。市川監督の記録映画『京』の脚本を書く。

一九六八年（昭和四十三）37歳
一月、有楽町の日劇で「新春ウェスタンカーニバル」を見て、グループサウンズによる熱狂的な交流に強い印象を受ける。四月、「現代詩手帖」創刊十年の公開討論会「詩に何ができるか」に参加。十一月、「鳥羽」連作を収めた詩画集『旅』（香月泰男・画）を求龍堂より刊行。大岡信の解説で『谷川俊太郎詩集』（角川文庫）出版。現代詩ブームが高まっていた。川端康成にノーベル文学賞。

一九六九年（昭和四十四）38歳
五月、絵本『しのはきょろきょろ』（和田誠・絵）、十一月、思潮社の「現代詩文庫」で『谷川俊太郎詩集』を出版。漫画『ピーナッツ』やレオ・レオニ作の絵本『スイミー』などの翻訳を始める。大阪万国博覧会に向けて複数のパビリオンの企画に参加する。

一九七〇年（昭和四十五）39歳
四月、アメリカに招かれ、ワシントンで開かれた米国国会図書館主催の国際詩祭に参加。十月から福音館書店の「母の友」でひらがな詩による「私のことばあそび」の連載を始める。十一月、三島由紀夫が陸上自衛隊市ヶ谷駐屯地で自決。

一九七一年（昭和四十六）40歳
三月〜五月、米国の詩人団体からの招待で田村隆一らと詩の朗読会を開きながら各地を旅する。夏に家族とヨーロッパ旅行。十二月、「櫂」同人で連詩を始める。同年刊行のポップな詩を集めた『うつむく青年』が幅広い読者に読まれる。

一九七二年（昭和四十七）41歳
二月、初の創作絵本『こっぷ』（今村昌昭・写真）を福音館書店から出版。四月、『谷川俊太郎詩集　日本の詩集17』を角川書店より刊行。八月〜九月、ミュンヘン・オリンピックを取材し、市川監督の記録映画『時よとまれ　君は美しい』の脚本に参加する。

一九七三年（昭和四十八）42歳
『ことばあそびうた』（瀬川康男・絵）、創作絵本『とき』（太田大八・絵）を相次いで出版。「ユリイカ」十一月臨時増刊で「谷川俊太郎による谷川俊太郎の世界」の編集を任され、辻征夫の一日をルポし、吉田健一にアンソロジー「近代詩抄」の寄稿を依頼する。

一九七四年（昭和四十九）43歳
五月、詩集『空に小鳥がいなくなった日』をサンリオ出版から刊行。十二月、渋谷ジァンジァンにて粟津潔、林光ら友人と月一回の対談を翌年にかけて行う。父徹三、鮎川信夫らとの対談集『対談』を出版。北軽井沢の敷地内に篠原一男設計で家を建設するが、移住の計画は実現しなかった。

一九七五年（昭和五十）44歳
五月、大岡信との対談集『詩の誕生』を高田宏が編集者を務めていたエッソ・スタンダード石油広報部より出版。六月、初の英訳詩集『WITH SILENCE MY COMPANION』（W・I・エリオットと川村和夫訳）をPrescott Street Pressより刊行。九月、思潮社から『定義』、青土社から『夜中に台所でぼくはきみに話しかけたかった』、詩集二冊を同時刊行する。『マザー・グースのうた1・2・3』（堀内誠一・絵、草思社）で日本翻訳文化賞を受賞。知人らに自作の質問集に応じてもらい、対談集『谷川俊太郎の33の質問』を出版する。

一九七六年（昭和五十一）45歳
二月、小室等の曲に作詞し、LP『いま生きているということ』を制作する。絵本『わたし』（長新太・絵）、『あな』（和田誠・絵）を刊行。『マザー・グースのうた4・5』を草思社より刊行。『定義』と『夜中に……』に与えられた高見順賞を辞退する。

一九七七年（昭和五十二）46歳
六月、ロッテルダムで開かれた「ポエトリー・インタナショナル77」に参加。波瀬満子らと「ことばあそびの会」を設立。八月、『新選現代詩文庫104　新選谷川俊太郎詩集』を思潮社より刊行。九月、大岡信との対談集『批評の生理』を刊行。

一九七八年（昭和五十三）47歳
志野がアメリカへ留学する。テレビ番組「ルーブル美術館」の脚本を書く。九月、『タラマイカ偽書残闕』の豪華本を書肆山田より刊行。

一九七九年（昭和五十四）48歳
河合隼雄との対談集『魂にメスはいらない　ユング心理学講義』や大岡信、松居直、安野光雅との共著『にほんご』、絵本『これはのみのぴこ』（和田誠・絵）を相次いで刊行する。七月、母多喜子入院。十一月、詩集『そのほかに』を集英社から刊行。

一九八〇年（昭和五十五）49歳
十月、詩集『コカコーラ・レッスン』を刊行。翌年にかけて訳出した『スヌーピー全集』（角川書店）が出版され、作者チャールズ・シュルツを米国の自宅に訪ねる。レオ・レオニとも東京で会う。

一九八一年（昭和五十六）50歳
三月、賢作結婚。四月、テレビ番組「カラヤンとベルリンフィル」の企画・構成に参加。十月、『わらべうた』（森村玲・絵）を集英社より刊行。

一九八二年（昭和五十七）51歳
三月、芸術選奨文部大臣賞に選ばれるが辞退する。四月、写真集『ＳＯＬＯ』をダゲレオ出版より刊行。ギャルリー・ワタリにて写真展、ビデオ作品「Mozart, Mozart!」を会場で公開。この作品から母の病状の深刻さが知られ、谷川家の異変に知人らが気づく。今江祥智が担当したひらがな長編詩集『みみをすます』への反響が広がる。絵本作家、佐野洋子との交際が始まり、自分の中の子ども性が膨らむ。

一九八三年（昭和五十八）52歳
二月、前年に出した『日々の地図』で読売文学賞受賞。五月、寺山修司の最期を看取り、弔詩を読み、「ビデオ・レター」を完成させる。六月、正津勉と共著『対詩』を書肆山田から刊行。大岡信との共同で翌年にかけて『現代の詩人』（全十二巻、中央公論社）を編纂する。七月、演劇集団円に脚本「どんどこどん」を書く。

一九八四年（昭和五十九）53歳
一月、詩集『手紙』を集英社から刊行。二月、母、多喜子が八十六歳で死去。十月、アメリカ各地で詩の朗読旅行。楠かつのりとビデオ雑誌「いまじん」を創刊。十一月、あらゆるスタイルの日本語の断片を収集した詩集『日本語のカタログ』を思潮社から刊行。十二月高橋源一郎に鼓舞され短詩を三六六日分書いた『詩めくり』をマドラ出版から出す。

一九八五年（昭和六十）54歳
八月、北欧旅行。十一月、ニューヨークの国際詩委員会に招かれ、吉増剛造らと朗読旅行。同月、詩集『よしなしうた』で現代詩花椿賞を受賞。

一九八六年（昭和六十一）55歳
三月、「いつだって今だもん」を演劇集団円が上演。六月、ギリシャ旅行。九月、父徹三とパリ、バルセロナ、アムステルダムを巡る。十月、鮎川信夫が六十六歳で死去。

一九八七年（昭和六十二）56歳
一月、自作ビデオ「NUHS・AV」の市販を開始。三月、「いつだって今だもん」で斎田喬戯曲賞を受賞。十二月、Ｗ・Ｉ・エリオットや川村和夫らとニューヨークで朗読会。大岡信らと西ベルリンで連詩創作を行い、スイスで朗読会に参加する。

一九八八年（昭和六十三）57歳
五月、カセットブック『谷川俊太郎、自作を読む』（１・２・３）を草思社より順次刊行。十月、『はだか』（佐野洋子・絵）で野間児童文芸賞受賞。十一月、『いちねんせい』（和田誠・絵）で小学館文学賞受賞。

十二月、詩集『メランコリーの川下り』を思潮社とPrescott Street Pressより日米同時刊行。

一九八九年（昭和六十四／平成元）58歳

三月、大岡信らとの連詩『ファザーネン通りの縄ばしご』を岩波書店より刊行。九月、父、徹三が九十四歳で死去。十月、知子と離婚。

一九九〇年（平成二）59歳

五月、佐野洋子と結婚。九月、作家同盟の招待でロシア、エストニアへ旅行。十月、大岡信とフランクフルトで連詩創作を行い、フランス、モロッコも旅する。十二月、『魂のいちばんおいしいところ』をサンリオから刊行。

一九九一年（平成三）60歳

三月、詩集『女に』（佐野洋子・絵、マガジンハウス）を刊行。月刊詩誌「鳩よ！」三月号で谷川俊太郎特集が組まれる。三月〜四月、ホノルルとニューヨークに滞在。十月、白石かずこらとイングランド、ウェールズ、スコットランド各地で朗読と連詩創作。

一九九二年（平成四）61歳

三月、『女に』で丸山豊記念現代詩賞受賞。六月、ロッテルダム国際詩祭に参加。九月、ダブリン朗読会などに参加し、南仏を旅行。増補新版『二十億光年の孤独』をサンリオより出版。

一九九三年（平成五）62歳

三月、エルサレム国際詩祭に参加。四月、ロンドンで朗読会に参加。『二十億光年の孤独』で未収録だった初期作をまとめた詩集『十八歳』（沢野ひとし・絵、東京書籍）、写真詩集『子どもの肖像』（百瀬恒彦・写真、紀伊國屋書店）を刊行。六月、チューリッヒ日本祭の一環で大岡信、スイスの詩人らと連詩創作。六月、思潮社「現代詩文庫」として『続・谷川俊太郎詩集』七月『続続・谷川俊太郎詩集』が出る。十月、『世間知ラズ』で第一回萩原朔太郎賞を受賞。十一月、仏のヴァル・ドゥ・マルヌ国際ビエンナーレに佐々木幹郎らと参加。

一九九四年（平成六）63歳

六月、バリ島旅行。九月、ネパール観光。十月、トロント国際作家祭に参加。十一月、父母が結婚前に交わした手紙を編集して『母の恋文』を新潮社より出版、反響を集める。この頃から詩の創作は積極的に行わなくなった。

一九九五年（平成七）64歳

一月〜五月、前橋文学館で「谷川俊太郎展」が開催される。一月、詩集『モーツァルトを聴く人』（別売自作朗読CD付）を小学館より刊行。三月、ハワイ旅行。五月、詩集『真っ白でいるよりも』を集英社より刊行。

十一月、ロスアンゼルス観光。年末、佐野洋子が谷川家を去る。

一九九六年（平成八）65歳

一月、朝日賞受賞。二月、武満徹死去。長男賢作のバンド DiVa と朗読・演奏活動を始める。四月、大江健三郎らとの対談集『日本語と日本人の心』が岩波書店から出る。七月、佐野洋子と離婚。十二月、カトマンズで佐々木幹郎と共に地元の詩人らと朗読会。

一九九七年（平成九）66歳

一月、イギリス旅行。秋に DiVa と九州、関西、北海道を朗読・演奏旅行する。

一九九八年（平成十）67歳

三月、DiVa と米・東海岸各地で朗読・演奏会を開き、CDを録音する。五月、シドニー作家祭に参加。八月、田村隆一が七十五歳で死去。十月、上海、北京などを旅行。十月、公開で自作詩、即興詩の朗読を競う「詩のボクシング」で初代王者のねじめ正一を下し、二代目王者となる。十一月、ロンドン国際詩祭などに参加。英語版の選詩集で英国の Sasakawa 財団翻訳賞を受賞。

一九九九年（平成十一）68歳

七月、インド旅行。九月、中国の詩人で研究者、田原の案内で上海ほか中国各地で詩人たちと交流。十月、戸隠で第一回「お話と朗読と音楽の夕べ」を河合隼雄、ピアニストの河野美砂子と開催。以後、河合が倒れる〇六年まで八回続ける。ヘブライ語詩集『女に』がイスラエルで刊行。

二〇〇〇年（平成十二）69歳

五月、デンマーク語訳選詩集刊行を機に、コペンハーゲンで朗読、マルメ国際詩祭に参加。十月、詩集『クレーの天使』を講談社より刊行。『谷川俊太郎全詩集』（CD-ROM版）を岩波書店より刊行。大岡信、高橋順子らとロッテルダムで連詩に参加。

二〇〇一年（平成十三）70歳

三月、大連などで中国の詩人らと交流。蘇州の道教の寺でとびきり運勢のいいおみくじを引く。七月〜八月、アメリカ旅行、タングルウッド音楽祭を訪問。十月、筑摩書房から詩のアンソロジー『詩ってなんだろう』を、草思社からエッセー集『ひとり暮らし』を出版。

二〇〇二年（平成十四）71歳

一月、『詩集』（六冊の詩集収録）を思潮社より刊行。四月、河合隼雄、阪田寛夫、池田直樹との共著『声の力——歌・語り・子ども』を岩波書店より出版。南アフリカで「ポエトリー・アフリカ」に参加。六月、中国語版の『谷川俊太郎詩選』（田原訳）を作家出版社より刊行。七月、北京大学で「谷川俊太郎詩歌シンポジウム」に参加。十月、『minimal（ミニマル）』（W・

I・エリオット、川村和夫による英訳併録）を思潮社より刊行。

二〇〇三年（平成十五）72歳

三月、国際交流基金の招きにより、賢作と共にケルン、ベルリン、リガ、パリで朗読・演奏旅行。九月、詩集『夜のミッキー・マウス』を新潮社より刊行。十月まで池袋ジュンク堂書店で「谷川俊太郎書店」が催され店長をつとめる。

二〇〇四年（平成十六）73歳

一月、二冊目の中国語版『谷川俊太郎詩選』（田原訳）を河北教育出版社より刊行。

二〇〇五年（平成十七）74歳

三月、中国語版『谷川俊太郎詩選』で21世紀鼎鈞双年文学賞を受賞、北京での授賞式に出席。六〜七月、コロンビアの国際詩祭に参加。

二〇〇六年（平成十八）75歳

一月、〇五年刊の詩集『シャガールと木の葉』と『谷川俊太郎詩選集1・2・3』により毎日芸術賞を受賞。五月、ひらがな詩集『すき』（和田誠・絵）を理論社より刊行。八月、中国、ベオグラード、マケドニアで、十月、ノルウェー、デンマークでの朗読会、詩祭に参加。十一月、歌詞集『歌の本』を講談社より出版。十二月、詩画集『詩人の墓』（太田大八・絵）を集英社、太田大八との対談集『詩人と絵描き』を講談社、写真詩集『写真ノ中ノ空』（荒木経惟・写真）をアートンより刊行。

二〇〇七年（平成十九）76歳

八月、『谷川俊太郎質問箱』を東京糸井重里事務所より出版。十一月、詩集『私』を思潮社より刊行。スペイン語訳『世間知ラズ』がメキシコで出版される。

二〇〇八年（平成二十）77歳

三月、詩集『私』により詩歌文学館賞を受賞。五月、北京旅行。同月、スイス各地で朗読・演奏旅行。覚和歌子と共同脚本・監督の写真映画「ヤーチャイカ」が上映される。歌手でもある詩人の覚和歌子とは以後、対詩の試みを一定のペースで続ける。十月、モンゴル語版『谷川俊太郎選詩集』がモンゴル作家連盟勲章を受章し、ウランバートルの授章式に参加。

二〇〇九年（平成二十一）78歳

一月、写真詩集『子どもたちの遺言』（田淵章三・写真）を佼成出版社より刊行。五月、長編詩集『トロムソコラージュ』を新潮社より刊行。七月、日英対訳版『62のソネット+36』（W・I・エリオットと川村和夫訳）を集英社文庫で出版。八月、雑誌「Coyote」の特集のためアラスカを旅する。九月、詩集『詩の本』を集英社より刊行。この頃から欧米だけでなくアジア各国でも谷川作品の翻訳詩集が相次いで出版される。

二〇一〇年（平成二十二）79歳
四月、詩集『トロムソコラージュ』により第一回鮎川信夫賞受賞。九月、中国の詩人・北島が主催する第一回国際詩人在香港に招かれて朗読する。十一月、佐野洋子が七十二歳で死去。

二〇一一年（平成二十三）80歳
一月、写真詩集『mamma まんま』（伴田良輔・写真）を徳間書店より刊行。三月、東日本大震災、福島第一原子力発電所の事故が発生する。地震発生時、谷川は長女の志野と新宿の百貨店にいた。四月、岸田衿子が八十二歳で死去。五月、前年刊行の詩選集『私の胸は小さすぎる』を電子メディアによってデザインした「iPhone/iPad」版を発表。八月、詩を釣る趣向のiPhoneアプリ「谷川俊太郎の『谷川』」（書下ろしの詩三篇を含む）を発表。十月、東京でゲーリー・スナイダーと対談・朗読。同月、北京大学が主催する中坤国際詩歌賞を受賞。震災後、東北各地で谷川の詩「生きる」が読まれた。

二〇一二年（平成二十四）81歳
三月、吉本隆明が八十七歳で死去。四月、iPhoneアプリ「谷川俊太郎の『谷川』」が電子書籍アワード2012文芸賞を受賞。五月、開設した公式ホームページ「谷川俊太郎.com」で短文と近況を掲載し始める。七月、一年以上にわたって撮影したドキュメンタリーDVD『詩人・谷川俊太郎』を紀伊國屋書店より発売。六月〜十一月にかけて、月三篇の未発表詩をナナロク社を通じて読者に郵送する試みを行う。

二〇一三年（平成二十五）82歳
一月、『自選 谷川俊太郎詩集』を岩波文庫として刊行。六月、詩集『ミライノコドモ』を岩波書店より、朝日新聞に五年間連載した短詩集『こころ』を朝日新聞出版より刊行。

二〇一四年（平成二十六）83歳
八月と十一月に、ナナロク社から詩集『ごめんね』、写真詩集『おやすみ神たち』（川島小鳥・写真）を刊行。十月、台北詩歌祭に招かれて台湾旅行。十一月、杉本信昭監督、谷川賢作音楽のドキュメンタリー映画『谷川さん、詩をひとつ作ってください。』が公開される。

二〇一五年（平成二十七）84歳
一月、大岡信の詩選集『丘のうなじ』（童話屋）、四月、思潮社から詩集『詩に就いて』を、七月、詩集『あたしとあなた』をナナロク社から刊行。八月、TBSテレビで「情熱大陸――詩人谷川俊太郎」が放送される。英語版詩選集『New Selected Poems』をイギリスで刊行。十二月、繁体字和漢対訳版『二十億光年の孤独』と『谷川俊太郎詩選』を台湾合作社から刊行。

二〇一六年（平成二十八）85歳

三月、『詩に就いて』で三好達治賞を受賞。九月～十二月、静岡県三島市の「大岡信ことば館」で「谷川俊太郎展・本当の事を云おうか・」開催。十月、岩波書店から電子書籍で「谷川俊太郎　これまでの詩・これからの詩」と題し、谷川の代表詩集五十四巻の配信が始まる。

二〇一七年（平成二十九）86歳

四月、大岡信が八十六歳で死去し、六月、送る会で詩を朗読。五月、札幌に谷川詩集など二〇〇点を集めた「俊カフェ」が開店する。『まど・みちお詩集』（岩波文庫）を編む。

人名・事項索引

【か】

【さ】

【た】

【ま】

【や】

【ら】

初出
『考える人』2016年夏号特集「谷川俊太郎ロングインタビュー」、『新潮』2017年１月号「情熱か受難か　谷川俊太郎」として部分掲載。全面改稿し、それ以外は書き下ろしです。

協力
思潮社
青土社
ナナロク社

写真提供
谷川俊太郎　P.4〜7
新潮社写真部　カバー、表紙　谷川俊太郎氏ポートレート、
本扉　詩作ノート部分、P.1　谷川俊太郎ポートレート、
P.17　谷川徹三・多喜子夫妻肖像のある室内、
P.18　1950年頃の詩作ノート、
P.288　佐野洋子氏ポートレート
（上記以外の個人の撮影者については写真説明に記しました）

詩人《しじん》なんて呼《よ》ばれて

著　者………………谷川《たにかわ》俊《しゅん》太郎《たろう》／尾崎《おざき》真理子《まりこ》

発　行………………2017年10月30日

発行者………………佐藤隆信
発行所………………株式会社新潮社
〒162-8711 東京都新宿区矢来町71
電話　編集部（03）3266-5411
読者係（03）3266-5111
http://www.shinchosha.co.jp
印刷所………………大日本印刷株式会社
製本所………………加藤製本株式会社

乱丁・落丁本は、ご面倒ですが小社読者係宛お送り下さい。
送料小社負担にてお取替えいたします。
価格はカバーに表示してあります。

ISBN978-4-10-401806-2　C0095

尾崎真理子の本

新潮社

単行本

ひみつの王国

――評伝 石井桃子――

作家として翻訳者として編集者として、あふれる才能のすべてを「子ども時代の幸福」に捧げた101年の稀有な生涯。200時間に及ぶロングインタビューと書簡で描く、児童文学の巨星の初の評伝。芸術選奨文部科学大臣賞、新田次郎文学賞受賞作。

単行本／文庫

大江健三郎 作家自身を語る

大江健三郎／（聞き手・構成）尾崎真理子

なぜ大江作品には翻訳詩が重要な役割を果たすのか？――つねに時代の先頭に立つ小説家が、創作秘話、東日本大震災と原発事故、同時代作家との友情と確執など、自らを語り尽くした、対話による「自伝」。

谷川俊太郎の本

新潮社

単行本／文庫

夜のミッキー・マウス

詩人は宇宙に恋をしている。「夜のミッキー・マウス」「朝のドナルド・ダック」そして「百三歳になったアトム」。書下ろしを含めた、彩り豊かな30篇の詩集。

文庫

トロムソコラージュ

ノルウェー北部の都市トロムソでなかば即興的に書かれた、疾走感に満ちた表題作。静謐な愛の物語「この織物」。深い余韻を残す長編物語詩6編。鮎川信夫賞受賞作。

文庫

ひとり暮らし

父と母、恋の味わい、詩と作者の関係、そして老いの面白味。日常に湧きいづる歓びを愛でながら、人間という矛盾に満ちた存在に目をこらす。ユーモラスな名エッセイ。